Fronleichnamsmord

Das Buch

Fußball-WM 2014. Jo Weber und ihr Kollege Lutz Jäger werden aus dem Freudentaumel gerissen, der das ganze Land erfasst hat. Ihre dritte Zeitreise führt sie ins Jahr 1974. Schlaghosen und Ringelpullis sind voll angesagt. Doch es gibt weder Computer noch DNA-Tests, und Jos Kollegen auf der Polizeistation sind leider ziemliche Machos. Ihr Vorgesetzter, ein Kriminalrat, ist ausgerechnet ihr Vater. Lutz dagegen ist überglücklich. Er lebt in einer Hippie-Kommune auf dem Land, trägt Batik-Shirts und baut Hanf an. In derselben Kommune lebt auch Jos Mutter – keine leichte Aufgabe, sie mit dem Kriminalrat zusammenzubringen, damit Jo geboren werden kann. Bei den Ermittlungen geraten Jo und Lutz in die Kämpfe zwischen linken Revoluzzern und reaktionären Sturköpfen, und das mitten im WM-Fieber.

Die Autorin

Bea Rauenthal ist das Pseudonym der Bestsellerautorin Beate Sauer, die mit ihren historischen Romanen große Erfolge feiert. Sie lebt in Bonn.
Von Bea Rauenthal sind in unserem Hause bereits erschienen:

Dreikönigsmord
Karfreitagsmord
Fronleichnamsmord

BEA RAUENTHAL
FRONLEICHNAMS MORD

Kriminalroman

List Taschenbuch

Besuchen Sie uns im Internet:
www.list-taschenbuch.de

Originalausgabe im List Taschenbuch
List ist ein Verlag der Ullstein Buchverlage GmbH, Berlin.
1. Auflage Dezember 2014
© Ullstein Buchverlage GmbH, Berlin 2014
© Beate Sauer
Umschlaggestaltung: bürosüd° GmbH, München
Titelabbildung: © Photographer Chris Archinet/getty images
(Weg, Wiese); www. buerosued.de (Haus, Feld); © Sally Mundy/
Arcangel Images (Mann); © Diane Karpen/Arcangel Images (Frau)
Satz: LVD GmbH, Berlin
Gesetzt aus der Quadraat
Papier: Pamo super von Arctic Paper Mochenwangen GmbH
Druck und Bindearbeiten: CPI books GmbH, Leck
Printed in Germany
ISBN 978-3-548-61184-6

1. KAPITEL

Hauptkommissar Lutz Jäger kam zu sich. Süßlicher Dope-Geruch stieg ihm in die Nase, und Musik dröhnte in seinen Ohren. Er blinzelte. Er stand am Rand einer Menschenmenge auf einer Wiese. Der Rauch von Joints und Zigaretten waberte in den Nachthimmel und bildete bunte Schwaden in der feuchten, kühlen Luft, denn farbiges Scheinwerferlicht beleuchtete die Menge und eine Band auf einer Bühne. Die vier Musiker – allesamt junge Männer Anfang, Mitte zwanzig mit wilden Haarmähnen – trugen Jeans, die an den Oberschenkeln eng anlagen und zu den Füßen hin weiter wurden, außerdem T-Shirts und Lederwesten, die bestickt und mit Schafsfell gefüttert waren.

»Dont'cry, don't raise your eye«, sang nun der Leadsänger in sein Mikro. *Ein Song von The Who*, registrierte Lutz. *War wohl eine Coverband.* Er blickte an sich herunter. Er hatte eine reichlich abgewetzte Jeans im Stil der Bandmitglieder an, außerdem ein gebatiktes rotes T-Shirt, eine mit Nieten besetzte Weste und einen speckigen Bundeswehrparka. Als er seinen Kopf berührte, stellte er fest, dass er lange Haare hatte, die zu einem Pferdeschwanz gebunden waren. Sein Outfit unterschied sich nur in Nuancen von dem der anderen Open-Air-Besucher. Über seiner rechten Schulter hing ein Seesack.

Die Menge klatschte und hüpfte im Takt der Musik auf und ab. Einige Leute in Lutz' Nähe tanzten mit geschlossenen Augen. Am Rand der Menge entdeckte er nun einen Getränkewagen. Lutz kam zu dem Schluss, dass, ob er sich nun in einem Traum befand oder er wieder einmal in der Zeit gereist war, ein Bier nicht schaden konnte. In seiner Gesäßtasche steckte ein Portemonnaie. Während er zu dem Getränkewagen schlenderte, zog er es heraus und öffnete es. Einige Münzen befanden sich darin und ein blauer Geldschein, auf dem ein junger Mann abgebildet war, dessen üppige Mähne es locker mit den Frisuren der Bandmitglieder aufnehmen konnte. *Ein Zehnmarkschein ... Und zwar einer der alten Sorte ...* Zum letzten Mal hatte Lutz so einen Schein in seiner Jugend in den Händen gehalten.

Der Mann hinter dem Tresen des Getränkewagens hatte ein Palästinensertuch um den Hals geschlungen. Lutz bestellte ein Bier und reichte ihm einige Münzen. »Sag mal, welches Jahr haben wir eigentlich?«, schrie er ihm über die Musik hinweg zu.

»Bist wohl echt stoned, was?« Der Mann grinste ihn an. »1974, und zwar, genau genommen, Juni.«

1974 ... Lutz stürzte das Bier hinunter. Sein Chef hatte ihn in der Gegenwart mit einem ungeklärten Mordfall aus dem Jahr 1974 betraut. Dann befand er sich also nicht in einem Traum, sondern er war wirklich wieder in der Zeit gereist.

Lutz bestellte ein weiteres Bier. Die Musik war wirklich gut, und das Dope und der Zigarettenrauch kitzelten angenehm in seiner Nase. *Ich hätte es wirklich schlechter treffen können*, befand er. Ärgerlich war nur, dass er die Fußball-WM 2014 verpasste. Denn jenen Mordfall aufzuklären, würde sicher einige Zeit beanspruchen.

Ob es ihn als Polizist oder als Privatperson in die Vergangenheit verschlagen hatte? Lutz öffnete wieder das Portemonnaie. Es enthielt einen zusammengefalteten grauen Führerschein, der auf einen Lutz Jäger, geboren am 1. Juli 1949 in Hamburg, ausgestellt war – *er war somit fast fünfzehn Jahre jünger als sein richtiges Ich* – und einen ebenfalls grauen Personalausweis mit Pappeinband. Kein Polizeiausweis. Auch nicht, wie Lutz nach kurzem Suchen feststellte, in seinen anderen Hosentaschen oder in der Lederjacke. Im Seesack fand er nur einige Kleidungsstücke. *Anscheinend war er kein Polizist ... Nun ja, dies machte die Ermittlungen zwar komplizierter, aber das Leben im Jahr 1974 wahrscheinlich insgesamt leichter ...*

Ein schlaksiger Mann in Lutz' Alter gesellte sich zu ihm. Er hatte ein freundliches Gesicht und trug einen dicken, gestreiften Wollpullover. »Haste was verloren, Kumpel?«, brüllte er teilnahmsvoll gegen die Musik an.

»Ähm, nee, alles bestens.«

»Wo kommst du denn her?«

»Aus Hamburg. Ich trampe gerade ein bisschen durch die Gegend.« Eine Antwort, die, dachte Lutz, bestimmt dem Lebensgefühl der Seventies angemessen war.

»Astrein, ich lebe in einer Kommune.«

Astrein, was war das denn für ein bescheuerter Ausdruck ...?

»Cool«, sagte Lutz.

»Willst du 'nen Joint?« Sein neuer Bekannter zog ein Päckchen Gras aus der Hosentasche.

»Gerne ...«, erwiderte Lutz erfreut. *Ja, kein Polizist zu sein und sich nicht mit einem schlechten Gewissen wegen illegalen Drogenkonsums herumschlagen zu müssen, machte das Leben in der Tat viel einfacher ...*

Sie drehten sich ihre Joints und inhalierten den Rauch tief.

»Toby ...«, stellte sich der junge Mann vor.

»Lutz ...« Die Band spielte *People try to put us down/Talkin' 'bout my generation.* Lutz inhalierte den Rauch wieder tief und lehnte sich gegen den Getränkewagen. *Super, in einer Zeit zu leben, in der Musik wie dieser Song geschrieben worden war ... Mit dem Jahr 1974 hatte er es wirklich gut getroffen ...*

»Die Bullen! Achtung, die Bullen!«, durchschnitt ein Schrei aus vielen Kehlen die Musik.

»Scheiße, Kumpel!«, keuchte Toby. »Nichts wie weg hier.« Während Lutz sich seinen Seesack über die Schulter warf und gleich darauf mit Toby in die schützende Dunkelheit jenseits der Wiese stürmte, durchfuhr es ihn: *Ich flüchte vor meinen Kollegen.*

Zwei Tage vorher, an einem warmen Juniabend im Jahr 2014, war Hauptkommissarin Jo Weber, auf eine Krücke gestützt, in ihr Büro gehumpelt. *Ich wollte mich immer schon einmal mit einem Mordfall befassen, der vierzig Jahre zurückliegt, und irgendwelche Altlinken befragen,* dachte sie sarkastisch. Da die Klimaanlage wieder einmal nicht richtig funktionierte, war die Luft in dem nüchtern eingerichteten Raum warm und stickig. Nachdem Jo den Aktenordner auf ihren Schreibtisch gewuchtet hatte, öffnete sie das Fenster.

Jo hatte nach Hause fahren wollen, als ihre Chefin Brunhild Birnbaum sie zu sich gebeten und sie damit beauftragt hatte, in einem ungeklärten Mordfall aus dem Jahr 1974 zu ermitteln. Jo hatte es sich gerade noch verkneifen können zu bemerken, dass mittlerweile wahrscheinlich sämtliche Zeugen verstorben oder uralt waren. Denn ihr war noch rechtzeitig eingefallen, dass ihre Chefin 1974 um die zwanzig gewesen sein musste.

Jo schlug den Ordner auf. Die Papiere darin waren gelblich verfärbt und maschinengeschrieben. Studenten der Gerichtsmedizin hatten kürzlich zu Übungszwecken, so Brunhild Birnbaum, alte Fälle aus den siebziger Jahren überprüft. Und bei einem der Fälle waren sie auf Ungereimtheiten gestoßen. Bei dem Toten handelte es sich um einen Mann namens Bernward Hilgers. Ein von einer Plastikhülle geschütztes Schwarzweißfoto zeigte einen blonden – oder grauhaarigen – Mann Anfang fünfzig. Er hatte ein ebenmäßiges Gesicht mit markantem Knochenbau. Auf seiner rechten Wange befand sich eine Narbe.

Gutaussehender Typ, konstatierte Jo bissig. *Gewissermaßen »nordisch«. Hätte sich bestimmt gut in einem Wehrmachtsfilm gemacht ...* Klaus Hilgers, der Neffe des Toten und Staatssekretär im Innenministerium, hatte darauf gedrängt, dass dem so lange zurückliegenden Mordfall noch einmal nachgegangen wurde. Was Jo die Ermittlung nicht sympathischer machte.

Sie rekapitulierte kurz, was ihr Brunhild Birnbaum über den Fall mitgeteilt hatte. Hilgers war Geschäftsführer der Kaufhauskette Meerheimer gewesen und hatte sich in der Zentrale in der Ebersheimer Innenstadt aufgehalten, als dort in der Nacht vom 26. auf den 27. Juni 1974 ein Brand ausgebrochen war.

»Er bemerkte das Feuer, versuchte es zu löschen, wurde ohnmächtig und kam in den Flammen um. So lautete die Todesursache bis zur Untersuchung der Studenten«, hatte Brunhild Birnbaum Jo erläutert. »Anhand der Röntgenbilder seines Schädels gehen die Studenten nun jedoch davon aus, dass Hilgers erschossen wurde.«

»Rauchvergiftung und Tod in den Flammen oder an den Folgen einer Schussverletzung zu sterben, das sind aber wirklich zwei sehr unterschiedliche Todesursachen«, hatte Jo trocken erwidert.

»Der damalige Gerichtsmediziner hatte durchaus festgestellt, dass Hilgers Schädel zertrümmert war. Aber er ging davon aus, dass ein Stück Deckenverkleidung, das durch den Brand herunterstürzte, dies post mortem verursacht hat. Die Studenten haben die Röntgenbilder gescannt und einem komplizierten Computercheck unterzogen. Bitte frag mich nicht nach Einzelheiten des Checks, das ist alles zu hoch für mich.« Brunhild Birnbaum hatte abwehrend die Hände gehoben. »Dabei entdeckten sie, dass das Bruchmuster des Schädelknochens nur von einer Kugel herrühren konnte.«

Auch, dass die Ebersheimer Beamten und das BKA eine Zeitlang glaubten, eine terroristische Zelle hätte den Kaufhausbrand verursacht, hatte mit dazu beigetragen, dass der Mord nicht aufgeklärt werden konnte. Von der allgemeinen Hysterie in Bezug auf den Linksterrorismus angesteckt, hatten sie sehr voreingenommen ermittelt.

Jo blätterte weiter. Andere Fotos, ebenfalls in Plastikhüllen, zeigten Röntgenaufnahmen des Schädels: das skelettierte Gesicht mit dem von Rissen durchzogenen Stirnknochen und Aufnahmen des Schädels von hinten und von oben. Der Schädelknochen wirkte wie eine zerbrochene Eierschale. Jos Blick wanderte wieder zur Röntgenaufnahme des Gesichts. Plötzlich kam es ihr vor, als öffnete sich der Mund wie zu einem Lächeln. Die leeren Augenhöhlen schienen sie anzustarren.

Das Zimmer um Jo verschwamm und wich einem Großraumbüro, durch das Zigarettenrauch waberte. Auf grauen Plastikschreibtischen standen Schreibmaschinen. An einer Wand hing ein Pin-up-Kalender. Eine junge braungebrannte Frau in Häkelhöschen reckte ihre entblößten üppigen Brüste dem Betrachter entgegen.

Nein, nicht schon wieder ..., durchfuhr es Jo. *Ich will nicht in der Zeit reisen.* Sie blinzelte – und atmete auf. Die hässlichen Schreibtische und der Zigarettenrauch waren verschwunden. Die Wärme des Juniabends und Straßengeräusche drangen in ihr Büro. Verkehrslärm, die Fetzen einer Unterhaltung, Lachen. Sehr vertraute und beruhigende Geräusche, wie Jo erleichtert feststellte. Sicher hatte nur die Sonne, die auf der Plastikhülle reflektierte, das skelettierte Gesicht lebendig werden lassen.

Zeit, endgültig nach Hause zu gehen ... Nachdem Jo den Ordner energisch zugeklappt hatte, humpelte sie zu dem Fenster, um es zu schließen. Sie hielt gerade den Griff in der Hand, als samtweiche Klänge von der Autoschlange vor einer Ampel zu ihr heraufwehten. *We had joy, we had fun, we had seasons in the sun.* In irgendeinem Radiosender wurden anscheinend Oldies gespielt. Die Melodie erstarb so plötzlich, wie sie begonnen hatte, ging im aufgeregten Tonfall eines Kommentators unter, der sich über die bevorstehende Fußball-WM verbreitete.

Lutz liebte Fußball. Er fieberte bestimmt der WM entgegen ... Jos Blick schweifte zu dem Schreibtisch auf der anderen Zimmerseite. Dort, wo sich früher ein Chaos aus Ordnern, Fußballwimpeln, Coladosen und schmutzigen Tassen getürmt hatte, war nun eine blanke, geradezu lächerlich reinliche Fläche zu sehen. Vierzehn Monate waren jetzt vergangen, seit Lutz seinen Dienst im Ebersheimer Polizeipräsidium quittiert hatte.

Jo griff nach ihrer Krücke – vor zwei Wochen war sie beim Joggen unglücklich mit dem Knöchel umgeknickt und hatte sich eine schmerzhafte Bänderdehnung im rechten Fuß zugezogen.

Ja, Lutz und ich hatten Spaß miteinander, dachte Jo, während sie aus ihrem Büro und dann den Flur entlang zu den Aufzügen humpelte. *Ach verdammt ... Warum kann ich nicht endlich über ihn hinwegkommen?* Im Jahr 1898 hatte Jo sich endlich eingestanden, dass sie sich in Lutz verliebt hatte. Kurz bevor sie beide in die Gegenwart zurückgekehrt waren, hatten sie miteinander geschlafen. Was Jo in einen nie gekannten Gefühlsrausch gestürzt hatte. Doch kurz darauf hatte sie erfahren müssen, dass eine Kollegin von Lutz schwanger war. Jo und Lutz hatten sich noch zu einem klärenden Gespräch getroffen, was dann jedoch im völligen Zerwürfnis geendet hatte.

Jo drückte den Aufzugknopf. Die Anzeige über der Tür leuchtete rot auf. Wieder ertönte *We had joy, we had fun …* Seltsam verzerrt, wie aus einem schlecht eingestellten, alten Radio. Wie war das möglich? Irritiert drehte Jo sich um. Weit und breit gab es kein Fenster, durch das die Melodie ins Innere des Gebäudes hätte dringen können.

Der Aufzug hielt. Mit einem Pling öffnete sich die Tür. Jo stieg ein und drückte den Knopf fürs Erdgeschoss. Der Aufzug setzte sich in Bewegung. Plötzlich ruckte er, und ein kreischendes Geräusch wie von zerreißendem Metall ertönte. Dann raste der Aufzug nach unten. Jo schrie. Die Metallkabine um sie herum verschwamm und wich der Dunkelheit, während sie fiel und fiel und fiel …

Der Fall verlangsamte sich, bis Jo das Gefühl hatte zu schweben. War sie tot? Zerschmettert am Fuße des Aufzugschachts? Sie öffnete die Augen. Eine rosa- und orangefarbene Spirale erschien vor ihren Augen. Hieß es nicht, dass Menschen beim Hinübergleiten vom Leben zum Tod ein intensives Farberlebnis hatten? Ein sphärenhaftes *We had joy, we had fun* hallte in ihren Ohren wider. *Ja, sie war wohl tot …* Voller Bedauern erinnerte sich Jo an die beiden Nächte, die sie mit Lutz verbracht hatte. *Ach, wenn doch nur alles anders gekommen wäre und sie sich nicht zerstritten hätten …*

Doch das Klopfen, das nun an Jos Ohren drang, hörte sich sehr real an. Ebenso die Frauenstimme, die rief: »Fräulein Weber, Fräulein Weber, Telefon für Sie.«

Jo zuckte zusammen und drehte den Kopf, der, wie sie nun erkannte, auf einem Kissen ruhte. Die Spirale aus psychedelischen Farben befand sich an der Wand gegenüber und war Teil eines Tapetenmusters. Davor, auf einem niedrigen Schrank, stand ein Fernseher mit knallorangefarbenem Plastikgehäuse.

»Fräulein Weber ...«, ertönte wieder die Frauenstimme.

Mühsam hievte Jo sich hoch, die Matratze war schwabbelig wie die eines Wasserbettes, und tappte zur Tür. Im Flur stand eine Frau mit Dauerwelle und geblümter Kittelschürze, die ihr ein Telefon mit Wählscheibe entgegenhielt.

Benommen nahm Jo den Hörer entgegen. »Weber, ja, bitte ...«, krächzte sie.

»Fräulein Weber, Sie werden seit einer Stunde im Präsidium erwartet«, dröhnte ihr eine Männerstimme entgegen. »Na, ich hab es doch gewusst, dass Frauen für den Dienst bei der Kriminalpolizei ungeeignet sind.« Der Mann lachte. Dann war das Gespräch beendet, und aus dem Hörer kam das Freizeichen.

Was hatte das zu bedeuten ...? Während Jo das Telefon noch konsterniert anstarrte, nahm die Frau in der geblümten Kittelschürze es ihr sanft, aber bestimmt aus den Händen. »Ach, Fräulein Weber, ich hatte ja fast schon befürchtet, dass Sie verschlafen haben«, seufzte sie. »Aber ich hatte Bedenken, Sie zu wecken, falls Sie tatsächlich erst später am Vormittag im Polizeipräsidium sein sollten.«

»Arbeite ich denn bei der Polizei?«, fragte Jo perplex nach.

»Sie sind aber wirklich noch sehr verschlafen. Ja, natürlich. Heute ist Ihr erster Tag im Ebersheimer Polizeipräsidium.«

»Wo finde ich das Bad?«

»Wir haben doch gestern besprochen, dass der Ofen im Badezimmer nur samstags angeheizt wird.« Die Frau schüttelte geduldig den Kopf. »Zu Ihrem Zimmer gehören eine Toilette und ein Waschbecken mit Boiler. Machen Sie sich ruhig schon einmal frisch, und ziehen Sie sich an. Ich bereite Ihnen inzwischen das Frühstück.«

»Danke ...«, stammelte Jo. Sie wünschte sich, nur einen Albtraum zu durchleben. Aber ihre bisherigen Erfahrungen mit Zeitreisen hatten sie gelehrt, dass dies leider alles nur zu real war.

Zurück in ihrem Zimmer, registrierte Jo, dass das Bett aus einer Art Schrank ragte. Vor dem Fenster standen eine Spüle und ein Regal mit einer Kochplatte. Neben dem weißorangefarbenen Kleiderschrank entdeckte Jo nun eine schmale Tür. Sie riss sie auf – und blickte auf dunkelbraune, mit bunten Blumen beklebte Kacheln über dem Waschbecken. Die Blumen kamen ihr irgendwie bekannt vor. Sie wirkten wie Blüten, die auf einem schlammigen Fluss trieben.

Halbe Holzwäscheklammern zierten den runden Spiegel. Das Gesicht, das sie darin sah, war das der Jo des 21. Jahrhunderts recht ähnlich. Hübsch, wenn auch weicher und runder, mit großen blauen Augen, die erwartungsvoll dreinblickten. Ein fröhliches, unbekümmertes Gesicht. Hätte sie eine jüngere Schwester gehabt, dann hätte diese vielleicht so ausgesehen. Jo schätzte die Frau im Spiegel auf Mitte zwanzig. Wenigstens war sie nun, anders als im Jahr 1898, volljährig. Lediglich die Föhnwelle, die sie aussehen ließ wie ein weiblicher Brian Ferry, war unmöglich.

Ach herrje, was trödele ich hier herum, durchfuhr es sie. *Ich muss mich beeilen.*

Jo griff nach der Zahnbürste und der Zahnpasta. Das Wasser, das aus dem Hahn kam, war eiskalt – natürlich, der

Boiler war ja nicht eingeschaltet. Mit dem kalten Wasser putzte sie sich hastig die Zähne. Danach stürzte sie ins angrenzende Zimmer. Die knallbunten Kleider im Schrank ließen sie zurückprallen. Nachdem sich ihre Augen an die Farben gewöhnt hatten, zerrte sie eine Hose in einem einigermaßen gemäßigten Gelb und eine dazu passende Bluse von den Bügeln. Die Hose war an den Oberschenkeln knalleng und wurde nach unten weiter. Die Bluse fühlte sich wie aus Polyester an und war ebenfalls sehr eng geschnitten.

Nachdem Jo sich in die Kleidungsstücke gezwängt hatte, durchwühlte sie die Schuhe auf dem Schrankboden. *Schnürstiefel aus weißem Lackleder ... Sandalen mit Keilabsätzen, die eine Art Seil umwand ... Halbschuhe, ebenfalls mit Keilabsätzen, aber ohne Seil ... Jesuslatschen ... O Himmel ...!*

Jo schlüpfte in die Halbschuhe. An einer Schnur an der Schrankinnenwand entdeckte sie einige Kopftücher. Sie nahm eins und band damit ihre blonden Haare zu einem Pferdeschwanz zusammen. Danach rannte sie zur Tür, wobei sie sich in den weiten Hosenbeinen verhedderte und fast stürzte.

»So, bitte schön!« In der Küche, in der Möbel und Tapetenmuster ebenfalls in psychedelischen, schwindelerregenden Farben gehalten waren, deutete die Frau in der Kittelschürze – *wohl meine Zimmerwirtin*, vermutete Jo – auf den Tisch. Dort standen eine volle Kaffeetasse und ein Teller mit zwei belegten Broten. Der Käse darauf wirkte wie Plastik. Und schmeckte auch so, wie Jo feststellte, als sie in das Brot gebissen hatte. Der Kaffee war eindeutig instant.

Die Zimmerwirtin hatte ein rundes Gesicht und warme braune Augen. Sie erinnerte Jo sehr an ihre Magd Katrein aus dem Mittelalter und Katharina, die Dienerin, die ihr im Jahr 1898 zur Seite gestanden hatte. Aber auch wenn die Frau vor ihr eine Inkarnation der beiden war, hatte sie davon, nach Jos bisherigen Erfahrungen, keine Kenntnis. Trotzdem fand Jo es beruhigend, eine ihr zumindest in gewisser Weise vertraute Person bei sich zu haben.

»Gibt es irgendwelche öffentlichen Verkehrsmittel, mit denen ich ins Polizeipräsidium kommen kann?«, erkundigte sich Jo. Sie wollte ihrer Zimmerwirtin ungern anvertrauen, dass sie nicht die geringste Ahnung hatte, wo sie sich befand. Katrein und Katharina hatten immer sehr irritiert und verstört auf ihr komplettes Nichtwissen reagiert.

Ihre Zimmerwirtin blickte sie verdutzt an. *Okay, dies war wohl doch die falsche Frage gewesen ...* »Aber, Fräulein Weber, wollen Sie denn nicht mit Ihrem Käfer fahren?«, erwiderte sie dann.

»Oh, ja natürlich. Ich habe ja völlig vergessen, dass ich ein Auto besitze«, stammelte Jo. »Ich habe es nämlich noch nicht lange. Genau genommen erst seit ein paar Tagen. Und vielen Dank für das Frühstück.«

»Aber das mache ich doch gerne. Und Ihnen einen guten ersten Arbeitstag.« Die Zimmerwirtin lächelte Jo hinterher, während diese aus der Küche eilte.

Ein Käfer ... Wo wohl die Autoschlüssel sein mochten? Jo blickte sich suchend in ihrem Zimmer um. Neben dem Bett entdeckte sie eine Umhängetasche aus braunem Kunstleder. Sie schüttete den Inhalt auf das Bett. Ein Personalausweis mit grauem Pappeinband. Ein Führerschein aus grauem Papier, ausgestellt auf Josepha Weber, geboren am 15. März 1950 in Frankfurt. Eine Sonnenbrille mit wagenradgroßen Gläsern und, tatsächlich, ein Autoschlüssel. *Jetzt musste sie nur noch den dazugehörigen Käfer finden ...*

Was sich als leicht herausstellte. Denn der orangefarbene VW-Käfer, der auf dem Gehweg vor dem kleinen Garten stand, war nicht zu übersehen, und der Schlüssel passte ins Schloss der Fahrertür. Aufatmend setzte Jo sich hinters Steuer. Während sie nach dem Sicherheitsgurt tastete, kam ihr die Straße mit den schmalen Einfamilienhäusern aus den fünfziger Jahren vage bekannt vor. Sie wollte den Käfer starten – doch herrje –, warum bekam sie den Sicherheitsgurt nicht zu fassen?

Irritiert drehte Jo den Kopf. Über der Sitzlehne, dort, wo sonst die Vorrichtung für den Gurt befestigt war, war – nichts. Einen Moment lang fragte sie sich, ob sie einer Täuschung aufsaß. Aber nein, es gab keinen Gurt neben der Fahrer- und Beifahrertür. Auch Kopfstützen waren nicht vorhanden. Wann war noch mal die Gurtpflicht eingeführt worden? Sie kam nicht darauf.

Als Jo den Schlüssel im Zündschloss drehte, erwachte der Motor mit einem Lärm, der der Lautstärke eines Panzers entsprach. Den Rückwärtsgang einzulegen, bedurfte ebenfalls eines Kraftaufwands, der einem Kettenfahrzeug angemessen gewesen wäre. Jo blickte in den Rückspiegel, um aus der Parklücke zu fahren, und fluchte gleich darauf frustriert. Dass sie in diesem Auto keine Kamera und kein Piepsen erwarten konnte, das ihr anzeigte, wenn sie einem Hindernis zu nahe kam, war ihr schon klar. Aber sie konnte einfach nicht erkennen, wo der Käfer anfing und wo er aufhörte.

Bis Jo das Auto endlich aus der Parklücke manövriert hatte, war sie schweißgebadet, und ihre Arme schmerzten vom vielen Kurbeln am Lenkrad. Von – wie es ihr erschien – ohrenbetäubendem Motorendonnern begleitet, fuhr sie die Straße entlang. An der nächsten Kreuzung entdeckte sie ein Schild. *Kirschbaumweg*. Jetzt wusste sie endlich, wo sie sich befand. Immerhin gab es ein Autoradio. Aus Gewohnheit stellte sie es an. Die knarzende Stimme eines

Kommentators ertönte. Doch Jo war viel zu sehr damit beschäftigt, mit ihrem anachronistischen Fahrzeug zurechtzukommen, als dass sie sich auf die Stimme hätte konzentrieren können.

Fahren ohne Sicherheitsgurt ... Sie kam sich vor, als säße sie auf einem Schleudersitz, der jeden Augenblick losgehen konnte.

Jo hatte den Vorort hinter sich gelassen und nun eine der breiten Straßen erreicht, die ins Zentrum von Ebersheim führten. An einer roten Ampel hielt sie an.

Aus dem Radio erklangen nun die zackigen Töne eines Liedes, dann sangen Männerstimmen ziemlich schräg eine Liedzeile, die sich anhörte wie »Fußball ist unser Leben, denn König Fußball regiert die Welt.« *Was für ein völlig sinnfreier Text ...* Gleichzeitig fiel Jos Blick auf ein Plakat vor einer Tankstelle auf der anderen Seite der Kreuzung. Männer in lächerlich knapper Sportkleidung und furchtbaren Frisuren waren darauf abgebildet. Einige der Männer kamen Jo irgendwie bekannt vor. Unter dem Bild stand *Fußball-Weltmeisterschaft in Deutschland 1974.*

Jo begriff: Natürlich, Bernward Hilgers war ja 1974 ermordet worden. Deshalb hatte sie es also in dieses Jahr verschlagen. Das Lied endete, und die knarzige Stimme des Kommentators sagte: »Wir alle fiebern dem WM-Auftaktspiel zwischen Brasilien und Jugoslawien entgegen. Morgen, am 13. Juni, ist es endlich so weit.«

Jo erstarrte. Wenn am nächsten Tag der 13. Juni war, dann war heute der 12. Juni. Bernward Hilgers war aber erst am 26. Juni umgebracht worden. Was bedeutete, dass er noch am Leben war. Bei ihren bisherigen Zeitreisen waren die Menschen, deretwegen es sie in die Vergangenheit verschlagen hatte, immer schon tot gewesen, und sie hatte zusammen mit Lutz Jäger deren Mörder finden müssen. Was hatte das nun wieder zu bedeuten? War es etwa nun ihre Aufgabe, den Mord an Hilgers zu verhindern, statt ihn aufzuklären?

Lautes Hupen hinter ihr holte sie aus ihren Gedanken zurück. Die Ampel stand auf Grün. Ein Auto schoss an ihr vorbei. Der Fahrer rief ihr durch das heruntergekurbelte Fenster ein verächtliches »Na ja, Frau am Steuer« zu. *Blöder Chauvinist ...*

Jo hätte nie damit gerechnet, dass sie es einmal als tröstlich empfinden würde, die hässliche Sechziger-Jahre-Betonfassade des Polizeipräsidiums am Ende der Straße auftauchen zu sehen. Doch nun erging es ihr so. Die grauen Mauern mit den bunkerartigen Fenstern waren ihr angenehm vertraut.

Die Wagen auf dem Parkplatz hätten jedem Oldtimertreffen Ehre gemacht. Jede Menge Käfer und VW-Passats. Auch Opel und Audi waren reichlich vertreten. Ein einziger Volvo sowie einige französische und japanische Marken bildeten die exotische Minderheit.

Jo fand einen Parkplatz, auf dem sie vorwärts einparken und – hoffentlich –, da auf der anderen Seite kein anderer Wagen stand, nach Dienstschluss auch wieder vorwärts ausparken konnte.

Auch die breite Treppe zum Eingang war unverändert, nur dass nun keine der Stufen Risse aufwies, so wie Jo es aus dem 21. Jahrhundert kannte.

»Jo ... Josepha Weber«, nannte sie dem uniformierten Beamten durch eine Art Sprechgitter in der dicken Glasscheibe ihren Namen. »Ich gehöre zur Kriminalpolizei.«

»Ich habe schon von Ihnen gehört.« Er grinste. »Sie sollen spät dran sein. Ihren Ausweis, bitte.«

Jo nahm ihren Polizeiausweis aus der Handtasche und

legte ihn in das Fach unterhalb des Fensters. Der Polizist musterte ihn, so schien es ihr, sehr lange.

»Gut, Sie können durchgehen«, beschied er ihr dann von oben herab. »Sie werden in Zimmer hundertsechzig erwartet.«

Ein Summen ertönte, und die Eingangstür öffnete sich. Während Jo darauf zutrat, fiel ihr Blick auf den Abreißkalender, der über einem kleinen Gummibaum hinter dem Beamten hing. Das Kalenderblatt zeigte den 12. Juni.

»Haben wir heute wirklich den zwölften?«, vergewisserte sie sich.

»Allerdings. Oder dachten Sie etwa, Sie wären nicht nur anderthalb Stunden, sondern einen ganzen Tag zu spät gekommen?« Das Grinsen des Beamten wurde breiter.

Jo verdrehte die Augen. Wenn ihre anderen Kollegen auch so waren wie dieser Typ, konnte das ja heiter werden. Im Jahr 1974 waren die Frauen bei der Ebersheimer Kriminalpolizei wahrscheinlich an den Fingern einer Hand abzuzählen – falls es überhaupt schon welche gab.

Ob es Lutz auch ins Jahr 1974 und zur Polizei verschlagen hat?, fragte sie sich, während sie durch die Eingangshalle eilte, wo eine Wand mit einem abstrakten Muster in schreienden Farben gekachelt war und dunkelbraune Lampen von der Decke hingen. Bisher waren sie immer gemeinsam in der Zeit gereist, und im Jahr 1898 war Lutz Polizist bei der preußischen Kriminalpolizei gewesen.

Jo hoffte sehr, dass sie sich wiederbegegnen würden, auch wenn sie immer noch wütend auf Lutz war.

Zimmer 160 befand sich im dritten Stock am Ende des Flures – genau wie Jos Büro im 21. Jahrhundert. Doch als sie die Tür öffnete, stand sie nicht in einem Raum von acht Quadratmetern, sondern in einem Großraumbüro. Wie in ihrer kurzen Vision, als sie Bernward Hilgers Schädel betrachtet hatte, waberte Zigarettenrauch in dicken Schwaden über Schreibtische und wuchtige Schreibmaschinen. An einer Wand hing der Pin-up-Kalender, auf dem die bis auf ein Häkelhöschen nackte Braungebrannte ihre entblößten Brüste dem Betrachter entgegenreckte. Einige Männer wandten Jo nun die Köpfe zu. Jo registrierte lange Koteletten und hufeisenförmige Schnurrbärte, die sie an Möchtegernmafiosi erinnerten.

Nun trat ein bulliger Mann Ende fünfzig aus einer Glaskabine auf der anderen Seite des Büros und kam auf sie zugestapft. Etwas an ihm kam Jo vage bekannt vor, auch wenn sie nicht sagen konnte, was es war.

»Nun, Fräulein Weber, hat ja reichlich lange gedauert, bis Sie uns beehrt haben.« Mit einem abschätzigen Lächeln musterte er sie von oben bis unten. Die anderen Männer grinsten.

»Frau Weber, wenn ich bitten darf«, korrigierte Jo ihn automatisch.

»Sie sind verheiratet?« Der bullige Kerl, der wohl leider ihr Chef war, glotzte sie verdutzt an.

»Nein, trotzdem bin ich eine Frau und kein Fräulein.«

»Sie halten sich wohl für besonders schlau, wie? Ihre Allüren können Sie sich gleich abschminken. Unsere Sekretärin ist krank. Deshalb werden Sie uns erst mal einen Kaffee kochen und dann Berichte tippen. Danach werden wir sehen, was wir sonst noch so für Sie zu tun haben.«

Jetzt begriff Jo, warum ihr der bullige Kerl so bekannt vorkam. Er hatte viele Gemeinsamkeiten mit Lutz' Chef Horst Koschatzki von der preußischen Kriminalpolizei. *O nein, auch das noch ...*

Jo straffte die Schultern. Im Jahr 1898 hatte sie sich erst einmal vorsichtig und abwartend verhalten, bis sie sich in der Zeit zurechtgefunden hatte. Doch die Polizei war ihr Terrain. Hier kannte sie sich aus. Sie beschloss, von Anfang an klare Verhältnisse zu schaffen.

»Ich denke überhaupt nicht daran, Kaffee zu kochen«, erklärte sie. »Und Berichte – sofern es nicht meine eigenen sind – werde ich auch nicht tippen.«

»Hä?« Ihr Chef, der sich schon umgedreht hatte, um zu dem Glaskasten zurückzugehen, fuhr zu ihr herum.

»Und damit das klar ist – sexistische Dekorationen jedweder Art werde ich in diesem Büro nicht dulden.« Jo ging zur Wand, nahm den Kalender ab und warf ihn in den nächstbesten Papierkorb. *Alice Schwarzer und die Emma-Redaktion wären bestimmt stolz auf sie gewesen ...*

»Was fällt Ihnen ein? Was denken Sie denn, wer Sie sind?« Die kleinen Augen ihres Chefs blitzten bedrohlich. Er hatte die Schultern gesenkt und den Kopf vorgeschoben, wie ein Stier, der zum Angriff bereit war. »Sie hängen den Kalender sofort wieder auf.«

»Ich denke überhaupt nicht daran.« Jo fixierte ihren Chef mit einem kalten Blick.

»Sie ...« Doch er kam nicht dazu, seinen Satz zu Ende zu bringen.

»Fräulein Weber, wie schön, dass ich Sie bei der Ebersheimer Kriminalpolizei begrüßen kann«, erklang eine Männerstimme von der Tür her. Der Mann, der sich ihr mit ausgestreckter Hand näherte, war Mitte dreißig, schlank und gutaussehend. Seine blauen Augen kontrastierten mit dem schwarzen Haar. Neben seinem rechten Mundwinkel hatte sich eine kleine Lachfalte eingegraben. Jo blinzelte. Sie kannte dieses Gesicht von alten Fotos.

»Kriminalrat Alexander Claasen. Ich bin für diese Abteilung zuständig«, hörte sie ihn sagen, während ihr der Atem stockte. Als sich ihre Hände berührten, hatte sie das Gefühl, als würde sie ein Stromstoß durchzucken. Dieser Mann war ihr Vater, den sie niemals bewusst kennengelernt hatte, der bei einer Verfolgungsjagd ums Leben gekommen war, als sie zwei Jahre alt gewesen war.

»Guten ... Tag«, stammelte Jo wie in Trance. Es gab ein Schwarzweißfoto, auf dem ihr Vater lächelte wie jetzt. Der Kragen seines Hemdes war aufgeknöpft und die Ärmel waren hochgekrempelt. Das Foto war im Sommer an einem See aufgenommen worden. Sie saß auf den Schultern ihres Vaters und lutschte ein Eis. Im Hintergrund reflektierte das Wasser in der Sonne.

»Ich bin überzeugt, dass Hauptkommissar Kaminski Sie bereits herzlich in sein Team aufgenommen hat und er alles tun wird, damit Sie als Kriminalkommissarin zur Anstellung einen guten Start haben werden«, sagte ihr Vater nun.

»Natürlich werde ich alles in meiner Macht Stehende tun, um Fräulein Weber zu unterstützen, Herr Claasen«, beeilte sich Kaminski zu bemerken. *Lügner ...*, dachte Jo. Seine Körpersprache verriet deutlich, dass er ihren Vater nicht leiden konnte.

»Ich habe auch nichts anderes erwartet.« Der Blick ihres Vaters wanderte zu dem braunen Plastikpapierkorb, aus dem das Foto der barbusigen jungen Frau ragte, als wäre sie eine Nymphe, die einem Pfuhl entstieg. Ein Lächeln zuckte um seine Mundwinkel. »Schön, Kaminski, dass die Abteilung beschlossen hat, sich von diesen Jungenfantasien zu trennen.«

Kaminskis feistes Gesicht verfärbte sich leicht rosa.

Alexander Claasen wandte sich wieder an Jo. »Wenn Sie Fragen oder Probleme haben, Fräulein Weber, können Sie sich jederzeit an mich wenden.«

»Da ... danke«, stammelte Jo.

»Polizeipräsident Coehn wird Sie, wenn er wieder aus

dem Urlaub zurück ist, auch begrüßen.« Mit einem Nicken verabschiedete sich ihr Vater, während Jo noch immer wie in Trance war.

»Ich hoffe, Sie sind nicht im Begriff, sich in den Kriminalrat zu verlieben«, blaffte Kaminski los, kaum dass sich die Tür hinter ihrem Vater geschlossen hatte. »Neben Paul ist ein Schreibtisch frei. Sie können mit ihm zusammen eine Haustürbefragung durchführen. Gestern Nacht hat es im Waldviertel einen Raubmord gegeben.«

Ein schlaksiger junger Mann, der eine Pilzfrisur hatte wie die Beatles in ihren frühen Jahren, erhob sich hinter einem Schreibtisch und lächelte Jo schüchtern an.

Immerhin einer aus Kaminskis Team, der kein Macho zu sein scheint, registrierte sie erfreut. »Meine Vermieterin hat gesagt, es hätte heute Nacht in der Ebersheimer Innenstadt gebrannt?«, bemerkte Jo leise, um auch wirklich den letzten Zweifel über Bernward Hilgers auszuräumen.

»Nein, zumindest hat es keinen Brand gegeben, von dem ich wüsste.« Paul sah sie verwundert an.

»Dann muss ich meine Vermieterin wohl missverstanden haben«, schwindelte Jo. Die Nachricht von einem Kaufhausbrand mit einem Toten hätte sich inzwischen ganz bestimmt im ganzen Präsidium verbreitet. Also war Bernward Hilgers wirklich noch am Leben.

Nach Dienstschluss werde ich sofort zum Kaufhaus fahren und Hilgers warnen, dass sein Leben in Gefahr ist, beschloss sie.

Ja, Paul ist wirklich nett, dachte Jo, als sie am Abend den Käfer auf den Parkplatz des Kaufhauses Meerheimer lenkte. Glücklicherweise standen hier kurz vor achtzehn Uhr nur noch wenige Wagen, so dass es ausreichend Parkplätze gab.

Bei dem Ermordeten handelte es sich um einen 63 Jahre alten Schrotthändler, der große Mengen Bargeld in seinem

Haus gehortet hatte. Er war gegen ein Uhr nachts erschlagen worden, als er versucht hatte, sich gegen die Einbrecher zur Wehr zu setzen. Keiner der Nachbarn, die sie und Paul befragten, hatte etwas Hilfreiches bemerkt. Dafür hatten die Leute wilde Mutmaßungen über die Täter angestellt. Diese seien ganz sicher unter den »Zigeunern, Itakkern oder Türken« zu finden, so die vorherrschende Meinung. *Im 21. Jahrhundert wären stattdessen wahrscheinlich Rumänen und Bulgaren als potentielle Täter genannt worden*, überlegte Jo.

Jo entschied, dass es besser war, wenn Hilgers sie, falls sie ihm später wieder einmal begegnen sollte, nicht erkennen würde. Deshalb löste sie das Tuch, mit dem sie ihre Haare zu einem Pferdeschwanz zusammengebunden hatte. Beim Blick in den Rückspiegel stellte sie fest, dass ihr Haarschnitt wirklich grauenhaft war. Sie musste sich dringend eine andere Frisur zulegen. Außerdem müffelte sie merklich unter den Achseln, denn bei der Haustürbefragung war sie ins Schwitzen geraten. Die kurze Fahrt in dem von der Sonne aufgeheizten Käfer hatte ein Übriges getan. *Ich muss die Kleider in meinem Schrank durchsehen*, fügte Jo einen weiteren Punkt auf ihrer To-do-Liste hinzu. *Falls mein Alter Ego nur Blusen und T-Shirts aus Polyester besitzt, werde ich mir andere Oberteile kaufen müssen.*

Sie schlang das Tuch zu einer Art Turban um den Kopf, schob ihre Haare darunter und setzte sich dann die Sonnenbrille mit den wagenradgroßen, blaugetönten Gläsern auf die Nase. Eine fremde Frau blickte ihr aus dem Rückspiegel entgegen. Die Welt um sie herum wirkte, als würde sie sich unter Wasser befinden.

Mit dem Gefühl, durch eine blaue Tiefe zu waten, hatte Jo einige Meter auf dem Parkplatz zurückgelegt, als sich eine Tür auf der Rückseite des Kaufhauses öffnete. Der Mann, der heraustrat, trug einen eleganten dreiteiligen Anzug und besaß große Ähnlichkeit mit Bernward Hilgers Foto aus der Akte. Blond, attraktiv, Selbstsicherheit verströmend. Ja, und auch auf seiner rechten Wange befand sich eine Narbe.

Jo holte ihn ein, als er gerade den Schlüssel ins Türschloss eines senfgelben Porsche Coupé steckte.

»Herr Hilgers …?«, fragte sie trotzdem sicherheitshalber nach.

»Ja, der bin ich.« Er nickte. »Kann ich etwas für Sie tun?« Er musterte sie abwartend, mit der zuvorkommenden, höflichen Distanziertheit eines Geschäftsmannes, der noch nicht wusste, ob eine Kundin viel Geld ausgeben oder etwas reklamieren wollte.

»Herr Hilgers, ich muss Sie warnen. Sie dürfen sich am Abend und in der Nacht des sechsundzwanzigsten Juni auf gar keinen Fall im Kaufhaus aufhalten«, sagte Jo hastig.

Sie hatte damit gerechnet, dass er irritiert, ja ungläubig reagieren würde, und hatte sich einige Sätze zurechtgelegt, mit denen sie ihn überzeugen konnte, ohne zu verraten, woher sie wusste, dass er sonst sterben würde. Doch die Heftigkeit seiner Reaktion überraschte sie.

Angst und Wut blitzten in seinen Augen auf, während er sie grob am Arm packte. »Wer sind Sie?«, stieß er hervor. »Wer hat sie geschickt?«

»Mich hat niemand geschickt …«, begann Jo. »Lassen Sie mich sofort los!«

»Das werde ich ganz bestimmt nicht.«

»Ich will Sie nur warnen.«

Hilgers lachte höhnisch auf, während er mit der freien Hand die Fahrertür des Porsche öffnete. »Ich glaube Ihnen kein Wort.«

Jo hatte den Eindruck, dass er sie in den Wagen schubsen wollte, und wandte einen Selbstverteidigungsgriff an. Mit einem Schmerzensschrei ließ Hilgers von ihr ab.

Von der Rückseite des Gebäudes her näherte sich eine Frau um die vierzig, die ein Businesskostüm trug. Eine Handtasche baumelte an ihrem Unterarm. Erschrocken schaute sie zu ihnen herüber. »Herr Hilgers, ist alles in Ordnung?«, rief sie nun ängstlich.

Jo wartete nicht ab, was Hilgers antworten würde. Hinter einem geparkten Opel entdeckte sie einen schmalen, mit Betonplatten ausgelegten Gehweg, der über einen Grünstreifen mit kümmerlichen Büschen verlief und auf eine Straße führte. So schnell es ihr die Schuhe mit den Keilabsätzen erlaubten, spurtete sie darauf zu und ein Stückchen die Straße entlang.

Im Schutz einer Garagenwand und eines Nadelbaums blieb Jo schließlich stehen und drehte sich um. Nein, Hilgers war ihr nicht gefolgt. Verwirrt fragte sie sich, was in aller Welt seine Reaktion zu bedeuten hatte.

Diese Frage beschäftigte Jo auch noch später am Abend, als sie in ihrem Zimmer auf dem Bett saß. Neben ihr stand ein leerer Keramikteller. In dem Fernseher mit dem orangefarbenen Gehäuse lief eine Spielshow, gegen die »Wetten, dass ...?« eine innovative, spannende Sendung war. Doch Jo war zu müde, um aufzustehen und den Fernseher auszuschalten, denn eine Fernbedienung gab es nicht.

Da sie Bernward Hilgers nicht noch einmal begegnen wollte, hatte sie es vorgezogen, den Käfer auf dem Parkplatz stehen zu lassen, und war zu Fuß nach Hause gegangen. Sämtliche Lebensmittelläden waren bereits geschlossen gewesen. Dem Schildchen über der Haustürklingel hatte sie entnommen, dass ihre Vermieterin Katrin Wenger hieß. Sie hatte Frau Wenger gefragt, ob sie von ihr ein halbes Brot und etwas Käse leihen könne. Daraufhin hatte diese es sich nicht nehmen lassen, ihr etwas zu essen zu machen – Käsebrote mit Gurken- und Radieschenscheiben und halbierte hartgekochte Eier, die mit Mayonnaisekringeln und Paprika aus dem Glas verziert gewesen waren.

Lutz würde dieses Essen grauenhaft finden, überlegte Jo. Sie hatte Paul gefragt, ob es im Präsidium einen Beamten namens Lutz Jäger gab. Doch Paul hatte diesen Namen noch nie gehört. *Morgen, nahm sie sich vor, werde ich bei der Personalabteilung nachfragen und auch beim Einwohnermeldeamt.* Auch wenn die Chance, dass es Lutz ebenfalls ins Jahr 1974 verschlagen hatte, sehr gering war. Schließlich war er nicht dabei gewesen, als Brunhild Birnbaum ihr die Röntgenaufnahmen von Bernward Hilgers Schädel gezeigt hatte. Denn die Skelette, durch die sie und Lutz ins Mittelalter und das Jahr 1898 geraten waren, hatten sie gemeinsam gesehen.

Das Jahr 1974 war weder das Mittelalter noch das 19. Jahrhundert. Trotzdem fühlte Jo sich manchmal wie auf einem fremden Planeten. Ja, sie hoffte doch sehr, dass sie bald entgegen aller Wahrscheinlichkeit auf Lutz treffen würde.

Jo gähnte. Hilgers war ihr zwar alles andere als sympathisch. Trotzdem musste sie eine Möglichkeit finden, ihn noch einmal zu warnen. Anscheinend hatten ihn seine zukünftigen Mörder bedroht. Anders war seine Reaktion eigentlich nicht zu erklären. Sie musste versuchen, mehr über ihn herauszubekommen.

Nachdem Jo den Fernseher ausgeschaltet hatte, ging sie zum Schrank. Die Schlafanzüge, die sie darin fand, waren allesamt Babydolls, weite spitzenverzierte Hemdchen und mit Rüschen besetzte Höschen, in Rosa und Hellblau – ihr Alter Ego hatte ja einen fruchtbaren Geschmack. So etwas würde sie noch nicht einmal nachts tragen. Nach einigem Kramen entdeckte sie auch ein paar Baumwoll-T-Shirts und zog eines davon und eine frische Unterhose an.

Wohin es wohl mein Alter Ego verschlagen hat?, fragte sie sich, als sie wenig später ins Bett kroch. *Ob sie sich jetzt in der Aufzugkabine befindet und dem Ende des Schachts entgegenrast?* Eine Horrorvorstellung, die ihr Jo sofort die Babydolls verzeihen ließ. Sie und Lutz hatten nie wirklich herausgefunden, was mit den Personen geschehen war, in deren Körper sie in der Vergangenheit geschlüpft waren.

Auf der Straße fuhr ein Auto vorbei. Durch das gekippte Fenster drangen Fetzen von *Fußball ist unser Leben*.

Die Melodie begleitete Jo bis in den Schlaf, wo sie im Traum wieder ein kleines Kind war und auf den Schultern ihres Vaters saß.

2. KAPITEL

Jos Zeigefinger schmerzten vom Berichtetippen. Neben ihr auf der zerschrammten Schreibtischplatte lagen einige Blättchen Tipp-Ex. Der in die Schreibmaschine eingespannte Papierbogen war übersät mit weißen Flecken – dort, wo sie das Tipp-Ex hatte benutzen müssen, um ihre Fehler auszumerzen. Sie hoffte, dass die Durchschläge, wo sich die Fehler ja nicht ausbessern ließen, lesbar sein würden.

Obwohl die meisten Kollegen zusammen mit Heiner Kaminski das Büro schon seit einer geraumen Weile verlassen hatten und trotz der weit geöffneten Fenster, stank es noch immer durchdringend nach Zigarettenrauch.

Jo seufzte. Ach, wenn sie doch nur wie im Jahr 1898 jetzt auch Lust aufs Rauchen hätte. Das würde ihr Dasein wenigstens in Bezug auf den Zigarettenqualm erträglicher machen. Stattdessen empfand sie, wie in ihrem realen Leben, eine starke Abneigung gegen Zigaretten. Lutz dagegen wäre bestimmt glücklich, in dem Büro rauchen zu dürfen.

Sie hatte herausgefunden, dass weder in der Personalabteilung des Präsidiums noch beim Einwohnermeldeamt ein Lutz Jäger verzeichnet war. Sie musste sich endlich damit abfinden, dass sie ohne ihn im Jahr 1974 zurechtkommen musste.

Ihr Blick wanderte zu der Wanduhr neben der hellen Fläche in dem beigefarbenen Verputz, die der entfernte Pin-up-Kalender hinterlassen hatte. Die beiden Zeiger standen auf kurz nach fünf. Es war der 13. Juni, der Fronleichnamstag, der allerdings in Ebersheim kein Feiertag war. Kaminski hatte Jo und Paul dazu verdonnert, den Bereitschaftsdienst zu übernehmen, während er und die älteren Kollegen sich das WM-Eröffnungsspiel Brasilien gegen Jugoslawien in einer Kneipe ansahen. Jos Vater nahm irgendwelche Termine außerhalb des Präsidiums wahr. Am späten Vormittag hatte Jo ihn zum letzten Mal gesehen.

Wegen des Bereitschaftsdienstes hatte Kaminski Jo und Paul großzügig erlaubt, ihre Mittagspause um eine halbe Stunde zu verlängern. Was Jo dazu genutzt hatte, ihren Käfer vom Parkplatz des Kaufhauses zum Polizeipräsidium zu fahren. Bernward Hilgers senfgelber Porsche hatte wieder ganz in der Nähe des Hintereinganges gestanden. Glücklicherweise war sie Hilgers nicht begegnet. Auch wenn er sie ohne Sonnenbrille und Kopftuch wohl kaum erkannt hätte.

Paul, der in die Kantine gegangen war, um sich etwas zu essen zu holen, kam mit einem Plastiktablett zurück, auf dem zwei Teller mit Brötchen, Frikadellen und Senf standen, sowie zwei kleine Flaschen Fanta.

»Ich dachte, ich bringe dir auch eine Bulette mit«, sagte er.

»Das ist aber nett.« Frikadellen gehörten zwar nicht unbedingt zu Jos Lieblingsspeisen. Aber sie fand es wirklich nett von Paul, dass er ihr eine mitgebracht hatte, und außerdem hatte sie Hunger.

Paul stellte das Tablett auf Jos Schreibtisch und rollte dann seinen Bürostuhl heran.

»Gab es nicht mal einen Tatort-Kommissar, der immer Frikadellen aß?«, sagte Jo, nachdem sie in ihre Bulette gebissen hatte.

»Du meinst wohl Hans-Jörg Felmy als Hauptkommissar Haverkamp. Aber der spielt die Rolle doch immer noch.« Paul sah sie unter seinen zerzausten Haaren irritiert an.

»Ähm ja, natürlich. Der Schauspieler, den ich meine, trug, ähm, trägt jedenfalls immer einen Trenchcoat.« Als im nächsten Moment ihr Telefon zu läuten begann, nahm Jo das Gespräch erleichtert entgegen.

»Weber, Kriminalpolizei«, meldete sie sich, nur um sich gerade noch das »Hauptkommissarin« zu verkneifen.

»Hier die Zentrale«, antwortete eine Männerstimme. »Es ging gerade ein Anruf ein, dass im Wald, in Richtung Dernberg, eine männliche Leiche gefunden wurde. Allem Anschein nach wurde der Mann erschossen. Soll ich die Spurensicherung losschicken?«

»Ja, geben Sie mir bitte die genauen Angaben zum Tatort, und ich möchte auch wissen, wer den Toten entdeckt hat.« Jo schrieb mit, während ihr der Kollege die gewünschten Informationen übermittelte.

»Es gab einen Mord?«, fragte Paul aufgeregt, nachdem sie aufgelegt hatte.

»Ja, und wir beide fahren jetzt zum Tatort.« Jo schnappte sich ihre Jacke und Handtasche.

»Aber ...« Paul zögerte. »Meinst du nicht, wir sollten zuerst Hauptkommissar Kaminski verständigen? Er hat doch eine Telefonnummer hinterlassen, unter der wir ihn in der Gastwirtschaft erreichen können.«

Kaminski von dem Mord unterrichten würde sie vorerst auf keinen Fall, denn er würde sie bestimmt nicht zum Tatort fahren lassen. »Ich möchte den Hauptkommissar ungern beim Schauen des WM-Spiels stören«, log Jo. »Es geht ja erst mal nur um eine Tatortbesichtigung. Die können auch wir beide durchführen.«

Paul wirkte nicht ganz überzeugt, aber auch er griff nun nach seiner Lederjacke und folgte Jo zur Tür.

Die so gut wie nicht vorhandene Federung des Käfers ließ Jo auf ihrem Sitz bei jedem Schlagloch des Waldweges in die Höhe schnellen. Paul saß auf dem Beifahrersitz und hatte eine Karte auf den Knien ausgebreitet. Trotzdem hatten sie sich vorhin im Wald verfahren. Jo registrierte, dass auf einmal seltsame aus Baumstämmen errichtete Gebilde neben dem Weg auftauchten, die wie absonderliche Kunstinstallationen wirkten. Auf einem Schild sah sie einen kleinen eckigen Mann, der eine Art rote Unterhose und ein weißes Unterhemd trug und grinsend den rechten Daumen in die Höhe reckte. *Eine sehr seltsame Kunstinstallation ...*

»Was ist das denn?«, fragte sie Paul, während sie mit einem Kopfnicken auf die Baumgebilde wies.

»Na ja, ein Trimm-dich-Pfad.« Er zuckte mit den Schultern. »Kennst du die etwa nicht?«

»Ähm, nein, die gibt's, da, wo ich herkomme nicht.« *Nicht mehr ...,* ergänzte Jo in Gedanken.

»Da vorne musst du halten.« Paul wies auf eine Wiese, auf der bereits zwei Fahrzeuge standen. »Von hier aus müssen wir dann zu Fuß weitergehen.«

Nein, wandertauglich waren die Schuhe mit den Keilabsätzen nun wirklich nicht ... Jo fluchte innerlich, während sie sich stolpernd hinter Paul einen Weg durch das Unterholz bahnte und immer wieder mit den Beinen strampelte, um ihre weiten Hosenbeine von Brombeerranken und Kletten zu befreien. Endlich, nachdem sie sich durch eine Reihe von nassen Büschen hindurchgearbeitet hatten, standen sie auf einer kleinen Lichtung.

Zwei Männer knieten neben einem Leichnam am Boden. Einer war kahlköpfig, der andere hatte dunkles Haar, das ihm bis auf den Jackenkragen fiel. Keiner der beiden trug einen Schutzanzug. *Ach, es werden ja noch etwa zehn Jahre vergehen, bis erstmals der DNA-Beweis bei einem Mordprozess zur Anwendung kommen wird,* dachte Jo melancholisch, während sie ihr Hosenbein von einer weiteren Brombeerranke losriss.

Der dunkelhaarige Kollege, er trug den üblichen, der Mode entsprechenden hufeisenförmigen Schnurrbart und ein kariertes Hemd, blickte nun auf.

»Grüß dich, Paul«, sagte er und zwinkerte ihm zu. »Da haben wir also einen Leichnam an Fronleichnam. Na, hast du deine Freundin mitgebracht?«

Das konnte ja wohl nicht wahr sein … Jo vergaß, dass sie keine Hauptkommissarin war, und wies auf die brennende Zigarette, die der Kollege in der Hand hielt. »Auch wenn Sie keine DNA-Spuren sammeln – sind Sie eigentlich wahnsinnig, an einem Tatort zu rauchen? Haben Sie etwa auch noch Ihre Kippen hier überall auf dem Boden verteilt?«, fuhr sie ihn an.

»Nein, hab ich nicht«, verteidigte er sich. »Außerdem, wie reden Sie eigentlich mit mir?«

»So wie es einem unfähigen Beamten angemessen ist.«

Der Kollege wandte sich an Paul. »Das ist wahrscheinlich diese Emanze, die den Pin-up-Kalender in eurem Büro in den Papierkorb geworfen hat?«, fragte er verächtlich.

Jo ging einen Schritt auf ihn zu. »Ja, die bin ich. Und wenn Sie nicht sofort aufhören zu rauchen und Ihre Zigarette ordnungsgemäß entsorgen, werde ich …« *Ihnen die Hölle heißmachen,* hatte sie sagen wollen. Doch ihr fiel ein, dass sie in ihrem derzeitigen Rang nicht viel ausrichten konnte. »… dies Kriminalrat Claasen melden«, fügte sie stattdessen etwas lahm hinzu.

Neben dem Leichnam lagen ein Laubhaufen und Äste.

»War der Tote darunter versteckt?«, wollte Jo nun wissen.

Der Dunkelhaarige ignorierte sie, doch der Kahlköpfige nickte kurz, während er weiter vorsichtig mit einer kleinen Bürste Blätter und Äste von dem Leichnam in Plastiktüten kehrte.

Der Tote war ein junger Mann. Jo schätzte ihn auf Anfang oder Mitte zwanzig. Er trug ausgefranste Jeans, auf deren rechtem Hosenbein eine Stoffblume prangte. In seiner Brust befanden sich vier Schusswunden. Das verwaschene grüne T-Shirt war voller Blut. Die Füße steckten in Leder-Boots, die auch nicht gerade neu aussahen. Um seinen rechten Unterarm war ein aus Stoffbändern geflochtenes Armband geschlungen. Sein Körperbau war mittelgroß und drahtig.

Jo ließ ihren Blick zurück zum Gesicht des Toten wandern, nahm es jetzt erst richtig in sich auf. Seine weit aufgerissenen, grauen Augen wirkten mehr erstaunt als erschrocken. Seine Haut war sonnenverbrannt. Ein brauner Vollbart, in dem Laub und Kletten hingen, bedeckte seine untere Gesichtshälfte. Sein ebenfalls braunes Haar war ziemlich kurz geschnitten.

»Hatte der Tote irgendwelche Ausweispapiere bei sich?«, fragte Paul. Der dunkelhaarige Kollege schwieg bockig, doch der andere antwortete: »Nee, hatte er nicht. Noch nicht mal einen Geldbeutel haben wir bei ihm gefunden.«

»Wurde er hier ermordet?«, ergriff Jo wieder das Wort. Der Kahlköpfige warf seinem Kollegen einen nervösen Blick zu, entschied sich dann jedoch dazu, mit ihr zu kooperieren. »Allem Anschein nach nicht. Auf seiner Jacke und Hose haben wir Schleifspuren entdeckt. Und dort ist das Unterholz niedergedrückt.« Er zeigte auf einige junge Bäume, deren Stämme umgeknickt waren.

»Sie haben die Umgebung aber hoffentlich trotzdem nach Patronenhülsen abgesucht?«

»Nein, das haben wir noch nicht«, fauchte sein Kollege. »Denn wir sind erst seit zwanzig Minuten hier und waren bislang vollauf damit beschäftigt, den Leichnam zu fotografieren und zu untersuchen.«

»Und sind Sie bei dieser Untersuchung auf etwas Auffälliges gestoßen?«, ließ Jo sich nicht aus der Ruhe bringen.

»Na ja, ich weiß nicht, ob das ›auffällig‹ ist.« Der Kahlköpfige zuckte mit den Schultern. »Aber seltsam schon.« Er reichte Jo einen Plastikbeutel – *immerhin ein Fortschritt zum Jahr 1898, dass Fundstücke nun ordnungsgemäß verpackt wurden.* »Das haben wir in den Haaren des Toten gefunden.«

Das Fundstück entpuppte sich als zwei lange, gekräuselte braune Haare. »Wirkt wie aus Kunststoff«, stellte Jo nachdenklich fest.

»Kommt mir auch so vor«, bestätigte der Kahlköpfige.

Ob dies bedeutet, dass der Tote eine Perücke getragen hat?, ging es Jo durch den Kopf. Aber was für einen Grund könnte er dafür gehabt haben? Sie schob den Gedanken vorerst beiseite. »Der Kollege aus der Zentrale sagte mir, dass ein Rentner den Toten gefunden habe ...«

»Er hat seinen Hund ausgeführt und den Köter entgegen den Vorschriften frei herumlaufen lassen.« Der Kahlköpfige grinste. »Als der Hund im Unterholz verschwand und dann anschlug und sich nicht mehr zurückpfeifen ließ, hat der Rentner nachgeschaut, was den Köter so aufregte.«

Ein Rascheln am Rand der kleinen Lichtung ließ Jo den Kopf wenden. Ein großer Mann Ende fünfzig, der Tränensäcke unter den Augen hatte und eine Arzttasche in den Händen hielt, kam auf sie zu.

»Hätte der Rentner den Toten nicht etwas später finden können?«, beschwerte er sich. »Eine Viertelstunde vor Spielende musste ich los.«

»Wie stand es denn bis dahin?«, fragte Paul.

»Unentschieden, null zu null.«

»Jo Weber«, stellte Jo sich rasch dem Gerichtsmediziner vor, um ein ausferndes Gespräch über Fußball gleich im Keim zu ersticken.

»So, Sie sind also die Neue.« Er übersah geflissentlich ihre ausgestreckte Hand und öffnete seine Tasche. »Na, dann wollen wir mal.«

Jo verfolgte, wie er den Zustand der Leichenstarre überprüfte und dann die Temperatur des Toten maß. »Wann, schätzen Sie, war der ungefähre Todeszeitpunkt?«, fragte sie, als er fertig war.

Der Gerichtsmediziner ignorierte sie wieder und sagte an Paul und die beiden anderen Kollegen gerichtet: »Ein bis zwei Tage dürfte der Mann mindestens schon tot sein.«

Jo berührte Paul am Arm. »Lass uns mal den Schleifspuren nachgehen«, forderte sie ihn auf.

Gemeinsam gingen sie zu den umgeknickten Bäumchen. Der Weg, den der Mörder mit dem Leichnam genommen hatte, war gut zu erkennen, denn überall waren junge Bäume und Büsche beschädigt. Die Schleifspur endete nach gut hundert Metern an einem Holzstoß. Der Weg davor war mit den breiten Spuren von Forstfahrzeugen übersät.

»Mist«, murmelte Jo, »falls es hier einmal Reifenspuren vom Fahrzeug des Mörders gegeben hat, dann sind sie nun gründlich zerstört.«

»Außer der Mörder war ein Forstarbeiter«, bemerkte Paul.

»Kann ich mal die Karte haben?«, bat Jo ihn.

Paul zog die Karte aus der Innentasche seiner Jacke, faltete sie auseinander und reichte sie Jo.

Jo folgte mit den Augen der Linie des Trimm-dich-Pfads, den sie vorhin entlanggefahren waren. Dann legte sie den Zeigefinger auf die Stelle, wo der Leichnam entdeckt worden war, und ließ ihren Blick weiter zu der Stelle wandern, wo Paul und sie jetzt standen.

»Die kleine Lichtung, auf der die Leiche gefunden wurde, ist ziemlich gut versteckt«, überlegte sie laut. »Ob Forstarbeiter oder nicht, der Mörder muss sich hier gut ausgekannt haben.«

»Jo ...« Paul betrachtete sie unsicher. »Manchmal wirkst du viel älter als Mitte zwanzig. Ich meine erfahrener. Wie du vorhin mit den Kollegen geredet hast ... Ich hätte mich das nicht getraut. Aber jetzt sollten wir wirklich Hauptkommissar Kaminski verständigen.«

Ja, das konnten sie leider nicht umgehen ... Es begann zu tröpfeln, und in Sekundenschnelle ging ein Regenguss nieder.

»Komm, lass uns zum Auto rennen.« Sie nickte Paul zu.

Sie sprinteten den Waldweg entlang, und Jo kam sich plötzlich tatsächlich vor wie Mitte zwanzig.

Eine Stunde später kam Jo sich sehr viel jünger vor als Mitte zwanzig.

»Fräulein Weber«, die Stimme ihres Vaters klang ruhig, aber bestimmt, »es ist zwar kein Schaden daraus entstanden, dass Sie und Herr Meyer«, er blickte Paul an, »zu dem Leichenfundort gefahren sind, ohne Hauptkommissar Kaminski zu verständigen. Aber ein Befehl ist nun einmal ein Befehl und deshalb zu befolgen.« Sie standen unter einem Baum am Rand der Lichtung, während Regen auf sie herabtropfte.

Als Jo und Paul Heiner Kaminski von einer Telefonzelle aus verständigt hatten, hatte der einen Wutanfall bekommen und sie zurück zum Leichenfundort beordert. Und bevor er sich selbst auf den Weg gemacht hatte, hatte er Jos Vater über den Mord informiert und sich bei dieser Gelegenheit gleich über Jo und Paul beschwert.

Ich habe mich so oft als Kind nach einem Vater gesehnt, dachte Jo bitter, *und mir manchmal auch gewünscht, wenn ich etwas angestellt hatte, dass mir mein Vater den Kopf waschen würde. Aber in Gegenwart von schadenfrohen Kollegen hätte ich das nicht gebraucht.*

Ein improvisiertes Zelt aus Plastikplanen schützte den Leichnam vor dem Regen. Heiner Kaminski unterhielt sich dort mit Georg Maurer und Herbert Bäumler – so hießen, wie sie mittlerweile erfahren hatte, der Kahlköpfige und der Schnurrbärtige. Bestimmt hatten sie jedes Wort von der Zurechtweisung mit angehört. Wenigstens hatte der Gerichtsmediziner die Lichtung schon vor einer Weile verlassen.

»Ich habe Hauptkommissar Kaminski doch schon erklärt, dass Paul nichts dafür kann. Ich habe ihn überredet, mit mir hierherzukommen«, begann Jo.

»Was wieder einmal zeigt, Paul, dass sich ein Mann von einer Frau nichts befehlen lassen sollte.« Kaminski, der in seinem knallgelben Regenmantel wie ein überdimensionaler Luftballon aussah, wie Jo fand, war zu ihnen getreten. Paul wurde rot. »Auf dem Weg hierher hat mich per Funk eine Nachricht aus dem Präsidium erreicht. Die Beschreibung des Toten passt auf einen jungen Mann aus Ebersheim, der seit ein paar Tagen vermisst wird.«

»Kümmern Sie sich bitte darum, dass dies heute Abend noch überprüft wird.« Jos Vater nickte ihm zu. »Gibt es neue Erkenntnisse bei der Spurensicherung?«

»Leider nein.« Kaminski schüttelte den Kopf.

»Aber was ist mit den künstlichen Haaren, die an der Leiche gefunden wurden?«, platzte Jo heraus.

»Davon weiß ich ja noch gar nichts.« Ihr Vater blickte Kaminski fragend an.

»Was soll es denn schon mit diesen Haaren auf sich haben?«, wehrte der Hauptkommissar ab.

»Na ja, es wird doch sicher ein Foto des Toten im Ebersheimer Tageblatt veröffentlicht werden«, erklärte Jo. »Ich finde, es sollte auch erwähnt werden, dass der junge Mann vielleicht eine Perücke getragen hat.«

»Diese künstlichen Haare können von allem Möglichen stammen und nicht nur von einer Perücke«, knurrte Kaminski gereizt.

»Aber der Hinweis auf eine Perücke könnte die Identifizierung erleichtern. Deshalb sollte er auf jeden Fall in der Zeitung erscheinen.« Jos Vater schnitt Kaminski das Wort ab. »Fräulein Weber wird Sie morgen in die Gerichtsmedizin zu Herrn Doktor Bergmann begleiten.«

Jo unterdrückte ein erleichtertes Lächeln. Ihr Vater bezog sie richtig in den Fall mit ein. Er schien also doch nicht ernsthaft böse auf sie zu sein. Auch wenn sie viel lieber mit ihm als Kaminski in die Gerichtsmedizin gegangen wäre.

Und wenn ich wegen des unbekannten Toten im Jahr 1974 gelandet bin, und nicht wegen Bernward Hilgers? Diese Frage hatte Jo schon eine ganze Zeitlang unterschwellig beschäftigt. Nachdem sie Paul im Stadtzentrum abgesetzt hatte, kam sie ihr wieder in den Sinn.

Einen Moment lang beobachtete sie geistesabwesend, wie der Regen gegen die grün und rot blinkende Bierwerbung an einer Kneipenfassade prasselte, ehe sie den Käfer startete und ins Präsidium zurückfuhr. Möglicherweise handelte es sich bei dem vermissten jungen Mann aus Ebersheim um den Toten, möglicherweise aber auch nicht. Es konnte nicht schaden, schon einmal vorab zu überprüfen, ob nicht auch die Personenbeschreibungen anderer Vermisster auf ihn zutrafen.

Aus ihrer Ausbildung erinnerte Jo sich, dass es bis in die 1980er Jahre Fahndungsbücher bei der Polizei gegeben hatte, die wöchentlich neu herausgegeben wurden und in denen flüchtige und vermisste Personen aufgelistet waren.

»Kann ich bitte einmal das neueste Fahndungsbuch haben?«, fragte sie einen der uniformierten Kollegen in der Zentrale.

»Liegt da drin.« Er deutete auf einen abgenutzten Rollschrank unter einer großen Straßenkarte der Stadt. »Es geht wahrscheinlich um den Toten im Wald, oder? Sie können auch im Computer nachschauen.«

Computer ...? Es gab 1974 tatsächlich schon Computer bei der Ebersheimer Polizei ...? Jo konnte es nicht fassen. Doch ihre Freude schwand schnell, als sie sich vor den Bildschirm in einem Winkel der Zentrale setzte. Weiße Buchstaben und Zeichen blinkten vor einem schwarzen Hintergrund. Sie gab »Vermisste Personen« ein und betätigte die Entertaste. Nichts tat sich. Auch mit »Vermisst« kam sie nicht weiter. Wahrscheinlich benötigte sie irgendwelche Steuerungsbefehle, die sie nicht kannte.

Jo schielte zu den Kollegen. Einer nahm gerade einen Notruf entgegen. Ein anderer sprach mit der Besatzung eines Streifenwagens. Kurz entschlossen klemmte sie sich das Fahndungsbuch unter den Arm und verließ die Zentrale.

Im Großraumbüro setzte sie sich an ihren Schreibtisch und begann das Fahndungsbuch durchzusehen. Es dauerte ungefähr eine halbe Stunde, bis Jo unter der Rubrik »Fahnenflüchtig« auf eine Personenbeschreibung stieß, die auf den Toten passte.

Schritte ließen sie aufblicken. *O nein,* sie stöhnte innerlich auf, *nicht schon wieder Kaminski ...*

Doch es war ihr Vater. »Fräulein Weber, was machen Sie denn hier mit dem Fahndungsbuch?«, fragte er erstaunt.

»Ich bin auf einen Soldaten namens Stefan Lehnert gestoßen, der seit etwa zwei Monaten aus einer Kaserne in Oldenburg als fahnenflüchtig gemeldet wird«, erklärte sie. »Dieser Stefan Lehnert ist Anfang zwanzig, mittelgroß, etwa fünfundsechzig Kilo schwer und hat braune Haare und graue Augen. Genau wie unser Toter. Und es wäre auch plausibel, dass ein fahnenflüchtiger Soldat sein recht kurzes Haar unter einer Perücke verstecken würde.«

»Wir werden dem nachgehen, wenn der Vermisste aus Ebersheim nicht unser Toter ist.« Ihr Vater lehnte an dem Schreibtisch neben ihr und betrachtete sie einige Augenblicke. »Sie lieben diesen Beruf wirklich, nicht wahr?«, stellte er dann mit einem Lächeln fest.

»Ja, das tue ich.« Jo nickte.

»Was hat Sie denn veranlasst, zur Kriminalpolizei zu gehen?«

»Mein Vater.«

»Er ist Polizist?«

»Er war es. Er ist nicht mehr am Leben.« *Herrje ...* Jo spürte plötzlich einen Kloß im Hals.

»Es tut mir leid, dass ich Sie vorhin vor Hauptkommissar Kaminski so heruntergeputzt habe. Ich weiß Ihr Engagement wirklich zu schätzen. Aber hätte ich Sie nicht hart angefasst, dann hätte ihn dies noch mehr gegen Sie aufgebracht. Und jetzt«, ihr Vater beugte sich vor und schaltete Jos Schreibtischlampe aus, »gehen Sie nach Hause. Das ist ein Befehl. Wir sehen uns dann morgen.«

Seine Worte klangen noch in Jo nach, als sie im Regen über den Parkplatz des Polizeipräsidiums lief. Das Donnern, mit dem der Käfer startete, hörte sich schon weniger ohrenbetäubend an. *Vielleicht war es ja doch gar nicht so schlecht, dass es sie ins Jahr 1974 verschlagen hatte ...*

Um acht Uhr am nächsten Morgen war Jo wieder im Präsidium. Auch Paul saß bereits an seinem Schreibtisch. Hinter den Glasscheiben konnte Jo Heiner Kaminski in seinem Büro sehen, beschienen von Neonlicht, denn der Tag war wieder grau und verregnet.

Jo schob sich ein Hustenbonbon in den Mund. Sie hatte sich am Vorabend, durchnässt, wie sie war, ein bisschen erkältet.

»Gibt es schon irgendwelche Erkenntnisse, ob der Tote der Vermisste aus Ebersheim ist?«, wandte sie sich an Paul.

»Das ist noch nicht ganz klar.« Paul zuckte mit den Schultern. »Hauptkommissar Kaminski hat eben einen Kollegen losgeschickt, der den Zahnbefund des Toten mit dem des Vermissten abgleichen soll.«

Paul wirkte, fand Jo, unausgeschlafen und niedergedrückt. Anscheinend machte ihm der Schlamassel, den sie ihm eingebrockt hatte, immer noch zu schaffen. Sie beschloss, ihm einen Kaffee zu holen.

Als sie die kleine Kaffeeküche betrat, sah sie, dass dort der Pin-up-Kalender über der Kaffeemaschine hing. Jemand hatte ihn aus dem Papierkorb gerettet und über die nackten Brüste mit Filzstift ein Bikinioberteil gezeichnet.

Haha ... Sehr witzig ... Jo kam plötzlich in den Sinn, dass Lutz diese Aktion wahrscheinlich lustig gefunden hätte. *Lutz ... Besser nicht an ihn denken, sonst vermisste sie ihn viel zu sehr.*

Zu Jos Bedauern verließ Heiner Kaminski sein Büro, als sie, mit dem Kaffeebecher in der Hand, auf Pauls Schreibtisch zusteuerte.

»Na, geht doch mit dem Kaffeekochen«, raunzte er. »Man muss Sie anscheinend nur einmal ordentlich zusammenstauchen. Die Obduktionsergebnisse liegen vor. Also los, holen Sie sich Ihre Jacke.«

Jo unterdrückte ein gereiztes Stöhnen. *Ganz bestimmt würde Lutz Heiner Kaminski nicht lustig finden ...*

Die Gerichtsmedizin hatte sich im Vergleich zum 21. Jahrhundert kaum verändert. Die Sektionstische aus rostfreiem Edelstahl waren seither erneuert worden. Aber die grauweißen Kacheln auf dem Boden und an den Wänden waren dieselben, und es herrschte der gleiche süßliche Verwesungsgeruch vor, den auch Desinfektionsmittel und Klimaanlagen nicht gänzlich ausschalten konnten.

Auf einem der Tische lag der nackte Leichnam des jungen Mannes. In dem kalten Neonlicht wirkte er irgendwie wie eine Skulptur. Doch er war einmal ein Mensch gewesen, und jemand hatte ihm das Leben geraubt, ihn um die Jahre gebracht, die noch vor ihm gelegen hatten.

Dr. Bergmann, der in seiner grünen, blutbespritzten Schürze und den Gummistiefeln wie ein Schlachter wirkte, wusch sich die Hände an einem Waschbecken.

»Oh, Fräulein Naseweis ist mit dabei«, sagte er mit einem geringschätzigen Kopfnicken in Jos Richtung, nachdem er und Kaminski sich begrüßt hatten.

»Anordnung des Kriminalrats.« Kaminski vollführte eine wegwerfende Handbewegung.

»Na, wenn dem Fräulein nur mal nicht schlecht wird.«

Von der Brust des Toten bis zu seinem Schambein zog sich der übliche Y-förmige, grob vernähte Schnitt. Eine rote Linie rund um den Schädel zeigte an, wo der Gerichtsmediziner die Haut vom Kopf getrennt und dann die Schädeldecke abgenommen hatte. Die Kugeln hatten dort, wo sie aus dem Körper ausgetreten waren, vier große Löcher in die Brust gerissen, durch die man Knochen und Muskelstränge sehen konnte.

»Meine erste grobe Einschätzung des Todeszeitpunktes hat sich bestätigt«, wandte sich Dr. Bergmann an Kaminski. »Das Opfer wurde vor zwei Tagen umgebracht. Vermutlich zwischen sechs und zehn Uhr abends. Todesursache sind massive Verletzungen im Brustkorb. Insgesamt fünf Schüsse wurden auf das Opfer abgegeben, von denen mindestens vier tödlich waren. Eine Kugel blieb im Brustbein stecken. Da ihn die Schüsse alle in den Rücken trafen, hat das Opfer wahrscheinlich versucht, vor seinem Mörder zu fliehen.«

Bei der Todesursache von Bernward Hilgers hatte sich der Gerichtsmediziner geirrt. Jo wünschte sich, sie hätte in der Akte gelesen, wer die Obduktion durchgeführt hatte. Wobei sie immer noch hoffte, dass es zu dieser Obduktion gar nicht kommen würde. Gut möglich, dass damals auch Dr. Bergmann der Gerichtsmediziner gewesen war. Den geplatzten Äderchen auf seinen Wangen und seiner Nase nach zu schließen, trank er mehr, als gut für ihn war, und Jo traute ihm ohne weiteres zu, voreingenommen zu sein. Aber was den Todeszeitpunkt und – vor allem natürlich – die Todesursache des jetzigen Opfers betraf, glaubte sie schon, dass er mit seiner Einschätzung richtig lag.

»Dies ist die Kugel, die im Brustbein stecken blieb.« Dr. Bergmann ignorierte Jo wieder und präsentierte Kaminski eine Metallschale mit einer verformten Kugel darin. »Laut der Ballistik hatte sie ein Kaliber von neun Millimetern. Im Magen des jungen Mannes habe ich Reste von Spaghetti und Tomatensoße gefunden. Nicht gerade ein frugales letztes Abendessen.« Dr. Bergmann trocknete sich die Hände mit Papierhandtüchern und ließ sich dann von einem dicken, bleichen Assistenten, der wirkte, als würde er die meiste Zeit seines Lebens im künstlichen Licht verbringen, aus der Schlachterschürze helfen. Eine Geste, die wohl an einen Chirurgen erinnern sollte, der sich nach gelungener Operation die sterile OP-Kleidung abnehmen ließ, wie Jo bissig dachte.

Jo war froh, als sie und Kaminski wieder zurück im Präsidium waren und sie die Gegenwart des Hauptkommissars nicht länger unmittelbar ertragen musste. Doch kaum dass sie das Großraumbüro betreten hatten, eilte Paul auf sie und Kaminski zu. »Herr Hauptkommissar, Kriminalrat Claasen bittet Sie und Fräulein Weber, in sein Büro zu kommen«, teilte er ihnen mit.

»Ich hoffe nicht, dass der Kriminalrat vorhat, mich nun ständig Ihr Kindermädchen spielen zu lassen.« Kaminski bedachte Jo mit einem bösen Blick. Auch Jo hoffte sehr, dass dies nicht der Fall sein würde.

Das Büro ihres Vaters war einfach und zweckmäßig eingerichtet. Die einzige persönliche Note war der Druck eines modernen Gemäldes, der über einem Aktenschrank hing. Ihr Vater schob einen aufgeschlagenen Aktenordner zur Seite und bedeutete Hauptkommissar Kaminski und Jo, sich zu setzen.

»Während Sie beide in der Gerichtsmedizin waren, habe ich erfahren, dass der junge, vermisste Ebersheimer nicht unser Toter aus dem Wald ist«, berichtete er. »Die zahnärztlichen Befunde stimmen nicht überein. Deshalb habe ich per Fernschreiber die Personenbeschreibung des Mordopfers an den Bundeswehrstandort Oldenburg durchgeben lassen. Fräulein Weber hat gestern Abend herausgefunden, dass dort ein Soldat fahnenflüchtig ist, auf den die Beschreibung des Toten passt«, fügte er, an Hauptkommissar Kaminski gewandt, erklärend hinzu.

»Gute Arbeit, Fräulein Weber.« Kaminski rang sich ein falsches Lächeln ab.

»Fassen Sie mir bitte kurz zusammen, was Ihr Besuch in der Gerichtsmedizin ergeben hat.« Jos Vater nickte Kaminski zu. Während dieser referierte, betrachtete Jo den Schreibtisch. Zwischen den aufgeschlagenen Aktenordnern, die dort lagen, konnte sie keine persönliche Fotografie entdecken.

Mein Vater und meine Mutter müssen sich jetzt eigentlich schon gekannt haben, ging es ihr durch den Sinn. Denn wenn sie von ihrem richtigen Geburtsdatum zurückrechnete, musste sie in der zweiten Junihälfte des Jahres 1974 gezeugt worden sein.

Reiß dich zusammen, ermahnte Jo sich gleich darauf. *Der Mord an dem unbekannten jungen Mann ist wirklich wichtiger als deine Familienverhältnisse.*

»Fräulein Weber«, wie ein Echo ihrer Gedanken hörte sie ihren Vater mit erhobener Stimme ihren Namen nennen. Sie zuckte zusammen. Kaminski grinste spöttisch.

»Fräulein Weber, Hauptkommissar Kaminski hat eben vorgeschlagen, dass Sie routinemäßig überprüfen, auf wen in Ebersheim Waffen des Typs zugelassen sind, mit dem unser Toter ermordet wurde.«

Es war bestimmt Absicht, dass mir Kaminski diese langweilige Arbeit übertragen hat, stellte Jo bitter fest.

Eine gute Stunde später blätterte Jo frustriert eine weitere Seite mit den Abschriften von Waffenbesitzkarten um. Gleich darauf richtete sie sich verblüfft auf. Denn auf der Abschrift stand der Name Bernward Hilgers. Drei Jagdgewehre für Munition mit den Kalibern zwölf und sechzehn Millimeter waren auf seinen Namen eingetragen. »Weißt du, ob Bernward Hilgers einen Jagdschein hat und, falls ja, wo er jagen geht?«, wandte sie sich an Paul, der gerade mit der Forstverwaltung telefoniert hatte.

»Weshalb fragst du ausgerechnet nach Herrn Hilgers?« Paul blickte sie erstaunt an, während Jo sich auf die Lippen biss. Aus Pauls Sicht war es ja wirklich sonderbar, dass sie sich für Hilgers interessierte.

Doch nun schüttelte Paul entschuldigend den Kopf. »Ach so, jetzt verstehe ich. Unser Toter wurde ja in dem Gebiet gefunden, für das Herr Hilgers die Jagdpacht besitzt.«

»Tatsächlich?« *Das war nun aber wirklich eine interessante Neuigkeit ...*

»Hauptkommissar Kaminski hat Herrn Hilgers dazu bereits befragt. Der Chef geht hin und wieder mit Herrn Hilgers jagen.«

Das war eine weniger gute Neuigkeit ...

»Hat der Hauptkommissar irgendetwas über sein Gespräch mit Hilgers verlauten lassen?«

»Nur so viel, dass Bernward Hilgers dem Toten niemals begegnet ist und er auch sonst keine Angaben machen konnte, die uns weiterhelfen.« Paul zuckte mit den Schultern und wandte sich wieder seiner Liste mit den Forstarbeitern zu.

Hm ... Ihr Instinkt sagte Jo, dass es irgendeine Verbindung zwischen Hilgers und dem Toten gab. Sie musste selbst noch einmal mit dem Geschäftsführer sprechen. Nur gut, dass ihre Stimme wegen der Erkältung ein bisschen heiser klang.

»Paul«, Jo schob ihren Stuhl zurück, »wenn jemand nach mir fragt, ich bin in der Mittagspause.«

Bernward Hilgers erhob sich hinter seinem Mahagonischreibtisch und reichte Jo die Hand. »Verzeihen Sie, dass ich etwas irritiert bin, aber ich habe bereits mit Ihrem Chef, Hauptkommissar Kaminski, über den Toten im Wald gesprochen. Deshalb wüsste ich nicht, was ich Ihnen noch mitteilen könnte.«

Er erkennt mich nicht wieder, dachte Jo erleichtert. »Oh, Hauptkommissar Kaminski war schon hier«, brachte sie die Lüge vor, die sie sich ausgedacht hatte. »Das tut mir sehr leid. Es muss irgendein Kommunikationsproblem im Team gegeben haben.« *Hatte man 1974 schon das Wort Kommunikationsproblem benutzt? Egal ...*

»Aber da ich nun schon einmal hier bin ... Vielleicht fällt Ihnen ja doch noch etwas ein. Manchmal ist das ja so, bei einem zweiten Gespräch über dasselbe Thema. Ich bin Kriminalkommissarin zur Anstellung, wissen Sie, und muss noch viel lernen. Deshalb wäre ich Ihnen sehr dankbar, wenn Sie mir etwas von Ihrer Zeit schenken könnten.« Jo bedachte Bernward Hilgers mit einem hilflosen Augenaufschlag.

Die Weibchentour verfing wieder einmal. Bernward Hilgers schaute auf seine teure Armbanduhr. »Zwanzig Minuten kann ich für Sie erübrigen.«

»Vielen Dank!« Jo strahlte ihn an.

»Kaminski hat mir ein Foto vom Gesicht des Toten gezeigt. Ich habe ihn noch nie gesehen, weder im Wald noch anderswo.« Bernward Hilgers Hände lagen auf der Schreibtischplatte. Wie bei ihrer letzten Begegnung trug er wieder einen eleganten, dreiteiligen Anzug. Er wirkte höflich und interessiert. Ganz anders als der Mann, der Jo grob zum Auto gezerrt hatte.

»Gehen Sie denn oft jagen?«

»Während der Saison zwei- bis dreimal im Monat. Aber auch sonst halte ich mich oft im Wald auf, wenn mir mein Beruf Zeit dazu lässt. Jagen bedeutet schließlich nicht nur, Tiere zu erlegen, sondern auch, sich für die Natur zu interessieren.« Er lächelte Jo an.

»Wenn Sie mir die kurze Abweichung gestatten ... Sie leiten die Kaufhauskette zusammen mit Herrn Meerheimer, dem Besitzer?«

»Sie sind nicht von hier, nicht wahr?« Bernward Hilgers lehnte sich in dem rötlich braunen Lederschreibtischstuhl zurück. »Herr Meerheimer ist wie ein Vater für mich, und er betrachtet mich als seinen Sohn. Er ist jetzt Mitte siebzig und hat sich aus dem Tagesgeschäft weitgehend zurückgezogen.«

»Das bedeutet, Sie sind mehr oder weniger alleine für die Kaufhauskette verantwortlich?«

»So ist es ... Die Last ruht auf meinen Schultern.« Er lächelte selbstironisch. Oder versuchte er etwa, mit ihr zu flirten?

Jo konnte sein Verhalten nicht recht deuten. Sie räusperte sich. »Um auf den Mordfall zurückzukommen ... Gibt es Leute, die regelmäßig mit Ihnen in Ihrem Pachtgebiet jagen?«

»Wenn Sie so wollen, die Honoratioren der Stadt. Genauso wie ich umgekehrt natürlich auch mit ihnen jagen gehe. Ihr Chef, Heiner Kaminski, hat übrigens auch schon zwei- oder dreimal einer meiner Jagdgesellschaften angehört.«

Ja, dass passte wirklich zu Kaminski ...

»Leider begleitet mich Herr Meerheimer nicht mehr häufig zur Jagd. Seine Gesundheit lässt es nicht zu. Die Jagdpacht habe ich gewissermaßen von ihm übernommen.«

»Grenzen andere Pachten an Ihr Gebiet?«

»Direkt nur im Westen die von Herrn Kieroff. Er ist Notar ...«, fügte Bernward Hilgers erläuternd hinzu. »Ansonsten erstreckt sich um mein Gebiet etwa drei Kilometer pachtfreies Gelände.« Er blickte wieder auf seine Armbanduhr. »Wenn Sie keine Fragen mehr haben, die zwanzig Minuten sind fast um ...«

»Das ist jetzt natürlich nur reine Routine. Wie ich schon sagte, ich muss noch viel lernen.« Jo bedachte Bernward Hilgers wieder mit einem großen Augenaufschlag. »Haben Sie denn ein Alibi für den elften Juni zwischen sechs und zehn Uhr abends?«

»Ich war hier im Büro, was Frau Sander, meine Sekretärin, allerdings nur bis sieben Uhr bezeugen kann. Danach ist sie nach Hause gegangen.« Bernward Hilgers lachte. »Aber ich hoffe doch, dass ich nicht als tatverdächtig gelte.«

»Nein, natürlich nicht ...« *Was der Wahrheit entsprach ...* Jo verabschiedete sich von ihm.

Als sie das Vorzimmer verließ, kam ihr im Flur ein imposanter grauhaariger Mann entgegen, der sich schwer auf eine Krücke stützte. Flüchtig registrierte Jo buschige Brauen und einen breiten, festen Mund.

»Guten Tag, Herr Meerheimer«, hörte sie die Sekretärin diensteifrig grüßen, ehe sich die Tür hinter ihm schloss.

Nein, dachte Jo, während sie die Personaltreppe hinunterging, vorbei an den Feuertüren, die zu den Kaufhausetagen führten. *Bernward Hilgers ist nicht tatverdächtig. Aber irgendetwas stimmt nicht mit ihm.*

Und das lag nicht nur an der Szene, die sie auf dem Kaufhausparkplatz mit ihm erlebt hatte. Beim Abschied war seine Hand – anders als bei der Begrüßung – schweißnass gewesen.

Jo hatte geglaubt, dass ihr Gespräch mit Hilgers geheim bleiben würde. Allerdings nur so lange, bis sie ihrem Vater in der Eingangshalle des Polizeipräsidiums begegnete. Sein Gesicht umwölkte sich, als er sie sah. »Fräulein Weber, Sie kommen mit mir«, befahl er barsch. Mit einem mulmigen Gefühl folgte sie ihm in sein Büro.

Dort angelangt, musterte er sie ärgerlich. »Fräulein Weber, ich habe gerade von Hauptkommissar Kaminski erfahren, dass Sie hinter seinem Rücken mit Herrn Hilgers gesprochen haben. Angeblich gab es ein Verständigungsproblem zwischen Ihnen und Kaminski. Nun, der Hauptkommissar glaubt davon kein Wort, und ich auch nicht.«

»Wie hat denn Hauptkommissar Kaminski erfahren, dass ich ...?« Gegen ihren Willen fühlte Jo sich schuldbewusst.

»Als ob das eine Rolle spielte.« Als ihr Vater bemerkte, dass sie wirklich geknickt war, wurde sein zorniger Blick etwas milder. »Er hatte noch eine Nachfrage an Herrn Hilgers. Während des Telefongesprächs hat sich dann zufällig herausgestellt, dass eine junge, übereifrige Polizeibeamtin gerade bei Herrn Hilgers war. Würden Sie mir bitte erklären, was Sie dazu veranlasst hat?«

Jo fühlte sich wieder wie eine Jugendliche, die eine Strafpredigt über sich ergehen lassen musste. *Wenigstens gab es dieses Mal keine Zeugen ...*

»Ach, ich wollte einfach unbedingt mit Herrn Hilgers sprechen, da der Tote in seinem Pachtgebiet gefunden wurde.« *Was ja teilweise der Wahrheit entsprach ...*

Ihr Vater seufzte. »Fräulein Weber, ich weiß Ihren Enthusiasmus und Ihr Engagement zu schätzen. Aber Sie sind nun einmal Teil eines Teams. Sie müssen sich mit Ihren Vorgesetzten und Kollegen absprechen und können nicht einfach auf eigene Faust handeln. Wenn Sie das nicht einsehen, dann sind Sie bei der Polizei fehl am Platz.«

Genau das habe ich schon öfter versucht, Lutz begreiflich zu machen, ging es Jo durch den Sinn.

»Haben wir uns verstanden?« Ihr Vater betrachtete sie forschend.

»Ja ...«, murmelte Jo.

»Gut. Aus Oldenburg hat uns vorhin die Nachricht erreicht, dass man bei der Bundeswehr davon ausgeht, dass es sich bei unserem Toten tatsächlich um Stefan Lehnert handelt. Morgen werden zwei Offiziere hier erscheinen, um den Toten zu identifizieren.« Die Andeutung eines Lächelns umspielte die Mundwinkel ihres Vaters. »Nehmen Sie sich den Nachmittag frei, denn ich denke, es ist besser, wenn Sie dem Kollegen Kaminski vorerst nicht unter die Augen kommen.«

»Ähm, danke ...«

Ihr Vater wandte sich seinem Schreibtisch zu, doch da Jo stehen blieb, drehte er sich noch einmal zu ihr um. »Haben Sie noch etwas auf dem Herzen?«

»Ja ...« Die Frage war ihr ganz plötzlich in den Sinn gekommen. »Was halten Sie denn von Herrn Hilgers? Also, falls Sie ihn kennen ...«

»Fräulein Weber, Sie glauben doch nicht etwa im Ernst, dass Herr Hilgers etwas mit dem Mord zu tun hat?«

»Nein ...« *Zumindest nicht direkt ...* »Es ist nur einfach so, dass ich Herrn Hilgers irgendwie schwer durchschaubar finde«, redete Jo sich heraus.

»Ich kenne Herrn Hilgers, wie man in einer mittelgroßen Stadt wie Ebersheim nun einmal die sogenannten Stützen der Gesellschaft kennt. Wir sind uns hin und wieder bei offiziellen Anlässen begegnet. Soviel ich weiß, stammt er aus recht kleinen Verhältnissen. Wie ich übrigens auch.« Ihr Vater besann sich kurz. »Ich hatte immer den Eindruck, dass Herr Hilgers seine Position als Geschäftsführer der Kaufhauskette Meerheimer genießt. Und dass er sehr stolz darauf ist, dass ihn der Inhaber, Herr Meerheimer, als eine Art Sohn betrachtet. Aber das ist auch sein gutes Recht.«

»Aber Sie mögen ihn nicht besonders?«, konnte Jo sich nicht verkneifen nachzuhaken.

»Ehrlich gesagt, ich würde ihn mir nicht als Freund aussuchen.« Ihr Vater nahm hinter seinem Schreibtisch Platz. »Und jetzt, Fräulein Weber, verschwinden Sie endlich ...«

Trotz der barschen Worte klang sein Tonfall, fand Jo, fast ein bisschen liebevoll ... Sie lächelte vor sich hin.

Ach, was für ein schöner Traum ... Am nächsten Morgen seufzte Lutz Jäger wohlig. Er lag neben Jo im Bett. Ihr Rücken schmiegte sich gegen seine Brust. *Er hatte nie ein Kind mit einer anderen Frau gezeugt, und sie hatten sich nie zerstritten ...* Er legte die Arme um Jo, zog sie enger an sich.

Jo bewegte sich. *Was sich plötzlich sehr real anfühlte ...* Lutz riss die Augen auf. Die Frau, die sich neben ihm aufrichtete, war eindeutig nicht Jo. Sie war Anfang zwanzig, ausgesprochen hübsch, hatte langes blondes Haar, üppige Brüste und einen sinnlichen Mund. Nicht dass er Jo unattraktiv fand. Ganz im Gegenteil. Aber sie war – zumindest im 21. Jahrhundert – eher ein sportlicher, kühler Typ. Diese Frau dagegen hatte eine sehr weibliche Ausstrahlung.

»Hallo, Lou.« Sie lächelte ihn an, während sie den auseinandergebreiteten Schlafsack zurückschlug.

Lutz registrierte, dass er auf einer Matratze in einem Altbauzimmer lag. Von den Stuckaturen der hohen Decke blätterte ebenso die Farbe wie von den Fenstersprossen. An einer Wand hing ein Plakat. Darauf war ein schmächtiger Mann mit asiatischen Gesichtszügen abgebildet, dem Lenin über die Schulter blickte.

»Wo bin ich, und ... wie bin ich ... hierhergekommen?«, stammelte er.

»Na ja, in unserer Kommune in Ebersheim.« Die schöne Blondine zuckte mit den Schultern. »Toby hat dich gestern nach dem Konzert mit hierhergebracht.«

»Haben wir ... Haben wir beide miteinander geschlafen?«, kam Lutz auf das zu sprechen, was ihn noch viel mehr umtrieb, als die Frage, wo er sich gerade befand.

»Du klingst, als würde dir die Vorstellung gar nicht gefallen.« Die Kommunardin erhob sich geschmeidig.

»Wir kennen uns schließlich überhaupt nicht.« *Ich bin wirklich noch nicht über Jo hinweg,* begriff Lutz. *Sonst würde es* mir nicht zu schaffen machen, möglicherweise mit dieser Frau geschlafen zu haben.

»Was hast du denn für reaktionäre Moralvorstellungen? Die musst du aber echt ablegen. Mein Name ist übrigens Melanie.«

»Haben wir nun, oder haben wir nicht?«

Mit wiegenden Schritten durchquerte Melanie das Zimmer, wobei ihr langes Haar auf ihren Hüften auf und ab wippte. An der Tür drehte sie sich zu Lutz um und zwinkerte ihm zu. »Tut mir leid, aber ich hab gerade Schwierigkeiten, mich zu erinnern.«

Scheiße ... Das war nicht die Antwort, die er hatte hören wollen ...

Zur Abwechslung schien einmal die Sonne, obwohl es recht kühl war. Während Jo den steinigen Feldweg entlangging, war sie froh, dass sie sich am Vortag ein Paar Turnschuhe – *ohne Keilabsätze* – gekauft hatte. Außerdem hatte sie den freien Nachmittag zu einem Friseurbesuch genutzt. Da ihr nicht der Sinn nach Föhnwellen stand, hatte sie sich für einen Kurzhaarschnitt entschieden. *Gewissermaßen wie Twiggy ...* Was ihr aber, wie sie fand, gar nicht schlecht stand.

Anschließend hatte sie das Archiv vom *Ebersheimer Tageblatt* aufgesucht und die dicken, gebundenen Zeitungsbände nach Informationen über Bernward Hilgers und Herrn Meerheimer.

Dabei hatte Jo herausgefunden, dass Bernward Hilgers 1922 als Sohn eines Tischlers in Frankfurt geboren wurde. Der Vater starb früh beim Unfall auf einer Baustelle. Achim Meerheimer – der mit ihm befreundet gewesen war, die beiden kannten sich von den letzten Gefechten des Ersten Weltkrieges – ermöglichte Bernward Hilgers den Besuch eines Realgymnasiums. 1940 war Bernward Hilgers zu den

Panzergrenadieren eingezogen worden. Kriegsdienst in Südeuropa, dann in der Sowjetunion ... Eisernes Kreuz ... Irgendwo bei Stalingrad schwerverwundet aus einem brennenden Panzer gerettet ... Aufenthalt in diversen Lazaretten ... Wieder an der Ostfront eingesetzt, überlebte er die letzten beiden Kriegsjahre und konnte der Gefangennahme durch die Sowjetarmee entkommen.

Nach Kriegsende schloss Bernward Hilgers ein Studium als Diplomkaufmann ab, das ihm erneut Achim Meerheimer finanzierte, dessen Ehefrau und Sohn bei einem Bombenangriff ums Leben gekommen waren. Jo memorierte weitere Stationen von Bernward Hilgers' Lebensweg: Schnelle Karriere in Meerheimers Firma. Mitgliedschaft in diversen Clubs und Organisationen wie dem Lions Club und der Gesellschaft für christlich-jüdische Brüderlichkeit. Eine Wahlperiode lang FDP-Stadtrat in Ebersheim. Verwitwet, ehe er vor drei Jahren wieder geheiratet hatte. Der letzte Artikel, den Jo hatte finden können, berichtete über eine Reise von Hilgers nach Chile, die er zusammen mit anderen deutschen Geschäftsleuten unternommen hatte. In all diesen Informationen hatte Jo nicht einen Hinweis darauf entdecken können, warum er sich bedroht fühlen sollte.

Über Achim Meerheimer hatte Jo – außer, dass seine Gattin und sein Sohn im letzten Kriegsjahr bei einem Bombenangriff ums Leben gekommen waren und er von Bernward Hilgers als seinem Ziehsohn sprach – auch noch herausgefunden, dass er Angehöriger der Zentrumspartei gewesen war. Er hatte aus seiner Antipathie gegen die Nazis keinen Hehl gemacht und war während der letzten Kriegsmonate wegen abfälliger Bemerkungen über das Regime inhaftiert und so schwer misshandelt worden, dass sein rechtes Bein steif blieb. Politisch eher konservativ, hatte Achim Meerheimer nach dem Krieg sehr erfolgreich die Kaufhauskette wiederaufgebaut und sich stark für die deutsch-jüdische Versöhnung eingesetzt.

Scheint ein wirklich aufrechter Mann zu sein, dachte Jo, während sie sich dem mit Lehm bespritzten Fahrzeug, einer Art Jeep, näherte, das neben gefällten Baumstämmen stand. Daran lehnte ein großer, bärtiger Forstarbeiter Mitte dreißig.

»Herr Peters?« Jo stellte sich vor. Der Forstarbeiter war während der letzten Tage im Urlaub gewesen und hatte deshalb noch nicht zu dem unbekannten Toten befragt werden können. Am Morgen hatte Jo ihn endlich erreicht und ein Treffen mit ihm vereinbart. Sie nahm ein Foto vom Gesicht des Toten aus ihrer Umhängetasche und zeigte es Herrn Peters.

»Nein, den Mann kenne ich nicht.« Peters schüttelte den Kopf.

»Und wenn Sie ihn sich mit einer Perücke und langen Haaren vorstellen würden?«

»Warten Sie ...« Er betrachtete das Foto noch einmal. »Ganz sicher bin ich mir nicht. Aber der Tote könnte ein junger Mann gewesen sein, den ich gelegentlich im Wald gesehen habe und der häufig fotografiert hat.«

»Tatsächlich?«

»Wie gesagt, ich könnte es nicht beschwören, dass es sich um ein und denselben Mann handelt. Aber ich glaube schon. Ich hatte bei den ersten Begegnungen ein Auge auf ihn. Bei diesen Hippies weiß man ja nie, ob sie nicht irgendwo Cannabis anbauen. Aber der junge Mann fotografierte nur. Schien ein richtiger Naturliebhaber zu sein.«

»Können Sie sich noch daran erinnern, wann Sie diesen jungen Mann das erste Mal gesehen haben?«

»Vor fünf Wochen etwa. Ich habe mir das gemerkt, weil

es ein oder zwei Tage nach einem schweren Gewitter war und wir jede Menge mit Aufräumarbeiten zu tun hatten.«

»Wissen Sie vielleicht, wo dieser junge Mann wohnte?«

»Nee, nur dass er aus der Richtung kam.« Peters deutete nach Westen, wo, nach Jos Kenntnis, etwa zwei Kilometer entfernt, ein Dorf umgeben von Feldern und Wiesen oberhalb der Weinberge lag.

»Und wann haben Sie ihn das letzte Mal gesehen?«

Peters runzelte die Stirn. »Ich schätze, vor einer guten Woche.«

»Wo haben Sie denn am elften Juni gearbeitet?«

»In einem Waldstück, das etwa vier Kilometer vom Fundort der Leiche entfernt ist. In der Gemarkung ›Roter Stein‹, genau genommen. Meine Kollegen und ich haben Bäume markiert, die im Herbst gefällt werden müssen.«

»Ist Ihnen an diesem Tag irgendetwas Besonderes im Wald aufgefallen?«

»Nein ...«

Jo glaubte, ein leichtes Zögern in seiner Stimme wahrzunehmen. »Auch etwas, was Ihnen ganz nebensächlich erscheint, kann für die Ermittlungen wichtig sein«, hakte sie nach.

»Vor ungefähr zwei Wochen hatte ich ein seltsames Erlebnis.« Peters stellte seinen Fuß auf einen der gefällten Stämme und wippte unbehaglich auf und ab. »Es war am Spätnachmittag. Ich war allein unterwegs und habe den Wuchs junger Buchen in einer Schonung überprüft. In einiger Entfernung habe ich zwei Männer wütend streiten hören. Ganz plötzlich brach der Streit ab. Ich habe mir Sorgen gemacht, dass etwas passiert sein könnte, und bin in Richtung der Stimmen gegangen. Aber ich habe niemanden gesehen.«

»Wann und wo genau war das?«

Peters runzelte die Stirn. »Am dreißigsten Mai. Nein, am einunddreißigsten. An diesem Tag ist nach einer langen Regenperiode das Wetter umgeschlagen, und ich habe mich darüber gefreut, dass ich endlich wieder mal ohne Regenkleidung unterwegs sein konnte.«

Was Jo nachvollziehen konnte ... »Und wo haben Sie den Streit gehört?«

»In der Gemarkung ›Eichelhäher‹.« Jo schlug die Waldkarte auf und bat Peters, ihr die genaue Stelle zu zeigen. Sie war etwa vier Kilometer vom Fundort der Leiche und von Bernward Hilgers Jagdpacht entfernt. *Nein, sehr wahrscheinlich hatte dieser Streit nichts mit dem Mordfall zu tun ...*

Zurück im Büro hackte Jo gerade ihren Bericht über das Gespräch mit dem Forstarbeiter mit zwei Fingern in die Schreibmaschine, als ein uniformierter Kollege mit zwei Offizieren den Raum betrat.

Sofort kam Kaminski aus seinem Büro geeilt. Seine Körperhaltung war wie die eines Hundes, der freudig die Witterung der Meute aufnimmt.

»Herr Hauptkommissar ...« Die beiden Offiziere standen zwar nicht direkt stramm, während sie Kaminski begrüßten. Aber Jo hatte den Eindruck, dass sie sich strafften, und Kaminski machte eine Armbewegung, als wollte er die Hand zackig an die Stirn führen.

Aha, einmal Soldat, immer Soldat, dachte Jo bissig.

»Schön, dass die Herren Offiziere umgehend nach Ebersheim kommen konnten.« Auch Kaminskis Sprechweise hatte nun etwas zackig Kasernenhofhaftes. »Dann wollen wir uns mal den toten jungen Mann ansehen.«

Während er und die Offiziere davonmarschierten, klingelte das Telefon auf Jos Schreibtisch. »Ich habe eine Frau am Apparat, die behauptet, etwas über euren Toten zu wissen«, vermeldete ein Beamter aus der Zentrale. »Kann ich sie durchstellen?«

»Ja, natürlich«, erwiderte Jo ungeduldig.

Gleich darauf drang eine aufgeregte Frauenstimme an ihr Ohr. »Hier Neufeldt ... Meine Tochter Sanne glaubt, den toten jungen Mann auf dem Zeitungsfoto erkannt zu haben. Er hat wohl mit irgendwelchen Hippies zusammengelebt.« Die Stimme wurde höher, während sie sich gleichzeitig vom Hörer wegbewegte. »Sanne, es ist *unsere Pflicht* die Polizei zu informieren. Schließlich ist der junge Mann *tot*. Nein, ich *denunziere niemanden* mit diesem Anruf.«

»Ich muss mit Ihrer Tochter reden. Nennen Sie mir bitte Ihre Adresse«, sagte Jo rasch, ehe sich Mutter und Tochter weiter streiten konnten. Nachdem sie Straße und Hausnummer notiert hatte, beschloss sie, sich als lernfähig und einsichtig zu erweisen und die Erlaubnis ihres Vaters für die Befragung einzuholen. Was ihr jedenfalls viel leichter fiel, als Kaminski um Erlaubnis zu bitten. *Nur gut, dass er gewissermaßen gerade in soldatischer Mission unterwegs war ...*

Jo traf ihren Vater wieder in seinem Büro an. Nachdem sie ihm von dem Telefonat berichtet hatte, nickte er und sagte: »Ja, unterhalten Sie sich mit der jungen Frau. Falls Sie den Eindruck haben sollten, dass sie unseren Toten tatsächlich kannte und weiß, wo er sich aufhielt, informieren Sie mich aber sofort.«

»Sie meinen, ich soll Sie von der nächstbesten Telefonzelle aus anrufen?«

Ihr Vater bedachte sie mit einem irritierten Blick. »Nein, Sie sollen sich natürlich einen Dienstwagen mit Funkgerät nehmen.«

Jo hoffte sehr, dass es nicht nur Käfer als Dienstwagen gab.

Wie funktionierte dieses verdammte Funkgerät ...? Jo betätigte ein paar Knöpfe, woraufhin ein atmosphärisches Rauschen erklang, als hätte sie den Mond oder zumindest Australien angefunkt.

Ihr Gespräch mit Sanne Neufeldt war tatsächlich ergiebig gewesen. Auch wenn das hübsche siebzehn Jahre alte Mädchen seine Informationen nur höchst widerwillig an Jo weitergegeben hatte. Sannes Augen unter den dick hellblau geschminkten Lidern hatten die meiste Zeit an Jo vorbei auf den braunen Teppichboden gestarrt. Jo war es ja gewohnt, dass Jugendliche und junge Erwachsene nicht gerade gern mit der Polizei kooperierten. Und sie war es ebenfalls gewohnt, als »Bullenschwein« beschimpft zu werden. Aber das Gefühl, einer Brigade von Folterknechten anzugehören, die arme Menschen in finstere Kerker verschleppten und misshandelten, war ihr bislang noch nicht vermittelt worden.

Erst nachdem Sannes Mutter Jo berichtet hatte, womit ihre Tochter unbedacht herausgeplatzt war, als sie das Foto in der Zeitung gesehen hatte, war das Mädchen bereit gewesen, mit ihr zusammenzuarbeiten, und hatte zu erzählen begonnen.

Sanne hatte das Mordopfer – so glaubte sie zumindest – ein- oder zweimal in der Begleitung einiger Hippies in einer Musikkneipe namens »Schwarzer Adler« gesehen. Einer von diesen Hippies, sein Name war Toby, hatte es dem Mädchen offensichtlich angetan, und deshalb hatte Sanne versucht herauszufinden, wo er wohnte. Schließlich hatte sie erfahren, dass er in einer Kommune am Stadtrand lebte. Daraufhin hatte sie ihren ganzen Mut zusammengenommen, sich auf ihr Fahrrad geschwungen und war dorthin geradelt. Ihren Schwarm hatte sie in der Kommune nicht angetroffen. Dafür jedoch einen jungen Mann, der ihr vage bekannt vorgekommen war. Nach einigen Momenten hatte sie begriffen, dass sie ihn mit Toby in der Kneipe gesehen hatte. Nur hatte er da lange dunkle Haare gehabt.

Jo gab es auf, das Funkgerät zu bedienen. Sie startete den Dienstwagen, der – *natürlich* – ein Käfer war, aber wenigstens über Sicherheitsgurte verfügte, und fuhr zur nächsten Telefonzelle.

Die zweite Zehnpfennigmünze plumpste in den Schlitz. Jo betätigte die Wählscheibe – was sie, verglichen mit den Wischbewegungen auf dem Bildschirm ihres Smartphones, ziemlich mühsam fand.

»Claasen«, meldete sich gleich darauf ihr Vater.

»Hier Weber, tut mir leid, aber das Funkgerät war defekt.« Jo erstattete ihm Bericht.

»Die beiden Offiziere haben mittlerweile tatsächlich bestätigt, dass unser Toter der fahnenflüchtige Stefan Lehnert ist«, teilte ihr Vater ihr mit, nachdem sie geendet hatte. »Josepha, fahren Sie zu dem Haus, in dessen Garten Sanne Neufeldt Lehnert möglicherweise gesehen hat, und warten Sie dort auf mich. Ich möchte mir selbst ein Bild von diesen jungen Leuten machen.«

Erst als Jo den Hörer auf die Gabel hängte, begriff sie, dass ihr Vater sie Josepha genannt hatte.

3. KAPITEL

Das Grundstück, auf dem Sanne Neufeldt Stefan Lehnert gesehen zu haben glaubte, lag oberhalb der Stadt, am Rand der Weinberge. Jo parkte den Polizeiwagen an einer Wiese. Hinter wildwuchernden Büschen und Hecken lag ein Haus, das einmal eine kleine, hübsche Villa gewesen war, nun aber mit seinen verwitterten Stuckornamenten an der Fassade und dem abblätternden zartrosafarbenen Verputz einen reichlich heruntergekommenen Eindruck machte.

Nachdem Jo das Auto abgeschlossen hatte, lehnte sie sich gegen die Motorhaube. Unter ihr breitete sich das Flusstal aus. Hinter dem Haus und dem großen Garten erstreckten sich Wiesen und Felder bis zum Waldrand. Vor ihr kreiste eine Hummel träge über Mohn- und Kornblumen im hohen Gras. Irgendwo zwitscherte eine Amsel.

Jo blickte auf ihre Armbanduhr. Seit zehn Minuten wartete sie nun schon auf ihren Vater. Wahrscheinlich war er durch irgendetwas aufgehalten worden. Es konnte nicht schaden, wenn sie schon einmal allein das Grundstück betrat und sich ein bisschen umsah. Auch wenn sie nun in einem fremden Körper steckte, war sie immer noch eine Hauptkommissarin und eigentlich neununddreißig Jahre alt.

Das rostige Gartentor quietschte in den Angeln, als Jo

es aufzog. Unkraut überwucherte den Kiesweg zum Haus. Viele der einstmals schönen Jugendstilfliesen am Boden des Portikus vor dem Eingang waren gesprungen. Jo drückte den von braunem Bakelit umgebenen Klingelknopf. Ein schriller Ton schallte durch das Gebäude, doch drinnen regte sich nichts.

Nun gut, sie hatte es immerhin versucht, die Bewohner zu kontaktieren ... Jo ging die Stufen wieder hinunter und um die Villa herum. Auf der Rückseite standen schäbige Gartenmöbel aus Holz und Metall zwischen Pappkartons voller Abfall. Das Gras auf der Wiese war über einen halben Meter hoch. Zuerst glaubte Jo, dass es sich bei den übereinandergetürmten Holzklötzen, Stahlplatten und Plastikkanistern im Gras um weiteren Abfall handelte. Doch dann entdeckte sie, dass sich Farbe daran befand. *Anscheinend sollte dies Kunst sein ...*

Jenseits von blühenden Büschen ragten die morschen Holzpfeiler eines Gewächshauses oder Schuppens in den blauen Himmel. Jo folgte einem Trampelpfad über die Wiese bis zu einer Lücke zwischen den Büschen. Einige Beete des ehemaligen Küchengartens waren mit Salat und Gemüse bepflanzt und machten einen erstaunlich ordentlichen Eindruck. Neben den Holzpfeilern lag frisches Bauholz, und unter einer Plastikplane stapelten sich, wie Jo sah, als sie die Abdeckung hochhob, Glasplatten. Um den Küchengarten schienen sich die Bewohner also zu kümmern. Die Sträucher auf der anderen Seite der Beete bildeten dagegen den reinsten Dschungel.

Jo wollte wieder zum Haus zurückkehren, als sie jenseits des Dickichts jemanden eine Melodie pfeifen hörte. *We had joy, we had fun, we had seasons in the sun ...* Die Töne verklangen so plötzlich, wie sie eingesetzt hatten. Doch nun ertönte erneut das Pfeifen. Die Töne bildeten die Melodie von *Strawberryfields forever.* Jo kam zu dem Schluss, dass sie es sich nur eingebildet hatte, *We had joy, we had fun* zu hören. Doch wer auch immer dort stand und vor sich hin pfiff, sie würde mit ihm sprechen.

Jo durchquerte den Küchengarten. Fußspuren auf der Erde führten sie zu einem Spalt in dem Dickicht. Als sie sich hindurchgequetscht hatte, sah sie in einigen Metern Entfernung einen Mann, der ihr den Rücken zuwandte und Pflanzen wässerte.

Das zu einem Pferdeschwanz zusammengebundene Haar fiel ihm weit über den Rücken. Er trug eine mit Nieten besetzte Lederweste und darunter ein kurzärmeliges, gebatiktes T-Shirt. Eine verwaschene Jeans saß knalleng auf seinem durchaus nicht unansehnlichen Hintern und den Oberschenkeln. Jetzt erst registrierte Jo den leicht schwülen Geruch, den die Pflanzen verströmten, und erkannte die charakteristische Fächerform der Blätter. *Der Mann wässert Hanf!*, begriff sie. Er pfiff immer noch vor sich hin.

Jo zückte ihren Ausweis. »He, Sie da, Polizei!«, rief sie.

»Scheißpolente …« Der Mann hob die Gießkanne, als wollte er damit zuschlagen, und drehte sich langsam um. Jo ließ ihren Ausweis fallen, zog ihre Dienstwaffe und richtete sie auf den Hippie.

Der Ärger auf dem Gesicht des Mannes wich Erstaunen. Jo schätzte ihn auf Mitte zwanzig. Sein braungebranntes Gesicht hatte etwas Piratenhaftes. Er war ungefähr fünfzehn Jahre jünger als der Lutz Jäger, den Jo aus dem 21. Jahrhundert kannte. Aber die Ähnlichkeit mit ihm war unverkennbar. Ja, der Mann war Lutz.

Nun hob er den Polizeiausweis vom Boden auf und las ihren Namen. »Jo«, murmelte er, »du bist es tatsächlich.«

Eine Welle der Erleichterung durchströmte Jo. Sie war nicht mehr allein im Jahr 1974. Ein plötzliches Glücksgefühl ließ sie fast schwindelig werden und sie begreifen, dass sie – *leider* – immer noch bis über beide Ohren in ihren Kollegen verliebt war.

»Bist du dir eigentlich darüber im Klaren, dass du Hanfpflanzen wässerst?«, sagte sie barsch, um ihre Gefühle zu verbergen.

»Ja, und?« Das charakteristische Grinsen erschien auf seinem Gesicht, das die Schmetterlinge in ihrem Bauch zum Flattern brachte. »Willst du mich jetzt verhaften? Und tu mir den Gefallen und steck deine Dienstwaffe weg. Ich finde es sehr unangenehm, den Lauf auf meinen Magen gerichtet zu haben.«

Jo schob die Pistole in das Holster. »Scheißpolente, was sollte das denn ...?«

»Na ja, ich muss mich doch meiner Rolle gemäß verhalten.«

»Das heißt, du lebst in der Kommune?«

Lutz räusperte sich, was sich in Jos Ohren irgendwie verlegen anhörte, obwohl es dafür ja keinen Anlass gab. »Tja, ich bin heute Morgen auf einer Matratze in einem kargen und etwas schmuddeligen Zimmer aufgewacht.« Er wies mit dem Daumen auf die Villa, deren obere Stockwerke über den Büschen zu sehen waren. »Gestern Nacht habe ich einen der Leute, einen gewissen Toby, auf einem Open-Air-Konzert in der Nähe von Frankfurt kennengelernt. Da ich – beziehungsweise mein Alter Ego – zurzeit durch die Gegend trampe und keine feste Bleibe habe, hat Toby mich eingeladen, hier einzuziehen. Nach dem Konzert haben wir wohl ein paar Joints geraucht und ein bisschen LSD eingeworfen. Deshalb kann ich mich nicht mehr daran erinnern, wie wir eigentlich hierhergekommen sind.«

»Hast du auch die Röntgenbilder von Bernward Hilgers' Skelett gesehen?«, flüsterte Jo.

»Ja, mein Vorgesetzter hat sie mir auf den Schreibtisch

gelegt. Er meinte, es gäbe neue Erkenntnisse, und ich sollte ein paar Nachforschungen anstellen.« Lutz berührte Jos Arm. »Bei dir war das also ebenfalls der Fall?« Es war mehr eine Feststellung als eine Frage.

Jo nickte stumm.

»Und dann ist bei dir auch das Aufzugseil gerissen?«

»Ja ...«

»Mich hat es danach auf das Konzert verschlagen. Tja, ich versuche nicht daran zu denken, dass der Körper meines Alter Ego irgendwo auf den Boden eines Aufzugschachtes zurast.« Lutz rieb sich über das stoppelige Kinn. »Meinst du, uns hat es ins Jahr 1974 katapultiert, damit wir den Mord an Hilgers verhindern?«

»Keine Ahnung.« Jo zuckte hilflos mit den Schultern. »Ich habe versucht, ihn zu warnen ...«

»Das hatte ich auch vor ...«

»... aber er hat völlig seltsam reagiert und mir überhaupt nicht zugehört. Mittlerweile hat es einen anderen Mord gegeben. Ein junger Mann namens Stefan Lehnert wurde erschossen. Er war ein fahnenflüchtiger Soldat und soll hier gewohnt haben«, besann Jo sich auf den Grund, weshalb sie überhaupt zu der Villa gefahren war. Die unverhoffte Begegnung mit Lutz hatte sie völlig durcheinandergebracht.

»Von einem Stefan habe ich bislang noch nichts gehört«, erwiderte Lutz nachdenklich. »Ich lebe allerdings ja erst seit gestern Nacht in der Kommune und habe außer Toby bislang nur eine Frau kennengelernt ...« Wieder wirkte er plötzlich verlegen.

Das Quietschen des rostigen Gartentors lenkte Jo ab. »Ach du lieber Himmel, wahrscheinlich geht gerade mein Vater zum Haus«, entfuhr es ihr.

»Dein Vater?« Lutz starrte sie verdutzt an.

»Ja, ich bin meinem Vater begegnet. Er ist Kriminalrat bei

der Ebersheimer Polizei und will mit mir zusammen die Bewohner der Kommune befragen. Komm schnell, ehe er auch die Cannabispflanzung entdeckt.« Jo fasste Lutz an der Schulter und schob ihn energisch zu dem Spalt zwischen den Büschen.

Jo und Lutz hatten eben den Küchengarten durchquert, als Jos Vater die Wiese erreichte. Er wirkte ausgesprochen ärgerlich.

Ja, okay, sie hatte sich schon wieder nicht an seine Anweisung gehalten ... »Darf ich vorstellen, Kriminalrat Claasen – Herr Jäger. Herr Jäger lebt seit kurzem in der Kommune«, erklärte Jo, während sie auf Lutz wies. »Ich dachte, ich sehe mich schon mal ein bisschen auf dem Grundstück um. So sind wir uns begegnet«, fügte sie entschuldigend hinzu.

Ihr Vater wies sie nicht zurecht, sondern wandte sich Lutz zu und musterte ihn kritisch. Lutz' Outfit schien nicht seine Zustimmung zu finden, denn er sagte knapp: »Wir haben ein paar Fragen zu einem Mann, der wahrscheinlich in Ihrer Kommune gelebt hat. Wo können wir uns ungestört unterhalten?«

»Fragen ...« Lutz grinste spöttisch. »Das sagt ihr Bullen doch immer. Und null Komma nichts ist man mittendrin in einem Verhör.«

Jo hätte Lutz am liebsten gegen das Schienbein getreten. Musste der seine Rolle als Hippie so ernst nehmen?

»Zuallererst einmal: Wir sind keine Bullen ...«, begann ihr Vater scharf.

»Wir haben wirklich nur Fragen. Es handelt sich um kein Verhör«, schaltete sich Jo rasch ein. »Bitte lassen Sie uns ganz informell miteinander sprechen.«

Lutz bedachte sie mit seinem charmantesten Lächeln.

»Nun, einer hübschen Frau kann ich natürlich nichts abschlagen.«

Idiot ...

»Schön, dass Sie sich entschlossen haben, zu kooperieren«, bemerkte ihr Vater kühl.

»Ja, ja, ich weiß, sonst hätten Sie mich aufs Präsidium bestellt.« Lutz machte eine wegwerfende Handbewegung, ehe er Jo und ihren Vater an der von Unkraut überwucherten Terrasse vorbei und dann zu einer Hintertür in einem kleinen Seitenflügel führte.

Dahinter lag eine Küche. Der schwarzweiß gekachelte Boden, der mächtige weiße Küchenschrank und das große Porzellanbecken mit den Kupferhähnen zeugten von einem ehemals hochherrschaftlichen Haushalt. Nun stand jedoch ein fettverklebter Elektroherd neben dem alten gusseisernen Herd. In der Spüle stapelte sich schmutziges Geschirr, um das einige Fliegen kreisten, und die Glastüren des Küchenschrankes waren stumpf von Staub.

Lutz schob benutztes, angeschlagenes Geschirr beiseite, das auf dem Küchentisch stand, und räumte einen Stapel uralter Zeitungen – wie Jo mit einem schnellen Blick auf das Datum feststellte – beiseite, die auf der Bank gelegen hatten.

Jos Vater bedachte das Geschirr in der Spüle mit einem angewiderten Blick, ehe er zu Lutz sagte: »An Ihrer Stelle hätte ich Angst, mir eine Lebensmittelvergiftung zu holen.«

»Ich bin noch nicht dazu gekommen, hier sauberzumachen und aufzuräumen.«

»Seit wann leben Sie denn hier?«

»Erst seit gestern ...«

»Wie sind Sie in Kontakt mit der Kommune gekommen?«

Jo kramte das Notizbuch aus ihrer Handtasche und

schrieb mit, während Lutz die Fragen ihres Vaters beantwortete. Das LSD und die Joints verschwieg er natürlich.

Nun holte Jos Vater Fotos von Stefan Lehnert aus seiner Aktentasche. Doch ehe er sie Lutz zeigen konnte, öffnete sich die Tür, und eine junge blonde Frau Anfang zwanzig kam in die Küche geschlendert. Ein köchellanger geblümter Rock umspielte ihre Beine. Unter dem engen T-Shirt zeichneten sich ihre vollen Brüste deutlich ab, denn sie trug keinen BH. Die Frau war sehr hübsch. Eine klassische Grace-Kelly-Schönheit, die jedoch eine sehr sinnliche Ausstrahlung hatte.

Sie sieht aus wie meine Mutter auf alten Fotos, durchfuhr es Jo. *Aber das konnte doch nicht möglich sein ...* Auch ihr Vater sah die junge Frau verblüfft an.

»Hallo, Lou.« Die Blondine legte Lutz die Hand auf die Schulter, ehe sie fragte: »Was sind das denn für Leute?«

»Grüß dich, Melanie.« Lutz hüstelte. »Die beiden sind von der Polizei.«

Jo atmete keuchend ein. Melanie war der Name ihrer Mutter. Und auch die Stimme der Frau klang wie ihre. Kühl und distanziert, mit einem leicht erotischen Timbre. Wie um Jos letzte Zweifel zu beseitigen, strich die Frau sich mit der rechten Hand eine Haarsträhne aus dem Gesicht. An ihrem Ringfinger steckte ein hässlicher, wenn auch sündhaft teurer Ring. Ein blauer Edelstein in einer aufwendigen Silberfassung. Jo kannte diesen Ring nur zu gut. Sie hatte ihn ihrer verhassten Ur-Ur-Ur-Urgroßmutter Malfalda im Jahr 1898 notgedrungen zum Geburtstag geschenkt.

»Polizei?«, fragte ihre Mutter nun gedehnt.

»Ja.« Jo, die sich fühlte, als hätte sie einen harten Schlag gegen den Kopf erhalten, hörte zu, wie ihr Vater sie beide vorstellte. »Sind Sie nicht Melanie Weber?«, fragte er nun.

Ihre Mutter bedachte Alexander Claasen mit einem abwägenden Blick aus ihren graublauen Augen. »Allerdings, die bin ich«, erwiderte sie nach einem kurzen Zögern. »Kennen wir uns denn von irgendwoher?« Sie glitt lässig neben Lutz auf die Bank. Ihre Stimme klang hochmütig. Doch ihr leicht geneigter Kopf und ihre ein wenig vorgeschobene Unterlippe verrieten Jo, dass Alexander Claasen ihr durchaus gefiel.

»Wir sind uns hin und wieder bei Wohltätigkeitsveranstaltungen begegnet. Das letzte Mal bei einem Benefizball für das Katharinen-Krankenhaus.«

»Stimmt, jetzt erinnere ich mich. Sie sind mir beim Tanzen auf die Füße getreten.«

»Ich hatte Sie gewarnt, dass ich ein schlechter Tänzer bin.«

»Wir haben ein paarmal miteinander getanzt. Danach haben wir uns unterhalten ...«

»Nun, die Unterhaltung war etwas einseitig. Sie haben mir ausführlich vorgehalten, dass ich für ein repressives Regime arbeite, und meine Argumente nicht einmal ansatzweise gelten lassen. Da Sie hier wohnen, nehme ich an, dass Sie beschlossen haben, dem repressiven Regime den Rücken zu kehren?«, konterte Jos Vater trocken.

Melanie Weber blinzelte kurz und verschränkte die Arme vor der Brust. *Sie mag Männer, die sich von ihr nicht einschüchtern lassen*, ging es Jo durch den Kopf. Auch wenn das nicht bedeutete, dass es ihre Mutter mit diesen Männern dann lange aushielt.

Wieder strich sich Melanie eine Haarsträhne aus dem Gesicht. »Vor einem Jahr befand ich mich gewissermaßen noch in einer Phase der Transformation. Ich hatte vieles begriffen, aber noch nicht die letzten Konsequenzen gezogen.«

»Ich hoffe sehr, dass Sie dies nicht bald bedauern. Sie

sind doch eine junge Frau aus einem guten Elternhaus, der alle Möglichkeiten offenstehen. Fürchten Sie nicht, dass Sie Ihre Zukunft mit diesem In-den-Tag-hinein-Leben aufs Spiel setzen?« Seine Handbewegung umfasste die schmuddelige Küche und den verwilderten Garten vor den blinden Fenstern.

»Ich besinne mich auf mein wahres Ich und betätige mich künstlerisch.« Melanie Weber warf den Kopf in den Nacken.

Diese grauenvollen Schrottplastiken hat sie angefertigt? Jo war es völlig neu, dass ihre Mutter jemals künstlerische Interessen gezeigt hatte. Auch hätte sie sich ihre Mutter, die ihre Putzfrauen mit ihren Ansprüchen an Sauberkeit und Ordnung entweder zum Weinen oder zum Kündigen brachte, niemals in einer derartigen Umgebung vorstellen können.

»Im Leben zählen noch andere Dinge als das Materielle«, sagte Melanie Weber nun, während sie Alexander Claasen tief in die Augen blickte. *Zwischen den beiden sprühten eindeutig die Funken ...*

»Ihnen ist aber schon klar, dass Sie einen sehr kostbaren Ring tragen?«, platzte Jo heraus. Der Klunker war inzwischen sicher ein paar tausend Mark wert.

Ihr Vater, Lutz und Melanie sahen sie verdutzt an.

»Es ist mir völlig gleichgültig, wie viel er gekostet hat.« Melanie winkte gelangweilt ab. »Er könnte genauso gut ein billiger Modeschmuck sein. Ich trage ihn einfach, weil er farblich zu meinem Rock passt.«

»Ähm ...« Lutz blickte von Jo zu ihrem Vater. »Wollten Sie nicht eigentlich ein paar Fragen stellen?«

»Natürlich.« Jos Vater hatte sich wieder gefasst und legte die Fotos, die Stefan Lehnerts Gesicht aus verschiedenen Perspektiven zeigten, auf den Tisch. »Kennen Sie diesen Mann?«

»Nein.« Lutz schüttelte den Kopf.

Melanie beugte sich vor, so dass ihr die Haare ins Gesicht fielen. »Nein«, erklärte nun auch sie sehr überzeugend. Doch Jo war nicht entgangen, dass ihre Lider ganz kurz geflattert hatten. Ihre Mutter log!

»Dieser junge Mann wurde mit Ihnen oder Ihren Mitbewohnern in der Musikgaststätte ›Schwarzer Adler‹ gesehen«, ließ Jos Vater nicht locker.

»Möglicherweise mit meinen Mitbewohnern. Ich jedenfalls kenne ihn nicht.« Jos Mutter schüttelte den Kopf.

Sie fragt auch nicht nach, warum wir uns nach Stefan Lehnert erkundigen, stellte Jo fest.

»Dieser junge Mann wurde umgebracht«, sagte Jo. Sie hatte den Eindruck, dass ihre Mutter ganz leicht zusammenzuckte, doch sie wiederholte nur: »Ich kenne ihn nicht.«

»Wann sind Ihre Mitbewohner denn einmal zuhause?«, wollte Jos Vater nun wissen.

»Tja, das kann ich Ihnen wirklich nicht genau sagen.« Melanie hatte sich wieder gefasst. »Wir halten uns nicht an so etwas Einengendes wie einen festen Tagesablauf.«

»Teilen Sie Ihren Mitbewohnern bitte mit, dass sie sich mit dem Polizeipräsidium in Verbindung setzen sollen. Hier finden Sie die Telefonnummer des Präsidiums und meine Durchwahl.« Jos Vater legte eine Visitenkarte auf den Tisch.

»Und das ist meine ...« Jo nutzte die Gelegenheit, rasch eine Seite aus ihrem Notizbuch zu reißen, ihre private Telefonnummer daraufzukritzeln und sie Lutz in die Hand zu drücken. Danach verabschiedeten sie sich.

Jo rechnete damit, dass ihr Vater sie zurechtweisen würde, da sie nicht vor dem Grundstück auf ihn gewartet hatte.

Doch er ging schweigend neben ihr durch den Garten. Am Tor drehte er sich um und blickte zur Villa.

»Dass ich Melanie Weber ausgerechnet hier treffe«, murmelte er vor sich hin.

Was, wie Jo unwillkürlich fand, etwas von *Casablanca* und *Warum von allen möglichen Kaschemmen in der Welt musstest du ausgerechnet in meine kommen?* hatte. Gleich darauf schüttelte er den Kopf, wie um wieder klar denken zu können, und fragte: »Josepha, was halten Sie von den Aussagen von Herrn Jäger und Fräulein Weber?«

Sie hatten mittlerweile das Grundstück verlassen und standen am Straßenrand neben dem Polizei-Käfer und dem Volvo, den ihr Vater fuhr. Noch immer summten Hummeln und Bienen über die Wiese.

»Nun ja ...«, begann Jo zögerlich.

»Ach, entschuldigen Sie.« Ihr Vater hob die Hände. »Wie gedankenlos von mir ... Ich habe Sie ja gar nicht gefragt, ob es Ihnen recht ist, dass ich Sie Josepha nenne.«

»Doch, es ist mir sehr recht.« Jo lächelte ihn an. »Und viel lieber als ›Fräulein Weber‹.«

»Sie und Melanie Weber haben ja den gleichen Nachnamen. Das fällt mir erst jetzt auf.«

»Ähm, ja, was für ein Zufall. Aber der Name Weber ist ja gar nicht so selten«, schob Jo rasch nach. »Nun, was Ihre Frage angeht ... Ich habe das Gefühl, dass Melanie Weber nicht die Wahrheit gesagt hat.«

»Tatsächlich? Den Eindruck hatte ich bei diesem Jäger. Ich bin mir ziemlich sicher, dass er etwas zu verbergen hat.«

Was auf die Tatsache, dass Lutz aus einer ganz anderen Zeit kam, natürlich zutraf ...

»Er wollte auch gar nicht wissen, warum wir uns nach Stefan Lehnert erkundigt haben.«

Bei Lutz war ihrem Vater das also aufgefallen, bei ihrer Mutter aber nicht ...

»Melanie Weber bin ich bereit zu glauben, dass sie Stefan Lehnert nicht kannte. Eine so hübsche und gebildete junge Frau und weiß mit ihrem Leben nicht mehr anzufangen, als mit Typen wie diesem Jäger in dieser Bruchbude zu leben.« Ihr Vater schüttelte den Kopf.

»Oh, ich bin überzeugt, dass Melanie Weber früher oder später studieren und Karriere machen wird«, erwiderte Jo. Ihre Mutter würde einmal eine sehr gut bezahlte Staranwältin werden. Von wegen, dass ihr »das Materielle völlig gleichgültig« war.

»Ich hoffe sehr, dass Sie damit recht haben«, sagte ihr Vater mit Nachdruck. *Er hatte eindeutig Feuer gefangen ... Was gut war ... Denn, durchfuhr es Jo, werde ich, falls die beiden doch nicht zusammenkommen sollten, überhaupt geboren werden?*

Verwirrt hatte Lutz Jo und dem Kriminalrat nachgeblickt, während sie die Küche verließen. Dieser Mann, hatte Jo gesagt, war ihr Vater! *Völlig irre ...* Diese Zeitreise schien noch verblüffender zu sein als ihre früheren. Lutz hatte es immer noch nicht ganz begriffen, dass er Jo so plötzlich begegnet war. Es war toll, ihr wieder nahe zu sein. Sie hatte ihm sehr gefehlt. Aber ihr Zerwürfnis im 21. Jahrhundert würde sicher auch im Jahr 1974 nicht ohne Folgen bleiben. Glücklicherweise schien sie sein schlechtes Gewissen, weil er – vielleicht – mit Melanie geschlafen hatte, nicht bemerkt zu haben.

Lutz schob den Zettel mit Jos Telefonnummer unauffällig in seine Hosentasche, als Melanie laut zu weinen begann. Er zuckte zusammen. »Was ist denn los?«, fragte er erschrocken.

»Der junge Mann auf dem Foto ... Ich habe ihn gekannt ...«, schluchzte Melanie. »Er hieß Stefan ... Er hat hier in der Kommune gelebt. Wir haben ihn Stevie genannt. Und nun ist er tot ... Ermordet ...«

»Und warum hast du das nicht der Polizei gesagt?«

»Weil er fahnenflüchtig war und wir ihn versteckt haben ... Darauf steht Gefängnis ...«

»Oh, ich verstehe.« Lutz nickte. Ja, allerdings, das Verstecken von Fahnenflüchtigen war auch in Friedenszeiten strafbar. Nicht dass er nicht allergrößte Sympathien für jeden gehabt hätte, der beschloss, der Bundeswehr zu entkommen. Und für diejenigen, die so einen armen Kerl aufnahmen. Er hatte seinen eigenen Wehrdienst noch in äußerst schlechter Erinnerung. Die Entscheidung, zur Polizei zu gehen, war erst während seiner Bundeswehrzeit in ihm gereift, als er zu dem Schluss gekommen war, dass man Recht und Ordnung nicht solchen Typen wie seinen damaligen Vorgesetzten überlassen durfte.

Dicke Tränen liefen Melanie übers Gesicht. In Ermangelung eines Taschentuchs reichte Lutz ihr ein angeschmuddeltes Küchenhandtuch, das über der Banklehne hing.

»Wie lange hat Stefan denn bei euch gelebt?«

»Ungefähr sechs Wochen. Er war ein Freund von Toby.« Sie wischte sich mit dem Handtuch über die nassen Wangen.

»Wann war Stefan, ähm, Stevie denn das letzte Mal hier?« Lutz legte den Arm um Melanies Schultern und verlieh seiner Stimme einen – wie er hoffte – einfühlsamen Klang, um seine Fragen nicht wie das Verhör wirken zu lassen, das sie waren.

»Vor etwa vier Tagen.« Sie runzelte nachdenklich die Stirn. »Er wollte nach Frankfurt fahren, da er dort irgendwas zu erledigen hatte ... Stevie war öfter mal für ein paar Tage weg, deshalb haben wir uns nichts dabei gedacht, als er nicht zurückkam.«

»Was hatten denn die Bullen hier zu suchen?« Von Lutz und Melanie unbemerkt, war eine junge Frau, die den stattlichen Körperbau einer Amazone hatte, in die Küche getreten. Der Eindruck einer Kämpferin wurde noch dadurch verstärkt, dass ihr langes braunes Haar nach Indianerinnenart durch ein Stoffband zurückgehalten wurde. »Als ich mit dem Rad in die Straße eingebogen bin, sind die beiden Bullen gerade in ihre Autos gestiegen«, fügte die Frau hinzu. »Aber warum weinst du denn?« Fragend sah sie Melanie an.

»O Marian …« Melanie glitt von der Bank. »Stevie ist tot. Jemand hat ihn umgebracht …«

Marians braune Augen weiteten sich entsetzt, während sie den Kopf schüttelte. »Das kann nicht sein …«

»Doch, es ist wahr …«, erwiderte Melanie hilflos.

Marian presste die Hand gegen den Mund. Dann drehte sie sich um und stürzte aus der Küche.

»Sie und Stevie haben miteinander geschlafen«, gab Melanie seufzend von sich, ehe sie Marian hinterherrannte.

Lutz fuhr sich mit den Händen über das Gesicht und versuchte das, was er gerade erfahren hatte, gedanklich zu sortieren. Er würde Jo natürlich darüber informieren, dass Stefan Lehnert in der Kommune gelebt hatte. Daraufhin würden die Bullen – *jetzt fing er auch schon an, so zu denken* –, also *seine Kollegen*, hier auftauchen. Dass seine Mitkommunarden über Stefans Fahnenflucht Bescheid gewusst hatten, würde sich hoffentlich verschleiern lassen. Er traute es Jos Vater durchaus zu, einen Vorwand für eine Durchsuchung zu erfinden. Wenn die Kollegen Drogen im Haus oder im Garten entdeckten, würden seine Mitbewohner erst einmal in Untersuchungshaft landen. Was wiederum bedeutete, dass Lutz nicht undercover unter ihnen ermitteln konnte. Und dafür hatte es ihn ja wohl 1974 genau hierher verschlagen.

Sämtliche Drogen mussten sofort beseitigt werden ...
Lutz erhob sich. In einem baufälligen Schuppen fand er Gartenwerkzeug und bewaffnete sich mit einem Spaten. Als er den Küchengarten erreichte, kniete dort Toby zwischen den Beeten und lockerte mit einer Harke die Erde.
»Ich habe Marian und Melanie weinen hören.« Er sah Lutz besorgt an. »Ich habe mich aber nicht getraut, zu ihnen zu gehen und zu fragen, was passiert ist ...«
Auch Toby pflegte also die übliche Vermeidungstaktik der Männer ... »Tut mir leid, Kumpel.« Lutz ging neben ihm in die Hocke und berichtete ihm, was geschehen war. Toby wurde ganz blass, als Lutz ihm mitteilte, dass sein Freund ermordet worden war.
»War Stevie ein alter Kumpel von dir?«, wollte Lutz wissen.
»Ja, wir kannten uns seit seiner Zeit im Heim. Entschuldige, ich kann jetzt nicht über ihn sprechen.« Tränen schimmerten in Tobys Augen.
Lutz sah ein, dass es keinen Sinn hatte, in Toby zu dringen. Das würde ihn nur verdächtig machen.
»Ich weiß, das ist hart.« Er seufzte. »Aber die Bullen werden bald herausfinden, dass Melanie gelogen hat, und in Schwärmen hier einfallen. Deshalb müssen alle Drogen sofort verschwinden. Soll ich mich um Stevies Zimmer kümmern?«
»Ja, mach das ...«, antwortete Toby mit belegter Stimme. »Stevies Zimmer war das dritte links von der Treppe im ersten Stock.«
Sehr gut ... Lutz klopfte Toby auf die Schulter, ehe er sich auf den Weg zum Haus machte. Das Cannabis musste noch warten. An der Tür zur Küche drehte sich Lutz noch einmal zu Toby um. Der junge Mann kauerte mit hängenden Schultern im Gras und starrte vor sich hin. Er stand, konstatierte Lutz, eindeutig unter Schock.

Stefan Lehnerts Zimmer ging zum Garten hinaus. Es war staubig, wie überall im Haus, und die ochsenblutrote Farbe blätterte an vielen Stellen von den Dielen. In einer Ecke lag eine Matratze mit zerwühlten, fadenscheinigen Wolldecken darauf. Zwei Jeans, einige T-Shirts und Pullover, ein Parka, angegraute Unterwäsche und ein Paar ausgetretene Lederschuhe waren, in Orangenkisten verstaut, seine ganze Kleidung. In einer anderen Orangenkiste befand sich ein kleiner Stapel zerlesener Taschenbücher. Lutz verzog das Gesicht. *Herrmann Hesse und Carlos Castaneda ... Eindeutig nicht sein Geschmack ...*

Kerzen in Flaschenhälse gesteckt, standen auf dem Boden neben einem kleinen Transistorradio und einem Heft. Lutz blätterte es durch. Stefan schien Naturbeobachtungen und philosophische Betrachtungen über das Leben notiert zu haben. Seine Schrift war seltsam – einerseits rund und kindlich, andererseits bei näherem Hinschen aber auch irgendwie markant.

Die Jutetasche, die Lutz am Boden, halb verdeckt von den Wolldecken fand, war leer. Als Nächstes hob er die Matratze hoch und lehnte sie samt der Decken an die Wand. Die Fugen eines der Dielenbretter darunter kamen ihm sehr sauber vor. Als er vorsichtig an dem Brett rüttelte, ließ es sich hochheben.

Na, hatte er es sich doch gedacht ...

Lutz grinste. In dem Hohlraum darunter befand sich zu einem Block gepresstes Marihuana – er brach ein Stück davon ab und roch daran –, *sehr gute Qualität*, wie er anerkennend feststellte. Außerdem entdeckte er einige Tütchen mit LSD-Pillen. *Wirklich kein sehr originelles Versteck ...*

Als Lutz die Drogen in die Jutetasche stopfen wollte, bemerkte er einen Zettel auf dem Boden des Hohlraums. Darauf stand in Tobys Schrift eine Telefonnummer mit Frankfurter Vorwahl. Die Nummer konnte wichtig sein. Lutz schob den Zettel in seine Hosentasche.

Blieb nur noch die alte Holzkiste neben der Matratze. Lutz hob den Deckel hoch und registrierte überrascht, dass darin, wild durcheinander, jede Menge Abzüge von Schwarzweißfotos lagen – Natur- und Tieraufnahmen. Lutz nahm ein paar heraus. Er hielt sich nicht für einen Fachmann, aber die Fotos schienen ziemlich gut zu sein, und die Kamera, die er in einer Blechdose entdeckte, wirkte teuer. Ebenso wie das Fernglas und der Kompass, die ebenfalls in der Kiste lagen.

Als Lutz auf den Flur hinaustrat, schleppte sich Toby gerade die Treppe hoch.

»Ich hab Stevies Vorräte entdeckt.« Lutz zeigte ihm den Inhalt der Tasche.

»Danke, ich sag Marian und Melanie Bescheid und kümmere mich um meinen eigenen Kram und den von Rolle und Gitti«, nuschelte Toby.

Aha, also gab es noch zwei Mitbewohner, die er nicht kannte ...

»Stevie hat ja eine ziemlich teure Kamera besessen. Und sein Fernglas sieht auch nicht gerade billig aus«, versuchte Lutz, das Gespräch auf das Mordopfer zu lenken.

»Ja, er war ein begeisterter Fotograf und hat sich die Ausrüstung vom Mund abgespart. Im Keller hat sich Stevie sogar eine kleine Dunkelkammer eingerichtet.« Ehe Lutz noch weitere Fragen stellen konnte, verschwand Toby in einem Zimmer.

Die Dunkelkammer war, wie Lutz wenig später feststellte, tatsächlich ganz professionell mit einem Belichtungsapparat und einer Rotlichtlampe ausgestattet. Außerdem gab es Fotopapier, Entwicklerflüssigkeit und jede Menge Negative und weitere Schwarzweißfotos in einer Pappschachtel.

Nun, die würde er sich später ansehen. Jetzt musste er erst einmal die Cannabisplantage umgraben. Lutz wurde schon ganz melancholisch zumute, als er nur daran dachte. *Schade um all das gute Gras ...*

Lutz kostete die Gemüsesuppe. *Hm, nicht schlecht, fand er, was ich da aus Möhren, Bohnen, Zwiebeln und Kohlrabi aus dem Garten sowie den staubigen Gewürzen, die ich im Küchenschrank gefunden habe, gezaubert habe.*

Ein arbeitsreicher Tag lag hinter ihm. Nachdem er das Cannabis vergraben hatte, hatte er auf die Stelle Grassoden gelegt.

Toby hatte die im Haus gefundenen Drogen in seiner Ente weggeschafft, und Lutz hatte in der Zwischenzeit die Küche aufgeräumt und gründlich geschrubbt, ehe er mit der Essenzubereitung begonnen hatte. Im Allgemeinen hielt er es mit Ordnung und Sauberkeit nicht so genau. Aber eine Küche hatte sauber und Geschirr und Besteck hatten griffbereit zu sein.

Und das Allerbeste war, dass Lutz bei der Suche nach den Drogenvorräten in einem der Räume einen kleinen tragbaren Fernseher entdeckt hatte. Und jede Menge Bierdosen obendrein. Er würde das WM-Spiel Deutschland gegen Australien so richtig genießen können – *ach, was für ein Glück es doch war, dass es ihn, da er die WM 2014 verpasste, wenigstens ins Jahr 1974 während der Fußball-WM verschlagen hatte! Danke, Schicksal ...!* –, und danach würde er sich mit Jo treffen und mit ihr über Stefan Lehnert und die Kommune sprechen.

In Ermangelung von Topflappen packte Lutz den zerbeulten Eisentopf mit einem Küchenhandtuch an den Henkeln und stellte ihn auf den Tisch, der schon mit einem Sammelsurium aus angeschlagenem handgetöpfertem Geschirr und grellbunter Keramik gedeckt war. Etwas anderes hatte der Küchenschrank nicht hergegeben.

Dann ging er in die Halle der Villa und rief ins Treppenhaus: »Essen ist fertig!« Seiner Erfahrung nach half gutes Essen immer in Lebenskrisen.

Nach und nach trudelten seine Mitbewohner in der Küche ein. Marian und Melanie mit verweinten Gesichtern, Toby immer noch bleich. Und auch die beiden anderen Kommunarden: Rolle, ein großer, dünner Kerl, dem die Haare bis zur Hüfte reichten und der eigentlich Rudolf hieß, und seine Freundin Gerrit, alias Gitti, eine zierliche kleine Frau, die kaum je ein Wort sagte. Die beiden hatten im Laufe des Nachmittags von Stefan Lehnerts Tod erfahren und wirkten ebenfalls noch ziemlich mitgenommen.

Lutz schöpfte Suppe in die Teller und überlegte gerade, wie er das Gespräch unauffällig und taktvoll auf den Toten bringen konnte, als Rolle fragte: »Haste das Gemüse aus dem Edeka an der Leipziger Straße?«

»Nee, aus dem Garten.«

»Na, ist wahrscheinlich auch besser so. Ich glaube, die haben mitgekriegt, dass wir da öfter mal was mitgehen lassen.« Rolle nickte in Richtung des Brotes, das auf dem Tisch lag.

»Du meinst, ihr klaut dort?«

»Wenn du es so nennen willst.« Rolle zuckte mit den Schultern und tauchte seinen Löffel in die Suppe. »Ich würde eher von ›umverteilen‹ sprechen.«

»Aber das könnt ihr nicht machen!« Lutz hatte keine Probleme mit Fahnenflüchtigkeit und Haschisch und LSD – verglichen mit dem Suchtpotential von Heroin, Koks und Crack waren die seiner Meinung nach fast Kinderkram –, aber Ladendiebstahl, das ging dann doch zu weit.

»He, willste hier etwa den Moralapostel spielen? Wir nehmen uns nur, was uns die Kapitalistenschweine vorenthalten.« Rolle funkelte ihn aufgebracht an.

»Jetzt hört mir mal verdammt gut zu.« Lutz stützte die Unterarme auf der Tischplatte ab und sah alle der Reihe nach an. »Auch wenn ich mich wiederhole – die Bullen werden sehr bald herausfinden, dass Stevie bei euch gelebt hat, und dann ist hier der Teufel los. Die werden geradezu gierig darauf sein, uns irgendwas anzuhängen. Drogen werden sie nicht mehr finden. Deshalb werden die Bullen sich begeistert auf jedes geklaute Brot und jede entwendete Nudelpackung stürzen. Und uns dafür in den Bau wandern lassen.« In Gedanken leistete Lutz seinen Kollegen Abbitte.

»Du hast anscheinend echt Erfahrung mit den Bullen.« Marian sah ihn bewundernd an.

»Ähm, ja, ich hab so einiges mit denen erlebt.« Lutz vollführte eine großzügig-wegwerfende Handbewegung, die gut und gerne drei Jahre Haft umfassen konnte. »Also, ab jetzt wird alles, was hier gegessen wird, bezahlt.« Lutz holte den Zehnmarkschein aus seinem Portemonnaie, fast seine ganze Barschaft, und warf ihn auf den Tisch. Die anderen taten es ihm gleich. Rolle nach einem gewissen Zögern. Schließlich lagen etwa sechzig Mark zwischen den Tellern. Auch nach den Maßstäben des Jahres 1974 war dies keine gigantische Geldsumme. Aber ein paar Tage, hoffte Lutz, würde das Geld wohl reichen.

Plötzlich beschlich ihn eine ungute Ahnung. »Sagt mal, der kleine tragbare Fernseher in einem der Zimmer oben, ist der etwa auch geklaut?«

»Klaro, stammt aus dem Kaufhaus Meerheimer«, gab Rolle gleichmütig zu.

»Der muss wieder zurückgebracht werden. Na ja, nach dem WM-Spiel heute Abend«, schränkte Lutz ein.

Alle am Tisch starrten ihn an. »Du hast vor, dir die WM anzusehen?«, stieß Melanie dann fassungslos hervor.

»Oh, tut mir leid, ich wollte eure Gefühle in Bezug auf Stevie nicht verletzen. Ich dachte, etwas Ablenkung tut gut.«

»Die WM hat die Funktion der Herrschaftssicherung. Die ist Kapitalismus pur und fesselt die Massen ans Bestehende.« Rolle lehnte sich auf der Bank zurück und verschränkte die Arme vor der Brust. »Sich die Spiele freiwillig anzusehen, ist so was von reaktionär.«

»Ja, total bourgeois.« Marian nickte. »Sport dient doch nur der Unterdrückung unerwünschter Triebe.«

Die WM 1974 kapitalistisch ... Die hatten ja keine Ahnung ... Wütend tauchte Lutz seinen Löffel in die Suppe. Und er hatte sich anfangs auch noch gefreut, in dieser Kommune gelandet zu sein.

»Vorgestern haben wir zusammen gegen das Chile-Spiel demonstriert.« Melanie sah ihn beschwörend an. »Pinochet nutzt den Fußball ganz klar als Propaganda für sein verbrecherisches Regime.«

Okay, was Pinochet betraf, hatten sie natürlich recht ... Und doch ... Ach, warum hatte es ihn nicht in eine Hippie-Kommune verschlagen können, die Fußball mochte ... Falls es so eine Kommune überhaupt gab ... Das Leben hätte so schön sein können ...

Als Lutz die Dorfkneipe betrat, drehten sich ungefähr fünfzig Männerköpfe zu ihm um. Der braungetäfelte Raum war fast bis auf den letzten Platz besetzt. Ein Fernseher hing an einem Metallgestänge von der Wand neben dem Tresen. Die Luft war zum Schneiden dick von Zigarettenrauch.

»He, wir wollen hier keine Hippies haben!«, knurrte einer der Gäste.

»Leute«, Lutz breitete die Arme aus, »können wir unsere

politischen Differenzen bitte für zweimal fünfundvierzig Minuten samt der Pause beiseiteschieben? Ich möchte hier nur in Ruhe das Spiel sehen und ein paar Bier trinken.«

»Mensch, Holger, lass den Hippie in Ruhe«, mischte sich nun ein Mann ein. »Mich stört er nicht.« Als auch andere zustimmend brummten, erhob Holger keinen weiteren Protest.

»Danke, Leute!« Lutz holte sich ein Pils an der Theke, dann arbeitete er sich zu einem der wenigen freien Plätze an der Wand vor. Neben dem Fernseher hing ein Wimpel, auf dem zwei pausbäckige Männchen im schwarzweißen Fußballdress und der Aufschrift »WM 74« abgebildet waren. Das kleine schwarzhaarige Männchen hatte einen Fußball unter den Arm geklemmt, das größere blonde winkte den Zuschauern zu. Beide grinsten, wie Lutz fand, reichlich dümmlich.

Er kam zu dem Schluss, dass dies die offiziellen WM-Maskottchen waren. *Nun ja, auch nicht viel schlimmer als Goleo, das Löwen-Maskottchen der WM 2006 ... Aber was die Kommerzialisierung der WM betraf ... Seine Mitbewohner hatten ja wirklich überhaupt keine Ahnung, wie harmlos das alles 1974 noch war ...*

Lutz zog eine Packung Gauloises aus seiner Jackentasche, schüttelte eine Zigarette heraus und zündete sie sich an. *Wie schön, dass man 1974 in Kneipen noch rauchen darf!*, dachte er, während er den ersten tiefen Zug nahm. Er stellte plötzlich fest, dass er keine Ahnung hatte, wie das Spiel Deutschland gegen Australien ausgegangen war. Lutz stutzte. Ja, er wusste noch nicht einmal mehr, welche Mannschaft die WM 1974 gewonnen hatte. *Toll ...* Ein freudiges Grinsen breitete sich auf seinem Gesicht aus. *Er erlebte die WM ganz live mit ... Als wäre er wirklich ein Zeitgenosse ...*

Während Lutz dies mit einem weiteren Schluck Bier feierte, sah er, dass tatsächlich sein Mitbewohner Toby den

Gastraum betrat. Er winkte ihm zu. Toby hob die Hand zum Zeichen, dass er ihn bemerkt hatte. Nachdem er sich ebenfalls ein Bier geholt hatte, kam er zu Lutz und quetschte sich neben ihn auf einen Stuhl.

»Prost!« Lutz stieß mit Toby an. Er konnte sich nicht verkneifen zu sagen: »Ich hätte ja nicht damit gerechnet, dass ich jemanden aus der Kommune bei etwas so politisch Unkorrektem wie Fußball treffen würde.«

»Ach, ich hatte einfach keine Lust, mich deswegen mit den anderen zu streiten. Vor allem heute nicht ...« Toby winkte müde ab. »Mit Rolle kannst du sowieso nicht diskutieren. Der besteht auf seiner vorgefassten Meinung.«

»Kleiner Parteikader, wie?«

»Ja, so ungefähr.« Toby grinste flüchtig. »Stevie hätte sich das Spiel auf jeden Fall auch angesehen. Er hat Fußball geliebt. Beim Fußballspielen haben wir uns auch kennengelernt.«

Na, das machte ihm das Mordopfer doch gleich sympathisch ... Nun breitete sich erwartungsvolle Stille in der Kneipe aus, während erst die deutsche, dann die australische Nationalhymne gespielt wurden.

»Maier, Vogts, Schwarzenbeck, Beckenbauer. Breitner, Hoeneß, Cullmann«, verlas der Stadionsprecher. »Overath ...« Ein lautes Pfeifkonzert ertönte im Hamburger Volksparkstadion.

»Warum bringt der Schön denn nicht den Netzer statt den Overath?«, schallte es durch die Kneipe.

»Das verstehe ich aber auch nicht«, sagte Toby aufgeregt, während der Kommentator mit »... Grabowski, Müller, Heynckes« die weiteren Namen der deutschen Nationalmannschaft vorlas. »Schließlich war das Ergebnis gegen Chile mit dem eins zu null durch Breitner ja ziemlich knapp. Und Netzer ist nun mal ein super Torjäger.«

Lutz lehnte sich auf seinem Stuhl zurück und trank einen Schluck Bier. Die Mordermittlung konnte erst einmal ruhen. Jetzt war Fußball an der Reihe.

Gut anderthalb Stunden später nahm Lutz einen tiefen Zug von einem Joint. Toby hatte tatsächlich noch einen Rest »Schwarzer Afghane« in seiner Jeanstasche gehabt. Das Spiel war vorbei, und sie saßen in der Nähe der Kneipe auf einer Bank vor dem Dorfbrunnen. Drei zu null für Deutschland war das Ergebnis gewesen. Angestachelt von dem Pfeifkonzert, hatte Overath den Ball in der zwölften Minute im gegnerischen Tor versenkt. Tore von Cullmann und Müller folgten in der vierunddreißigsten und dreiundfünfzigsten Minute. Trotz des deutlichen Sieges hatte das Spiel mit einem Eklat geendet. Das Hamburger Publikum hatte sich einen höheren Sieg gewünscht. Wegen vieler Fehlpässe der deutschen Elf gegen Spielende schallten »Aufhören«-Sprechchöre durch das Stadion. Was wiederum Kapitän Franz Beckenbauer dazu veranlasst hatte, in Richtung der Menge zu spucken.

Tja, dazu war der »Kaiser«, die »Lichtgestalt« einmal fähig gewesen ... Lutz grinste. Und ein gewisser Uli Hoeneß, damals noch blondgelockt und nicht kahl, hatte einige klare Torchancen versemmelt. Anfangs hatte es Lutz etwas Mühe bereitet, sich auf das Spiel einzustellen, denn es war ihm seltsam zeitlupenhaft vorgekommen. Aber nach der Pause hatte es ihn völlig gepackt.

Er reichte den Joint an Toby weiter. »Du und Stevie habt euch also vom Fußballspielen gekannt«, sagte er.

»Ja, wir haben im selben Verein gespielt, obwohl wir aus unterschiedlichen Orten kamen und auch nicht an die gleiche Schule gingen. Stevie war ein Heimkind, weißt du.«

»Hattest du schon mal kurz erwähnt ...«

»Wir sind in der Nähe von Braunschweig aufgewachsen.« Toby inhalierte noch einmal tief. »Stevies Eltern sind bei einem Verkehrsunfall ums Leben gekommen, als er zehn war. Nahe Verwandte hatte er keine. Er hat nie viel von dem Heim erzählt. Er war sowieso kein Mensch, der viel über sich sprach. Aber von dem wenigen, was er erzählte und was ich von anderen aus dem Heim wusste, muss es so ziemlich die Hölle gewesen sein.«

»Kann ich mir vorstellen ...« Lutz nickte. Die Grausamkeiten und Demütigungen, die viele ehemalige Heimzöglinge in den fünfziger und sechziger Jahren hatten erdulden und erleiden müssen, waren erst in den letzten Jahren richtig publik geworden.

»Einer der Erzieher war immerhin ganz okay. Er mochte Stevie. Deshalb brachte er ihn in unserem Club unter, da sein Cousin – also der des Erziehers, nicht Stevies – dort Trainer war, und er glaubte, dass der ein Auge auf Stevie haben würde. Ich bin zwei Jahre älter als Stevie. Aber da ich ziemlich lange wegen eines Beinbruchs pausieren musste, spielte ich in seiner Mannschaft, und wir haben uns angefreundet. Er war ein echt guter Kumpel. Zuverlässig und immer für einen da, wenn man ihn brauchte ...«

Toby musste schlucken und wandte sich ab. Lutz war sicher, dass er ein paar Tränen wegblinzelte. Er wartete mit seiner nächsten Frage, bis Toby sich wieder gefasst hatte.

»Mit seiner Heimerfahrung war er sicher nicht grade scharf drauf, zum Bund zu gehen, oder?«

»Da kannste aber sicher sein.« Toby seufzte. »Er hat versucht zu verweigern, wurde aber nicht anerkannt. Leider hat er keinen Widerspruch eingelegt. Stevie war hochintelligent. Wäre er nicht im Heim gewesen, dann hätte er bestimmt ein super Abi gemacht und studiert. Aber wenn's um Lebenspraktisches ging, war er oft total verpeilt. Ich war zu der Zeit gerade in Indien und hatte deshalb keinen Kontakt zu ihm, sonst hätte ich versucht, ihm zu helfen.«

»Und weshalb ist er nicht nach Berlin gegangen?«

»Zum einen hat er es, glaube ich, schlichtweg verpennt, sich abzusetzen. Und zum anderen hat Stevie Natur um sich gebraucht. Tagelang im Wald herumzustreifen, das war sein Ding. Der Grunewald hätte ihm dazu nicht gereicht. Viel mehr an Natur gibt's in Berlin ja nicht.«

Und aus dem geteilten Berlin mit der Mauer wäre Stefan ja 1974 nicht herausgekommen, ging es Lutz durch den Kopf.

Toby inhalierte wieder, ehe er den Rauch in einem großen Kringel in den dämmrigen Himmel blies. »Irgendwie hat Stevie sich nach der abgelehnten Verweigerung wohl einzureden versucht, dass er den Bund überstehen würde. Aber er hatte leider Pech und ist bei ein paar absoluten Ärschen auf der Stube gelandet. Er war ein Einzelgänger, ziemlich verschlossen, sensibel und noch dazu sehr intelligent. Es gibt Typen, die dann sofort Blut wittern. Die so jemanden niedermachen müssen. Und das war bei den Kerlen auf seiner Stube der Fall. Die haben ihn gepiesakt und gedemütigt, wo sie nur konnten. Seine frisch geputzten Stiefel mit Dreck eingesaut, ihm Scheiße ins Bett geschmiert ...«

»Ja, ja, ich weiß, es gibt da sehr fiese Spielchen ...« Nicht dass sich das jemand bei Lutz getraut hätte. Aber er kannte die Mechanismen, die in bestimmten Gruppen nur zu schnell zu wirken begannen.

»Nach vier Wochen reichte es Stevie endgültig. Während eines Geländemarschs ist er getürmt. Über einen gemeinsamen Freund wusste er, wo ich wohnte, und ist dann eines Tages hier aufgetaucht.«

»Von Oldenburg bis hierher ist es ziemlich weit.«

»Manchmal ist er getrampt. Den größten Teil des Weges ist er, soviel ich weiß, gelaufen. Stevie hätte sich wahrscheinlich sogar ihm Dschungel ohne Kompass zurechtgefunden. Er hatte einen Wahnsinnsorientierungssinn.« Wieder schluckte Toby und fuhr sich unauffällig über die Augen. Die Tür der Kneipe öffnete sich und entließ, umflossen von gelblichem Lichtschein und Rauchwolken, einige grölende Fußballfans auf die Straße.

Nachdem diese sich entfernt hatten, fragte Lutz: »Hatte Stevie eigentlich vor, noch lange bei euch in der Kommune zu leben? Die Gefahr, dass er früher oder später von den Bullen aufgegriffen und als Fahnenflüchtiger erkannt wurde, war doch ziemlich groß.«

»Stevie wollte sich nach Italien oder Südfrankreich absetzen.«

»Hatte er dazu denn Geld? Allein seine Fotoausrüstung war ja recht teuer.«

Toby beugte sich vor und senkte die Stimme. »Er war an einem LSD-Ring beteiligt, war da so eine Art Schnittstelle zwischen den Produzenten und den Verkäufern. Einige der Typen kannte er von einem Trip, den er letztes Jahr in die Türkei unternommen hatte.«

Lutz verschluckte sich fast an dem Rauch seines Joints. »Könnten die Typen von dem LSD-Ring etwas mit dem Mord an ihm zu tun haben? Was meinst du?«

»Stevie war niemand, der irgendwen gelinkt hätte. Falls du darauf hinauswillst.« Toby winkte ab. »Außerdem sind die ohnehin alle absolut friedlich drauf. Die werfen die Pillen ein, um eins mit dem Weltall zu werden und die allumfassende Harmonie zu erfahren.«

Nun, das deckte sich mit dem, was Lutz über LSD-Konsumenten wusste. Ob die Telefonnummer, die er in Stefans

Drogenversteck gefunden hatte, zu den Dealern oder Produzenten führte? Nachgehen mussten Jo und er dieser Spur auf jeden Fall.

»In seinem Zimmer hatte Stefan aber nur eine kleine Menge LSD versteckt«, tastete sich Lutz weiter vor.

»Das waren nur Pillen für den eigenen Gebrauch. Das LSD, für das er sozusagen als Schnittstelle fungierte, hat er irgendwo im Wald vergraben. Ich habe keine Ahnung, wo, und ich wollte es auch nie wissen«, kam Toby einer weiteren Frage von Lutz zuvor. »Das war mir echt zu heiß.«

»Wussten denn andere in der Kommune von Stevies Beteiligung an dem LSD-Ring?«

Toby betrachtete Lutz mit zusammengekniffenen Augen, und einen Moment lang fürchtete Lutz, seine Frage wäre zu direkt gewesen. Doch die entspannende Wirkung des Joints ließ kein wirkliches Misstrauen in Toby aufkommen. Er schüttelte den Kopf. »Nee, Stevie war sich darüber im Klaren, dass das eine heiße Kiste war. Er hat sich nur mir anvertraut.«

Allerdings, und zwar eine ganz heiße Kiste ... Der geklaute Fernseher musste wirklich schleunigst aus der Villa verschwinden ...

»Glaubst du, dass du nach dem Joint und den paar Bieren noch fahrtüchtig bist?« Prüfend musterte Lutz Toby. »Falls ja, sollten wir den Fernseher in deiner Ente jetzt gleich zum Kaufhaus Meerheimer schaffen.«

»Klar kann ich noch fahren.« Toby nickte.

Lutz kam es vor, als würde die Ente in leichten Schlangenlinien die Straßen entlangfahren. Aber vielleicht lag das ja auch nur daran, dass er selbst etwas angekifft und angetrunken war.

Sie stellten die Ente in einer Seitenstraße ab. Dort zog Lutz vorsichtshalber, um Fingerabdrücke zu vermeiden, ein paar alte Gartenhandschuhe an, die er in der Villa gefunden hatte, und hob den kleinen Fernseher aus dem Kofferraum. Toby begleitete ihn zu der Hintertür auf dem Kaufhausparkplatz. Nachdem Lutz den Apparat unter dem Vordach abgestellt hatte, bückte Toby sich und zog die Antenne aus dem Gehäuse.

»Was soll das denn?«, fragte Lutz erstaunt.

»Na ja, der Fernseher ist doch so eine Art Sender ins All. Er soll Kontakt mit Stevies Seele aufnehmen«, nuschelte Toby. »Ach, Stevie, du fehlst mir …«

Okay, Toby war doch viel bekiffter, als er angenommen hatte …
»Ich kann ja verstehen, dass Stevie dir fehlt, aber komm jetzt, Kumpel …« Lutz legte ihm den Arm um die Schultern. In dem Moment hörte er eine Männerstimme rufen: »He, Sie da, was machen Sie hier?« Der Strahl einer Taschenlampe glitt über den leeren Parkplatz, war aber zu weit entfernt, um sie beide zu erfassen. Schemenhaft konnte Lutz einen dicken Mann erkennen, der die Lampe hielt.

Er wurde schlagartig nüchtern. »Nichts wie weg hier!«, zischte er. Es fehlte gerade noch, dass er den ganzen Aufwand auf sich genommen hatte, die Drogen zu vernichten, und dann hier von der Polizei geschnappt wurde.

Auch Toby schien den Ernst der Lage zu begreifen, und sie rannten los. Lutz hörte den Wachmann in ein Funkgerät sprechen und riskierte einen Blick über die Schulter. Ihn hatten sie abgehängt, fragte sich nur, ob ihnen das mit der Polizei auch gelingen würde.

Als sie das Auto erreichten, schnappte sich Lutz Tobys Autoschlüssel und schob sich hinter das Steuer. Während er den Motor startete, ließ sich Toby neben ihn fallen. In der Ferne ertönte die Sirene eines Streifenwagens.

»Was … machen wir … jetzt?«, stammelte Toby.

»Gas geben.« Lutz drückte den Fuß aufs Pedal und lenkte

die Ente in die nächstbeste Seitenstraße. »Bei einer Meldung wie ›verdächtige Personen auf dem Parkplatz‹ werden die Bullen nur mit einem Streifenwagen und nicht gleich mit einer ganzen Kompanie anrücken.«

Die Ente ächzte und schaukelte, als wollte sie sich gleich in die Lüfte erheben. Am Ende einer Querstraße sah Lutz Blaulicht über Hauswände zucken. Dann war der Streifenwagen in der Gegenrichtung weitergebraust.

»Du hast es echt drauf mit den Bullen«, sagte Toby anerkennend.

»Ähm ja, wie ich schon erwähnte, ich hab da so meine Erfahrungen. Sag mal, kann ich mir die Ente, nachdem ich dich in der Kommune abgesetzt habe, mal leihen? Ich müsste mich dringend mit jemandem treffen.«

»Eine Verabredung?« Toby blinzelte ihm zu.

»Ja, in gewisser Weise ...« *Wenn auch nicht so, wie es Lutz gerne mit Jo gehabt hätte ...*

Jo hatte sich eben in ihrem Minibad die Zähne geputzt und wollte ins Bett gehen, als Katrin Wenger, ihre Vermieterin, anklopfte. Über den Lockenwicklern trug sie ein Haarnetz, und das orange-pink-grüne Blumenmuster ihres Frottee-Bademantels tat Jos Augen weh.

»Fräulein Weber, Telefon für Sie, ein Kollege. Ein sehr netter junger Mann, der sich sehr freundlich für die späte Störung entschuldigt hat ...«, erklärte die Vermieterin.

Ob Lutz anrief? Jo hoffte es sehr. Bei den Ermittlungen im Mordfall Stefan Lehnert waren sie im Präsidium keinen Schritt weitergekommen. Den ganzen Abend hatte sie ungeduldig auf Lutz' Anruf gewartet.

»Jo«, meldete sich tatsächlich Lutz. »Ich bin in ungefähr zehn Minuten bei dir und hole dich ab.« Ein hartes Knacken erklang, als würde ein Hörer auf eine Gabel gehängt. Wahrscheinlich hatte Lutz sie aus einer Telefonzelle angerufen. Seit Ewigkeiten hatte dies niemand mehr getan.

»Fräulein Weber ...« Katrin Wenger, die sich taktvoll in ihr Schlafzimmer zurückgezogen hatte, streckte den Kopf in den Flur. »... es ist doch nichts Ernstes passiert?«

»Vermutlich nur eine neue Richtung für unsere Ermittlungen«, beruhigte Jo sie. Sie hoffte sehr, dass Lutz Neuigkeiten für sie hatte. Und sie freute sich, ihn zu sehen.

Eine Ente mit zurückgeklapptem Verdeck bog in die Straße ein und stoppte vor Jo. Als sie die Beifahrertür öffnete, roch sie sofort den Dunst von Joints und Bier, den Lutz verströmte. *Das konnte doch wohl nicht wahr sein ...* Jos Stimmung wechselte abrupt von erwartungsvoll zu aufgebracht.

»Bist du verrückt, angetrunken und bekifft Auto zu fahren?«, fuhr sie ihn an. »Darf ich dich daran erinnern, dass du in deinem wirklichen Leben Polizist bist?«

»Jetzt hab dich nicht so.« Lutz verdrehte die Augen. »Ich bin völlig fahrtüchtig. Und was mein Polizistsein angeht, nehmen es meine Kollegen im Jahr 1974 garantiert auch mit der Promillegrenze nicht so genau.«

Zumindest in Bezug auf Heiner Kaminski hatte Lutz mit dieser Behauptung leider recht, vermutete Jo. »Ich fahre!«, bestimmte sie.

»Die Ente hat eine Revolverschaltung, das möchte ich nur am Rande erwähnen.«

Auch das noch ... Und Sicherheitsgurte gab es in der Ente auch nicht ... Jo blickte sich nach ihrem Käfer um. Doch der war so eng eingeparkt, dass sie gewiss zehn Minuten gebraucht hätte, um ihn auf die Straße zu manövrieren.

»Jetzt tausch schon mit mir den Platz ...«

Lutz tat, wie ihm geheißen. »Behutsam und mit viel Gefühl«, bemerkte er, als Jo nach der Gangschaltung griff.

»Schon gut … Wohin fahren wir eigentlich?«

»Zu Kaisers Biergarten in den Weinbergen.«

»Bist du dir sicher, dass es den überhaupt schon gibt?«

»Ich bin vorhin mit Toby daran vorbeigekommen, als wir einen geklauten Fernseher zum Kaufhaus Meerheimer gebracht haben. Und bevor du dich jetzt aufregst«, Lutz legte Jo, die sich immer noch mit der Gangschaltung abmühte, die Hand auf den Arm, »ich war nicht an dem Diebstahl beteiligt, sondern meine Mitbewohner. Ich habe nur dafür gesorgt, dass der Fernseher wieder seinem rechtmäßigen Besitzer zugeführt wurde.«

Ein Prickeln durchlief Jo bei Lutz' Berührung. Nun hatte sie den ersten, dann den zweiten Gang eingelegt, mit einem Gefühl des Bedauerns und der Erleichterung zog sie ihre rechte Hand von der Gangschaltung weg und umfasste das Lenkrad.

»Was genau meinst du mit ›wieder seinem rechtmäßigen Besitzer zugeführt‹?«, sagte sie barsch.

»Na ja, wir haben den Fernseher am Hintereingang abgestellt. Wir konnten ihn ja schlecht morgen auf die Ladentheke stellen und sagen: ›Tut uns leid, hier haben Sie das Diebesgut wieder zurück.‹« Lutz zog es vor, Jo vorerst zu verschweigen, dass er und Toby fast einem Wachmann in die Arme gelaufen waren. Sie war ohnehin schon ziemlich verstimmt.

Die Ente legte sich schräg in eine Kurve. »Meinen Käfer zu fahren fühlt sich an, wie einen Traktor zu lenken. In der Ente komme ich mir wie in einem Wackelpudding vor«, schimpfte Jo. »Und warum hast du dich eigentlich erst jetzt bei mir gemeldet? Ich hab den ganzen Abend auf dich gewartet.«

»Weil ich mir das Spiel Deutschland gegen Australien angesehen habe.«

»Was, wegen eines Fußballspiels vernachlässigst du unsere Ermittlungen?« Prompt geriet Jo beim Schalten in den falschen Gang und hätte den Motor fast abgewürgt.

»Vorsicht, ich sagte doch: mit Gefühl. Damit das klar ist«, Lutz' Stimme bekam einen stählernen Unterton, »ich werde mir die einmalige Chance, diese WM live mitzuerleben, auf gar keinen Fall entgehen lassen. Und nichts wird mich davon abhalten, mir das Spiel Deutschland – ich meine die BRD – gegen die DDR anzusehen.«

»Die BRD gegen die DDR – da weiß ich ja sogar, wie dieses Spiel ausging.«

»Untersteh dich, mir das Ergebnis zu verraten.«

»Du hast es doch nicht etwa ernsthaft vergessen ...?«

»Ich kann mich nicht mehr daran erinnern.«

Jo warf Lutz einen raschen Blick von der Seite zu. Seine Miene war völlig ernst.

»Aber du weißt noch, wie die WM letztlich ausging?«

»Nein, ich kann mich auch daran nicht mehr erinnern. Und wenn du es mir sagst, werde ich nie wieder ein Wort mit dir wechseln.« Wieder lag ein stählerner Unterton in seiner Stimme. »Diese WM ist völlig neu für mich, so als hätte ich noch nie von ihr gehört, und ich bin fest entschlossen, jeden Moment zu genießen.«

Jo begriff, dass Lutz wirklich nicht scherzte. »Okay ...«, murmelte sie. »Ich werde dir nichts verraten.« Sie rätselte immer noch, wie es zu dieser Teilamnesie hatte kommen können, als Lutz sagte: »Stefan Lehnert hat übrigens in der Kommune gelebt.«

»Was?!?« Jo verriss fast das Steuer. »Also hat meine Mutter tatsächlich gelogen.«

»Wieso deine Mutter?«, fragte Lutz perplex.

»Melanie Weber ist meine Mutter.«

»Hast du nicht heute Mittag erklärt, der Kriminalrat wäre

dein Vater?« Lutz hoffte immer noch, Jo falsch verstanden zu haben.

»Ja, das ist er, und Melanie Weber ist meine Mutter.«

»Bist du dir ganz sicher?«

»Ja, völlig. Nicht nur wegen ihres Namens und ihres Aussehens. Sie trägt auch den Ring, den ich 1898 meiner Ur-Ur-Ur-Urgroßmutter geschenkt habe.«

Er hatte möglicherweise mit Jos Mutter geschlafen ... Lutz war nahe daran, verzweifelt aufzuschreien. *Vielleicht würde Jo ihm irgendwann verzeihen, dass er ein kurzes Verhältnis mit Jacqueline Steinert gehabt und ein Kind mit ihr gezeugt hatte. Aber dass er ihre Mutter gevögelt hatte, würde sie ihm gewiss niemals vergeben ...*

»Ähm, abgefahren ...«, bemerkte er matt.

»›Abgefahren‹ ist nun nicht gerade das Wort, mit dem ich die Tatsache beschreiben würde, dass ich meinen zukünftigen Eltern begegnet bin«, erwiderte Jo gereizt.

Sie hatten mittlerweile die Stadt hinter sich gelassen, und die Ente mühte sich eine steile Straße entlang der Weinberge hinauf. Oben am Hang tauchten bunte Lichter über den dunklen Rebstockreihen auf.

Nimm dich zusammen!, ermahnte sich Lutz in Gedanken. »Du befindest dich sozusagen in deinem eigenen Zurück-in-die-Zukunft-Film«, brachte er bemüht fröhlich hervor. »Nun, ich drücke dir die Daumen, dass du weniger Mühe damit haben wirst, deine Eltern zusammenzubringen als Marty McFly.« *Und ich selbst*, überlegte er düster, *befinde mich im schlimmsten Fall in einer Art Remake der »Reifeprüfung«.*

Jo lenkte die Ente auf den Parkplatz, der, anders als in den Sommernächten des 21. Jahrhunderts, ziemlich leer war. Ja, das ganze Ambiente hatte sich verändert, wie sie gleich darauf feststellte. Sie war so auf den Biergarten konzentriert, dass sie gar nicht bemerkte, wie schweigsam Lutz plötzlich geworden war. Das schicke Restaurant mit den Panoramafenstern und dem Edelbiergarten gehörte der Zukunft an. Stattdessen wirkte nun alles sehr rustikal. Die bunten Lichter stammten von einer Glühbirnenkette, die zusammen mit künstlichem Weinlaub an Holzstreben befestigt war. Der Ausschank befand sich in einem Flachbau, dem auch die Holzschindeln an den Wänden nicht das Aussehen einer Garage nehmen konnten. Auf einer Tafel entzifferte Jo »Toast Hawaii« und »Jägerschnitzel«.

Jo bestellte ein Glas Mineralwasser und Lutz ein Bier.

»Sollen wir uns dorthin setzen?« Jo deutete auf einen Biergartentisch vor der hüfthohen Mauer. »Dort können wir ungestört miteinander reden.«

»Von mir aus.« Lutz nickte.

Gleich unterhalb der Mauer erstreckte sich ein Weinberg. Am Fuße des Hügels wand sich der Fluss wie ein dunkles Band durch die Ebene. Die Nacht war kühl, und Jo verkroch sich tiefer in ihrer Jacke. Lutz hob den Glassturz eines Windlichts mit Messingfuß hoch und zündete die Kerze mit seinem Feuerzeug an. Aus den Lautsprechern, die an dem Holzgestänge hingen, erklang *Hoch auf dem gelben Wa-a-agen*.

Lutz, der sich wieder einigermaßen gefasst hatte, verzog angewidert das Gesicht. »1974 gab es eine super Musik. Und die spielen hier derartigen Scheiß.« Er beschloss, den Gedanken an seinen tatsächlichen oder möglichen Beischlaf mit Jos Mutter vorerst zu verdrängen.

»Stefan Lehnert lebte also in der Kommune, wenn ich dich an den Grund unseres Gesprächs erinnern darf ...«, sagte Jo.

»Ja, und meine Mitbewohner wussten, dass er fahnenflüchtig war.« Lutz erzählte Jo von seiner Unterhaltung mit

Toby und dass Stefan ein Heimkind gewesen und bei der Bundeswehr von seinen sogenannten Kameraden drangsaliert worden war. »Außerdem war er an einem Frankfurter LSD-Ring beteiligt«, schloss er.

»Das ist ja nun mal eine wichtige Information.«

»Toby ist davon überzeugt, dass die Mitglieder des LSD-Rings nichts mit Stefans Ermordung zu tun haben.« Lutz schüttelte den Kopf. »Und ich bin geneigt, ihm zu glauben. Natürlich müssen wir Stefans Verbindung zu dem Ring nachgehen. Aber dessen Mitglieder stehen bei mir als Verdächtige vorerst nicht an erster Stelle.«

»Du willst damit doch hoffentlich nicht andeuten, dass ich Stefans Verwicklung in den LSD-Handel gegenüber meinem Vater und den Kollegen verschweigen soll?«, entgegnete Jo aufgebracht. »Ich habe kein Problem damit, für mich zu behalten, dass deine Mitbewohner von Stefans Fahnenflucht wussten. Das werden mein Vater und die Kollegen ohnehin vermuten, und das ist auch erst einmal für die Morduntersuchung nicht so wichtig. Aber wenn ich Stefans Verbindung zu dem LSD-Ring verschweige, dann behindere ich die Ermittlungen.«

Lutz beugte sich vor und hob die Hand. »Hör mir bitte erst mal zu, bevor du dich weiter echauffierst. Ich bin fest davon überzeugt, dass mich das Schicksal, eine höhere Macht oder wer auch immer, in diese Kommune gebeamt hat, damit ich dort ermittle. Wenn du deinen Vater über den LSD-Ring informierst, wird er mich und meine Mitbewohner überwachen lassen. Was wiederum zur Folge haben wird, dass bei jedem Schritt, den ich gehe, ein Kollege hinter mir herschnüffeln wird. Was ich nun für eine ganz massive Behinderung *meiner* Ermittlungen halte.«

»Das sehe ich ja ein, aber trotzdem ...« Jo seufzte.

Aus dem Lautsprecher beschallte sie Heino mit *Blau, blau,*

blau blüht der Enzian. Lutz stöhnte gequält auf, blickte Jo dann aber fest an. »Lass uns einen Kompromiss schließen. Wir beide untersuchen Stefans Verbindung zu dem LSD-Ring. Wenn wir danach zu dem Schluss kommen, dass seine Ermordung etwas mit dem Drogenhandel zu tun hat, teilst du es deinem Vater mit. Falls nicht, kannst du es guten Gewissens verschweigen.«

»Einverstanden«, erwiderte Jo zögernd. »Konnte dir dein Mitbewohner Toby denn noch irgendeinen Hinweis auf den Ring geben, außer, dass er in Frankfurt angesiedelt ist?«

»Toby nicht. Aber, tatah …« Lutz zog den Zettel mit der Frankfurter Telefonnummer aus der Hosentasche. »Den hab ich in Stefans privatem Drogenversteck gefunden.«

»Und wenn das nun die Nummer seiner Geliebten ist?«

»Sei nicht immer so pessimistisch. Die hätte Stefan bestimmt nicht in einem Loch unter den Dielen versteckt.« Lutz hob die Augenbrauen.

»Damit hast du wahrscheinlich recht.« Jo seufzte wieder. »Hast du eigentlich eine Perücke in Stefans Zimmer gefunden?«

»Nee, warum fragst du?«

»Weil bei Stefans Leiche keine Perücke lag.« Jo informierte Lutz über die bisherigen Ermittlungsergebnisse.

»Sehr weit seid ihr ja noch nicht gekommen«, stellte Lutz fest, als Jo ihm alles erzählt hatte.

»Der Mord an Stefan muss irgendetwas mit dem Mord an Bernward Hilgers zu tun haben – den ich zu verhindern gedenke. Sonst wären wir beide wohl kaum, nachdem wir die Röntgenaufnahmen von Hilgers Schädel gesehen haben, ins Jahr 1974 und dann in die Mordermittlung um Stefan Lehnert geraten.« Jo hatte Lutz auch von ihren beiden Begegnungen mit dem Geschäftsführer berichtet und dass sie fest glaubte, Hilgers fühle sich von jemandem bedroht.

Nun teilte sie ihm mit, was sie über Hilgers Biographie herausgefunden hatte. »Darin kann ich auch nicht erkennen, warum ihn jemand bedrohen sollte«, fügte sie hinzu.

»Dass er für die FDP im Stadtrat saß, wäre schon ein Grund.« Lutz grinste. »Ich werde mich auch ein bisschen über Hilgers informieren. Als Erstes aber sollten wir das mit dem LSD-Ring abklären. Ich schlage vor, dass du morgen, sobald du im Präsidium bist, die Adresse zu der Telefonnummer ermittelst und wir beide dann dorthin fahren und uns umhören.«

»Darf ich dich daran erinnern, dass ich tagsüber im Dienst bin?«

»Wenn du mit mir zusammen ermittelst, bist du gewissermaßen auch im Dienst. Kein Grund, ein schlechtes Gewissen zu haben. Du schiebst einfach einen dringenden Arztbesuch oder etwas Ähnliches vor.«

»Super Idee ...«

»Hast du eine bessere?«

»Leider nein.«

»Siehst du? Wie ist es denn so als Frau im Jahr 1974 bei der Kriminalpolizei?«

»Ich habe mittlerweile herausgefunden, dass es außer mir noch zwei Beamtinnen bei der Ebersheimer Kripo gibt.« Jo lächelte und entspannte sich. »Davon ist eine gerade im Urlaub und die andere auf Fortbildung. Also bin ich gewissermaßen allein unter Männern. Mein Chef Heiner Kaminski hat übrigens eine ziemlich große Ähnlichkeit mit deinem Chef Horst Koschatzki von der preußischen Kriminalpolizei.«

»Du tust mir aufrichtig leid.«

»Ich mir auch.« Jo lachte, schlug sich aber gleich darauf mit der Hand gegen die Stirn. »Sag mal, wie soll ich eigentlich meinem Vater erklären, woher ich plötzlich weiß, dass

Stefan Lehnert in deiner Kommune gelebt hat? O Mist, das bedeutet natürlich auch, dass mein Vater herausfindet, dass meine Mutter ihn angelogen hat.« *Was keine gute Basis für eine Beziehung ist,* schoss es Jo durch den Kopf. Sie schob den Gedanken vorerst beiseite.

Lutz dachte kurz nach. »Am Plausibelsten dürfte es sein, wenn du sagst, ich wäre dein Informant gewesen. Schließlich lebe ich ja noch nicht lange in der Kommune und stehe meinen Mitbewohnern nicht nahe. Ja, am besten, du behauptest, dass ich als Gegenleistung auf ein Entgegenkommen der Polizei hoffe, falls ich mit Drogen erwischt werden sollte.«

»Da du meinem Vater nicht gerade sympathisch warst, wird er mir diesen Grund wahrscheinlich sogar glauben«, konterte Jo trocken.

»Seltsam, dass ausgerechnet immer wieder Kollegen Probleme mit mir haben ...«

»Um noch einmal auf die Drogen zurückzukommen ...« Jo richtete sich abrupt auf. »Die Cannabispflanzen im Garten müssen vernichtet werden und auch alle sonstigen Drogen vom Grundstück und aus dem Haus verschwinden.«

»Ist längst geschehen ...«

»Manchmal frage ich mich wirklich, warum du mit deiner kriminellen Energie ausgerechnet zur Polizei gegangen bist.«

»Weil ich lieber mit dir zusammenarbeite, als von dir gejagt zu werden.« Lutz lächelte sie an und prostete ihr mit seinem Bier zu.

Unten in der Ebene flackerten die Lichter der Stadt. Am Rand des Biergartens sah Jo kleine grüne Funken in der Dunkelheit aufblitzen und wieder verschwinden. Dort tanzten Glühwürmchen vor den Büschen. Glühwürmchen hatten damals auch vor der Terrassentür getanzt, kurz bevor sie und Lutz das erste Mal miteinander geschlafen hatten. Jo schien es, als ob auch Lutz die grünen Funken betrachtete.

Vielleicht habe ich ja wirklich überreagiert, als ich von Jacquelines Schwangerschaft erfahren habe, ging es ihr durch den Sinn. »Es ist schön, wieder mit dir zusammenzuarbeiten«, begann sie tastend.

»Finde ich auch ... Also ich meine, es ist schön, wieder dein Kollege zu sein.« Lutz' Stimme klang zurückhaltend.

»Wie geht es die denn so mit deinem Kind?«

»Mein Sohn ist noch nicht geboren. Erst in ungefähr einem Monat ist so weit.« Er wich ihrem Blick aus.

»Wie bitte?« Jo starrte ihn ungläubig an. »Jacqueline ist doch im April des vergangenen Jahres von dir schwanger geworden.«

»Ähm, das war falscher Alarm. Wir haben ein paar Monate später noch mal miteinander geschlafen. Wir waren beide ziemlich betrunken. Dabei ging was schief.«

»Du hast immer behauptet, du wärst nicht in Jacqueline verliebt.«

»Wie ich bereits sagte, ich war betrunken. Und du hattest mich ja zum Teufel gejagt.«

Bisher konnten wir uns ohnehin immer nur in der Vergangenheit lieben, dachte Jo traurig. *In der Gegenwart hatte unsere Beziehung keine Chance.* Sie wollte nicht länger darüber nachgrübeln. »Lass uns einfach professionell zusammenarbeiten, damit wir wieder ins 21. Jahrhundert zurückkehren können, ja?« Sie stand hastig auf. Stumm gingen sie nebeneinander zum Parkplatz.

Das Schweigen zwischen ihnen hielt an, bis Jo die Ente unter einem löchrigen Wellblechdach geparkt hatte und sie fragte: »Gibt's in deiner Kommune eigentlich ein Telefon?«

»Keins, das funktionieren würde.«

»Und wie soll ich mich dann morgen Vormittag mit dir verständigen?«

»Meinst du, du schaffst es, bis zehn die Adresse zur Telefonnummer herauszukriegen?«

»Ich schätze, ja.« Jo nickte.

»Dann warte ich kurz nach zehn dort unten, wo der Feldweg in die Weinberge führt.« Lutz deutete in die Dunkelheit. »Weißt du, welche Stelle ich meine?«

»Ja, das weiß ich.« Ihre Stimme klang sehr kühl. »Bis dann.«

»Und wie kommst du jetzt nach Hause?«

»Ich ruf mir in der Telefonzelle dort vorne ein Taxi«, antwortete Jo. Etwa zweihundert Meter entfernt, am Dorfrand, zeichnete sich ein hellerleuchtetes, postgelbes Metallhäuschen vor ein paar Büschen ab. »Es ist nicht nötig, dass du mich begleitest. Ich komme schon klar.«

Lutz blickte ihr nach, während sie zur Telefonzelle ging. *Verdammt, verdammt, verdammt, warum muss nur zwischen uns immer alles so kompliziert sein?*, dachte er. *Was für ein mieser Witz des Schicksals, mich ausgerechnet mit Jos Mutter im Bett landen zu lassen.*

4. KAPITEL

Ihr Verhältnis – oder besser gesagt Nicht-Verhältnis – beschäftigte auch Jo, als sie den Käfer am nächsten Vormittag an den Straßenrand lenkte. Lutz, der ausnahmsweise einmal pünktlich war, saß auf einer Bank an der Einmündung des Feldweges und hielt einen breitkrempigen Cowboyhut in den Händen.

»Für was soll der denn gut sein?« Jo deutete auf den Hut, während Lutz in den Wagen stieg.

»Na ja, ich dachte, ich nehme den mal mit, für den Fall, dass die Adresse überwacht wird.«

»Super Tarnung ...« Jo fuhr los. Erleichtert stellte sie fest, dass Lutz nicht mehr distanziert wie am letzten Abend, sondern wieder er selbst war. *Ach egal, es war einfach wichtig, dass sie professionell zusammenarbeiteten und den Mord an Stefan Lehnert aufklärten ...*

»Eine billige Sonnenbrille hab ich auch noch dabei.« Lutz setzte sie auf, obwohl der Himmel bewölkt war. Sie verdeckte einen großen Teil seines Gesichts. »Wo fahren wir nun hin?«

»Nach Niederursel, das ist ein Ortsteil am Stadtrand von Frankfurt. Das Telefon ist auf den Namen eines gewissen Max Kerstner angemeldet.«

»Und, konntest du dich gut im Präsidium loseisen?«

»Ja, ich habe meinem Vater gegenüber tatsächlich einen

dringenden Arzttermin vorgeschoben.« Jo hatte dabei ein ziemlich schlechtes Gewissen gehabt, und es war noch schlechter geworden, als ihr Vater sie besorgt gefragt hatte, ob es doch hoffentlich nichts Schlimmes sei?

Jo warf Lutz einen scharfen Blick von der Seite zu. »In der Kantine habe ich heute Morgen zwei Kollegen erzählen hören, dass sie in der Nacht zum Kaufhaus Meerheimer gerufen wurden und dort an der Hintertür statt Einbruchsspuren einen kleinen Fernseher vorgefunden haben.«

»Tja, es gibt doch immer wieder ehrliche Menschen. Hast du etwas dagegen, wenn ich das Autoradio anstelle?«

Jo schüttelte den Kopf.

Als Lutz den Einschaltknopf drehte, ertönte *Fußball ist unser Leben, König Fußball regiert die Welt ...*

Jo verdrehte die Augen.

Im Ortskern von Niederursel gab es tatsächlich noch Bauernhöfe. Während Jo und Lutz an der modernen Kirche vorbei zu dem schmalen Fachwerkhaus gingen, in dem Max Kerstner wohnte, muhten hinter einem großen Hoftor Kühe.

Lutz hatte seinen Cowboyhut tief ins Gesicht gezogen, und Jo trug auch wieder ihre Sonnenbrille und hatte ihr Haar unter einem bunten Kopftuch versteckt. Den Käfer hatten sie einige Straßen weiter geparkt. Während Lutz klingelte, blickte Jo sich vorsichtig um. Ein Stück entfernt stand ein grauer Opel Kadett, hinter dessen Steuer ein Mann saß und Zeitung las.

»Dort hinten ...« Jo stieß Lutz in die Seite und deutete verstohlen in Richtung des Autos.

»O ja, das sind garantiert die Bullen.« Lutz nickte. »Auffälliger geht's nun wirklich nicht.«

»Hoffentlich nehmen sie nicht gerade den Laden hoch, während wir im Haus sind«, gab Jo zu bedenken.

»Na ja, du kannst dann ja deinen Polizeiausweis zücken. Derjenige, der ernsthafte Probleme bekommrn wird, bin ich.«

Sie hörten leichte Schritte hinter der Holztür. Der Mann, der ihnen gleich darauf öffnete, war klein und Mitte, Ende zwanzig. Wildgelocktes Haar fiel auf seine Schultern. Jo vermutete, dass sie ihn gerade geweckt hatten, denn zu seinem offenen Hemd trug er eine ausgebeulte Schlafanzughose aus Frottee.

»Ja, bitte?« Er sah sie fragend an.

»Wir sind Kumpel von Stevie«, erklärte Lutz. »Bist du Max?«

Der junge Mann nickte.

»Können wir reinkommen?«

»Klar ...« Er führte sie durch einen niedrigen Flur mit Balkendecke in eine Küche, die zwar klein und einfach eingerichtet, aber viel sauberer und ordentlicher war als die in der Villa, bevor Lutz dort zu wirken begonnen hatte. An einer Wand hing ein Che-Guevara-Plakat mit dem Spruch *Seien wir realistisch, wagen wir das Unmögliche.*

»Möchtet ihr auch einen Kaffee?« Max Kerstner nahm eine Glaskanne aus einer Kaffeemaschine und goss Kaffee in eine Tontasse.

»Nee, danke.« Lutz schüttelte den Kopf. »Max, tut mir leid. Stevie ist tot. Er wurde umgebracht.«

»Du machst wohl Witze ...« Max starrte ihn an und bemerkte gar nicht, dass der Kaffee über den Rand der Tasse floss. Als einige Tropfen der heißen Flüssigkeit auf seine Schlafanzughose fielen, zuckte er zusammen.

»Das kann doch nur ein Witz sein«, wiederholte er kläglich. Jos und Lutz' stumme Mienen schienen ihn zu überzeugen, dass es ihnen ernst wahr. Mit einer fahrigen Bewegung griff er nach einer handgetöpferten Dose, nahm einige getrocknete Cannabisblätter heraus und drehte sie zu einem Joint, den er dann zitternd anzündete.

»Wer macht denn so was, Stevie umbringen?«, sagte er seufzend und ließ sich auf einen Küchenstuhl sinken.

»Wir haben keine Ahnung. Die Bullen sind dabei, das herauszufinden.« *Jetzt rede ich auch schon von Bullen*, schoss es Jo durch den Kopf. Glücklicherweise war Max so geschockt, vielleicht fing das Gras auch schon an zu wirken, dass er gar nicht bemerkte, dass sie immer noch Sonnenbrillen trugen und Lutz seinen Hut nicht abgenommen hatte. Sie setzten sich zu ihm an den Tisch.

»Gehört ihr beide denn zu Stevies Kommune? Aber soviel ich weiß, hat er dort doch keinem von mir erzählt. Er wollte niemanden in unsere Geschäfte hineinziehen ...« Max brach ab und blinzelte, schien erst jetzt zu realisieren, dass er möglicherweise zu viel gesagt hatte.

»Wir wissen über alles Bescheid«, erklärte Lutz beruhigend. »Wir haben Stevie in einer Kneipe kennengelernt und uns angefreundet. Er wollte sich absetzen, und wir sollten seinen Part des Geschäfts übernehmen. Wäre er nicht ermordet worden, dann hätte er uns dir in den nächsten ein, zwei Wochen vorgestellt.«

»Klar, verstehe ...«

Irgendwie geht es ja bei diesem LSD-Ring, fand Jo, *wirklich sehr zwanglos und vertrauensselig zu.*

»Wisst ihr denn, wo Stevie das LSD im Wald vergraben hatte?« Max wedelte eine Rauchwolke mit der Hand beiseite.

»Nee«, antwortete Lutz. »Du etwa auch nicht?«

»Nee ... O Mann, nicht zu fassen, da liegen Zehntausende von Mark verbuddelt in der Erde«, seufzte Max. Jo fand, dass sich seine Stimme eher verwundert als gierig anhörte. »Aber vielleicht wissen ja Kalle und Ulli wo die Pillen liegen.«

»Kalle und Ulli?«, echote Jo.

»Ja, Karl-Heinz und Ulrich aus Köln. Die waren eigentlich mit Stevie befreundet. Über die beiden hab ich ihn auch kennengelernt. Vielleicht hat er den beiden ja mal eine Karte von dem Versteck gegeben.«

»Hast du 'ne Nummer für uns, unter der wir die beiden erreichen können?«, erkundigte sich Jo. *Nicht zu fassen ...* Max stand tatsächlich auf, kramte eine Papiertüte aus einer Schrankschublade und schrieb eine Telefonnummer darauf.

»Aber ihr werdet die beiden im Moment nicht erreichen.« Max schob Jo die Tüte zu. »Die sind vor 'ner guten Woche nach London geflogen. Ein Kumpel von ihnen hat nämlich eine echt große Lieferung von erstklassigem Schwarzem Afghanen geschickt bekommen.«

»Geschickt? Etwa einfach so, mit der Post?«, konnte Jo sich nicht verkneifen zu fragen. Lutz trat ihr unter dem Tisch gegen das Schienbein.

Doch Max nickte. »Ja, ein Kumpel des Kumpels ist in Indien und hat ihm das Dope, in Teedosen getarnt, in einem Paket zugeschickt.«

Simpel, aber anscheinend effektiv ...

»Wie lief das denn so zwischen dir, Stevie, Kalle und Ulli mit dem LSD?«, mischte sich Lutz ein. »Wie habt ihr das gemacht?«

»Ich produziere die Pillen. So alle zwei Wochen habe ich mich an unterschiedlichen Orten mit Stevie getroffen und ihm die Pillen, in unauffälligen Kartons verpackt, übergeben. Waschmittel und Hundefutter, solche Sachen ... Stevie hat die Pillen dann im Wald in wasserfesten Behältern zwischengelagert, bis ein Treffen mit Kalle oder Ulli anstand. Meistens waren sie irgendwo in Wiesbaden verabredet. Dann hat er die Pillen wieder ausgebuddelt, ebenfalls in unauffällige Kartons gepackt und sie dann übergeben. Bei diesen Treffen bekam er auch seinen und meinen Anteil.«

»Wie hoch ist der denn?« Lutz versuchte, seine Stimme beiläufig klingen zu lassen.

»So drei- bis fünftausend Mark.« Max zuckte gleichmütig mit den Schultern.

»Gehören denn außer dir, Stevie, Kalle und Ulli noch weitere Leute zu dem Ring?«

»Klar, es gibt noch zehn oder fünfzehn Leute, die die Pillen unters Volk bringen. Aber der Inner Circle waren nur wir. Stevie und ich kannten auch nur Kalle und Ulli«, kam Max einer weiteren Frage zuvor. Er legte den Rest des Joints in einen Metallaschenbecher. »Wollt ihr denn mal mein Labor sehen?« Erwartungsvoll blickte er Jo und Lutz an.

»Ähm, ja, gerne ...« Lutz nickte.

Max führte sie eine Kellertreppe hinunter. Als er das Licht anschaltete, sahen sie ein blitzsauberes, professionell eingerichtetes Labor mit Bunsenbrennern und Glaskolben. In einem geflochtenen Wäschekorb lagen LSD-Pillen in Plastiktütchen. Jo schätzte, dass es bestimmt um die tausend Stück waren.

»Wow ...«, sagte Lutz andächtig.

Als sie wieder im Auto saßen, schüttelte Lutz den Kopf. Sie hatten in den Gassen Niederursels etliche Haken geschlagen und eine Kneipe und einen Laden durch den Hinterausgang verlassen, bis sie sicher waren, etwaige Verfolger abgeschüttelt zu haben. »Ich fasse es nicht. Wie kann man nur so gutgläubig sein. Ich hab wirklich das Gefühl, ich müsste Max beschützen und vor unseren Kollegen warnen.«

»Das wirst du nicht«, erwiderte Jo energisch. »Aber ich gebe dir recht. Ich kann mir auch nicht vorstellen, dass Max

Stefan ermordet hat. Und wenn Kalle und Ulli genauso naiv sind wie er, dürften sie auch als Täter ausscheiden. Jedenfalls werde ich überprüfen, ob die beiden jungen Männer, deren Telefonnummer wir haben, tatsächlich nach London geflogen sind.«

»Love und Peace und Bewusstseinserweiterung«, murmelte Lutz. »Ach, was waren das in den frühen Siebzigern, bevor das Heroin so richtig auf den Markt kam, noch für selige Drogenzeiten.«

»Du verklärst das völlig«, entgegnete Jo streng, während sie krachend den Gang einlegte. »Auch Anfang der Siebziger forderte das Heroin pro Jahr schon über hundert Tote. Und Hasch und LSD sind ebenfalls nicht zu unterschätzende Drogen. Ihr Konsum kann unter anderem zu Psychosen führen.«

»»Mit Anarchie und LSD bekämpfen wir die BRD««, erklärte Lutz ungerührt.

Jo bedachte ihn mit einem ärgerlichen Seitenblick. »Du solltest dich besser nicht zu sehr mit deiner Rolle identifizieren.«

In der Kantine, unter den braunen Kugellampen, aß Jo ein Käsebrötchen, das wieder mal nach Plastik schmeckte. Mittlerweile war es später Nachmittag. Nachdem sie ins Präsidium zurückgekehrt war, hatte sie Kalles und Ullis Adressen recherchiert und mit diversen Fluggesellschaften telefoniert. Die beiden – mit bürgerlichen Namen hießen sie Karl-Heinz Briegel und Ulrich Wagenbach – waren am 9. Juni nach London geflogen und hatten einen Rückflug für den 23. Juni gebucht. Als Mörder von »Stevie« Stefan Lehnert kamen sie also nicht in Betracht. Jo war ja ohnehin der Ansicht, dass sie mit der Planung eines Mordes wahrscheinlich völlig überfordert gewesen wären.

»Hallo, Josepha, darf ich mich zu Ihnen setzen?« Ihr Vater stand mit einem Tablett vor ihrem Tisch.

»Oh, natürlich. Ich wollte ohnehin gleich zu Ihnen.«

»Alles in Ordnung mit Ihnen?« Er bedachte sie mit einem besorgten Blick, der Jo erneut Gewissensbisse verursachte.

»Ähm ja, meine Symptome waren ein Fehlalarm. Ich ... bevor ich zum Arzt gefahren bin, hat mich Lutz Jäger angerufen – der Hippie aus der Kommune – und um ein Gespräch gebeten. Ich habe mich mit ihm getroffen ...«

»Ich nehme an, wieder einmal ohne einen Ihrer Vorgesetzten darüber in Kenntnis zu setzen ...« Jos Vater deutete ihre schuldbewusste Miene richtig.

»Ja, ich dachte, ich höre mir erst mal an, was dieser Jäger zu sagen hat. Aber jetzt wäre ich zu Ihnen gekommen, ehrlich.« *Was auch unbedingt der Wahrheit entsprach ...*

»Falls ich jemals eine Tochter haben sollte, hoffe ich, dass sie nicht so eigensinnig ist wie Sie.« Ihr Vater seufzte und schüttelte den Kopf.

Ach, herrje ... Jo schossen die Tränen in die Augen.

»Kein Grund, gleich zu weinen.« Ihr Vater lächelte und berührte ihre Hand. »Nun erzählen Sie schon.«

»Lutz Jäger hat mir mitgeteilt, dass Stefan Lehnert in der Kommune gelebt hat.« Jo gab die Informationen an ihren Vater weiter.

»Sie hatten also recht, und ich habe mich getäuscht. Melanie Weber hat uns also angelogen«, gab ihr Vater nach einigen Momenten des Schweigens zurück. »Sie hatten die richtige Intuition, Josepha.«

Jo spürte, wie ihr vor Freude über das Lob die Röte in die Wangen schoss. *Du bist kein Kind mehr*, ermahnte sie sich in Gedanken. Aber sie hatte sich so oft nach der Anerkennung ihres Vaters gesehnt.

»Dann wollen wir die Herrschaften mal zum Verhör bitten.« Ihr Vater erhob sich. Sein Salamibrötchen lag noch unberührt auf dem Teller. Auch von dem Kaffee hatte er kaum getrunken.

Wenn Jo sich nicht sehr täuschte, nahm er es persönlich, dass ihre Mutter ihn belogen hatte. *Was nicht gut war ...*

Heiner Kaminski hatte eben sein Mettbrötchen und seinen Kaffee an der Kasse bezahlt, als er Josepha Weber und Alexander Claasen am anderen Ende der Kantine an einem Tisch sitzen sah. Selbst aus dieser Entfernung war nicht zu übersehen, dass zwischen den beiden etwas im Busche war. Bereits bei ihrer ersten Begegnung im Großraumbüro hatte das junge, sonst so überhebliche und von sich selbst überzeugte Ding diesen Claasen angehimmelt. Und jetzt legte der auch noch seine Hand auf ihre.

Nach Heiner Kaminskis Meinung war Alexander Claasen für den Posten des Kriminalrats eine völlige Fehlbesetzung. Dafür hätte es viel bessere und verdientere Kollegen gegeben. Und ja, auch er selbst – bei aller Bescheidenheit – wäre viel geeigneter gewesen als dieser junge aalglatte Kerl, der doch tatsächlich gegenüber Linken und anderen Querulanten auf Kooperation und Deeskalation setzte. Statt denen einmal ganz klar zu zeigen, wer die Macht im Staate war.

Ohne die Protektion des Polizeipräsidenten Coehn hätte Claasen, davon war Kaminski überzeugt, niemals diesen Posten bekommen. Aber nun ja, Coehn war nun einmal Jude. Was sollte man von denen schon anderes erwarten?

Kaminski schnaubte verächtlich, während er mit seinem Tablett auf einen Tisch hinter einer Säule zusteuerte und dabei Jo und den Kriminalrat nicht aus den Augen ließ.

Es war sowieso schon höchst ungewöhnlich, dass ein Kriminalrat zusammen mit einer Kriminalkommissarin zur Anstellung ermittelte. Claasen hing ja förmlich an den Lippen dieser Weber! Kaminski grinste höhnisch. Es gab genug Kollegen, die Claasen auch nicht leiden konnten und die gern dabei helfen würden, ihn und die Weber zu beschatten. Auf den Skandal, den es geben würde, wenn herauskam, dass der Kriminalrat mit einer Untergebenen ins Bett stieg, freute er sich schon!

Trommelklänge schallten durch den Garten der alten Villa. Lutz saß mit seinen Mitbewohnern um ein Feuer, an dessen Rand Räucherstäbchen brannten und die Abendluft mit Moschus- und Patschuligerüchen schwängerten. Hin und wieder kam die Sonne hinter den Wolken hervor, dann verschwand sie urplötzlich wieder, was für einen recht dramatischen Wechsel zwischen Licht und Schatten sorgte.

Lutz' Mitbewohner hatten beschlossen, eine Totenfeier für Stefan Lehnert zu veranstalten. Was Lutz teilweise etwas schräg, aber doch auch irgendwie anrührend fand. Nach der Rückkehr aus Frankfurt hatte er sie noch einmal instruiert, wie sie sich verhalten sollten, wenn die Bullen auftauchten, um sie zu Stefan zu befragen. *Was nun, wie Lutz wusste, ziemlich bald der Fall sein würde ...*

Seine Ratschläge hatten ihm wieder die Bewunderung von Toby, Marian und Melanie eingebracht und, wie er vermutete, den Neid von Rolle, der bisher der Anführer der Kommune gewesen war. Denn der hatte ziemlich gereizt auf Lutz reagiert. Gitti hatte nichts gesagt, aber ihren Freund mit großen Augen angehimmelt.

Rolles Hände schlugen nun schneller auf das prall gespannte Leder. Lutz fühlte, wie der Rhythmus in seinen Körper drang, während er wie die anderen den Oberköper hin- und herbewegte. Rolle mochte ein Idiot sein, aber trommeln konnte er. Melanie und Marian stimmten einen

Klagegesang an, in einer fremdländischen Sprache, falls es überhaupt eine Sprache und nicht nur eine Aneinanderreihung von langgezogenen, dunklen Vokalen war. Nichtsdestotrotz war der Gesang der beiden Frauen ergreifend.

Rolle hörte auf zu trommeln. Marian stand auf und las ein Gedicht vor. »Die Wolke sprach zu mir: ›Ich vergehe‹, die Nacht sprach: ›Ich tauche ein in den feurigen Morgen.‹ Der Schmerz sprach: ›Ich verharre in tiefem Schweigen als seine Fußspur.‹ – ›Ich sterbe hinein in die Vollendung‹, sprach mein Leben zu mir. Die Erde sprach: ›Mein Licht küsst deine Gedanken jeden Augenblick.‹ – ›Die Tage vergehen‹, sprach die Liebe, ›aber ich warte auf dich.‹ Der Tod sprach: ›Ich fahre das Boot deines Lebens über das Meer.‹« Marians Stimme klang ein wenig heiser, hin und wieder stockte sie kurz, ehe sie weitersprechen konnte.

Sie hatte eben das Gedicht zu Ende gelesen – wahrscheinlich Tagore oder Carlos Castaneda vermutete Lutz –, als wieder die Sonne hinter den Wolken hervorbrach und es leicht zu regnen begann. Am Himmel zeigte sich ein Regenbogen.

Ja, wirklich sehr ergreifend ... Nur leider wurde die andächtige Stille dadurch zerrissen, dass vor der Villa etliche Wagen vorfuhren und Autotüren zugeschlagen wurden. Gleich darauf erschien ein halbes Dutzend Polizisten, angeführt von Alexander Claasen, im Garten. Jo folgte ihm.

Rolle sprang auf. »He, Sie stören eine private Feier«, fauchte er.

Alexander Claasen zeigte ihm seinen Ausweis. »Ich muss Sie bitten, mit aufs Präsidium zu kommen«, sagte er kühl. »Wir wissen inzwischen, dass Stefan Lehnert bei Ihnen gewohnt hat.«

»Einen Haftbefehl haben Sie ja wohl nicht«, mischte sich Melanie ein.

Alexander Claasen wandte sich ihr zu. »Nein, natürlich nicht, aber da Sie einen Fahnenflüchtigen versteckt haben, würde ich Ihnen allen dringend raten, zu kooperieren.«

»Ich will meinen Anwalt verständigen«, fuhr Melanie ihn an.

»Von mir aus gerne.«

So, wie Melanie ihr Kinn vorreckte und ihre Augen wütend blitzten, glich sie, fand Lutz, zum Verwechseln Jo. Es würde kein Spaß sein, in sie verliebt zu sein. Alexander Claasen tat ihm jetzt schon leid.

Diese Situation ist völlig absurd ... Ich werde gleich einem Verhör zwischen meinem Vater und meiner Mutter beiwohnen ... Jo starrte auf die Schreibmaschine vor sich auf dem Tisch. Ein Verhör auf Kassette aufzuzeichnen, war, wie ihr Vater ihr eben erklärt hatte, im Ebersheimer Polizeipräsidium unüblich. Denn dies bedeutete zu viel Schreibarbeit.

»Josepha, Sie wissen ja, dass Sie nicht jedes Wort, sondern nur die Kernaussagen protokollieren müssen«, sagte er jetzt. »Die verhörte Person erhält ja anschließend ausreichend Zeit, das Protokoll zu lesen und Aussagen zu streichen oder zu ergänzen, ehe sie unterschreibt.«

Sie nickte stumm, während ein uniformierter Beamter ihre Mutter und deren Anwalt in den kargen Verhörraum führte, den Jo in der *Gegenwart* auch schon oft benutzt hatte. Ungewöhnlich war, außer der Schreibmaschine, die statt eines Aufnahmegeräts benutzt wurde, dass hier auch geraucht werden durfte.

Jo kannte Hans Kayser, den Familienanwalt, gut. Er war beträchtlich dünner, als sie ihn je gesehen hatte, wirkte aber bereits mit Mitte dreißig ein bisschen behäbig, und sein Gesicht hatte auch jetzt Ähnlichkeit mit einem zerknautschten Kissen.

Ihr Vater hatte die Ärmel eines hellblauen Hemdes hochgekrempelt, die Krawatte hing ihm locker um den geöffneten Kragen. In der rechten Hand hielt er eine Zigarette. Er wirkte ärgerlich und unbestreitbar attraktiv. Ihre Mutter hatte die Arme vor der Brust verschränkt und machte einen ausgesprochen störrischen, wenn auch sexy Eindruck.

»Sie haben mich belogen«, eröffnete Jos Vater nun das Verhör. »Denn Stefan Lehnert hat in Ihrer Kommune gelebt.«

»Ja, das stimmt, aber ich habe ihn auf den Fotos, die Sie mir gezeigt haben, nicht erkannt. Folglich habe ich Sie nicht belogen«, konterte ihre Mutter kühl.

»Das ist ja wohl eine völlig lachhafte Ausrede. Sie haben unsere Ermittlungen behindert.«

»Die Fotos, die Sie mit gezeigt haben, stammten von einem Toten. Ich kannte Stevie nun mal lebendig.«

»Ich stimme meiner Mandantin zu, dass dies sehr wohl zu einer Täuschung der Wahrnehmung führen kann«, ließ sich Hans Kayser vernehmen.

»Wir haben Ihnen den Namen des Toten genannt, Ihnen gesagt, dass er Stefan Lehnert hieß ...« Jos Vater ließ Melanie nicht aus den Augen.

»Für uns war er Stevie.« Melanie zuckte mit den Schultern. »Nachnamen interessieren uns nun mal nicht ... Kann sein, dass ich ihn einmal gehört habe, aber ich habe ihn mir nicht gemerkt ...«

»Stefan und Stevie ... Da hat es bei Ihnen nicht geklingelt?«

»Nein ... Könnte ich bitte auch eine Zigarette haben?«

Jos Vater schob ihr eine Packung Marlboro samt Feuerzeug zu.

Meine Mutter raucht ... Das war auch etwas völlig Neues für Jo.

Ihr Vater stützte sich mit den Händen auf dem Tisch ab. »Geben Sie es doch einfach zu, Sie wussten, dass Stefan Lehnert fahnenflüchtig war, und haben uns die Wahrheit vorenthalten, damit Sie und Ihre Mitbewohner nicht in Schwierigkeiten gerieten.«

»Herr Claasen, ich muss doch sehr bitten«, mischte sich Hans Kayser entrüstet ein. »Wir sind hier – freiwillig, wie ich betonen möchte –, um Ihnen in Ihrer Mordermittlung weiterzuhelfen. Wenn Sie nun beginnen, meine Mandantin zur Fahnenflüchtigkeit des Mordopfers zu befragen und ihr zu unterstellen, dass sie davon Kenntnis hatte, dann brechen wir das Verhör ab. Zur Frage der Fahnenflüchtigkeit müssen Sie uns schon ein anderes Mal aufs Präsidium bitten.«

»Andersherum gefragt ...«, Jos Vater ließ noch nicht locker, »dass Stefan Lehnert häufig eine Perücke trug, hat Ihnen nicht zu denken gegeben?«

»Herr Claasen ...« Hans Kayser klopfte energisch auf den Tisch.

Melanie winkte ab und nahm einen tiefen Zug von der Zigarette, ehe sie antwortete. »Ihr Beruf hat Ihre Weltsicht negativ beeinflusst, Herr Claasen. Sie leiden an einer *déformation professionelle*. Ich habe einfach angenommen, dass Stevie die Perücke trug, weil er ein anderer sein, sich neu erfinden wollte. Sind wir nicht alle im Grunde unseres Herzens auf der Suche nach unserem wahren Ich? Wer möchten Sie denn sein, Herr Claasen?«

Es ist doch wirklich typisch für meine Mutter, selbst wenn sie im Unrecht ist, einfach den Spieß umzudrehen und ihrem Gegenüber die Schuld zuzuweisen, dachte Jo, während sie sich mit dem Tippen abmühte.

»Ich bin mit meinem Dasein sehr zufrieden.« Ihr Vater streifte die Asche seiner Zigarette am Rand des klobigen

Plastikaschenbechers ab. Auch Melanie Weber streckte, absichtlich oder unabsichtlich, ihre Hand nach dem Aschenbecher aus. Für einen Moment berührten sich ihre Finger.

Jos Vater zuckte ein wenig zusammen, ehe er sich räusperte. »Hatte Stefan Lehnert ein Verhältnis mit Ihnen oder einer Ihrer Mitbewohnerinnen?«

»Er und Marian waren ineinander verliebt.«

»Sie sprechen von Marianne Zierner?«

»Genau.«

»Ursprünglich, ich meine, als Stevie in unsere Kommune kam, war Marian mit Toby zusammen. Deshalb haben sie gelegentlich auch zu dritt miteinander geschlafen.«

»Ach ja? Das ist ja interessant. Ich halte nämlich Eifersucht für ein mögliches Mordmotiv. Und ich bezweifle sehr, dass das mit der freien Liebe, die Sie als Hippies propagieren, wirklich funktioniert. Hatten Sie und Gerrit Heimann eigentlich auch ein Verhältnis mit Stefan Lehnert, oder nur Marianne Zierner?«

»Meine Mandantin muss diese beleidigende Frage nun wirklich nicht beantworten, Herr Claasen«, schaltete sich Hans Kayser wieder ein.

Melanie stieß verächtlich den Rauch in Richtung von Jos Vater aus. »Ihr kleinkarierter Beamtenverstand kann aber auch wirklich nur in vorgefassten Kategorien denken.«

Jo war bisher wie paralysiert und unfähig gewesen, ihren Beitrag zu dem Verhör zu leisten. Doch nun kam sie zu sich. »Hatte Stefan Lehnert denn irgendwelche Feinde?«, fragte sie rasch, ehe die Situation zwischen ihrem Vater und ihrer Mutter weiter eskalieren konnte.

»Nicht dass ich wüsste ...«

»Erhielt Stefan Anrufe?«

»Das Telefon in der Villa funktioniert nicht ...«

Klar, das hatte sie vergessen ...

»Was ist mit Briefen, Postkarten oder Päckchen?«

»Nichts, was mir aufgefallen wäre ...«

»Mit wem hatte Stefan außerhalb der Kommune Kontakt?«, ergriff wieder Jos Vater das Wort.

»Eigentlich war er nur mit uns zusammen ...«

Jos Vater hob ungläubig die Augenbrauen. »Und das kam Ihnen nicht irgendwie seltsam vor?«

»Herr Claasen ...«, mahnte erneut Hans Kayser.

Melanie warf den Kopf in den Nacken. »Bei dem, was Stevie im Heim durchmachen musste, habe ich mich darüber überhaupt nicht gewundert. Er war ein Opfer der repressiv-autoritären Strukturen dieses Staates.«

»Hat Stefan Lehnert Drogen bei sich gehabt oder genommen?«

Jo hoffte sehr, dass ihr Vater dies nur routinemäßig fragte und nicht von irgendwoher von Stefans Verwicklung in den LSD-Ring Kenntnis hatte.

Ihre Mutter schüttelte den Kopf. »Nicht dass ich wüsste.«

»Hat er Ihnen oder Ihren Mitbewohnern Drogen angeboten?«

»Diese Frage hat sich durch die Antwort meiner Mandantin auf Ihre vorherige Frage wohl schon erübrigt«, fuhr Hans Kayser dazwischen.

Ein Klopfen an der Tür unterbrach das Verhör. Jos Vater drückte den Zigarettenstummel im Aschenbecher aus und verließ den Raum.

Verhör um 18.30 Uhr unterbrochen, hackte Jo in die Tasten.

Melanie ließ den Kopf sinken. Die Maske aus kühler Selbstbeherrschung fiel von ihr ab, und für einen Moment wirkte sie mitgenommen und verängstigt. *Reagiere ich eigentlich genauso kühl und abweisend, wenn ich mich in die Enge getrieben fühle?*, fragte sich Jo unwillkürlich.

Ihr Vater kam wieder in den Verhörraum zurück. »Wenn

Sie mir nun bitte sagen würden, wo Sie am Abend des elften Juni zwischen sechs und elf Uhr waren?«, wandte er sich an Melanie.

»Na ja, ich war in der Villa und die meiste Zeit mit den anderen zusammen.«

»Den anderen?«

»Rolle, Gitti, Marian und Toby.«

»Und was genau haben Sie getan?«

»So zwischen fünf und sieben habe ich im Garten an meinen Skulpturen gearbeitet. Dann haben wir zusammen gekocht und gegessen.«

»Was haben Sie denn gekocht?«

Jo schrieb das Alibi ihrer Mutter mit. Sie hoffte sehr, dass es sich mit den Angaben der anderen Bewohner deckte. Denn sie wollte sich ihre Mutter nicht ernsthaft als Mordverdächtige vorstellen müssen.

Auf dem Flur vor dem Verhörraum wurden Schritte laut. *Na endlich, wurde aber auch langsam Zeit ...* Lutz richtete sich auf seinem Stuhl auf. Gut, er hatte auch selbst des Öfteren schon Zeugen schmoren lassen, um sie zu verunsichern und sie so leichter zu einer Aussage zu bewegen. Aber zwei Stunden, das war nun doch ziemlich lange.

Die Tür wurde aufgerissen, und ein bulliger Beamter Anfang sechzig, dessen exakt gescheitelte Haare ölig glänzten, kam in den Raum marschiert. Lutz spürte, wie sich seine Nackenhaare aufstellten. Der Kerl wirkte wie die leibhaftige Inkarnation seines Chefs Horst Koschatzki bei der preußischen Kriminalpolizei, strahlte wie dieser Ignoranz und Wichtigtuerei aus, so dass Lutz tatsächlich geneigt war, an eine Wiedergeburt zu glauben.

Nun starrte Heiner Kaminski ihn an, während er den Kopf leicht schief legte, was Lutz unwillkürlich an einen

Hund denken ließ, der Witterung aufnahm. Erkannte Kaminski etwa seinerseits auch über all die Jahrzehnte, den Naziterror und den Krieg hinweg Lutz wieder?

»Jäger ...« Die Art, wie Kaminski Lutz' Nachnamen aussprach, war jedenfalls exakt die von Koschatzki – widerwillig, gereizt und verächtlich. »Lutz Jäger, das ist doch Ihr Name?«

»Allerdings«, erwiderte Lutz betont höflich. Vor der Schreibmaschine hatte ein schlaksiger junger Polizist Platz genommen, dem die Haare unordentlich in die Stirn hingen und dessen Gesichtsausdruck eifrig und schüchtern zugleich war. Er erinnerte Lutz sehr an seinen ehemaligen Assistenten Kurt. *Was hatte das alles nur zu bedeuten ...?* Er fuhr sich mit den Händen übers Gesicht.

»Sind wohl mitgenommen, da Ihnen die übliche Drogendosis fehlt«, knurrte Kaminski.

»Ich konsumiere keine Drogen. Ich muss mich wirklich gegen diese Unterstellung verwahren.« *Alkohol meinte Kaminski sicher nicht mit Drogen, und ein gelegentlicher Joint zählte nicht ...*

Kaminski schlug mit der flachen Hand auf den Tisch. Der junge Beamte zuckte zusammen. »Ach, warten Sie nur ab, was ich Ihnen noch alles unterstelle ... Wo waren Sie am elften Juni, dem Tag, an dem Stefan Lehnert ermordet wurde?«

Darüber, was er auf diese Frage antworten sollte, hatte Lutz die letzten zweieinhalb Stunden nachgedacht, war jedoch zu keinem befriedigenden Ergebnis gekommen. Er hatte keine Ahnung, was sein Alter Ego an diesem Tag im Jahr 1974 getrieben hatte. Dass er Kaminski erzählte, was er selbst am 11. Juni des Jahres 2014 getan hatte, würde diesen wohl kaum zufriedenstellen.

Lutz zuckte mit den Schultern und antwortete wahrheitsgemäß: »Ich kann mich nicht erinnern ...«

»Was soll das heißen, Sie können sich nicht erinnern?« Kaminski beugte sich drohend vor.

»Genau das, was ich eben gesagt habe.«

»Wollen Sie etwa behaupten, dass Sie unter einer Amnesie leiden?«

»Ich fürchte, ja ...«

»Hören Sie mal, Freundchen, ich lasse mich von Ihnen nicht für dumm verkaufen ...« Kaminskis Zeigefinger fuhr auf Lutz zu.

»Ich bin nicht Ihr Freundchen.«

»Sie haben keine Ahnung, was Sie sein werden, wenn ich erst mal mit Ihnen fertig bin«, brüllte Kaminski. »Wenn Sie sich weiterhin weigern, mir zu sagen, was Sie am elften Juni getan haben, lasse ich Sie in Beugehaft nehmen.«

»Machen Sie sich doch nicht lächerlich. Bei der momentanen Beweislage kriegen Sie das bei keinem Richter durch, und das wissen Sie selbst sehr gut«, erwiderte Lutz kühl. »Und jetzt möchte ich auf die Toilette gehen.«

»Darüber, wann Sie diesen Raum verlassen, bestimme noch immer ich!«

»Ich kann auch unter den Tisch pinkeln. Ganz, wie Sie wollen.« Lutz nestelte an seinem Gürtel herum.

Jo kam, ein Tablett mit drei Kaffeetassen balancierend, die Treppe herauf. Ihr widerstrebte es immer noch, den Aufzug zu benutzen.

Am Ende des Verhörs hatte sich Melanie an der Tür noch einmal umgedreht und voller Verachtung zu Jos Vater gesagt: »Ich hätte wirklich gedacht, Sie sind anders als Ihre Bullenkollegen. Aber darin habe ich mich leider gründlich getäuscht.« Dann war sie mit hocherhobenem Kopf davongeschritten. *Was nun wirklich kein verheißungsvoller Beginn einer Beziehung war ...*

Bernward Hilgers muss ich dringend auch noch einmal warnen, überlegte Jo weiter, während sie die Glastür, die zu den Verhörräumen führte, mit dem Ellbogen aufstemmte. *Wahrscheinlich bleibt mir nichts anderes übrig, als ihm einen anonymen Brief zu schreiben.*

Paul lief mit sorgenvoller Miene vor den Männertoiletten auf und ab. »Gibt's Probleme bei dem Verhör?«, fragte Jo alarmiert.

»Ich fürchte, Hauptkommissar Kaminski wird gleich auf den Zeugen losgehen.« Paul seufzte unglücklich. »Dermaßen gereizt habe ich ihn noch nie erlebt.«

Shit ... Sie hatte befürchtet, dass es nicht gutgehen würde, wenn Lutz und Kaminski einander begegneten. Trotzdem hatte sie gehofft, dass Lutz sich irgendwie zusammenreißen würde.

Die Toilettentür ging auf, und Lutz trat auf den Flur hinaus. »Sie sollten wirklich versuchen, mit den Kollegen zu kooperieren«, sagte Jo scharf.

»Na ja, ich kann mich nun mal nicht mehr daran erinnern, was ich am Tag, an dem Stefan Lehnert umgebracht wurde, gemacht habe.« Lutz zuckte mit den Schultern.

Herrje, natürlich, an dem Tag hatte er sich ja noch im 21. Jahrhundert befunden ... Jo hätte sich am liebsten geohrfeigt. Sie war so mit ihrem Vater und ihrer Mutter beschäftigt gewesen, dass sie daran überhaupt nicht gedacht hatte.

»Vielleicht kann ich ja Ihrem Gedächtnis doch noch auf die Sprünge helfen«, erklärte sie spröde.

»Mit Ihnen würde ich mich wirklich sehr gerne unterhalten«, flirtete Lutz mit ihr.

»Paul, wie lange braucht der Kerl denn noch auf dem Klo«, brüllte jetzt Kaminski in den Gang. »Sieh nach, ob er sich nicht mittlerweile die Toilette runtergespült hat.«

»Zurück zum Verhörzimmer«, forderte Paul streng Lutz

auf, wobei ihm deutlich anzusehen war, dass er sich nicht wohl in seiner Haut fühlte.

Jo stellte das Tablett zwischen ihren Vater und Lutz' Mitbewohner Toby, der mit bürgerlichem Namen Tobias Schmittner hieß, auf den Tisch. Der junge Mann machte einen erschöpften Eindruck.
»Könnte ich bitte kurz mit Ihnen sprechen?«, sagte sie rasch zu ihrem Vater. »Es ist wichtig.«
Er nickte.
»Was ist denn?«, fragte er dann draußen auf dem Gang.
»Lutz Jäger ... Er ist nicht bereit, mit Hauptkommissar Kaminski zu kooperieren. Der Hauptkommissar fasst ihn sehr hart an, und ich fürchte, dass Jäger deshalb eine weitere Zusammenarbeit mit uns verweigern wird«, erklärte Jo ihm, was sie sich schnell zurechtgelegt hatte. »Es wäre doch gut, wenn wir ihn als Informanten in der Kommune hätten, falls die Bewohner tatsächlich etwas mit dem Mord an Stefan Lehnert zu tun haben.«
»Ich traue diesem Jäger ja eigentlich nicht.« Ihr Vater seufzte, ehe er zu Jos großer Erleichterung einräumte: »Ich ziehe Kaminski von ihm ab.«
Sie konnte sich gerade noch ein »vielen Dank« verkneifen.
Während ihr Vater zu dem Zimmer ging, in dem Lutz verhört wurde, kehrte Jo zu Toby zurück. Er saß, in sich zusammengesunken, auf dem Stuhl und hielt die Kaffeetasse umklammert, als wollte er sich daran festhalten.
»Möchten Sie nicht doch einen Anwalt?«, erkundigte sie sich, während wieder einmal ihr Pflichtbewusstsein als Beamtin und der Vorsatz, Lutz' Mitbewohner zu schützen, damit er dort weiterermitteln konnte, in ihr stritten.
Toby schüttelte den Kopf. »Kann ich mir nicht leisten«, murmelte er.

»Sie sind sich aber darüber im Klaren, dass alles, was Sie hier sagen, gegen Sie verwendet werden kann«, schob Jo mahnend nach.

Toby warf ihr einen verwunderten Blick zu und schien etwas sagen zu wollen, doch Jos Vater, der nun wieder ins Zimmer gekommen war, hielt ihn davon ab.

Nachdem Jos Vater sich gesetzt und einen Schluck Kaffee getrunken hatte, fragte er scheinbar beiläufig: »Waren Sie eigentlich nicht auf Stefan Lehnert eifersüchtig?«

Toby zuckte zusammen. »Nein, war ich nicht ... Wie kommen Sie denn darauf?«

»Weil wir wissen, dass Sie ein Verhältnis mit Marianne Zierner hatten, ehe sie sich Stefan Lehnert zuwandte.« Jos Vater deutete auf das Protokoll von Melanies Verhör vor sich auf dem Tisch.

»Das stimmt. Aber ich war nicht eifersüchtig auf Stevie.«

»Sie scheinen ein sehr großzügiger Mensch zu sein.« Jos Vater lächelte ihn an. »Also ich an Ihrer Stelle wäre sehr eifersüchtig gewesen. Da verstecken Sie Ihren Freund nach seiner Fahnenflucht, machen sich für ihn strafbar ...«

»Ich wusste nichts von seiner Fahnenflucht ...«

Jos Vater ignorierte seinen Einwand. »... und dann spannt Stefan Ihnen auch noch die Freundin aus. Menschen haben schon aus geringeren Gründen gemordet.«

»Ich habe Stevie nicht umgebracht.« Toby riss entsetzt die Augen auf. »Meine Beziehung mit Marian war wegen Stevie nicht zu Ende.«

»Ach ja, die *Ménage-à-trois* ...« Jos Vater hob die Augenbrauen.

»Marian und ich waren weiterhin gute Freunde. Ja, wir haben hin und wieder zu dritt miteinander geschlafen, falls Sie darauf hinauswollen ... Das letzte Mal in der Nacht, bevor Stevie ermordet wurde.« Toby schlug die Hände vors Gesicht und begann zu weinen.

Jo holte ein Päckchen Papiertaschentücher aus ihrer Handtasche und schob es ihm zu. Sie hoffte sehr, dass er nicht zusammenbrechen und seine Beihilfe zur Fahnenflucht und Stefans Verwicklung in den LSD-Ring gestehen würde.

»Soll ich hierbleiben, bis Kriminalrat Claasen wiederkommt?«, fragte Paul, nachdem er Lutz eine Weile später in das Verhörzimmer gebracht hatte.

»Danke, Paul, aber ich komme schon allein mit Herrn Jäger klar.« Jo schüttelte den Kopf

Jo wartete, bis die Tür hinter dem jungen Kollegen zugefallen war. »Hast du denn gewusst, dass Toby vor Stefan Lehnert eine Beziehung mit Marianne Zierner hatte?«, erkundigte sie sich dann.

»Nee ...«

»Und warum nicht?«

»Warum?« Lutz äffte ihre vorwurfsvolle Stimme nach. »Toby und ich kennen uns kaum. Unter euch Frauen mag es ja üblich sein, dass ihr euch über intime Details eures Beziehungslebens austauscht, auch wenn ihr euch erst ganz kurz kennt. Aber Männer tun so etwas in der Regel, wenn überhaupt, erst wenn sie sich mindestens seit fünf Jahren kennen und tiefe Erlebnisse miteinander geteilt haben. Wie zum Beispiel die Siege und Niederlagen ihrer Fußballmannschaft.«

»Aber Toby hat dir anvertraut, dass Stefan zu einem LSD-Ring gehörte!«

»Das liegt auf einer völlig anderen Ebene ...«

Jo verdrehte die Augen. »Du hättest dir rechtzeitig ein Alibi für den elften Juni einfallen lassen sollen.«

»Ach ja? Super Idee! Dieses Alibi hätte sich sehr schnell erübrigt, wenn Kaminski es überprüft hätte.«

»Du musst aber gegenüber meinem Vater eins angeben.« Jo runzelte nachdenklich die Stirn. »Möglichst eins, bei dem es plausibel ist, warum du es Kaminski verschwiegen hast.«

Lutz lächelte spöttisch. »Ich könnte ja behaupten, dass ich bei einem Treffen der RAF oder der Bewegung zweiter Juni war. Da wäre ein Verschweigen doch sehr plausibel.«

»Spar dir deinen Sarkasmus ... Jetzt denk doch mal mit ... Ein Alibi mit einer gewissen politischen Brisanz, aber nichts direkt Verbotenes ... Was würdest du denn zum Beispiel von einem DKP-Treffen halten? Die DKP wird doch seit ihrer Gründung in den späten 6oer Jahren vom Verfassungsschutz beobachtet.«

»Es ist mir neu, dass ich Kommunist bin.«

»Mein Gott, Lutz ...«

»Hat Toby gestanden, dass er von Stefans Fahnenflucht wusste, oder hat er den LSD-Ring erwähnt?«

»Nein, er ist zusammengebrochen, als ihn mein Vater mit seinem Verhältnis zu Marianne Zierner konfrontiert hat. Danach hat er gar nichts mehr gesagt.«

Jo schloss den Mund, denn ihr Vater, der etwas mit einem Kollegen zu besprechen gehabt hatte, kehrte in den Verhörraum zurück und nahm wieder seinen Platz neben ihr ein.

In dem Blick, mit dem er Lutz bedachte, lag keine Sympathie. »Sie haben sich also geweigert, mit Hauptkommissar Kaminski zu kooperieren«, bemerkte er scharf.

»Ja, ich war mir sicher, dass der bei der Wehrmacht war. Seine Haltung und sein ganzes Benehmen ...« Lutz hob um Verständnis bittend die Hände. »Bei dem hätte ich mir gut vorstellen können, dass er zu dieser Schattenarmee gehörte oder zumindest mit ihr sympathisierte ...«

»Schattenarmee ... Was meinen Sie denn damit?« Jos Vater wirkte perplex.

Mist ... Lutz hatte auf die rund 2000 ehemaligen Wehrmachtsoffiziere und SSler angespielt, die nach dem Zweiten Weltkrieg den Aufbau einer Geheimarmee betrieben hatten, um für den Kampf gegen die Sowjetunion gerüstet zu sein ... Was in den 70ern aber noch nicht offiziell bekannt gewesen war ... »Ich bin mir sicher, Herr Jäger spricht von Kameradschaftsbünden«, warf Jo hastig ein.

»Ja, genau ... Das ist das Wort, nach dem ich gesucht habe.« Lutz grinste erleichtert. »Ja, also ... Typen, wie Kaminski, das sind doch richtige Kommunistenfresser. Und ... Na ja, ich war am elften Juni bei einem Treffen der Frankfurter DKP.«

»Den ganzen Tag lang?«

Lutz nickte. »Genau, das war so eine Art Schulung. Beginn morgens um acht – wir Kommunisten haben schließlich auch ein Arbeitsethos – und Ende um zehn abends. Karl Marx und so ... Alles sehr intensiv ... ›Das Kapital und wir‹ ...«

»Ich werde Ihre Angaben natürlich umgehend überprüfen«, erklärte Jo hastig, ehe Lutz sich noch um Kopf und Kragen redete.

»Gewiss, tun Sie das«, erwiderte er ernsthaft.

Jo verstaute den anonymen Brief, den sie an Bernward Hilgers auf ihrer Dienstschreibmaschine geschrieben hatte, in ihrer Handtasche. In ihrem Untermietszimmer gab es keine, und Buchstaben aus alten Zeitungen auszuschneiden und auf einen Papierbogen zu kleben, war ihr dann doch zu albern erschienen. Morgen musste sie Hilgers die Warnung unbedingt zukommen lassen. Sie gähnte. In dem Großraumbüro verbreiteten die Neonröhren ihr kaltes Licht. Mittlerweile war es schon halb elf. Sie war die Letzte, die noch arbeitete. Kaminski und ihre anderen Kollegen waren schon vor einer ganzen Weile nach Hause gegangen.

Sie hatte die Protokolle der Vernehmungen noch einmal durchgelesen, ohne dabei irgendetwas Aufschlussreiches zu entdecken. Außerdem hatte sie viel Zeit damit verbracht, Lutz' falsches Alibi mit richtigen Angaben zu untermauern. Zu recherchieren, wo es in Frankfurt eine DKP-Zelle gab und wer deren leitende Funktionäre waren, hatte sie, ohne Internet, viel Zeit gekostet.

Schuldbewusst überlegte Jo, dass sie mittlerweile jede Menge Dienstvergehen begangen hatte: Fälschen eines Alibis, Decken einer Straftat, Behinderung der Ermittlungen, versuchte Beeinflussung von Zeugen ...

»Josepha, Sie sind ja noch hier.« Jo zuckte zusammen, als sie die Stimme ihres Vaters hörte. Von ihr unbemerkt, hatte er das Büro betreten und lehnte sich nun gegen ihren Schreibtisch. Seine kurzen Haare waren zerstrubbelt. Er wirkte müde, gleichzeitig aber auch wach und aufmerksam. Jos Glücksgefühl, ihm nahe zu sein, wurde dadurch beeinträchtigt, dass die Wollhandschuhe, die sie beim Schreiben des anonymen Briefes getragen hatte, noch auf dem Schreibtisch lagen. *Dem Himmel sei Dank, ihr Vater schien sie nicht zu bemerken ...*

»Na ja, Sie arbeiten ja auch noch.« Sie lächelte ihn an.

»Ich habe eine höhere Position als Sie inne, da kann man das auch erwarten.« Er erwiderte ihr Lächeln. »Hat sich denn das Alibi von diesem Jäger bestätigt?«

»Ja, das hat es.« Jo nickte.

»Ich hege ja keine großen Sympathien für die Kommunisten. Aber wenigstens hat dieser Kerl Ideale. Ich hätte eher vermutet, dass er einfach in den Tag hineinlebt und von der Gesellschaft schmarotzt.«

»Nein, das trifft auf ihn wohl nicht zu«, fühlte sich Jo verpflichtet, Lutz zu verteidigen. *Er mochte das Leben manchmal zu sehr von der leichten Seite nehmen, aber ein Schmarotzer war er nun wirklich nicht ...*

»Lassen Sie uns Schluss für heute machen, Josepha. Ich kann Sie gerne nach Hause fahren, falls Sie nicht mit dem Wagen hier sind.«

Jos Käfer stand zwar auf dem Parkplatz. Aber zum einen fuhr sie ihn nun einmal nicht gern, und zum anderen wollte sie die Gelegenheit nutzen und noch etwas Zeit mit ihrem Vater verbringen.

»Das ist aber nett. Ich nehme Ihr Angebot gerne an«, sagte sie erfreut.

Der Himmel über der Stadt war ganz dunkel, während sie in dem Volvo durch die Straßen fuhren. Jo fiel ein, dass es 1974 wahrscheinlich noch keine Sommerzeit gegeben hatte. Im Radio wurde Blues- und Rockmusik von Bands gespielt, die Jo alle nicht kannte. Sie und ihr Vater saßen in einvernehmlichem Schweigen nebeneinander.

Ob ich manchmal als kleines Kind mit ihm und meiner Mutter nachts durch die Gegend gefahren bin?, fragte sich Jo. Sie wusste sehr wenig über ihre frühe Kindheit; eigentlich nur, dass es zwischen ihren Eltern schon gekriselt hatte, bevor ihr Vater bei der Verfolgungsjagd ums Leben gekommen war. Ihre Mutter hatte nie viel über ihre Beziehung zu Alexander Claasen gesprochen. Fast so, als sei dies ein Lebensabschnitt, an den sie sich nicht mehr erinnern wollte.

Jo wünschte sich erneut, ihre Eltern hätten sich während des Verhörs nicht so heftig gestritten. Sie musste die beiden unbedingt versöhnen, ehe sie wieder ins 21. Jahrhundert zurückkehrte. Anderenfalls gab es sie ja vielleicht gar nicht in der Gegenwart.

Kurz bevor sie in die Straße einbogen, in der Jo wohnte, kündigte der Moderator Humble Pie an – eine Band, von der Jo ebenfalls noch nie gehört hatte, und lenkte sie von der Vorstellung ab, wie sie sich möglicherweise im 21. Jahrhundert plötzlich in Luft auflöste, da sie nie geboren worden war.

»Humble Pie, was für ein verrückter Name«, meinte sie.

Als die ersten Takte erklangen, lächelte ihr Vater und sagte: »Ich liebe diese Band. In ein paar Tagen geben sie im ›Schwarzen Adler‹ ein Konzert. Ich bin sehr froh, eine Karte ergattert zu haben.«

Für Jo hörte sich der Song mehr nach Krach als nach Musik an. Aber sie war nun mal kein Rockfan.

»›Schwarzer Adler‹, ist das nicht die Kneipe, die Stefan Lehnert zusammen mit seinen Mitbewohnern öfter besuchte?«, fragte Jo.

»Ja, dort treten wirkliche gute Musiker auf.«

Ihr Vater parkte vor dem Gartentor. Als Jo ihren Gurt gelöst hatte, konnte sie sich gerade noch zurückhalten, sich vorzubeugen und ihm zum Abschied einen Kuss auf die Wange zu geben.

An der Haustür drehte sie sich noch einmal um. Der Volvo stand noch vor dem Garten. Nun hob ihr Vater grüßend die Hand. Auch Jo winkte ihm zum Abschied noch einmal zu.

Ob er manchmal abends an meinem Bett gesessen und mir etwas vorgelesen hat?, fragte sie sich, während sie den Haustürschlüssel ins Schloss steckte. *Nun hör aber auf – allmählich wirst du wirklich sentimental!*, ermahnte sie sich gleich darauf.

Unter der Küchentür hindurch fiel Licht in den Flur. Tatsächlich streckte Katrin Wenger, kaum dass Jo ein paar Schritte getan hatte, den Kopf aus der Zimmertür. Sie trug schon ihren psychedelisch gemusterten Schlafrock, aber noch keine Lockenwickler.

»Ach, Fräulein Weber«, sagte sie. »Ihr Kollege hat vorhin angerufen und Sie um ein Treffen morgen Nachmittag gebeten. Ich habe die Uhrzeit und die Adresse notiert. Sehen Sie ihn denn nicht regelmäßig im Präsidium?«

»Er ist undercover unterwegs.« *Was ja der Wahrheit entsprach ...*

»Ich verstehe ...« Ehrfürchtiges Staunen schwang in Katrin Wengers Stimme mit.

Auf dem Notizzettel standen die Adresse eines Cafés in der Innenstadt und 15 Uhr.

Im »Schwarzen Adler« müssen Lutz und ich auch unbedingt ermitteln, ging es Jo durch den Kopf, während sie ihr Zimmer betrat und ihre Handtasche abstellte. Sie stolperte über ein Kabel und stieß sich das Bein an einem Schrank. Die Lavalampe neben dem Fernseher schaltete sich ein, und die Glut begann rot zu blubbern. Stöhnend rieb sich Jo das Bein. *Verdammte Siebziger ...*

Etwa zur selben Zeit holte Lutz eine Pizza aus dem Backofen. Seine Mitbewohner hielten nichts von so etwas Bourgeoisem wie geregelten Essenszeiten, und er selbst hatte Lust gehabt zu kochen. Die Pizza war *vegetarisch* mit *Vollkornteig*, da alle seine Mitbewohner Vegetarier waren. Obwohl Lutz gegen ein gutes Steak und knusprige Bratwürste wirklich nichts einzuwenden hatte, konnte er mit vegetarischem Vollkorn-Essen, wenn es denn sein musste, leben. Allerdings dankte er dem Himmel, dass der Veganismus 1974 noch nicht existent war, denn damit hätte er ein ernsthaftes Problem gehabt.

Seine Mitbewohner hatten sich bereits um den Tisch versammelt. Sie machten, fand Lutz, einen ziemlich mitgenommenen Eindruck.

»Hat einer von euch den Bullen gesagt, dass wir über Stevies Fahnenflucht Bescheid wussten?«, fragte Melanie in die Runde, während Lutz die dampfende Pizza in Stücke schnitt.

»Nee ...« Alle schüttelten die Köpfe.

»Ich hätte es fast ... Ich war völlig fertig ... Aber ich konnte mich gerade noch zusammenreißen.« Toby blickte niedergeschlagen auf seinen Teller.

»Das ist gut.« Melanie lächelte ihm zu.

»Wenn man aus einer reichen Familie stammt, kann man sich natürlich einen guten Anwalt leisten«, bemerkte Rolle bissig.

»Ich hatte schließlich die größten Probleme am Hals, da ich die Bullen über Stevie belogen habe«, konterte Melanie und ließ die Hand mit dem Pizzastück sinken. »Und das, um uns alle zu schützen.«

Marian wandte sich Lutz zu. »Danke dir, Lou, für deine Instruktionen ... Sonst würden wir jetzt echt in der Scheiße stecken.«

»Nicht der Rede wert.« Lutz vollführte eine bescheidene, wegwerfende Handbewegung.

»Und was machen wir mit unserer Hanfpflanzung im Wald? Sollen wir die auch vernichten, oder sollen wir sie behalten?« Gereizt sah Rolle Lutz an. »Nun sag schon, du bist hier doch der Experte ...«

Es gab noch Cannabis im Wald ...? Also ließe es sich hin und wieder einfach an einen Joint kommen ...?

»Ach, falls die Pflanzung nicht in der Nähe des Hauses liegt, können wir sie, denke ich, behalten«, erwiderte Lutz großzügig.

»In den letzten Wochen hat sich Stevie meistens darum

gekümmert.« In Marians Augen schimmerten plötzlich Tränen.

»Na, dann kann ich das doch übernehmen.« Lutz legte ihr tröstend die Hand auf den Arm. »War Stevie eigentlich in der letzten Zeit irgendwie anders als sonst?«, fragte er, denn ihn interessierte, ob Stefan sich, wie Bernward Hilgers, bedroht gefühlt hatte.

»Wie meinst du das, ›anders‹?« Rolles Stimme klang erneut sehr gereizt.

Okay, die Frage war wohl etwas direkt gewesen ...

»Nun ja, manchmal haben Menschen ja eine Vorahnung vor ihrem Tod ...«, versuchte Lutz sich mit etwas Esoterik aus der verfänglichen Situation herauszuwinden.

»Stevie war nicht traurig oder bedrückt, falls du darauf hinauswillst.« Marian schüttelte den Kopf. »Er war aufgeregt und voller Pläne, hatte fest vor, sich nach Südfrankreich abzusetzen. Wir haben auch darüber gesprochen, wann und wie ich nachkommen sollte ...«

Das waren ja ziemlich konkrete Pläne, dachte Lutz.

»Ich glaube an Zeichen im Zusammenhang mit dem Tod«, ließ sich Gitti schüchtern vernehmen. Sie sagte so selten etwas, dass alle sie überrascht anstarrten. »Am zwölften Juni, am Tag, nachdem Stefan starb, habe ich einen Schatten am Fenster seines Zimmers gesehen. Das war bestimmt seine Seele, die zurückgekehrt ist, um Abschied zu nehmen.«

»Red doch nicht so 'nen Scheiß!«, fuhr Rolle seine Freundin grob an. »Seele, wenn ich das schon höre ...«

»Aber du hast doch auch an unserem Trommeln teilgenommen«, entgegnete Melanie verblüfft.

»Ich trommle gern, und ich wollte euch einen Gefallen tun – das war der Grund. Aber euren Seelen- und Tagore-Schwachsinn könnt ihr euch sonst wohin stecken.« Rolle sprang auf und stapfte aus der Küche.

Gitti blickte ihm entsetzt hinterher. »Rolle, bitte, ich wollte dich nicht ärgern, warte auf mich«, jammerte sie, ehe auch sie aufsprang und ihm hinterherrannte.

So viel zur Frauenemanzipation in den Siebzigern ... Jo hätte an dieser Szene bestimmt ihre helle Freude gehabt, konstatierte Lutz sarkastisch. Eine Erinnerung regte sich in seinem Gedächtnis. Er sah Toby an. »Sag mal, war Stevie eigentlich ein ordentlicher Mensch?«

»Weshalb fragst du?«

»Weil die Fotos in seinem Zimmer ganz durcheinander waren.«

»Das ist aber komisch.« Toby schüttelte verwundert den Kopf. »Stevie war sehr penibel, fast ein bisschen zwanghaft mit seinen Fotosachen.« Was er sonst noch sagen wollte, ging in einem lauten, wütenden Getrommel aus dem Nebenzimmer unter.

Melanie blickte Marian an und verdrehte die Augen. »Manchmal hat Rolle sie echt nicht mehr alle ...«

Dieser Meinung war Lutz schon lange. Er nahm sich ein weiteres Stück Pizza. *Was*, überlegte er, *wenn es sich bei der »Seele«, die Gitti gesehen zu haben glaubt, in Wahrheit um jemanden handelt, der Stefans Fotos durchwühlt hat? Hatte Stefan etwas fotografiert, was er nicht hätte beobachten sollen, und war deshalb getötet worden? Aber was konnte das sein?*

5. KAPITEL

Ziemlich noble Hütte, dachte Lutz wieder, als er die Ente am nächsten Morgen oberhalb des Hilgersschen Anwesens hinter ein paar Büschen parkte. Vor einer Stunde hatte er den senfgelben Porsche verfolgt. Doch Hilgers war nur zum Kaufhaus gefahren. Deshalb hatte Lutz beschlossen, noch einmal zu seinem Ausguck zurückzukehren und die Villa eine Weile zu beobachten.

Nicht dass der Bungalow und die hohe Zypressenhecke, die das Grundstück umgab, sein Geschmack gewesen wären. Doch von der Rückseite musste man einen Panoramablick auf die Stadt und den Fluss haben. Hinter dem gekiesten Flachdach konnte Lutz einen Swimmingpool samt Badehaus erkennen. Und in der breiten Garage, wo sich ein Angestellter zu schaffen machte, standen ein Cadillac und ein Mercedes Cabrio. Nicht zu vergessen, dass es ja auch noch den Porsche gab. Der grüne Audi 50 gehörte dagegen bestimmt einem Hausangestellten.

Lutz biss in das Salamibrötchen, das er sich in einer Bäckerei gekauft hatte, und trank Kaffee aus einer Thermoskanne. Als nun eine Frau die Treppe vom Haus zu der Auffahrt herunterlief, griff er zu Stefans Fernglas. *Alle Achtung ...* Lutz stieß einen anerkennenden Pfiff aus. Eine supersexy Ehefrau hatte Hilgers auch noch – falls es sich bei der Frau um seine Gattin handelte. Mitte/Ende zwanzig.

Hüftlanges rotes Haar. Grazile Figur. Lange Beine. Eindeutig ein *Klasseweib* ... Auch wenn Jo ihn für diesen Ausdruck steinigen würde. Die Frau sprach mit dem Angestellten. Offensichtlich ein Gärtner, dem Rasenmäher nach zu schließen, den er in die Auffahrt gerollt hatte.

Nun kam noch eine Frau aus dem Haus, deren Aussehen weit weniger spektakulär war und die eine Einkaufstasche trug. Sie war Mitte fünfzig, ein mütterlicher Typ. Wahrscheinlich eine Haushälterin oder Köchin. Sie nickte dem Gärtner und dem *Klasseweib* zu und ging zu dem Audi 50. Lutz gelangte zu dem Schluss, dass es nicht schaden konnte, ihr hinterherzufahren. Vielleicht bot sich ja eine Möglichkeit, mit ihr ins Gespräch zu kommen.

Ungefähr zwei Kilometer entfernt, im Ortskern eines Dorfes, fuhr die Hausangestellte auf den Parkplatz eines Edeka-Marktes. Da dies möglicherweise einer der Läden war, in denen seine Mitbewohner Lebensmittel hatten mitgehen lassen, zog Lutz es vor, die Ente ein Stück entfernt von der Parkplatzeinfahrt abzustellen, ehe er zur Rückseite des Flachbaus schlenderte. Die acht Parkbuchten waren bis auf die, in der der Audi 50 stand, leer. Auf dem Teerboden lag eine Zeitung, die wohl einem Kunden aus der Einkaufstasche gefallen war. Lutz blickte sich um. Weit und breit war keine Menschenseele zu sehen. Kurz entschlossen hob er die Zeitung auf, knüllte einige Seiten zu einem festen Knäuel zusammen und stopfte ihn in den Auspuff des Audis.

Danach lungerte er auf der Straße herum, bis die Hausangestellte mit der vollgepackten Einkaufstasche wieder aus dem Laden kam und sie in den Kofferraum wuchtete. Erwartungsgemäß ließ sich der Audi nicht starten.

Hilfsbereit eilte Lutz zur Fahrertür und fragte, ob er helfen könne.

»Ich weiß auch nicht, was mit dem Wagen los ist.« Die rundliche Frau wirkte verstört. »Auf der Herfahrt hatte ich keine Probleme.«

»Manchmal geht so etwas sehr schnell. Wahrscheinlich stimmt etwas mit der Zündung nicht.« Lutz lächelte sie beruhigend an. »Bestimmt nur eine Kleinigkeit. Wenn Sie möchten, kann ich mir den Motor gerne einmal ansehen.«

Die Hausangestellte musterte Lutz' Hippie-Äußeres etwas skeptisch. Doch dann entfaltete sein Charme die übliche Wirkung, und sie sagte: »Wenn Sie meinen ...«

»Könnten Sie im Laden fragen, ob die einen Schraubenzieher oder etwas Ähnliches haben?«

Während die Hausangestellte in den Edeka-Markt ging, entfernte Lutz das zusammengeknüllte Zeitungspapier aus dem Auspuff. Mit dem herbeigeschafften Schraubenzieher machte er sich theatralisch an der Zündung zu schaffen. Der nächste Startversuch verlief – wie ebenfalls nicht anders zu erwarten – problemlos.

»Ich schätze, jetzt ist alles in Ordnung. Aber ich würde Ihnen trotzdem gerne hinterherfahren, bis Sie sicher zu Hause sind.«

»Wenn Ihnen das nicht zu viel Umstände macht ...« Die Hausangestellte lächelte erleichtert.

»Aber überhaupt nicht«, erklärte Lutz liebenswürdig.

Zurück auf dem Hilgersschen Anwesen, trug Lutz die schwere Einkaufstasche in die Küche. Es kostete ihn nur ein weiteres charmantes Lächeln und einige freundliche Worte, um – so wie er es bezweckt hatte – auf einen Kaffee eingeladen zu werden. Nach wenigen Minuten hatte er herausgefunden, dass die rundliche Frau die Haushälterin war, Anneliese Mageth hieß und seit etwa fünfzehn Jahren in dem Haushalt tätig war. Außerdem hatte er auch noch erfahren, dass sie seit über zwanzig Jahren Witwe war und nicht in dem Bungalow, sondern in einer kleinen Wohnung in dem nahen Dorf lebte.

»Auch wenn ich hier mein eigenes Zimmer habe, damit ich mich zwischendurch einmal zurückziehen und die Beine hochlegen kann«, sagte sie mit einem gewissen Stolz, während sie Lutz Kaffee einschenkte. »Herr Hilgers ist ein sehr zuvorkommender Arbeitgeber.«

»So ein großes Gebäude macht wahrscheinlich viel Arbeit«, sagte Lutz mitfühlend. »Haben Ihre Arbeitgeber denn Kinder?« Er wusste von Jo, dass dies nicht der Fall war, aber die Frage erschien ihm geeignet, um Frau Mageth weiter zum Plaudern zu veranlassen.

»Nein, leider nicht.« Die Haushälterin seufzte. »Herrn Hilgers' erste Ehefrau Constanze hätte gerne Kinder gehabt. Aber sie konnte keine bekommen. Was ihr sehr zu schaffen machte. Ich habe, so gut ich konnte, versucht sie zu trösten. ›Frau Hilgers, Sie wissen nicht, wie viel Sorge und Leid Ihnen so erspart bleibt‹, habe ich immer beteuert. Und dann, als sie Krebs bekam, war sie froh, keine Kinder zurücklassen zu müssen. Zwei Jahre lang habe ich sie gepflegt. Herrn Hilgers zweite Frau Leonore will, glaube ich, keine Kinder. Was auch ganz gut ist ... Sie ist nett, aber manchmal selbst noch fast ein Kind und sehr empfindsam. Als Mutter kann ich sie mir, ehrlich gesagt, nicht vorstellen.«

Lutz ließ Frau Mageth noch eine Weile von der Krebskrankheit ihrer ersten Chefin, und wie sie sie hingebungsvoll gepflegt hatte, erzählen, ehe er tief seufzte und sagte: »Nun, das zeigt wieder einmal, dass Reichtum nicht vor Schicksalsschlägen schützt.« Seine weit ausholende Handbewegung umfasste die topmodernen dunkelblauen Einbauküchenschränke vor den orangefarbenen Kacheln, die dazu passende Kugellampe über dem Tisch, den Elektrogrill, die teure Kaffeemaschine und überhaupt das ganze Anwesen mit dem Swimmingpool im Garten und den schicken Autos in der Garage.

»Wobei das mit dem Reichtum so eine Sache ist ...« Frau Mageth hielt inne und biss sich auf die Lippen, als hätte sie zu viel gesagt.

Nun, dieser Punkt versprach interessant zu werden ... Lutz beugte sich vor. Jetzt würde viel diplomatisches Geschick vonnöten sein, um Frau Mageth weitere Einzelheiten zu entlocken.

»Herr Hilgers – und ich sage ausdrücklich *Herr Hilgers*, da ich davon ausgehe, dass in der Ehe der Hilgers' wie in den meisten Ehen 1974 der Mann fürs Finanzielle zuständig ist – hat anscheinend ziemlich große Geldprobleme«, erzählte Lutz am Nachmittag Jo. Sie saßen an einem Tisch im hinteren Teil des Domcafés. Lutz hatte Jo, da sie zur Tarnung eine langhaarige blonde Lockenperücke und eine Brille mit den üblichen großen Gläsern trug, zuerst fast gar nicht erkannt und dann erklärt, sie sähe aus wie Barbarella. Was Jo nicht sehr witzig gefunden hatte.

»Was genau meinst du mit ›ziemlich große Geldprobleme‹?«, wollte Jo wissen.

»In den letzten Monaten hatte Hilgers zum Beispiel mehrmals Probleme, Frau Mageth und den Gärtner zu bezahlen. Was Frau Mageth tolerierte, den Gärtner aber ziemlich aufbrachte. Außerdem hat Frau Mageth einen heftigen Streit zwischen Hilgers und seinem Chef und Ziehvater Meerheimer mitbekommen. Meerheimer fand das mit den Schulden gar nicht gut. Ist wohl so ein Typ der alten Schule ... ›Zahle immer pünktlich deine Rechnungen‹ etc. ... Na ja, bei dem schicken Anwesen und all dem Drum und Dran mit zwei

Angestellten wundert mich das mit den Schulden gar nicht.«

Lutz hielt inne, da die junge Kellnerin ihnen das Bestellte servierte. Schokoladentorte für Lutz, Erdbeerboden für Jo und Kaffee in Kännchen für beide.

Erst als Jo das Café betreten hatte, war ihr klargeworden, dass sie sich 1898 hier schon einmal mit Lutz getroffen hatte. Die mit rosafarbenem Samt gepolsterten Stühle erschienen ihr unverändert. Die seidene Wandbespannung war allerdings einer großblumigen Tapete gewichen, und statt Röschen zierten rosafarbene Kringel das Geschirr.

»Tja, theoretisch hätte Hilgers mit den Geldproblemen ein Motiv, Stefan Lehnert umzubringen«, sagte Jo nachdenklich, während sie ein Stück Erdbeerboden auf die Kuchengabel spießte. »Hilgers könnte ihn beim Vergraben des LSDs beobachtet und dann ermordet haben, um die Pillen in seinen Besitz zu bringen. Aber irgendwie sagt mir meine Intuition, dass das nicht der Fall war. Es würde auch nicht erklären, warum sich Hilgers von jemandem bedroht fühlt. Max, Kalle und Ulli kommen dafür ja wohl kaum in Betracht.«

»Kann ich mir auch nicht vorstellen.« Lutz grinste leicht. »Und dann nicht zu vergessen, dass Hilgers selbst ermordet wurde, das heißt, dass er ermordet werden wird«, verbesserte er sich, »wenn wir es nicht verhindern.«

»Hast du sonst noch irgendwelche Infos für mich?«

»In meiner Kommune gibt's Spannungen. Auch wenn ich bislang keine Ahnung habe, worin die begründet sind.« Lutz berichtete Jo von Rolles Ausbruch in der vergangenen Nacht.

»Wir müssen unbedingt mehr über deine Mitbewohner herauskriegen. Ich möchte morgen Abend ohnehin mit dir zu dieser Musikkneipe fahren, wo Stefan Lehnert öfter mit deinen Kommunarden gesehen wurde. Heute hat sie leider geschlossen. Meine Kollegen waren auch schon dort, konnten aber nichts herausfinden, was die Ermittlungen weitergebracht hätte.«

»Morgen Abend?« Lutz stellte die Kaffeetasse heftig auf dem Unterteller ab und starrte Jo entgeistert an. »No chance! Morgen Abend spielt Deutschland – also ich meine die BRD – gegen die DDR.«

»Lutz ...« Jo konnte es nicht fassen.

»Das ist das einzige Spiel, das die beiden Nationalmannschaften der BRD und der DDR jemals gegeneinander führten.« Lutz hob beschwörend die Hände.

»Das Spiel wird bestimmt auch in der Musikkneipe gezeigt.«

»Das bezweifle ich sehr. Public Viewing ist 1974 noch nicht angesagt.«

»Lutz«, versuchte Jo es noch einmal, »ich möchte wirklich bald wieder in unsere Gegenwart zurückkehren. Lange ertrage ich Kaminski nicht mehr.« Und wie sie gehofft hatte, fruchtete dieser Appell.

»Na gut«, Lutz rieb sich über das Kinn, »wenn das Spiel tatsächlich in der Kneipe übertragen wird, bleibe ich. Wenn nicht, werden wir erst nach Spielende zusammen ermitteln.«

»Einverstanden ...«, gab Jo nach.

Lutz aß den letzten Bissen von seinem Schokoladenkuchen. Dann blickte er in Richtung der Kellnerin und sagte: »Du müsstest übrigens meine Rechnung übernehmen. Meine gesamte Barschaft habe ich nämlich in der Kommune für die Gemeinschaftskasse gespendet, die sich inzwischen schon ziemlich geleert hat.«

»Trägt meine Mutter noch den Ring, den ich meiner Ur-Ur-Ur-Urgroßmutter geschenkt habe?«

»Falls du diesen ausgesprochen hässlichen Klunker meinst, ja.« Lutz nickte.

»Schlag ihr doch vor, ihn zu versetzen. Damit müssten die Geldprobleme der Kommune – zumindest so lange, wie du dort wohnst – behoben sein.«

»Gute Idee ...« Lutz' Miene, die sich, seit sie über das Spiel BRD gegen die DDR gesprochen hatten, verdüstert hatte, hellte sich wieder etwas auf.

Gegen sieben Uhr am nächsten Abend verließ Jo das Haus. Da Katrin Wenger ausgegangen war, hatte sie sich schon in ihre Barbarella-Aufmachung geworfen. Zu Schuhen mit hohen Keilabsätzen trug sie einen bunt gebatikten Rock und eine kurze Jeansjacke. Während sie den Gehweg entlangstakste, verwünschte sie wieder einmal die völlig unpraktische Form des Käfers. Drei Straßen entfernt hatte sie vorhin eine ausreichend große Parklücke gefunden.

Jo hatte keine Ahnung, dass ihr Heiner Kaminski vom Fahrersitz eines VW Passat anerkennend hinterherstarrte. Das war doch mal ein attraktiver Vogel – ganz anders als die spröde Weber. Er konnte wirklich nicht verstehen, was Claasen eigentlich an der fand.

Nun, er war gespannt, ob die Weber im Laufe des Abends noch das Haus verlassen würde, oder der Kriminalrat seine Wohnung. Zwei Untergebene hatte er dort postiert, die Claasen hoffentlich nicht aus den Augen lassen würden.

Kaum hatte Jo Lutz in der Nähe der Villa abgeholt, schaltete er auch schon das Autoradio ein. Es knackte, während der Stadionsprecher die Mannschaftsaufstellungen vorlas. »Gut, dass Netzer wieder nicht aufgestellt ist«, bemerkte Lutz zufrieden. »Mein Mitbewohner Rolle hat übrigens tatsächlich der DDR den Sieg gewünscht ...«

»Ist es nicht sportlich, der besseren Mannschaft den Sieg zu gönnen?«, konnte Jo sich nicht verkneifen zu fragen.

»Wenn die gegnerische Mannschaft wirklich toll gespielt hat, ist es natürlich völlig okay, ihr den Sieg zu gönnen. Aber der gegnerischen Mannschaft schon vor Spielbeginn den Sieg zu wünschen, ist überhaupt nicht okay.«

»Als Kommunist müsstest du für die DDR sein«, stichelte Jo. *Sie hatte diese kleinen Reibereien mit ihm vermisst ...*

»Du hast mich ja erst dazu gemacht.«

Der Käfer krachte in ein Schlagloch. »Ich habe das Gefühl, direkt auf der Federung zu sitzen«, murrte Jo.

»Ach, das waren noch Autos, in denen man ein wirkliches Fahrgefühl hatte, und keine sterilen Miniraumschiffe.« Lutz winkte ab.

»Irgendwelche neuen Erkenntnisse in deiner Kommune?«

»Als ich heute Morgen aus dem Haus bin, um Hilgers mal wieder zu beobachten, lagen meine Mitbewohner noch in ihren Betten. Und als ich zurückkam, waren sie ausgeflogen. Deshalb konnte ich deine Mutter auch noch nicht überreden, den Klunker zu versetzen.« Lutz versuchte, Melanies üppige entblößte Brüste, die er plötzlich ganz deutlich vor sich sah, zu ignorieren. »Gibt's bei dir denn was Neues?«, fragte er hastig.

»Leider nicht.« Jo schüttelte den Kopf. »Wir haben Jagdschein- und Waffenbesitzer überprüft, aber bei keinem konnten wir irgendeine Verbindung zu Stefan Lehnert entdecken.«

Der Parkplatz vor dem »Schwarzen Adler« war ebenfalls mit Schlaglöchern übersät. Auf dem Grundstück standen einige reichlich mitgenommene Käfer, Enten und VW-Busse, die mit leuchtend bunten Blumen bemalt waren. Dahinter duckte sich ein niedriges Fachwerkhaus. Aus dem Schornstein stieg Rauch in den kühlen Abendhimmel auf.

»Meinst du, ich kann da mit einer Sonnenbrille reingehen, oder ist das zu auffällig?« Unsicher blickte Jo Lutz an.

»Mit diesen Haaren und der Sonnenbrille siehst du wirklich cool aus. Wahrscheinlich werden dich einige Typen abschleppen wollen. Aber keine Sorge, ich passe auf dich auf.«

»Auf mich aufpassen kann ich schon alleine.«

»Sei bitte mal leise ...« Aufgeregt wedelte Lutz mit den Händen, während der Kommentator nun einen Angriff von Gerd Müller auf das Tor der DDR vermeldete, der jedoch ergebnislos verlief. »Mist ...«

»Können wir jetzt bitte reingehen?«

»Ja, ja ...«

Als sie den Kneipeneingang erreicht hatten, deutete Lutz auf ein Plakat, das vier etwas abgerissene junge Männer in Leder- und Jeansjacken zeigte und neben anderen Plakaten an der Hauswand hing. »Deine Mutter steht übrigens auf Humble Pie. Hast du das gewusst?«

»Nee, ich lerne ständig neue Seiten an ihr kennen.«

»Die machen echt gute Musik.«

Humble Pie ... Jo stutzte. »Mein Vater wird zu diesem Konzert gehen. Hat meine Mutter denn auch eine Karte?«

»Ausverkauft, hat sie mir gesagt. Hätte ich ja nicht gedacht, dass deinem Vater, einem Kriminalrat, diese Musik gefällt.«

»Wieso? Du magst sie doch auch.«

»Ich bin kein Kriminalrat und auch nicht während des Krieges geboren.«

»Lutz, du musst mit meiner Mutter zu diesem Konzert gehen.«

»Das würde ich ja gerne. Aber wie ich bereits sagte, das Konzert ist ausverkauft.«

»Ich besorge für dich, meine Mutter und mich Karten. Meine Mutter und mein Vater haben sich während des Verhörs fürchterlich gestritten. Ich muss es schaffen, dass sie sich auf neutralem Boden begegnen und sich wieder näherkommen.«

»Und wie willst du das mit den Karten hinbekommen? Du hast doch nicht etwa vor, irgendwelche polizeilichen Gründe anzugeben?«

Als Jo nicht antwortete, schüttelte Lutz tadelnd den Kopf. »Na, wenn das mal keine Vorteilsnahme im Amt ist. Jo ... Jo ...«

Womit meine Dienstvergehen um ein weiteres angewachsen wären ..., dachte Jo mit schlechtem Gewissen.

Mit den dunklen Holzbalken unter dem Dach ähnelte der Kneipensaal einer Scheune. Es roch, wie nicht anders zu erwarten, nach Bier und Rauch. Von den etwa fünfzig Gästen hielten die meisten brennende Zigaretten in den Händen.

»Die Inhaberin heißt Adèle Farris«, sagte Jo zu Lutz. »Sie ist Amerikanerin und kam mit ihrem Mann, einem US-Offizier, Ende der sechziger Jahre nach Deutschland. Die beiden ließen sich scheiden, der Exmann wurde versetzt, aber sie blieb hier hängen. Ursprünglich, bevor sie ihre Karriere als Kneipenbesitzerin, Sängerin und Konzertveranstalterin begann, war sie wohl Krankenschwester oder Ärztin. So ganz genau haben wir das nicht rausbekommen. Dazu hätten wir Einsicht in die Unterlagen der US-Army benötigt.«

Da ihr Lutz nicht antwortete, drehte sich Jo nach ihm um. Er war stehen geblieben und starrte auf einen Fernseher, der verschämt in einer Ecke auf einem Wandbrett stand. Auf dem Bildschirm flimmerte in Schwarzweiß das Fußballspiel. Der Ton war stumm geschaltet.

Jo unterdrückte ein Stöhnen und verzichtete darauf, Lutz auf sich aufmerksam zu machen. Denn auf die kleine Bühne an der Stirnseite des Saals trat nun die Kneipenbesitzerin. Jo schätzte Adèle Farris auf Mitte, Ende fünfzig. Sie trug ein enges T-Shirt in, für die siebziger Jahre, ganz untypischem Schwarz, dazu einen knöchellangen buntgeblümten Baumwollrock. Ihre langen Ohrringe waren so leuchtend rot wie die Blumen auf dem Stoff. Graues wildgelocktes Haar umrahmte ihr markantes, attraktives Gesicht. Ja, sie war eine Frau mit beträchtlicher erotischer Ausstrahlung – diesen Eindruck unterstrich die rauchige, tiefe Stimme, mit der sie nun den Janis-Joplin-Song *Piece of my heart* zu singen begann.

Während sich Adèle Farris auf der Bühne im Takt der Musik bewegte – das Mikro eng wie der Mund eines Geliebten an ihren Lippen –, huschte das Licht der Deckenscheinwerfer über sie.

Jo blinzelte. Für Momente kam es ihr vor, als ob die Frauenrechtlerin Augusta Meyrink, ja, die Äbtissin Agneta aus längst vergangenen Zeiten dort oben auf der Bühne stehen würden. Sie drehte sich wieder nach Lutz um, wollte ihn fragen, ob es ihm genauso erging. Doch da er immer noch gebannt auf den Bildschirm starrte, ließ sie es sein.

Applaus brandete auf, als Adèle Farris ihr Lied beendet hatte. Auch Jo klatschte. Die Kneipenbesitzerin verließ die Bühne und verschwand in einem angrenzenden Flur. Da Jo es vorerst aufgegeben hatte, Lutz zur Mitarbeit zu bewegen, ging sie zwischen den Tischen hindurch und fragte den jungen, langhaarigen Mann im quergestreiften Wollpullover hinter der Theke, wo sie seine Chefin finden könne.

»Die vorletzte Tür rechts.« Er nahm die Hand vom Zapfhahn und deutete mit dem Daumen in Richtung des Ganges. Während Jo dem schmalen, schlechtbeleuchteten Flur folgte, erklang Blues-Musik von einer Schallplatte.

Die Tür stand halb offen. Adèle Farris saß rauchend in einem abgewetzten grünen Cordsessel. Als sie Jo bemerkte, winkte sie ihr, näher zu kommen. Mit dem Schminktisch, dem Klappspiegel und den von Ordnern überquellenden Regalen war der Raum eine Mischung aus Künstlergarderobe und Büro.

»Was kann ich für Sie tun, Darling?« Adèles Stimme klang auch beim Sprechen rauchig und hatte einen breiten amerikanischen Akzent.

»Ich bin Journalistin«, begann Jo mit ihrer Legende, die sie sich als Tarnung ausgedacht hatte. »Ich recherchiere für einen Artikel über junge Männer, deren Wehrdienstverweigerungsantrag abgelehnt wurde. Dieser junge Mann«, sie zog das Zeitungsfoto Stefan Lehnerts aus ihrer Handtasche, »soll öfter hier gewesen sein. Angeblich hat er in einer Art Kommune gewohnt. Können Sie mir sagen, wer die jungen Leute sind, mit denen er zusammenlebte? Ich würde gerne mit ihnen sprechen und mehr über Stefan erfahren ...«

»Sie sind also Journalistin ...« Adèle Farris musterte sie prüfend – auf eine Art, die Jo wieder sehr an die Äbtissin und Augusta Meyrink erinnerte. »Würden Sie mir bitte Ihren Ausweis zeigen?«

Mist ... Jo atmete tief durch. »Okay, ich bin keine Journalistin, sondern Polizistin. Da Sie nicht mit meinen Kollegen über Stefan Lehnert sprechen wollten, dachte ich, ich versuche es so ... Mir geht es nicht darum, irgendjemanden anzuschwärzen oder wegen Stefans Fahnenflucht zu belangen. Ich möchte herausfinden, wer ihn umgebracht hat ...«

»Und Sie denken, sein Mörder ist unter seinen Mitbewohnern oder meinen Gästen zu finden?« Adèle Farris bedachte sie mit einem spöttischen Blick.

Jo verwünschte Lutz, der sie sicher mit seinem Charme zur Kooperation hätte bewegen können.

»Ich habe im Moment leider noch keine Ahnung, wer Stefans Mörder ist«, versuchte sie ihren Standpunkt zu erklären. »Anders, als Sie es mir unterstellen, suche ich ihn nicht vorrangig unter Hippies oder Aussteigern oder anderen antibürgerlich eingestellten jungen Leuten. Aber ich kann auch nicht ausschließen, dass Stefan Lehnert von einem seiner Mitbewohner oder einem Ihrer Gäste ermordet wurde. Ich muss einfach möglichst viel über Stefan erfahren. Häufig führt eine Spur zu einer anderen ...«

»Darling, alles was ich über Stefan Lehnert weiß, ist, dass er gelegentlich mit ein paar jungen Leuten hier auftauchte.«

»Hatte er denn nur Kontakt zu seinen Mitbewohnern?«

»Ich habe keine Ahnung, ob die Leute, mit denen er hier war, seine Mitbewohner waren.« Adèle Farris blies den Zigarettenrauch in einer großen Wolke aus. »Ich habe nur registriert, dass es sich fast immer um dasselbe Grüppchen handelte. Manche meiner Gäste reden mit mir, andere nicht. Stefan Lehnert und die jungen Leute, mit denen er hier war, gehörten zu Letzteren.«

»Hatte denn das Grüppchen zu anderen Gästen Kontakt?«

»Zumindest ist mir das nicht aufgefallen. Obwohl ...«

»Ja?«, fragte Jo hoffnungsvoll.

Adèle Farris drückte die Zigarette in einem orangefarbenen Plastikaschenbecher aus. »Zwei- oder dreimal waren die jungen Leute mit einer Frau hier, die nicht zu ihnen zu gehören schien.«

»Wie meinen Sie das?«

»Die Frau hatte einen vertrauten Umgang mit ihnen. Man sieht so etwas ja an der Körperhaltung und den Gesten. Aber auch wenn sie in ihrer Kleidung den Hippie-Look nachahmte, hatte sie Geld. Ihre Armbanduhr und ihre Ohrclips waren eindeutig teuer.«

»Das haben Sie auf einige Entfernung hin beobachtet?«

»Ich habe es aus der Nähe gesehen, wenn sie an der Theke Bier holte. Außerdem schien sie ihre Identität verbergen zu wollen, denn sie trug eine getönte Brille und hatte ihre Haare unter einem Kopftuch verborgen.« Adèle Farris bedachte Jos Sonnenbrille mit einem amüsierten Blick. »Weniger an Tarnung wäre vielleicht mehr, meine Liebe. Aber jetzt muss ich in den Saal zurück.«

Sehr ergiebig war dieses Gespräch ja nicht, dachte Jo frustriert, während sie ihr folgte. Als sie den Saal erreicht hatten, drehte sich Adèle Farris zu ihr um. »Dort drüben stehen übrigens die Leute, nach denen Sie gefragt haben, Darling – und die Frau, die ich eben erwähnt habe.« Sie nickte in Richtung Saalmitte.

Jo erkannte Toby und Marian. Die Frau, die bei ihnen stand, trug in der Tat eine Sonnenbrille und verbarg ihr Haar unter einem buntgemusterten Kopftuch. Viel war nicht von ihrem Gesicht zu sehen, außer ihren sinnlichen, schön geschwungenen Lippen und den hohen Wangenknochen. Sie musste sehr attraktiv sein. Sie stand so dicht neben Marian, dass sie sie fast berührte, und nun legte sie die Hand auf deren Arm. Flirtete die Frau mit Marian? Jo war sich nicht sicher. Sie überlegte, ob sie Lutz bitten sollte, mit ihr zu seinen Mitbewohnern zu gehen, um so mit ihnen ins Gespräch zu kommen und mehr über die schöne Unbekannte herauszufinden. Aber zum einen war sich Jo – nach Adèle Farris' Reaktion – nicht mehr ganz sicher, ob ihre Tarnung wirklich funktionierte. Und zum anderen schienen die drei, so wie sie die Köpfe zusammensteckten, etwas Wichtiges zu besprechen. Jo bezweifelte, dass sie erfreut über eine Störung sein würden.

Während die Kneipenbesitzerin wieder oben auf der kleinen Bühne zu singen begann, ging Jo zu Lutz, der immer noch vor dem kleinen Fernseher stand.

»Na, wie steht's bis jetzt?«

»Unentschieden, null zu null ... Aber ich befürchte, wir werden Mühe haben, das Spiel zu gewinnen. Die DDR ist super in der Defensive und kontert schnell und effektiv. Bisher gab's für uns nur einen einzigen richtig guten Torschuss. An den Pfosten von Gerd Müller in der vierzigsten Minute.« Lutz schaute besorgt drein.

»Wenn du willst, kannst du dir das Spiel weiter im Autoradio anhören. Ich möchte dieser Frau dort folgen.« Jo wies unauffällig in Richtung der Unbekannten.

»Oh, gut ...« Lutz fragte nicht einmal, warum Jo das vorhatte und wer die Frau war, sondern eilte entschlossen zum Ausgang.

»Herrgott, nun mach schon«, drängte er ungeduldig, als Jo ihren Autoschlüssel aus der Handtasche nestelte.

»Ja, ja, ich beeile mich ja ...«

Kaum dass Lutz im Auto saß, hatte er schon die Hand am Einschaltknopf des Radios, während Jo noch den Schlüssel in der Zündung drehte.

»Breitner auf Müller«, scholl es aus dem Radio. Lutz beugte sich angespannt vor.

Okay, mit ihm war im Moment wirklich nicht zu rechnen ... Während Lutz dem Spiel lauschte, beobachtete Jo den Parkplatz, auf dem eine Lampe schummriges Licht verbreitete.

Nach einer Weile kamen drei Leute aus der Kneipe. Als sie in den Lichtkreis der Lampe traten, erkannte Jo Lutz' Mitbewohner und die Unbekannte. Sie gingen zu einer Ente und stiegen ein. *Das Fahrzeug, das Toby gehörte ...* Jo seufzte. Ach, hätte die Unbekannte nicht in einem eigenen Auto fahren können? Dann wäre es wahrscheinlich ein Leichtes gewesen, sie über das Nummernschild zu identifizieren.

Jo wartete, bis die Ente losfuhr und am Ende des Parkplatzes der rechte Blinker aufleuchtete, ehe sie selbst den ersten Gang einlegte und den Käfer startete. Nun bogen sie und Lutz in die Straße ein. Die Rücklichter der Ente waren in der Dunkelheit gut zu sehen. Sie fuhr bergab.

Plötzlich ruckte der Käfer, eierte und sackte auf der linken Seite ein wenig nach unten. Gleichzeitig tönte aus dem Radio: »Sparwasser schießt ... Tor, Tor für die DDR.«

»Ach, verdammt!«, schrie Lutz.

»Das finde ich auch. Wir haben 'nen Platten.« Jo fuhr an den Straßenrand und hielt an. »Im Kofferraum gibt es ein Reserverad. Komm, lass uns zusammen das platte Rad austauschen.«

Lutz schüttelte den Kopf. »In zwölf Minuten.«

»Wie, in zwölf Minuten?«

»Dann ist das Spiel zu Ende.« Wieder beugte sich Lutz angespannt vor. »Los, Grabowski, nun mach schon!«, stöhnte er.

Doch bei diesem Spielstand sollte es bleiben. Immer noch grummelig über den Eins-zu-null-Sieg der DDR wachte Lutz am nächsten Morgen auf. Als er zum Frühstück in die Küche kam, saß Toby schon, über seine Müslischale gebeugt, am Tisch. Lutz nahm sich Brot und Käse – er hasste Müsli. Er schenkte sich Kaffee aus einer angeschlagenen Thermoskanne in eine Tasse und setzte sich dann zu seinem Mitbewohner.

»Ich war gestern Abend im ›Schwarzen Adler‹«, begann er mit vollem Mund zu erzählen. »Hab dich und Marian dort gesehen. Ich wollte euch nicht ansprechen. Hatte gerade eine heiße Blondine aufgegabelt, die ich abschleppen wollte.«

»Und, hat's geklappt, konntest du sie aufreißen?« Toby hob den Kopf. Er wirkte, wie Lutz registrierte, auch nicht gerade bestens gelaunt.

»Nee, leider nicht. War wohl doch nicht ihr Typ.« Jo war in der vorigen Nacht ziemlich sauer auf ihn gewesen. Die Vorstellung, wie es wäre, wieder einmal mit ihr zu schlafen, suchte Lutz heim, und er redete hastig weiter. »Die Frau, mit der du und Marian zusammen wart, sah aber auch ziemlich klasse aus. Hast du was mit ihr?« Lutz hatte, so gefangen genommen wie er vom Fußball gewesen war, die Unbekannte nicht gesehen. Aber Jo hatte sie ihm anschaulich beschrieben.

»Nee, hab ich nicht ...« Toby schüttelte den Kopf und schien nicht bereit zu weiteren Auskünften.

Ehe Lutz weiter nachbohren konnte, kam Melanie in die Küche – splitterfasernackt – und ging mit wiegenden Hüften zum Kühlschrank. Sie nahm eine Flasche heraus und goss Milch in ein Glas. *Wow ...* Lutz räusperte sich. Schuldbewusst riss er sich von ihrem Anblick los und wandte sich wieder Toby zu.

»Hättste gerne was mit der Schönen?«, fragte er.

»Na ja, ich würde nicht nein zu ihr sagen.« Toby zuckte mit den Schultern. Aus den Augenwinkeln beobachtete Lutz, wie Melanie mit dem Glas in der Hand wieder aus der Küche verschwand.

Gut, wie ein unglücklich Verliebter wirkte Toby nicht gerade ... Lutz überlegte noch, wie er taktvoll und möglichst beiläufig danach fragen konnte, ob Marian und die Frau etwas miteinander hatten. Er hatte so seine Zweifel, ob die angeblich freie Liebe in den Siebzigern auch gleichgeschlechtliche Beziehungen einschloss – und vor allem, wie er den Namen der Frau in Erfahrung bringen konnte. In dem Moment betrat Rolle mit Gitti im Schlepptau die Küche. Rolle war ebenfalls nackt – *kein sehr erfreulicher Anblick ...* –, und Gitti trug ein weites T-Shirt.

»Wisst ihr schon – die DDR hat die BRD eins zu null besiegt«, erklärte Rolle triumphierend, während er die Thermoskanne scheppernd auf den Küchenschrank stellte, was in Lutz' Ohren wie eine höhnische Fanfare klang. »Was wieder einmal zeigt, dass die kommunistische Idee dem Kapitalismus selbst beim Fußball weit überlegen ist.« Gitti lächelte ihn zustimmend an.

»Seit wann interessierst du dich denn für Fußball?«

»Wenn es dem Klassenkampf dient, schon«, erwiderte Rolle selbstzufrieden. Lutz ertappte sich bei dem Wunsch, ihm eine reinzuhauen.

»Ich muss mal los. Was erledigen.« Toby stand auf.

»He, kannst du mir nicht den Namen der schönen Fremden sagen?«, wagte Lutz noch einen Versuch und blinzelte ihm zu. »Ich würde gerne mal versuchen, bei ihr zu landen.«

»Vielleicht kann ich dich mal mit ihr bekannt machen. Aber ich muss sie erst fragen, ob sie das will.«

»Ist sie etwa verheiratet?«

»Möglicherweise ...«

»Wo ist denn Marian?«, rief Lutz Toby hinterher, als der gerade die Türklinke zum Garten herunterdrückte.

»Hab sie heute noch nicht gesehen.« Dann war Toby verschwunden.

Auch Rolle und Gitti trollten sich – sehr zu Lutz' Erleichterung. Auf einem bunt angestrichenen und mit Pril-Blumen verzierten alten Küchenschrank entdeckte er ein kleines Transistorradio. Lutz hoffte, dass es nicht geklaut war. Und wenn, dann war ihm das an diesem beschissenen Morgen, ehrlich gesagt, auch egal. Begierig danach, gute Popmusik zu hören, stellte er das Radio an – und prallte zurück, als ihm *Theo, wir fahrn nach Lodz* entgegenschallte.

Lutz stellte angewidert das Radio aus und flüchtete in den Garten. Dort begegnete er Melanie, die mittlerweile glücklicherweise angezogen war und Baumscheiben mit roter und blauer Farbe bemalte. Andere Baumstücke, die auf der Wiese herumlagen, waren mit großen schwarz umrandeten Augen verziert. Melanie wirkte niedergeschlagen.

»Ähm, interessant, was du so machst«, bemerkte Lutz.

»Findest du? Ich versuche, eine existentielle Traurigkeit zum Ausdruck zu bringen. Die Depression, die in uns allen ist.«

»Tja, manchmal ist das Leben wirklich scheiße ...«, stimmte Lutz ihr zu – *zum Beispiel, wenn die eigene Mannschaft verloren und man sich auch noch mit der Frau, die man liebte, gestritten hatte ...*

»Sag mal ...« Er beschloss, den Stier bei den Hörnern zu packen. »Haben wir beide nun miteinander geschlafen, oder haben wir nicht? Es ist mir echt wichtig, da Klarheit zu haben. Also tu bitte nicht wieder so, als könntest du dich nicht erinnern.«

»Bist du verliebt?«

»Möglicherweise werde ich in der Tat von diesem spießigen Gefühl heimgesucht ...«

Melanie seufzte melancholisch, Lutz' Ironie war ihr entgangen. *Vielleicht war sie ja auch wegen ihres Streits mit Jos Vater von dieser existentiellen Traurigkeit erfüllt ...*

»Nee, wir haben nicht. Ich bin zu dir ins Bett gekommen, da es in meinem Zimmer total durch die Fenster gezogen hat und mir kalt war. Du warst völlig breit von dem Hasch und dem LSD und hast es nicht mal gemerkt, als ich mich neben dich gelegt habe.«

Immerhin ein Lichtblick an diesem trüben Morgen ... Er musste wegen Melanie kein schlechtes Gewissen Jo gegenüber mehr haben ...

Lutz zog es vor, das Thema zu wechseln. Er wiederholte, dass er Marian und Toby zusammen mit einer »echt heißen Braut« im »Schwarzen Adler« gesehen habe, und ob Melanie nicht vielleicht wisse, wer die Frau sei. »Toby war nämlich nicht gerade sehr auskunftsfreudig«, erklärte er.

Melanie runzelte nachdenklich die Stirn. »Ich habe Toby, Stevie und Marian zwei- oder dreimal dort mit einer Frau getroffen, die die Frau sein könnte, die du meinst. Aber ich hatte immer den Eindruck, dass es ihnen nicht recht war, wenn ich mich zu ihnen gesellte, deshalb habe ich sie bald wieder alleine gelassen. Toby, Marian und Stevie konnten recht geheimniskrämerisch sein. Was wahrscheinlich mit Stevies Fahnenflucht zusammenhing.«

Hm ... Da die Kommune über Stefans Fahnenflucht Bescheid gewusst hatte, überzeugte Lutz dieses Argument nicht wirklich.

»Weißt du vielleicht, wie die Frau heißt?«

»Ich glaube Sylvia ...«

Dieser Name hörte sich ja überraschend normal, um nicht zu sagen bourgeois an ... »Toby ist mir ausgewichen, als ich ihn gefragt habe, ob sie verheiratet sein könnte.«

»Ja, schon möglich.« Melanie zuckte mit den Schultern.

»Könnten Rolle und Gitti diese Sylvia vielleicht kennen?«

»Du scheinst ja echt total scharf auf sie zu sein.« Melanie lächelte ihn an. »Nee, bei Rolle und Gitti wirst du kein Glück haben. Soviel ich weiß, geht Rolle nie in den ›Schwarzen Adler‹. Er steht auf Afro- und Ethnomusik. Nicht auf Blues und Rock. Und Gitti teilt natürlich seinen Musikgeschmack.«

Lutz fiel wieder ein, dass Jo ihm aufgetragen hatte, Melanie zu dem Konzert der britischen Band einzuladen. »Du, ich kann wahrscheinlich Karten für Humble Pie kriegen. Hast du Lust mitzukommen?«

»Ehrlich? Klar, auf jeden Fall!« Melanies Gesicht hellte sich auf.

Lutz nutzte noch die Gelegenheit, Melanie zu fragen, ob

sie nicht ihren Ring in einem Pfandhaus versetzen könnte, um so die Gemeinschaftskasse der Kommune aufzubessern, und sie willigte gleich ein.

Was ein weiterer Lichtblick ist, dachte Lutz. Und nun ja, nach dem Spiel war vor dem Spiel, und hoffentlich lief es für die deutsche Nationalmannschaft bei dem Spiel gegen Jugoslawien besser als an dem gestrigen Katastrophenabend. Seine Laune hob sich.

6. KAPITEL

Lutz folgte wieder einmal dem senfgelben Porsche Coupé von Bernward Hilgers durch die Stadt – dieses Mal in Jos Käfer. Immer nur die Ente zu benutzen, wäre zu auffällig gewesen, und Toby brauchte das Auto gelegentlich auch selbst.

Eine knappe Woche war mittlerweile ins Land gegangen. Lutz wusste inzwischen ziemlich gut über Hilgers Leben Bescheid. Arbeit im Kaufhaus – oft mit Überstunden am Abend verbunden. Tennis. *Lions Club*. Joggen. Wohltätigkeitsveranstaltungen. Treffen mit Geschäftspartnern. Gelegentlich ließ sich Hilgers mit seiner Frau sehen, die, wie Lutz nach wie vor fand, eine Augenweide war. Das Zusammenleben der beiden schien jedoch nicht in ungetrübter Harmonie vonstattenzugehen. Einmal hatte er einen heftigen Streit beobachtet. Aber bisher hatte Lutz immer noch nichts bemerkt, was darauf hindeutete, warum Hilgers von irgendjemandem bedroht wurde. Auch sonst waren weder er noch Jo und ihre Kollegen mit den Ermittlungen weitergekommen.

Nun hatte der Porsche die Stadtgrenze hinter sich gelassen und bog in einen Feldweg ein, einige Kilometer südlich von der Stelle, wo Stefan Lehnerts Leiche gefunden worden war. Der Weg führte zum Waldrand, wo Hilgers seinen Wagen schließlich vor einem Holzstoß unter hohen Bäumen

parkte. Lutz fuhr langsam weiter und an dem Porsche vorbei. Im Rückspiegel beobachtete er, wie Hilgers auf einem Pfad zwischen den Bäumen verschwand. Lutz stellte den Käfer ebenfalls ab und rannte zu der Stelle, wo Hilgers in den Wald gegangen war. In einiger Entfernung sah er Hilgers' Lederjacke zwischen den Bäumen hindurchschimmern.
Der Pfad mündete nach etwa zwei Kilometern in einen breiten Weg, der durch Streuobstwiesen verlief. In einiger Entfernung konnte Lutz die Dächer eines Dorfes ausmachen. Da der Weg gut einzusehen war, zog Lutz es vor, am Waldrand stehen zu bleiben und Hilgers durch Stefan Lehnerts Fernglas zu beobachten. Hilgers schritt zügig voran, bis zu einem großen Garten am Hang, in dem einige Reihen Rebstöcke wuchsen – offenbar gehörten sie einem Hobbywinzer. Oberhalb der Rebstöcke stand ein kleines Steinhaus, gewissermaßen die Luxusvariante einer Schrebergartenlaube. Jemand öffnete Hilgers die Tür. Doch der Rücken des Geschäftsführers versperrte Lutz die Sicht, so dass er die andere Person nicht sehen konnte. Sobald sich die Tür wieder geschlossen hatte, lief Lutz zu dem Garten und zwischen den Rebstöcken hindurch.
An einer Seite des Hauses gab es eine Veranda mit einem gemauerten Grill. Die Aussicht war erstklassig, wie die von dem Hilgersschen Bungalow. Unter einer von wildem Wein umrankten Pergola stand, wie Lutz erst jetzt bemerkte, ein dunkelgrüner Jaguar E-Type12 Sportwagen mit Ledersitzen. *Wow, was für ein Geschoss ...* Lutz musste sich zurückhalten, um nicht andächtig mit der Hand über die Karosserie zu streichen. *Diesen Wagen würde er selbst mal gerne fahren ...*
Er war noch in den Anblick des Jaguars versunken, als er aus dem Haus ein sehr charakteristisches Stöhnen und Keuchen hörte. Er zuckte zusammen. Ganz in der Nähe war ein

Fenster. Lutz schlich darauf zu und flüsterte gleich darauf wieder »Wow«. Denn durch einen Vorhangspalt erspähte er pralle, auf und ab wippende Brüste. Sie gehörten einer attraktiven Blondine, die auf Bernward Hilgers kniete.

»Ja, ja, ja, gut so, gut so, du bist so ein toller Hengst ...«, stöhnte sie jetzt, während sich ihr Gesicht im Orgasmus verzerrte.

Meine Güte ... Lutz war es ganz heiß geworden. *Da hatte er ja seinen ganz privaten Softporno geboten bekommen ...* Ehe er den Rückzug antrat, dachte er gerade noch daran, sich das Autokennzeichen des Jaguars zu notieren.

Am späten Abend ging Jo die von Kastanien gesäumte Vorortstraße entlang. Gegenüber einem Mehrfamilienhaus aus den 30er Jahren blieb sie stehen und sah im Schutz eines der alten Bäume zu der Erdgeschosswohnung hinüber. In einem Zimmer mit hohen Bücherregalen brannte Licht – ja, und jetzt trat ihr Vater in ihr Blickfeld. Er ging in dem Raum hin und her und räumte offensichtlich seine Plattensammlung um. Gelegentlich betrachtete er eins der Cover. Gedämpfte Rockmusik drang durch das gekippte Fenster bis auf die Straße.

Jo hatte einfach wissen müssen, wo ihr Vater lebte, deshalb war sie hierhergekommen. Sie hatte gar nicht damit gerechnet, dass er zu Hause war. Sie sah ihm zu, bis ihr Vater schließlich ans Fenster trat, es schloss und die Vorhänge zuzog.

Mein Gott, was machte die Weber denn da? Stand seit einer Stunde einfach herum und starrte unverwandt zu dem Haus hinüber, wo sich Claasen irgendwelche Negermusik anhörte. Hauptkommissar Kaminski konnte es nicht fassen. Dabei er war überzeugt gewesen, dass sein Plan aufgehen würde, als er die Weber die Straße entlangkommen gesehen hatte.

Na, endlich setzte sie sich in Bewegung! Hinter dem Steuer seines Passat atmete Kaminski auf. *Wurde auch langsam Zeit ... Aber ...* Die Weber ging ja gar nicht zum Haus, sondern entfernte sich.

Hatten sich die beiden etwa zerstritten? Gut möglich, dass sich die Weber deshalb mit der Hand über die Augen wischte, als ob sie heulte.

Wie auch immer ... Kaminski grinste höhnisch. *Zwischen Claasen und der Weber war ganz gewaltig was im Busche ...*

Das Badezimmer der Villa war mit knallroter Ölfarbe gestrichen. Über der Wanne mit den Löwenfüßen hing das Poster einer nackten Adonis-Statue. *Wahrscheinlich sieht Rolle in ihm sein Spiegelbild,* dachte Lutz, der auf dem Klo saß, bissig. Anderenfalls hätte so etwas Reaktionäres wie das Abbild einer Statue der klassischen Antike sicher nicht Eingang in das Haus gefunden.

Lutz hatte Jo am Vortag von einer Telefonzelle aus im Präsidium angerufen und ihr das Kennzeichen des Jaguars durchgegeben. Er beschloss, den Fall erst einmal Fall sein zu lassen und sich angenehmeren Dingen zu widmen. Er schlug den *Kicker* auf, den er sich vorhin an einer Tankstelle gekauft und in die Villa geschmuggelt hatte. Melanie, die ihren Klunker inzwischen versetzt hatte, hatte ihr Geld tatsächlich großzügig mit den Besitzlosen geteilt, was nicht nur der Haushaltskasse, sondern auch Lutz' leerem Geldbeutel gutgetan hatte.

Mehrere Autoren sahen Holland als WM-Favoriten. *Hm ...* Lutz hatte das Spiel Niederlande gegen Bulgarien gesehen, das die Holländer vier zu eins gewonnen hatten. Er musste zugeben, dass die Niederländer, allen voran Neeskens, wirklich ein Topspiel gemacht hatten. *Ach, das waren noch Zeiten, als ein Kettenraucher wie Cruyff Nationalspieler sein konnte ...*

Nachdem Lutz sein Geschäft beendet hatte, griff er nach einer der alten Zeitungen, die als Klopapier dienten – wahrscheinlich weniger aus ökologischen denn aus Kostengründen. Die Ausgabe stammte vom vergangenen Dezember und war ziemlich vergilbt. Lutz stutzte und vertiefte sich in den Artikel.

Ein energisches Türklingeln ließ ihn aufschrecken. Hastig zog Lutz seine Hose hoch. Während er die Treppe hinuntereilte, klingelte es noch einmal durchdringend.

»Ja, ja, ich komm ja schon«, murmelte er. *Hoffentlich wollten nicht Kaminski oder andere Bullen was von ihm ...* Aber nur der Briefträger stand vor der Haustür. Er drückte Lutz eine Postsendung für Rolle in die Hand, die in einem billigen braunen Umschlag steckte und zu dick für den Briefkastenschlitz war. *Garantiert irgendwelches Propagandamaterial ...* Außerdem übergab ihm der Mann einen Brief für Marian, der in Köln abgestempelt war. Lutz legte beides auf die Treppe.

Während der letzten Tage, überlegte Lutz anschließend, *bin ich meinen Pflichten in Bezug auf Hilgers sehr gewissenhaft nachgekommen. Deshalb habe ich ein bisschen Vergnügen verdient.*

Zehn Minuten später drückte er die Pforte auf der Rückseite des Gartens auf. Dann sprang er die Böschung, auf der hohes Gras, Löwenzahn und Schafgarbe wucherten, in den schattigen Hohlweg hinunter. An dessen Ende folgte er einem Trampelpfad durch Wiesen und Getreidefelder in Richtung Wald – und Cannabispflanzung.

Mittlerweile stapfte Lutz schon eine ganze Weile durch den Wald, in der Hand den Kompass, der Stefan Lehnert gehört hatte. Weißblühender Bärlauch verbreitete seinen intensiven Knoblauchduft. Nach Tobys Beschreibung musste die Cannabispflanzung ganz nahe sein.

Lutz schob die Zweige des Gebüschs beiseite und quetschte sich durch die Lücke. In den Knoblauchgeruch mischte sich ein anderer Duft. Ja, etwa hundert Pflanzen standen groß und üppig vor ihm. Eindeutig erstklassige Qualität. *Vielleicht, vielleicht ...,* Lutz seufzte, *... würde es doch möglich sein, einige der Pflanzen in einem Versteck zu trocknen. Ganz bestimmt würde es ein Genuss sein, sie zu rauchen. Aber schon den Geruch einzuatmen, war eine Wohltat.*

Den Song *She likes weeds* vor sich hin pfeifend, trat Lutz wieder den Rückweg an. Er war eben in Gedanken bei der Zeile »The Smell of thousand herbs is hanging round the house« angelangt, als ihm eine Frau entgegenkam. Sonnenstrahlen, die durch das Laub der Bäume fielen, irrlichterten über ihr Antlitz. Nach einem Überraschungsmoment erkannte Lutz Marian. Sie wirkte völlig in Gedanken versunken.

»Marian!« Erst, als er ihren Namen rief, nahm sie ihn wahr.

»Ist irgendwas?«, fragte Lutz besorgt.

»Ich habe mich hier öfter mit Stevie getroffen«, flüsterte sie und wies auf einen Jägerausguck, der ein Stück entfernt aus den Bäumen ragte. »Ich ...« Sie hielt kurz inne. »Ich will dort hochsteigen, um ihm nahe zu sein ...«, fügte sie dann hinzu.

»Kann ich verstehen.« Lutz blickte Marian nach, bis sie zwischen den Bäumen verschwunden war. Er seufzte. *Da war er oft melancholisch wegen Jo ... Und der Mann, in den Marian verliebt gewesen war, war ermordet worden ...*

»Tja, wer hätte gedacht, dass die Polen die Italiener aus der WM werfen würden?«, hörte Jo einen Kollegen zu einem anderen sagen, während sie an ihnen auf einem Treppenabsatz vorbeilief.

Anscheinend war es auch schon 1974 nicht möglich, einer WM zu entkommen ... Jo wollte die Mittagspause nutzen, um sich noch einmal den Fundort von Stefan Lehnerts Leichnam und die Umgebung anzusehen. Nur gut, dass heute kein Spiel der deutschen Nationalmannschaft stattfand, denn am Abend spielte Humble Pie im »Schwarzen Adler«, und Jo benötigte dringend Lutz' Unterstützung, um ihre Eltern zusammenzubringen.

Wieder empfand Jo heftige Gewissensbisse. Sie hatte den Geschäftsführer der Agentur, mit der Adèle Farris zusammenarbeitete, dazu bewegen können, ihr drei Eintrittskarten für polizeiliche Observationen ins Präsidium zu schicken. Wobei Jo angedeutet hatte, dass es anderenfalls eine Drogenrazzia in der Kneipe geben könnte.

Vorteilsnahme im Amt und Einschüchterung eines unbescholtenen Bürgers ... Wenigstens werde ich die Karten selbst bezahlen, dachte Jo.

Als sie nun die Eingangshalle durchquerte, kam ihr ihr Vater entgegen. In seiner Begleitung befand sich ein großer hagerer Mann in einem grauen Anzug. Ihr Vater nickte Jo freundlich zu, trotzdem machte er auf sie irgendwie einen gereizten Eindruck.

Sein Begleiter sah sie durchdringend an. Sein langes, schmales Gesicht mit den grauen Augen kam Jo bekannt vor. Sie fühlte sich plötzlich schwindelig, und die Atmosphäre um sie herum schien sich zu verändern. *Der Inquisitor Lutger, der Irrenarzt Malte Curtius, Herbert Rosner vom psychologischen Dienst des BKA ... Aber das war doch nicht möglich ...* Jo kam es vor, als würden sich die Lippen des hageren Mannes zu einem Lächeln verziehen.

Verwirrt blickte sie den beiden Männern hinterher, die jetzt in den Aufzug stiegen. Ja, der Begleiter ihres Vaters hatte große Ähnlichkeit mit dem BKA-Psychologen Herbert Rosner, der vor einem Dreivierteljahr Jos und Lutz' psychische Gesundheit hatte überprüfen sollen. In Rosner wiederum, davon war sie fest überzeugt, hatten sich der Inquisitor Lutger und der Irrenarzt Malte Curtius inkarniert. Männer, die ihr während der letzten beiden Zeitreisen das Leben zur Hölle gemacht hatten.

Ein mulmiges Gefühl beschlich Jo. *Wer auch immer der Begleiter meines Vaters ist*, dachte sie, *ist bestimmt kein Freund von mir und Lutz.*

Am Abend stellte Jo eine Basttragetasche auf dem Beifahrersitz des Käfers ab. Darin befand sich ihr Hippie-Outfit: die langhaarige blonde Perücke, die Brille mit den großen, getönten Gläsern, der weite Baumwollrock, das enge Oberteil sowie Sandalen, deren Keilabsätze mit Kordel umwickelt waren. Da Katrin Wenger zu Hause war, hatte Jo beschlossen, sich unterwegs umzuziehen, um die Neugier ihrer Vermieterin nicht übermäßig zu strapazieren.

Ein ziemlich frustrierender Tag lag hinter Jo. Bei der Suche nach Stefan Lehnerts Mörder waren sie und ihre Kollegen wieder keinen entscheidenden Schritt weitergekommen. Der hagere Begleiter ihres Vater, das hatte sie inzwischen herausgefunden, hieß Kaimann und war Hauptkommissar beim BKA, aber mehr hatte sie nicht über ihn in Erfahrung bringen können. Wieder hatte Jo ein ungutes Gefühl, als sie an ihn dachte.

Der Käfer startete mit dem üblichen Donnern. Jo manövrierte ihn aus der Parklücke vor dem Vorgarten, die glücklicherweise recht groß war. Als sie von dem Wohnviertel auf die Ausfallstraße abbog, sah sie im Rückspiegel einen beigefarbenen Opel Kadett. Der Fahrer hatte einen dunklen Schnurrbart und trug eine verspiegelte Sonnenbrille.

Was für ein Kleinstadtmafiosi war das denn ...?

Im Radio verbreitete sich ein Sportreporter über die Frage, ob die deutsche Nationalmannschaft es wohl schaffen würde, in der zweiten Finalrunde weiterzukommen. Sein Resümee fiel eher skeptisch aus, während er den Niederlanden sehr gute Chancen einräumte.

Erneut dankte Jo dem Himmel, dass an diesem Abend kein Spiel der Nationalmannschaft stattfinden und Lutz ablenken würde. Auf dem Rückweg von dem Leichenfundort hatte sie die Karten in den Briefkasten der Villa geworfen.

An der nächsten Ampel setzte Jo den Blinker nach links. Der Opel Kadett fuhr immer noch hinter ihr. Auch sein linker Blinker leuchtete nun auf.

Als Jo wieder abbiegen musste, blinkte der Opel in dieselbe Richtung. *Das ist aber nun ein großer Zufall*, dachte Jo. *Werde ich verfolgt, oder reagiere ich paranoid?* Um Klarheit zu gewinnen, änderte sie ihre ursprüngliche Fahrtrichtung und bog in ein Villenviertel ein. Wieder folgte ihr der Opel. *Was eindeutig zu viel des Zufalls war ...*

Jo war so auf den Kadett konzentriert gewesen, dass sie erst jetzt registrierte, dass sie sich der Villa näherte, in der sie 1898 mit ihrem Onkel Wilhelm und ihrer Großmutter Malfalda gelebt hatte. Schon bei dem bloßen Gedanken an Malfalda lief Jo ein Schauder über den Rücken. Unwillkürlich trat sie noch heftiger aufs Gas. Mit quietschenden Reifen schoss sie um eine Kurve. Auch falls es 1974 noch keine Tempo-30-Zonen in Wohngebieten gegeben haben sollte, hatte sie die zulässige Höchstgeschwindigkeit weit überschritten. Der Blick in den Rückspiegel zeigte ihr, dass sie den Kadett etwas abgehängt hatte.

Vor ihr lenkte jemand einen Lieferwagen von einer Einfahrt auf die Straße. Zum Bremsen war es zu spät. Jo hielt den Atem an und umkurvte das Fahrzeug. Haarscharf kam sie an ihm vorbei. Dann hörte sie hinter sich wildes Hupen und das Quietschen von Bremsen.

Jo sah, dass die Ampel an der nahen Kreuzung von Grün auf Gelb wechselte. Sie raste darauf zu, überquerte die Kreuzung bei Rot, begleitet vom Hupen der anderen Autofahrer. Nachdem sie ihre Geschwindigkeit gedrosselt hatte, wagte sie einen erneuten Blick in den Rückspiegel. Von dem Kadett war nichts mehr zu sehen. Sie hatte ihn endgültig abgehängt.

Gefährdung des Straßenverkehrs kann ich meiner Liste von Vergehen nun auch noch hinzufügen, dachte Jo zerknirscht. Und – o Gott – ihr brach nachträglich der Schweiß aus, als ihr klarwurde, dass sie ja noch nicht einmal einen Sicherheitsgurt trug.

Während Jo den Parkplatz vor dem »Schwarzen Adler« überquerte – sie hatte sich mittlerweile auf einem Feldweg umgezogen –, überlegte sie wieder, was es wohl mit dem Verfolger auf sich hatte. Ziemlich klar erschien ihr nur, dass er irgendetwas mit dem Auftauchen des mysteriösen hageren Mannes im Präsidium zu tun hatte. Aber warum hatte er ihr den Kerl auf den Hals gehetzt? Wegen der illegal beschafften Eintrittskarten bestimmt nicht. Gott sei Dank war der beigefarbene Kadett auf dem Parkplatz nicht zu sehen. Unter den knallbunten, mit Blumen verzierten Wagen wäre er sofort aufgefallen, wie ein Finanzbeamter unter den Hippies von Woodstock.

Mit schlechtem Gewissen zeigte Jo am Kneipeneingang ihre Karte vor und bekam daraufhin einen Adler als Legitimation auf den Handrücken gestempelt. Drinnen postierte sie sich in der Nähe der Tür. Sie war sehr früh gekommen, denn sie wollte auf keinen Fall das Erscheinen ihres Vaters verpassen. Sie hatte Angst, ihn sonst, wenn die Kneipe erst einmal richtig voll war, im Gedränge nicht zu finden. Der scheunenartige Raum füllte sich zunehmend, und Jo verwünschte den Zigarettenrauch, der wieder in dichten Schwaden durch die Menge waberte. *Die Gesetze zum Nichtraucherschutz waren eindeutig eine große Errungenschaft ...*

In den verwaschenen Jeans und der abgewetzten Pilotenjacke aus Leder hätte Jo ihren Vater beinahe nicht erkannt. Sie bemerkte ihn erst, als er schon fast an ihr vorbeigegangen war. Er wirkte eindeutig cool, und wenn ihre Mutter und sie in Bezug auf Männer auch nur annähernd den gleichen Geschmack hatten, dann musste Melanie wirklich auf ihn stehen. Ihr Vater bewegte sich durch die Kneipe, als sei dies vertrautes Terrain und er kein Polizeibeamter, sondern einfach ein Fan von Humble Pie – was er an diesem Abend ja auch war.

Jo folgte ihm unauffällig. Nachdem er sich an der Theke ein Bier gekauft hatte, blieb er zu Jos Erleichterung nicht weit davon entfernt vor einem der Holzpfeiler stehen. Aus den riesigen Boxen schallte Rockmusik. Jo hatte mit Lutz verabredet, dass er mit ihrer Mutter zur Theke gehen und dort auch bleiben würde, damit Jo die beiden in dem Gedränge finden konnte. Zum wiederholten Male dachte Jo, wie einfach Handys das Leben doch machten.

Endlich erschienen die beiden, wobei ihre Mutter – wie Jo fand – gerne etwas weniger dicht neben Lutz hätte gehen können. Sie wartete, bis sich die beiden ebenfalls ein Bier gekauft hatten, ehe sie zu ihnen ging. »Lou!«, rief sie in gespieltem Erstaunen, »was hat dich denn nach Ebersheim verschlagen? Wir haben uns ja schon ewig nicht mehr gesehen.«

»Joe«, gab Lutz ebenso erstaunt zurück – *okay für eine Laiendarstellertruppe wäre diese Darbietung gerade noch ausreichend ge-*

wesen ... –, »du hier? Melanie, darf ich dir meine Freundin Joe vorstellen? Joe, das ist meine Mitbewohnerin Melanie.«

Die beiden Frauen beäugten sich. »Irgendwie kommst du mir bekannt vor«, stellte Melanie schließlich fest.

»Oh, wahrscheinlich haben wir uns hier in der Kneipe schon mal gesehen«, erwiderte Jo hastig, während sie aus den Augenwinkeln beobachtete, dass ihr Vater seinen Platz vor dem Pfeiler verließ und sich durch die Menge in Richtung Bühne schob. »Wollen wir nicht alle dorthin gehen?« Sie deutete auf die Fachwerkwand seitlich der Bühne. »Von dort drüben hat man einen besseren Blick.«

Sie hakte sich bei Lutz unter und zerrte ihn energisch mit sich. Er reagierte schnell und hakte seinerseits Melanie unter. »Ja, super Idee.« Melanie wirkte wenig begeistert, aber sie ließ sich mitziehen. Wie drei völlig Bekiffte – fand Jo – torkelten sie durch die Menge, bis sie ihren Vater erreicht hatten.

»Herr Claasen, Sie hier?«, sprach Lutz Jos Vater an. »Damit hätte ich nun wirklich nicht gerechnet.«

Jos Vater sah Lutz an, sein Blick glitt über Jo hinweg, bis er an Melanie hängenblieb. *Irgendwie traurig und sehnsüchtig ...*, so kam es Jo vor.

Melanie warf den Kopf in den Nacken. »Was macht denn ein Büttel des Kapitalismus bei einem Konzert von Humble Pie?«, fragte sie provokant.

Die Gesichtszüge von Jos Vater verhärteten sich. »Glauben Sie ernsthaft, Sie haben gute Musik für sich gepachtet?«, konterte er schroff. Er ging weiter. Jo stöhnte innerlich auf.

Während Melanie Alexander Claasen nachschaute, wurde ihre Miene plötzlich weicher. Sie lief ihm hinterher und sagte: »Tut mir leid, ich wollte Sie nicht beleidigen. Das heißt, ich wollte es schon, aber jetzt tut es mir leid. Ich hätte nach dem Verhör einfach nicht angenommen, dass Sie diese Art von Musik mögen ...«

Es kommt sehr selten vor, dass sich meine Mutter einmal für etwas entschuldigt, dachte Jo.

»Ich habe meine Arbeit getan, während Sie mich belogen haben«, entgegnete ihr Vater.

»Ich habe Sie nicht belogen ...«

Jos Vater schüttelte nur ungläubig den Kopf. Herrje, es fiel Jo einfach nichts ein, wie sie in das Gespräch hätte eingreifen können.

»Darf ich Sie zu einem Bier einladen, Herr Claasen?«, fragte ihre Mutter nun.

Jos Vater zögerte.

Melanie lachte. »Nun kommen Sie schon, ein Bier ist nichts Illegales wie Dope oder LSD. Und keiner Ihrer Kollegen kann mir ernsthaft unterstellen, dass ich Sie damit bestechen will.«

»Das stimmt, ein Bier hätte für einen Korruptionsverdacht einen zu geringen Wert.« Jos Vater lächelte. Während die beiden sich wieder zur Theke durchdrängten, atmete Jo erleichtert auf. *Uff, das war ja gerade noch mal gutgegangen ...*

Auf der Bühne erschien nun Adèle Farris, die die Arme hob, was sie, da das Kleid dunkel und weit geschnitten war, ein wenig wie eine den Segen spendende Nonne wirken ließ, und kündigte unter dem Applaus der Konzertbesucher Humble Pie an.

»Lass uns das Konzert genießen«, flüsterte Lutz in Jos Ohr und hakte sie unter. Gleich darauf erschienen die vier etwas heruntergekommenen jungen Männer hinter Adèle Farris und begannen *I'm a road runner* zu spielen.

In der Pause setzten Jo und Lutz sich auf eine Bank hinter der Kneipe.

»Und, wie hat dir das Konzert bis jetzt gefallen?«, fragte Lutz.

»Gar nicht so schlecht«, gab Jo zu. Und sie meinte es ehrlich. Britrock war normalerweise nicht ihr Fall. Aber die ganze Atmosphäre hatte sie mitgerissen. Nicht weit von ihnen entfernt, vor einem mit Blumen bemalten VW-Bus, stand eine Gruppe Konzertbesucher und rauchte. Jo schnüffelte. Süßlicher Cannabisgeruch lag in der Luft. Lutz bemerkte ihre Reaktion und sagte: »Darf ich dich daran erinnern, dass wir nicht als Polizisten hier sind.«

»Keine Sorge, ich habe nicht vor, gegen die Raucher einzuschreiten.«

»Gut ...«

»Irgendwelche Neuigkeiten aus deiner Kommune?«

»Nee, alles wie gehabt. Rolle verbreitet politische Parolen, und Gitti himmelt ihn an. Deine Mutter bepinselt melancholisch ihre Baumstämme. Marian trauert um Stefan. Nur mit Toby lässt es sich gut aushalten. Aber in Sachen Sylvia bin ich bei ihm auch noch nicht weitergekommen. Wie steht's denn mit deinen Ermittlungen?«

»Ich habe herausgefunden, dass der Jaguar einem Rechtsanwalt namens Dieter Franzen gehörte. Die Blondine mit den, wie du sie nanntest, *beeindruckenden Brüsten* ist seine Ehefrau. Franzen besitzt eine Jagdpacht im weiteren Umkreis von Ebersheim. Auch der Hobby-Weinberg mit der Luxus-Schrebergartenlaube gehört ihm.«

»Es ist natürlich möglich, dass Franzen von der heißen Affäre zwischen seiner Frau und Hilgers weiß und Hilgers deshalb bedroht hat«, gab Lutz zu bedenken. »Allerdings hätte ich mir dann, wenn ich seine Gattin wäre, einen anderen Ort für mein Schäferstündchen ausgesucht.«

»Und bei diesem Szenario ergibt es auch keinen Sinn, weshalb sich Hilgers von mir bedroht gefühlt hat – wenigstens keinen, der sich mir im Moment erschließt.« Jo nickte. »Mehr Sorgen bereitet mir aber, dass ich eine merkwürdige Begegnung im Präsidium hatte und vorhin, auf der Fahrt hierher, verfolgt wurde.«

Jo berichtete Lutz von Hauptkommissar Kaimann, der so große Ähnlichkeit mit Herbert Rosner und ihren beiden Feinden aus der Vergangenheit hatte, und von der Verfolgung.

»Hm, das mit diesem BKA-Typen ist schon seltsam.« Lutz wiegte den Kopf. »Könnte natürlich sein, dass er dich observieren lässt, da er herausgefunden hat, dass wir unsere eigenen Ermittlungen anstellen.«

»Und verschweigen, dass wir einen LSD-Ring decken.« Jo stöhnte. »Ich möchte im Jahr 1974 wirklich ungern ins Gefängnis wandern.«

»Vielleicht ist alles aber auch ganz undramatisch.« Lutz winkte ab. »Möglicherweise steht der Typ in dem beigefarbenen Kadett ja einfach auf dich und ist dir deshalb nachgefahren.«

»Ich kann mir nicht vorstellen, dass jemand, der so ein langweiliges Auto fährt, auf mich *steht*«, erwiderte Jo spitz.

»Na ja, dein Exfreund Staatsanwalt Doktor Friedhelm Seidel ist schon auch ein Spießer.«

»Was fällt dir ein!« Jo funkelte Lutz an.

»Tut mir leid, aber Seidel fährt schließlich einen Porsche.«

»Halt den Mund!« Jo wollte wütend aufspringen. Doch Lutz packte sie am Arm und hielt sie zurück. »Sieh mal dort«, zischte er.

Nun bemerkte auch Jo, dass ihr Vater und ihre Mutter ganz in ihrer Nähe standen. Sie waren völlig ineinander versunken. Melanie strich sich eine Haarsträhne hinter das Ohr, eine Geste, die sie unsicher und verletzlich wirken ließ. »Können wir nicht unsere bisherigen Aversionen vergessen?«, sagte sie gerade. »Uns vorstellen, dass wir uns beide heute Abend zum ersten Mal begegnet wären?«

»Von mir aus gerne«, erwiderte ihr Vater.

»Mein Gott, wie romantisch«, flüsterte Lutz.

»Ähm ja ...« Jo verfolgte, wie die beiden Hand in Hand weitergingen. *Das lief ja so weit gut ... Ach, es wäre schön, wenn das auch auf mich und Lutz zuträfe,* durchfuhr es Jo, *wenn wir auch noch einmal ganz neu beginnen könnten. Aber das ist unmöglich.*

»Morgen ist der sechsundzwanzigste Juni«, sagte sie. »Soll ich dich um sechs Uhr an der Einmündung zum Weinberg abholen, damit wir Hilgers bewachen können?«

»Viertel nach sechs. Das Spiel Deutschland gegen Jugoslawien beginnt um vier und dauert bis Viertel vor sechs. Zwanzig Minuten brauche ich schon von der Dorfkneipe zu unserem Treffpunkt.«

»Was für ein Glück, dass das Spiel nicht später am Abend stattfindet«, bemerkte Jo sarkastisch.

»Auch wenn es mir schwergefallen wäre, hätte ich in diesem Fall doch der Überwachung Priorität eingeräumt. Schließlich geht es um ein Menschenleben.«

»Schön, dass du das so siehst.«

Ein langhaariger Typ in Jeans und einem weiten karierten Hemd trat zu ihnen. »Wollt ihr beide 'nen Joint?«, nuschelte er. »Zehn Mark, super Qualität.«

»Nein, danke«, wehrte Jo ab.

»Ja, gerne«, sagte Lutz und zog einen Schein aus seiner Hosentasche. Nachdem Geld und Hanf den Besitzer gewechselt hatten, zündete Lutz den Joint an. »Willst du nicht doch mal?«

»Ich bin mit dem Auto hier.«

»Wir können uns ein Taxi nehmen.«

In der Kneipe erklang jetzt Janis Joplins Stimme: »Oh come on, come on, give me a little piece of your heart.«

Der Himmel war sternenklar. Jo hatte plötzlich den Wunsch, nur noch im Augenblick zu leben.

»Ja, lass mich mal ziehen«, gab sie schließlich nach.

Während sie den Rauch inhalierte, sagte Lutz: »In meiner Kommune wird altes Zeitungspapier als Toilettenpapier verwendet ...«

Jo starrte ihn an. »Das ist ja sehr ökologisch korrekt und nachhaltig ... Aber wie kommst du denn jetzt darauf?«

»Meinem Hintern tut das Zeitungspapier nicht gerade gut. Aber wie auch immer ... Als ich heute Morgen auf der Toilette saß und einen Stapel alter Zeitungen durchblätterte, fiel mir ein Artikel aus dem vergangenen Winter über Adventskränze in die Hände. In dem Artikel stand, dass es Adventskränze erst seit dem neunzehnten Jahrhundert gibt.«

»Seit wann interessierst du dich für Adventsschmuck?« Die Sterne waren, so erschien es Jo, größer geworden und näher gerückt.

»Weil ich mir völlig sicher bin, dass ich im Mittelalter in einer Kirche, kurz bevor mich Schreibers Kumpane zusammenschlugen, einen Adventskranz gesehen habe.«

»Stimmt, in meiner Küche gab's damals auch einen.«

»Hältst du es für möglich, dass jemand aus unserer Zeit oder aus dem neunzehnten Jahrhundert ins Mittelalter geriet und dort die Adventskränze einführte, die dann später wieder in Vergessenheit kamen?«

»Muss wohl so gewesen sein ...«

Lutz' Gesicht war dem von Jo ganz nahe. Die Sterne wirkten wirklich riesengroß. Wie überdimensionale Kerzen von Adventskränzen. *Küssen Lutz und ich uns gerade, oder bilde ich mir das nur ein?*, fragte sich Jo.

Lutz schlug die Wagentür zu und blickte dann dem Taxi nach, das mit Jo davonfuhr. Der Taxifahrer war nicht sehr begeistert darüber gewesen, zwei Hippies durch die Gegend zu kutschieren. Bevor er losfuhr, hatte er erst einmal verlangt, Geld zu sehen. Immer noch bekifft und in friedfertiger Stimmung, hatten sie ihm kichernd den Inhalt ihrer Geldbörsen gezeigt.

Jo und ich haben uns eben tatsächlich geküsst ... Lutz lächelte vor sich hin. Leider war gleich darauf die Pause zu Ende gewesen, und sie waren in die Kneipe zurückgekehrt. Er wusste, dass er noch einmal versuchen musste, mit Jo über ihre Beziehung beziehungsweise Nicht-Beziehung zu reden. Ihm war es wichtig, ihr Verhältnis zu klären, aber er schreckte auch davor zurück. Und wenn er sich selbst gegenüber ehrlich war, musste er sich eingestehen, dass dahinter nicht nur die übliche männliche Scheu vor Gesprächen über emotionale Dinge steckte. Er liebte Jo wirklich. Das war eine ungewohnte Erfahrung für ihn, die ihn verunsicherte.

Als Lutz die Wiese vor der Küchentür erreichte, fiel von drinnen Licht in den Garten. Melanies Skulpturen ragten wie Totempfähle vor dem Nachthimmel auf. Lutz fand, dass es kein Verlust war, in der Dunkelheit nur ihre Umrisse zu sehen. Einer der Pfähle bewegte sich jetzt. Nein, es war kein Pfahl. Am Rand der Wiese saß jemand.

Lutz schlenderte hinüber. Der Lichtschein aus der Küche war hier nur noch schwach. Aber er erkannte Marian, die auf einer alten Gartenbank saß. Sie hatte die Beine auf den Sitz gezogen und die Arme um die Knie geschlungen, als würde sie frieren.

»Hey, Marian ...«

Der Blick, mit dem sie ihn bedachte, schien von weither zu kommen. »Lou, du bist es ...«, antwortete sie nach einigen Momenten des Schweigens, als würde sie ihn erst jetzt wahrnehmen.

Hatte sie auch gekifft? Aber ihre Stimme klang eigentlich ganz klar.

»Alles in Ordnung mit dir?«, fragte Lutz.

»Ja ...« Der Tonfall und die Härte, mit der sie das Ja aussprach, bedeuteten ganz klar »Nein, überhaupt nicht«. Aber Lutz wusste, dass es besser war, Frauen in solchen Situationen erst einmal in Ruhe zu lassen. »Wenn du mich brauchst, weißt du ja, wo du mich findest«, sagte er.

Marian reagierte nicht, und Lutz bezweifelte, ob sie ihn überhaupt gehört hatte.

Lutz dankte dem Himmel, dass sich nicht Rolle in der Küche aufhielt, sondern nur Toby am Tisch saß. Auch er machte einen niedergeschlagenen und in sich gekehrten Eindruck. Ob etwas zwischen ihm und Marian vorgefallen war? Möglicherweise etwas, was mit dem Mord an Stefan Lehnert in Zusammenhang stand?

Toby rauchte einen Joint. Vor ihm – zwischen schmutzigem Geschirr – lag Löschpapier mit einem Pulver darauf. Eindeutig irgendwelche Drogen.

»Was ist das denn für ein Stoff?« Lutz setzte sich Toby gegenüber auf die Bank.

»LSD gemischt mit Meskalin.«

»Du bist dir schon darüber im Klaren, dass hier bald eine Drogenrazzia stattfinden kann und die Bullen nichts finden dürfen?«

»Klaro, ich pass schon auf, dass die Bullen nichts entdecken. Ich hab schließlich keine Lust, in den Bau zu wandern«, murmelte Toby, während er an Lutz vorbei auf die spiegelnde Glasscheibe der Küchentür starrte, als ob dort irgendwelche erhellenden Castaneda-Worte ständen.

Lutz kam zu dem Schluss, dass mit Toby eindeutig ebenfalls irgendetwas nicht stimmte. »Ich hab eben Marian im

Garten getroffen«, bemerkte er, »es schien ihr nicht gutzugehen.«

»Das mit Stevie nimmt sie schon sehr mit.« Wieder wich Toby Lutz' Blick aus, während er ihm das Löschpapier mit den Drogen zuschob. »Hab davon schon was intus. Willst du auch mal?«

Na ja, er konnte ja ein bisschen davon nehmen. Wenn Toby ihn auch für stoned hielt, würde er vielleicht bereit sein, darüber zu reden, was ihn so mitgenommen hatte. Außerdem war er ohnehin gerade in der richtigen Stimmung, um ein bisschen mit Drogen zu experimentieren.

Lutz hob das Löschpapier an den Mund und schluckte die Drogen.

7. KAPITEL

Um zwei Uhr am nächsten Tag verließ Jo das Präsidium. Sie wollte die Mittagspause nutzen, um ein paar Lebensmittel einzukaufen. Ein ziemlich scheußlicher Vormittag lag hinter ihr. Was zum Teil damit zu tun hatte, dass sie am Morgen völlig verkatert aufgewacht war. Anscheinend vertrug sie Cannabis wirklich nicht. *Okay, nach dem Versuch mit Hanf im Mittelalter war dies endgültig mein letztes Drogenexperiment*, beschloss sie.

Außerdem hatte sie sich ergebnislos durch Vernehmungsprotokolle von Stefans Lehnerts ehemaligen Mitschülern, Heiminsassen und Lehrern gequält. Einige Kollegen hatten die Vernehmungen in den letzten Tagen in Braunschweig durchgeführt. Da ihr Vater auf einer Tagung weilte, hatte Kaminski ihr aufgetragen, die Protokolle noch einmal durchzugehen – eine reine Strafarbeit vermutete Jo. Immerhin war es ein Lichtblick gewesen, dass Kaminski am frühen Vormittag aus seinem Büro verschwunden und seitdem nicht mehr zurückgekehrt war.

Mildes Sonnenlicht lag über dem Parkplatz. *Piece of your heart* vor sich hin summend, ging Jo zu ihrem Käfer.

»Fräulein Weber ...« Wie aus dem Nichts tauchte Hauptkommissar Kaimann vor ihr auf. Zwei Männer in dunklen Anzügen und mit Sonnenbrillen vor den Augen begleiteten ihn. Einer der beiden war auffallend groß.

»Ja ...?«, fragte Jo alarmiert.

»Ich muss Sie bitten, mit uns zu kommen. Ich habe Fragen an Sie.«

»Ich denke überhaupt nicht daran. Wenn Sie mir Fragen stellen wollen, dann tun Sie das gefälligst im Präsidium.«

Kaimann lächelte kalt. »Fräulein Weber, wenn Sie nicht kooperieren, werden Sie vom Dienst suspendiert.«

Wortlos ging Jo weiter, doch einer der Typen mit den schwarzen Sonnenbrillen hielt sie am Arm fest. Jo wollte seine Hand abschütteln. Doch in diesem Moment fuhr ein Windstoß in die Pappeln am Rand des Parkplatzes und brachte die Blätter zum Rascheln.

»Falls Sie nicht mitkommen, werde ich verhindern, dass Sie wieder in die Gegenwart zurückkehren können«, hörte sie Kaimann sagen. Jo fuhr zu ihm herum.

»Ja, ich an Ihrer Stelle würde an meine Karriere denken«, bemerkte nun der andere Typ mit der Sonnenbrille. Jo starrte Kaimann an. Hatte er gesagt: *Ich werde verhindern, dass Sie Karriere machen*, oder hatte er wirklich gesagt: *Ich werde verhindern, dass Sie in die Gegenwart zurückkehren können?* Er hielt ihrem Blick, ohne mit der Wimper zu zucken, stand.

»Die Entscheidung liegt ganz allein bei Ihnen«, erklärte er mit sanfter Stimme.

Jos Herz raste. Nun gut, vielleicht war es wirklich am Besten, wenn sie zum Schein mit Kaimann kooperierte und ihrerseits herauszufinden versuchte, was er tatsächlich wusste.

»Ich komme mit«, sagte sie heiser.

»Schön, dass Sie vernünftig geworden sind.« Kaimann lächelte wieder kühl. »Wenn Sie uns nun bitte begleiten würden ...« Er nickte mit dem Kopf in Richtung eines schwarzen Mercedes der gehobenen Klasse.

Der kleine Sonnenbrillen-Typ öffnete Jo die hintere Tür.

Sie ließ sich auf den Ledersitz sinken, nur um gleich darauf, während die Tür zuschlug, zu registrieren, dass die Fenster innen verspiegelt waren und eine grau getönte Trennscheibe die Rückbank von den Vordersitzen trennte. Sie tastete nach dem Türgriff. Die Tür ließ sich nicht öffnen. Der kleine Sonnenbrillen-Typ setzte sich neben sie. Dann fuhr der Wagen los.

Warum habe ich mich nur darauf eingelassen, diese Kerle zu begleiten?, fragte sich Jo, während sie gegen die Panik ankämpfte, die in ihr aufzusteigen drohte. Und – o Gott – hoffentlich ließen sie sie rechtzeitig wieder gehen. Denn sie hatte ja geplant, Bernward Hilgers zu beschützen. Falls nicht, konnte sie nur hoffen, dass Lutz diese Aufgabe übernehmen würde.

Lutz war mit hämmernden Kopfschmerzen aufgewacht. Mühsam hatte er die Lider geöffnet, nur um sie sofort wieder mit einem Schmerzenslaut zu schließen, denn grelles Sonnenlicht stach ihm wie ein Messer in die Augen. Stöhnend wälzte er sich auf seiner Matratze auf die Seite. Allmählich kehrten seine Erinnerungen an die vorige Nacht zurück. Er hatte mit Jo das Humble-Pie-Konzert besucht und danach in Tobys Gegenwart Meskalin und LSD geschluckt. Falls er Toby irgendwelche Fragen gestellt haben sollte, dann waren sie seinem Gedächtnis völlig entfallen – ebenso wie Tobys Antworten.

Alles, an was Lutz sich noch erinnern konnte, waren Bruchstücke eines Horrortrips. Jörg Schreibers Kumpane hatten ihn in einer mittelalterlichen Gasse verprügelt. Danach war er in einer preußischen Gefängniszelle zu sich gekommen, nur um von seinem früheren Chef Horst Koschatzki zu einer Guillotine geschleppt zu werden. Lutz hörte noch das grässliche Geräusch, mit dem das Fallbeil heruntergesaust war und seinen Nackenknochen durchtrennt hatte. Untermalt worden war die Exekution von Vicky Leandros' schrillem *Theo, wir fahrn nach Lodz*. Seine Seele – oder was auch immer – hatte über dem Fallbeil geschwebt. Sein abgeschlagener Kopf hatte sich in einen Fußball verwandelt, den Jürgen Sparwasser ins deutsche Tor geschossen hatte. Marian hatte wie eine antike Erynnie starr und mit kaltem Blick neben dem Pfosten gestanden und mahnend auf Lutz' Kopf beziehungsweise den Fußball gedeutet. Und Jo war in Cheerleaderinnen-Uniform auf dem Spielfeld herumgetanzt und hatte den Treffer bejubelt.

Jo ... Verdammt ... Heute ist ja der Tag, an dem Bernward Hilgers ermordet werden soll, durchfuhr es Lutz trotz seines mitgenommenen Zustands. Er zwang sich, die Augen ein wenig zu öffnen. Der runde Wecker mit der zersprungenen Scheibe, der neben der Matratze auf den Dielen stand und dessen Ticken laut wie Kirchenglocken in Lutz' Ohren dröhnte, zeigte ein Uhr an.

Gott sei Dank ... Ihm blieb noch genug Zeit, um vor dem Fußballspiel gegen Jugoslawien und Bernward Hilgers' Beschattung und Bewachung wieder einen einigermaßen klaren und schmerzfreien Kopf zu bekommen.

Lutz humpelte ins Bad und stöhnte wieder. Mussten die Wände ausgerechnet in dieser schreiend roten Farbe gestrichen sein? Wenigstens fand er in dem aus Weinkisten gebauten, ebenfalls rot gestrichenen Regal zwischen Damenbinden, Kondompackungen, Seife und Haarwaschmitteln eine angebrochene Packung Aspirin. Er drückte zwei Tabletten aus der Folie und spülte sie mit kaltem Wasser hinunter.

Der Boiler über der Badewanne mit den Löwenfüßen funktionierte wieder einmal nicht oder war nicht eingeschaltet. Fluchend und bibbernd brauste sich Lutz kurz mit dem eisigen Wasser ab. Nachdem er sich mit einem kratzenden Baumwollhandtuch abgetrocknet hatte, fühlte er sich etwas wacher und ging, das Handtuch um die Hüften geschlungen, in die Küche hinunter. Exzessive Nacktheit war nicht Lutz' Fall – auch wenn Melanie und Marian durchaus nett anzusehen waren – und danach, Rolles Pimmel zu Gesicht zu bekommen, stand ihm im Moment nun wirklich nicht der Sinn.

Doch in der Küche war niemand, und auch in der Villa war es – wie Lutz jetzt registrierte – sehr still. Nur das Zwitschern der Vögel aus dem Garten war zu hören. Lutz hoffte, dass seine Mitbewohner nicht zu einem gemeinsamen Diebeszug oder zu einer Drogenbeschaffungsmaßnahme ausgeflogen waren, und kochte sich einen Kaffee. Nach den ersten Schlucken schaltete Lutz das Radio ein. The Who sangen *See me, feel me*. Das Aspirin entfaltete seine Wirkung. Lutz summte den Song mit. Ach, das Leben war doch wirklich ganz okay. Zwei Uhr nachmittags war es mittlerweile.

Was, wenn er noch eine Runde durch den Wald joggte – beziehungsweise, um es im Jargon der Siebziger zu sagen – einen Trimm-dich-Lauf unternahm? Es konnte nichts schaden, wenn er wieder mal etwas für seine Kondition tat.

Er war schon mal besser in Form gewesen ... Lutz keuchte den Waldweg entlang, während ihm der Schweiß über das Gesicht und den Rücken lief. Es war schwülwarm, und die Luft roch modrig und nach Pilzen. Obwohl ... Pilzsaison war ja eigentlich noch nicht ... Ob da das LSD eine Spätwirkung in seinem Gehirn entfaltete? Sein neununddreißig Jahre alter *richtiger* Körper mit seinen paar Kilo Übergewicht wäre im 21. Jahrhundert noch längst nicht so erschöpft gewesen. Dabei war er jetzt schlank und erst Mitte zwanzig.

Nun ja, vielleicht hatten sich im Körper seines Alter Egos jede Menge Drogenrückstände abgelagert. Lutz konnte sich nicht vorstellen, dass Keith Richards jemals schnell durch einen Wald gejoggt war. Auch nicht in der Anfangsphase der Rolling Stones.

Am Ende eines steilen Weges war Lutz endgültig k. o. Nach Atem ringend, blieb er stehen. Seitenstechen hatte er nun auch noch. Er entschied, das Joggen sein zu lassen und stattdessen gemütlich nach Hause zu gehen. Schließlich sollte man es mit dem Sport nicht übertreiben.

Knoblauchduft stieg ihm in die Nase. Erst jetzt registrierte er, dass er sich gar nicht weit von der Stelle befand, wo das Cannabis wuchs. Am Hang unterhalb von ihm bildete Bärlauch einen dichten grünen, mit weißen Blüten gesprenkelten Teppich.

Ich könnte daraus ein Pesto machen, überlegte Lutz. *Dann hätte sich die ganze Anstrengung wenigstens gelohnt.* Auf dem vom vielen Regen der letzten Tage noch feuchten Laub geriet er ins Rutschen und stürzte. Auf dem Hosenboden schlitterte er den Abhang hinunter.

Verdammt ... Lutz wollte sich eben fluchend wieder aufrichten, als um ihn herum vermummte Gestalten in Uniform aus den Büschen sprangen und ihre Pistolen auf ihn richteten.

»Hände hoch und auf den Boden, Gesicht nach unten!«, brüllte jemand.

Okay, die Pistolen waren ein Argument, dem Befehl zu folgen ... Lutz tat, wie ihm geheißen. Während seine Arme gepackt wurden und sich eine Handfessel um seine Gelenke legte, hörte er eine ihm nur zu wohl bekannte Stimme triumphierend tönen: »Lutz Jäger, Sie sind wegen des Verdachts auf Drogenhandel verhaftet.«

Das kann alles nicht wahr sein, dachte Jo wieder. Ein Blick auf die Armbanduhr zeigte ihr, dass sie mittlerweile seit einer halben Stunde mit Kaimann und den beiden anderen Kerlen unterwegs war. Mal hatte sie Verkehrslärm gehört, dann wieder schienen sie über Landstraßen gefahren zu sein. Nun wurde der Mercedes langsamer und rumpelte über ein Hindernis, vielleicht eine Bordsteinkante. Der Wagen hielt an. Gleich darauf erklang ein sirrendes Geräusch, als würde sich ein elektrisches Garagentor öffnen oder schließen.

Die Autotür wurde aufgerissen, und der große Typ mit der Sonnenbrille, der vermutlich den Benz gefahren hatte, bedeutete Jo auszusteigen. Sie erkannte, dass sie sich tatsächlich in einer Garage befanden. Das kleine Fenster in der Seitenwand war fast vollständig von Efeu überwuchert. Im Dämmerlicht konnte sie ein Hängeregal und, an Haken aufgehängt, Werkzeug darunter ausmachen – Schraubenzieher, Zangen und Bohrer. *Die haben doch wohl hoffentlich nicht vor, mich zu foltern?*, erschrak Jo. Sie schluckte.

»Hier entlang ...« Der große Sonnenbrillen-Typ fasste sie am Oberarm und geleitete sie durch einen mit Rauputz verkleideten Kellerflur, eine steinerne Treppe hinauf und dann in ein Wohnzimmer, wo Rollläden vor dem großen Fenster und der Tür, die wohl in einen Garten führte, heruntergelassen waren. Eine Decken- und eine Stehlampe brannten und beleuchteten eine grüne Couchgarnitur und Regale im Fünfziger- Jahre-Stil. An einem Teakholztisch wartete bereits Kaimann und bedachte Jo mit einem unergründlichen Blick durch seine randlose Brille. Die Luft in dem Zimmer war abgestanden, aber auf den Möbeln lag kein Staub. Der Raum schien öfter benutzt zu werden.

Kaimann hüstelte trocken, dann deutete er auf einen Stuhl ihm gegenüber. »Nehmen Sie doch bitte Platz.«

»Danke«, erwiderte Jo sarkastisch, »und ich wäre Ihnen sehr verbunden, wenn Sie mich endlich darüber aufklären würden, was dieses Theater zu bedeuten hat.«

»Das werden Sie schon noch erfahren.« Kaimanns Stimme klang gleichmütig.

Der kleinere Sonnenbrillen-Typ setzte sich neben Jo und stellte ein Tonbandgerät auf den Tisch. Der andere Kerl war kurz verschwunden, kehrte nun jedoch mit einem Krug Wasser und einem Glas zurück. Er stellte das Glas vor Jo und schenkte ihr ein. Da ihre Kehle wie ausgedörrt war, trank sie einige Schlucke.

Der Große verschwand aus ihrem Blickfeld. Jo hörte, wie ein Sessel über den Teppichboden geschoben wurde. *Na, wunderbar ... Jetzt hatte sie ihn auch noch in ihrem Rücken ...* Sie war zu stolz, um sich nach ihm umzudrehen.

»Dann wollen wir mal ...« Kaimann lächelte dünn. Der Aufpasser neben ihr schaltete das Tonbandgerät ein. *Ausgerechnet jetzt, da sie nicht für das Protokoll zuständig war, kam ein Tonbandgerät zum Einsatz ...*

Kaimann lehnte sich auf dem Stuhl zurück und trommelte mit den Fingern auf die Tischplatte. Das Geräusch mischte sich mit dem Piepen von Vögeln im Garten und dem Summen des Tonbandgeräts. Dann plötzlich beugte er sich weit vor und fixierte Jo mit seinem stechenden Blick. »So, und nun erzählen Sie uns einmal ganz detailliert von Ihren Erfahrungen im Mittelalter und im Jahr 1898«, forderte er Jo auf.

Hatte er das eben wirklich gesagt, oder hatte sie sich dies nur eingebildet ...? »Ich ... weiß nicht, wovon ... Sie reden«, stammelte Jo.

»Oh, das glaube ich aber doch.«

Der große Sonnenbrillen-Typ stand, ehe Jo reagieren konnte, neben ihr und packte sie am rechten Arm. In der

Hand hielt er eine Spritze, die sich in ihr Fleisch bohrte. Währenddessen drückte sie der andere Kerl auf den Stuhl nieder. Vergebens versuchte Jo, sich aus seinem Griff zu winden und die Spritze wegzuschlagen.

Kaimanns Gestalt verschwamm, wurde zu der des Inquisitors Lutger und der des Irrenarztes Malte Curtius.

Wieder einmal ließ Kaminski Lutz schmoren. Dem Winkel nach zu schließen, in dem das Licht durch das Milchglasfenster oben an der Wand fiel, musste es inzwischen gegen sechs Uhr sein. Lutz hoffte, dass Jo inzwischen von seiner Verhaftung erfahren hatte und etwas unternahm, um ihn aus Kaminskis Fängen zu befreien.

Jo ... *Verdammt* ... Wütend und frustriert schlug er mit den Fäusten gegen die grüngrau getünchte Wand der Verhörzelle. Wegen seiner Verhaftung und der anschließenden erkennungsdienstlichen Erfassung hatte er völlig vergessen, dass sie beide ja Bernward Hilgers bewachen wollten. Lutz traute Jo ohne Weiteres zu, dies allein zu managen. Aber er wäre gern bei ihr gewesen, um sie zu unterstützen – und ja, auch um sie notfalls zu beschützen. Lutz grinste schwach, als er sich vorstellte, wie Jo auf diesen Gedanken reagieren würde. Außerdem hielt er sich nun einmal einfach gern in ihrer Nähe auf.

Dass er nun auch noch das Spiel Deutschland gegen Jugoslawien verpasst hatte, war, damit verglichen, nur eine recht kleine Unannehmlichkeit.

Nach der erkennungsdienstlichen Erfassung hatte man Lutz Sträflingskleidung ausgehändigt. Eine dunkelblaue Baumwollhose, ein Hemd in einem helleren Blau und ein Paar schwarze Schlappen. Vermutlich hatte Kaminski dies weniger aus Fürsorglichkeit veranlasst, damit Lutz sich nicht erkältete, sondern weil er keinen Wert darauf legte, während des Verhörs durchdringenden Schweißgeruch einatmen zu müssen. Die Handfessel war ihm, gleich nachdem er sich umgezogen hatte, wieder angelegt worden. Lutz hatte so ein Ding bislang nur im Polizeimuseum gesehen.

Dröhnende Schritte hallten nun durch den Flur. Dann wurde die Tür des Verhörzimmers aufgerissen, und Kaminski kam hereinmarschiert. Er wirkte ausgesprochen zufrieden. Ein großer, muskulöser Polizist, der eine Glatze und einen hufeisenförmigen Schnurrbart hatte, begleitete ihn. Er bedachte Lutz mit einem kalten Blick. *Wahrscheinlich ein Typ, der – sofern er bei der Bereitschaftspolizei gewesen wäre –, beim Auflösen einer Demonstration gerne einmal die Sau rausgelassen und zugeschlagen hätte ...*

Kaminski setzte sich Lutz gegenüber. Der Schlägertyp nahm vor der Schreibmaschine Platz.

Lutz sah Kaminski an und sagte: »Ich möchte sofort einen Anwalt sprechen.«

»Du kannst dann einen Anwalt anrufen, wenn ich es erlaube, Freundchen, und das wird noch eine Weile dauern.«

Lutz hob die Augenbrauen. »Könnten wir bitte beim Sie bleiben?«

Kaminski ignorierte die Bemerkung. Er beugte sich vor und fixierte Lutz. »Du bist dir hoffentlich im Klaren darüber, dass du mächtig in der Scheiße sitzt. Schließlich haben wir dich auf frischer Tat dabei ertappt, wie du LSD-Pillen ausgraben wolltest.«

»LSD-Pillen?«, fragte Lutz perplex.

»Tu nicht so überrascht. Mich kannst du mit deiner Schauspielerei nicht hinters Licht führen.« Kaminski verzog höhnisch den Mund, während der Schlägertyp mit zwei Fingern auf die Tasten der Schreibmaschine einhackte. »Deine Frankfurter und Kölner Kumpane wurden vom BKA beschattet. Ich hab doch gleich gewusst, dass du Dreck am Stecken hast.«

Lutz seufzte innerlich gequält. Der Wald war so groß – hätte sich Stefan Lehnert für das LSD nicht ein anderes Versteck suchen können als ausgerechnet ganz in der Nähe der Cannabispflanzung? Stefan war echt verpeilt gewesen.

»Ich möchte klarstellen, dass ich nicht die geringste Ahnung von dem LSD hatte und es folglich auch nicht ausgraben konnte«, erwiderte Lutz ruhig. »Ich bin gejoggt, ähm, habe einen Waldlauf gemacht, und hielt mich rein zufällig an der Stelle auf, als Ihre Beamten plötzlich über mich herfielen und mich mit Waffen bedrohten.«

»Ach, und deshalb bist du auch rein zufällig vom Weg runtergegangen?«

»Ja, ich wollte Bärlauch pflücken.«

»Bärlauch?« Kaminski starrte erst Lutz an, dann seinen Untergebenen. »Hast du davon schon mal gehört?«, fragte er diesen.

»Nee.« Der Schlägertyp schüttelte den Kopf.

Okay, die Pflanze war anscheinend in den Siebzigern als Lebensmittel noch völlig unbekannt ... »Eine Art Gewürz, das garantiert keinerlei halluzinogene Wirkung entfaltet«, erklärte Lutz geduldig.

Kaminski lächelte dünn. »Du warst also rein zufällig im Wald unterwegs und hast ein bisschen botanisiert. Ebenso zufällig, wie du drei Tage nach Stefan Lehnerts Ermordung in dieser verdammten Kommune aufgetaucht bist.«

»Ganz genau.« Lutz nickte. »Ich habe Ihnen schon einmal gesagt, dass ich Tobias Schmittner bei einem Konzert kennengelernt habe und er mich eingeladen hat, eine Weile in der Villa zu wohnen.«

Kaminski beugte sich noch weiter vor. Seine Augen verengten sich, während er mit der Faust auf den Tisch schlug.

»Ich will die Wahrheit hören, Freundchen, und zwar auf der Stelle.«

»Okay, ich sage Ihnen die Wahrheit.« Lutz hob die gefesselten Hände wie zu einem Schwur. »Ich bin in der Villa zu mir gekommen, da ich in Wahrheit ein Polizist aus dem 21. Jahrhundert bin und den Mord an Stefan Lehnert aufklären muss, um wieder in meine Gegenwart zurückkehren zu können.«

Während Lutz sprach, wurde Kaminskis Gesicht immer röter. »Außerdem wäre ich Ihnen dankbar, wenn Sie mir die Handfesseln abnehmen würden«, schob Lutz nach. »Denn allmählich werden sie mir unbequem.« Die Folter von Untersuchungshäftlingen war schließlich auch 1974 schon offiziell verboten.

»Es wird Zeit, dir mal dein vorlautes Maul zu stopfen«, fauchte Kaminski, während er sich die Hemdsärmel hochkrempelte. Er nickte dem Schlägertyp zu. »Halten Sie ihn fest.«

»Aber gerne, Chef.« Der Schläger erhob sich grinsend und kam um den Tisch herum auf Lutz zu. Diesem schoss es durch den Kopf, dass er wohl doch etwas zu weit gegangen war, vor allem in Anbetracht seiner gegenwärtigen Lage. Aber Kaminski machte ihn – so wie sein früherer Vorgesetzter Horst Koschatzki – einfach wahnsinnig.

Als der Schläger ihm die Hände auf die Schultern legen wollte, sprang Lutz auf und trat ihm mit aller Kraft gegen das Schienbein. Dann rammte er ihm seine rechte Schulter gegen die Brust, so dass der Glatzkopf mit einem erstickten Stöhnen gegen die Wand taumelte.

Kaminski lief zur Tür, riss sie auf und brüllte »Wache!« in den Flur, ehe er mit geballten Fäusten auf Lutz zustapfte. Auch der Schlägertyp hatte sich wieder gefangen. Zwei uniformierte Beamte kamen mit Schlagstöcken in den Händen in das Verhörzimmer gestürmt.

Lutz gab sich keiner Illusion darüber hin, dass die Situation gleich ziemlich hässlich für ihn werden würde. Von den eigenen Kollegen zusammengeschlagen zu werden, war eine Erfahrung, auf die er hätte verzichten können. Er schickte sich an, Kaminski wenigstens vorher noch das Knie in die Geschlechtsteile zu rammen, als eine scharfe Stimme vom Flur her ertönte: »Was geht hier vor?«

Lutz wandte den Kopf. Alexander Claasen stand in der Tür. Seine zusammengepressten Lippen verrieten nur mühsam unterdrückte Wut.

»Der Untersuchungshäftling ist auf einen Beamten losgegangen, Herr Kriminalrat«, erklärte Kaminski.

Alexander Claasens Blick streifte kurz die hochgekrempelten Ärmel des Hauptkommissars. »Darum geht es mir nicht«, erwiderte er kalt. »Ich will wissen, warum es Festnahmen in Bezug auf das LSD-Lager gab und ich davon auf der Tagung von den Frankfurter Kollegen erfahren musste und nicht von Ihnen, Hauptkommissar Kaminski, informiert wurde.«

Kaminski richtete sich auf wie ein kampfbereiter Bulle. »Bei allem Respekt, Herr Kriminalrat, aber diese Ermittlungen leitet das BKA, und Hauptkommissar Kaimann hatte mir alle Vollmachten erteilt.«

Alexander Claasen trat einen Schritt auf Kaminski zu. »Ich bin Ihr direkter Vorgesetzter. Sie haben mich über den Stand der Ermittlungen auf dem Laufenden zu halten und zu tun, was ich Ihnen sage. Haben wir uns verstanden?« Er hob noch nicht einmal die Stimme. Aber Claasens Blick und seine Körperhaltung verrieten, dass der Hauptkommissar Kopf und Kragen riskieren würde, wenn er sich widersetzte. Kaminski sank in sich zusammen wie ein angestochener Luftballon.

»Selbstverständlich, Herr Kriminalrat«, antwortete er gepresst.

Ach, tat das gut ... Nur mit Mühe konnte Lutz sich ein breites Grinsen verkneifen.

»Setzen Sie sich!« Alexander Claasen deutete auf Lutz. »Und alle anderen außer Hauptkommissar Kaminski verschwinden.«

Der Schlägertyp und die beiden uniformierten Beamten kamen eilig dem Befehl nach. Lutz ließ sich wieder auf den Stuhl sinken.

»Kaminski, Sie schreiben das Protokoll.« Alexander Claasen nahm gegenüber von Lutz Platz.

Der Hauptkommissar schluckte, setzte sich aber gehorsam an die Schreibmaschine.

»Eine Frage hätte ich, bevor Sie mit dem Verhör beginnen.« Lutz rieb sich mit der Hand über das Kinn. »Wie ist denn das Spiel Deutschland gegen Jugoslawien ausgegangen?«

Alexander Claasen bedachte ihn mit einem gereizten Blick, der Lutz sehr an Jo erinnerte.

8. KAPITEL

Jos Kopf knallte gegen etwas Hartes. Grelles Orange stach ihr in die Augen. Blendete Kaimann sie mit einer Farblampe? *Blau, blau, blau blüht der Enzian* klang es von irgendwoher, gesungen von einer Stimme, die sich wie die Katrin Wengers anhörte. Jo blinzelte. Sie lag, wie sie jetzt feststellte, auf dem Boden ihres Zimmers, zwischen Schuhen und Handtaschen. Das Orange stammte von ihrem Bettüberwurf, der dicht vor ihrem Gesicht hing und von der Sonne beschienen wurde.

Wie bin ich nur nach Hause gekommen?, fragte sie sich benommen. Sie konnte sich an nichts mehr erinnern. Ihr Kopf fühlte sich an, als sei er mit Watte gefüllt. Mühsam richtete sie sich auf und lehnte sich gegen das Bett. An ihrem rechten Unterarm nahm sie jetzt einen leichten Schmerz wahr. In der Haut war ein kleiner roter Punkt, wie von der Nadel einer Spritze, zu sehen. Au ... etwas pikte sie in den Oberschenkel. Jo griff unter ihr Bein und zog eine Sandale hervor. Der Verschluss des Riemens war offen, und die Spitze ragte nach oben. Ein bisschen Blut klebte daran. Rührte daher etwa der Einstich an ihrem Unterarm? Jo fuhr sich über das Gesicht. Hatte sie sich die Entführung durch Kaimann nur eingebildet? Eine Art Psychose als Spätfolge des Joints, den sie mit Lutz vor dem »Schwarzen Adler« geraucht hatte?

Jo stemmte sich am Bett hoch. Auch ihre Beine fühlten sich wie Watte an. Sie tappte in den Flur. Ein seltsames, alienhaftes Wesen machte sich dort mit einem Staubwedel zu schaffen. Jo brauchte einen Moment, ehe sie begriff, dass es sich bei dem Wesen von einem fremden Stern um Katrin Wenger handelte, die eine aufblasbare Trockenhaube auf dem Kopf hatte.

»Frau Wenger«, Jo hob die Stimme, »können Sie mir sagen, wie ich gestern Nacht nach Hause gekommen bin? Ich fürchte, ich habe etwas viel getrunken ...«

Ehe ihre Vermieterin etwas erwidern konnte, fiel Jos Blick durch die geöffnete Küchentür auf den Abreißkalender, der dort an der Wand hing. In fettem Schwarz, wie eine düstere Anklage, zeigte er die 27.

Heute war ja der 27. Juni. In der Nacht vom 26. auf den 27. Juni war Bernward Hilgers ermordet worden ... Lutz und sie hatten ihn bewachen wollen ... Jo drehte sich um und raste zurück in ihr Zimmer, wo sie sich hastig, mit zitternden Händen anzog.

Jos letzte Hoffnung, dass Bernward Hilgers die Nacht doch noch überlebt haben könnte, schwand, als sie in die Straße einbog, in der das Kaufhaus Meerheimer lag. Der Bereich um das Kaufhaus war weiträumig abgeriegelt. Hinter den rot-weißen Barrieren und Absperrbändern aus Plastik standen Feuerwehrfahrzeuge. Jo parkte den Käfer am Straßenrand.

Lutz, durchfuhr es sie gleich darauf. Er hatte eine sehr eigenwillige Art, Polizist zu sein, und hielt nicht viel von Regeln. Aber bisher hatte sie sich immer, wenn es darauf ankam, auf ihn verlassen können. Ob ihm etwas zugestoßen war und er deshalb den Mord an Bernward Hilgers nicht hatte verhindern können? Ihr wurde ganz übel aus Angst um ihn. Wieder einmal verwünschte sie es, dass es noch keine Handys gab und sie ihn nicht einfach anrufen und sich davon überzeugen konnte, dass es ihm gutging.

An der Absperrung schob sie sich an den Schaulustigen vorbei und zeigte dem uniformierten Kollegen ihren Ausweis, woraufhin dieser sie passieren ließ. Obwohl Jo noch etwa hundert Meter von dem Kaufhaus entfernt war, nahm sie schon den Brandgeruch wahr. Sie rannte weiter, bis sie das Gebäude erreicht hatte. Im dritten Stockwerk waren die meisten Fenster zersprungen. Eine Rußschicht erstreckte sich von dort wie eine riesige, gierig leckende Zunge bis zum flachen Dach hinauf. Der strahlend schöne Morgen und die sommerlich belaubten Bäume am Straßenrand ließen den Brandort irgendwie irreal wirken.

Brandschutt bedeckte den Gehsteig. Zwischen angekokelter und durchnässter Kleidung und zerbeulten Elektrogeräten lag eine Schaufensterpuppe, die Jo mit ihrem vom Rauch geschwärzten Gesicht vorwurfsvoll anzusehen schien.

Nun entdeckte Jo Paul vor dem Eingang und eilte auf ihn zu. »Es gab einen Toten bei dem Brand«, klärte er Jo über das auf, was sie längst wusste. Er wirkte aufgeregt. »Den Geschäftsführer, Bernward Hilgers ist sein Name, hat es erwischt. Er hielt sich leider im Gebäude auf, als das Feuer ausbrach, und hat wohl versucht, es zu löschen.«

»Warum hat mich niemand über das Unglück informiert?«, stieß Jo hervor.

Paul blickte sie verdutzt an. »Warum hätte dich jemand informieren sollen? Du hattest doch keine Bereitschaft ...«

Natürlich, sie war ja nur eine Kriminalkommissarin zur Anstellung und keine leitende Beamtin ...

»Kann man schon in das Gebäude?«

»Ja, die Feuerwehr hat es freigegeben. Die Kollegen von der Spurensicherung sind seit einer Weile drin. Übrigens hat es gestern Abend in Sachen Drogen einen Durchbruch gegeben. Lutz Jäger aus der Kommune wurde festgenommen.«

»Lutz ... Jäger ...?«, stammelte Jo.

»Ja, er wurde ertappt, als er ein Versteck mit LSD-Pillen im Wald ausheben wollte. Erinnerst dich nicht mehr an das Verhör mit ihm?«

»Oh ... doch ... sicher ...« Dass Lutz wegen des LSDs verhaftet worden war, war alles andere als eine gute Nachricht. Aber immer noch besser, als wenn er schwer verletzt oder gar tot gewesen wäre. Einen Moment lang fühlte sich Jo ganz schwach vor Erleichterung. Gleich darauf stieg Ärger in ihr hoch. Hatte Lutz etwa einem LSD-Trip nicht widerstehen können, und war er deshalb mit den Drogen erwischt worden? Falls ja, geschah es ihm ganz recht, in einer Zelle zu schmoren. Natürlich musste sie es schaffen, ihn freizubekommen. Aber erst einmal stand Wichtigeres an.

Nachdem Jo einem Feuerwehrmann erklärt hatte, dass sie sich den Tatort ansehen wollte, ging er zu einem in der Nähe abgestellten Feuerwehrwagen und kehrte mit einem gelben Plastikhelm zurück.

»Könnte ich bitte noch eine Atemschutzmaske haben?«, fragte Jo.

»Warum das denn?« Der Feuerwehrmann blickte sie konsterniert an. »Der Brand ist doch gelöscht.«

Okay, die Sicherheitsbestimmungen waren in den Siebzigern eindeutig laxer als vierzig Jahre später ... Jo sparte sich den Hinweis auf giftige Dämpfe, die immer noch in der Luft hingen, und betrat das Gebäude. Wie sie nicht anders erwartet hatte, schlug ihr beißender Brandgeruch entgegen. Abgesehen von großen Pfützen schmutzigen Löschwassers und Löschschaum, der über den Kleiderpuppen und Kleiderständern hing und alles wie eine surreale Schneelandschaft wirken ließ, war das Erdschoss weitgehend unversehrt geblieben.

Jo steuerte auf die Rolltreppe zu. Im zweiten Stockwerk änderte sich das Bild. Um die Treppe herum hatte das Feuer gewütet – wohl verursacht von brennenden Gegenständen, die aus der darüberliegenden Etage nach unten gefallen waren. Die Plastikhandläufe der Rolltreppe waren an vielen Stellen geschmolzen und das Material auf die Metallstufen getropft, wo es eine weiche zähe Masse hinterlassen hatte, die an Jos Sohlen kleben blieb. Der Brandgeruch war nun so intensiv, dass Jo nur noch flach atmen konnte.

Das dritte Stockwerk war fast gänzlich ausgebrannt. Einige Kollegen von der Spurensicherung sowie uniformierte Brandsachverständige stocherten im Schutt herum. Vorsichtig bahnte sich Jo ihren Weg durch verkohlte Reste des Kaufhausmobiliars und geschmolzene Metallteile, die wohl einmal Kleiderständer gewesen waren. Etwa in der Mitte der Etage sah sie auf dem Boden eine Kreidezeichnung und kleine Fähnchen, die die Umrisse eines menschlichen Körpers markierten. Hier hatte also Bernward Hilgers Leiche gelegen. Dicht daneben lag ein großes verformtes Metallstück, das, wie Jo erkannte, als sie nach oben blickte, von der Decke heruntergestürzt war.

Jo glaubte plötzlich, den Gestank von verbranntem Fleisch zu riechen, und sie kämpfte gegen aufsteigende Übelkeit an.

»Na, wollen Sie wieder einmal die Arbeit der Spurensicherung überwachen?« Der Kollege Maurer hatte sich ihr genähert und grinste sie höhnisch an. »Oder wollen Sie lieber gleich selbst nach Spuren suchen? Viel Vergnügen damit!« Seine weit ausholende Armbewegung umfasste die zweihundert Quadratmeter große Fläche voller Brandschutt.

»Josepha, was machen Sie denn hier?«, hörte sie nun ihren Vater rufen. Er war, ebenfalls einen gelben Schutzhelm auf dem Kopf, die ramponierte Rolltreppe heraufgekommen und sah sie erstaunt an. Er wirkte müde und unausgeschlafen.

»Ich war noch nie in einem ausgebrannten Gebäude«, erwiderte Jo hastig. »Deshalb wollte ich mir den Brandort anschauen.«

»Sie wollte es einfach mal wieder richtig heiß haben«, brummte Maurer leise, so dass es ihr Vater nicht hören konnte, und trollte sich dann.

»Gibt es denn schon Hinweise auf die Todesursache?«, fragte Jo.

»Doktor Bergmann vermutet, dass Bernward Hilgers den Brand bemerkt hat, als er spätabends noch in seinem Büro arbeitete und versuchte, das Feuer zu löschen.« Ihr Vater deutete auf ein unförmiges vom Ruß geschwärztes Ding, das ebenfalls in der Nähe des mit Kreide und Fähnchen markierten Körperumrisses lag und in dem Jo jetzt die Überreste eines Feuerlöschers erkannte. »Durch den Rauch wurde Hilgers bewusstlos ...« Ihr Vater hob vielsagend die Schultern.

»Könnte er nicht auch durch einen Schuss getötet worden sein?«, platzte Jo heraus.

»Wie kommen Sie denn darauf, Josepha?«

Jo rang mit sich, ob sie ihrem Vater die Wahrheit über sich und den Toten sagen sollte. Während ihrer Zeitreise ins Mittelalter hatten sie und Lutz der Äbtissin Agneta anvertraut, dass sie aus einem zukünftigen Jahrhundert stammten. Doch das Mittelalter war eine ihnen völlig fremde Zeit gewesen, und außerdem war die Äbtissin allem Metaphysischen gegenüber aufgeschlossen gewesen. Wunder hatten sie nicht aus der Fassung gebracht. Sicher, manchmal kam sich Jo im Jahr 1974 vor wie auf einem fremden Planeten.

Nichtsdestotrotz – sie war 1975 geboren worden und in den siebziger Jahren aufgewachsen. Nein, sie und Lutz mussten den Mord an Bernward Hilgers allein aufklären. Sie konnte ihrem Vater nicht sagen, dass sie eigentlich in das Jahr 2014 gehörte und seine Tochter war.

»Josepha ...«, wiederholte er.

»Oh, mir ging nur gerade durch den Kopf, dass Doktor Bergmann auf mich – ehrlich gesagt – wie ein Alkoholiker wirkt«, sagte Jo rasch.

»Ich fürchte auch, dass er manchmal zu tief ins Glas schaut. Aber bislang haben seine Obduktionen keinen Grund zur Beanstandung gegeben. Außerdem ... Warum sollte jemand Bernward Hilgers erschießen?«

»Und warum sollte jemand einen Brand legen?«, gab Jo zurück.

»Woher wissen Sie, dass der Brand gelegt wurde?«, hakte ihr Vater erstaunt nach.

Lieber Himmel, sie redete sich noch um Kopf und Kragen ...
»Ähm, ich habe das einfach vermutet ... Angesichts der Schäden ...«

»Die Untersuchungen der Brandsachverständigen sind noch nicht abgeschlossen, aber zurzeit vermuten die Männer tatsächlich, dass das Feuer mit Hilfe eines Brandbeschleunigers – wahrscheinlich Benzin – gelegt wurde.« Ihr Vater bedachte sie wieder mit einem forschenden Blick, unter dem Jo unbehaglich wurde. »Ja, warum sollte jemand einen Brand in diesem Kaufhaus legen?«, fügte er dann nachdenklich hinzu. »Nennen Sie mir ein Motiv, Josepha.«

»Rache, Versicherungsbetrug, Eifersucht ...«

»Kein Anschlag linksextremer Gruppen?«

»Nein, daran glaube ich eher nicht ...«

»Ich auch nicht, aber ich fürchte, Kaimann vom BKA sieht das anders.«

»Er leitet die Ermittlungen?«, fragte Jo entsetzt.

»Ja, er kam ursprünglich wegen einer Drogenermittlung nach Ebersheim. Aber nun hat er, da ein politischer Hintergrund nicht auszuschließen ist, vom Innenministerium den Auftrag erhalten, den Mord an Bernward Hilgers aufzuklären.« Ihr Vater seufzte, während er auf seine Armbanduhr blickte. »Für zehn Uhr – in einer halben Stunde also – ist eine Lagebesprechung im Präsidium angesetzt. Wenigstens ist Polizeipräsident Coehn heute wieder aus dem Urlaub zurück. Er ist ein vernünftiger Mann und politischen Verschwörungstheorien gegenüber skeptisch.«

Während sie gemeinsam zu der Rolltreppe gingen, blickte Jo ein letztes Mal zu der Kreidezeichnung und den Fähnchen auf dem verbrannten Teppichboden. Sie hatte Bernward Hilgers nicht gemocht, und sie war davon überzeugt, dass er etwas zu verbergen gehabt hatte, aber sie würde den Mord an ihm aufklären, schwor sie sich. Noch dazu, da es ihr und Lutz nicht gelungen war, Hilgers zu beschützen.

Lutz ... Siedend heiß fiel Jo wieder ein, was Paul ihr mitgeteilt hatte. »Vorhin habe ich erfahren, dass Lutz Jäger gestern verhaftet wurde«, wandte sie sich an ihren Vater.

»Ich habe ihn selbst verhört, nachdem Kaminski fast auf ihn losgegangen wäre.« Ihr Vater nickte. »Ich halte überhaupt nichts von den gewalttätigen Methoden des Kollegen, aber ich muss zugeben, dass mich dieser Jäger gelegentlich auch bis aufs Blut reizt.«

Nun, das konnte sie nachvollziehen ... »Glauben Sie denn, dass Lutz Jäger wirklich zu diesem LSD-Ring gehört?« Jo hoffte, dass dies nicht der Fall war.

Ihr Vater zuckte mit den Schultern. »Laut den Frankfurter und Kölner Kollegen – und ihre Verhöre haben dies bestätigt – war Stefan Lehnert das einzige Mitglied der Kommune, das an dem Ring beteiligt war. Allerdings bin ich immer noch davon überzeugt, dass dieser Jäger etwas zu verbergen hat.«

»Wie genau kam es denn zu der Verhaftung?«

»Jäger ist Kaminski und ein paar anderen Kollegen bei dem LSD-Versteck in die Arme gelaufen. Er behauptete, er habe Bärlauch sammeln wollen.« Ihr Vater hob die Augenbrauen. »Wer isst denn so etwas?«

»Oh, das wird irgendwann in Mode kommen ...«

»Meinen Sie?« Ihr Vater wirkte nicht überzeugt. »Jedenfalls spricht es nicht gerade für Jäger, dass sich etwa fünfzig Meter entfernt von dem LSD-Versteck eine Cannabispflanzung befindet. Von der nichts zu wissen er natürlich vorgeschützt hat.«

Hatte Lutz etwa Cannabis für einen Joint holen wollen? Das würde ihm ähnlich sehen ... Jo fluchte insgeheim.

»Jäger hatte aber keine Drogen bei sich. Deshalb dürfte ein guter Anwalt den Haftrichter davon überzeugen können, ihn auf freien Fuß zu setzen.«

Sie hatten mittlerweile das Erdgeschoss erreicht, und Jo sog dankbar die frische Luft ein, die durch den Eingang strömte. *Diesen guten Anwalt werde ich wohl Lutz besorgen müssen*, dachte Jo düster.

Gegen sechs Uhr war Lutz von einem schrillen Klingelton geweckt worden. Im ersten Moment wusste er nicht, wo er sich befand, bis er das vergitterte Fenster hoch oben in der Wand sah.

Fluchend stand er auf, wobei er sich den Kopf an der oberen – leeren – Pritsche des Holzetagenbettes stieß, und stolperte zu dem Toiletteneimer neben dem kleinen Waschbecken. Nachdem er sich erleichtert und seine Hände mit einer steinharten Seife unter einem dünnen Wasserstrahl gewaschen hatte, blieb er mit gesenktem Kopf stehen.

Shit ... Es konnte doch nicht wahr sein, dass er wegen Drogenhandels in Untersuchungshaft gelandet war. Plötzlich suchte Lutz die albtraumhafte Vorstellung heim, dass er wegen eines Deliktes, das er nicht begangen hatte, tatsächlich verurteilt werden würde. Vor 1982 würde er bestimmt nicht freikommen. Zu einer Zeit, als er in seinem realen Leben gerade die erste Klasse besucht und die WM in Spanien stattgefunden hatte.

Oder was, wenn Jo mit ihrer Paranoia recht hatte und dieser Kaimann beabsichtigte, sie beide als Versuchskaninchen zu benutzen und sie auf Nimmerwiedersehen in irgendwelchen Labor-Katakomben verschwinden würden?

Shit, shit, shit ... Wütend trat Lutz gegen die graugrüne Zellenwand. Ein Schlüssel rasselte im Schloss, und ein Riegel wurde zurückgeschoben. »He, Kumpel, reg dich mal wieder ab, wenn du keinen Ärger kriegen willst.« Ein bulliger Wärter musterte Lutz gereizt und blieb wachsam, mit angespannten Muskeln neben der Tür stehen. In den Händen hielt er ein Metalltablett, auf dem sich ein Pappbecher sowie in Plastikfolie eingeschweißtes Brot und Käse befanden.

Lutz rang um Fassung. Aus der Hosentasche des Wärters baumelte, wie er jetzt bemerkte, ein Schlüsselanhänger in Form zweier ziemlich dümmlich grinsender Jungs in Fußballkleidung.

Mann, er hatte ja immer noch keine Ahnung vom Ergebnis ... »Wie ist denn das Spiel Deutschland gegen Jugoslawien gestern ausgegangen?«, fragte Lutz, während er das Tablett entgegennahm.

»Zwei zu null.«

»Und wer hat die Tore geschossen?«

»Breitner in der achtunddreißigsten und Müller in der

achtzigsten Minute. War ein ziemlich hartes Spiel.« Der Wärter wiegte den Kopf.

Lutz fiel ein Stein vom Herzen. »Gott sei Dank, dann sind wir ja noch im Turnier.«

»Das kann man wohl sagen. Bonhof war wirklich klasse. Overath und Vogts auch. War auch nötig, denn der Schiedsrichter hat uns zwei Elfmeter verwehrt.«

»Hat Netzer gespielt?« Lutz stellte das Tablett auf den am Boden festgeschraubten Tisch.

»Nee ...« Der Wärter unterbrach sich, als er sich wieder auf seine Rolle besann. Dann räusperte er sich verlegen, verließ die Zelle und schlug die Tür zu.

Gewonnen ... Gewonnen ... Lutz' Laune besserte sich schlagartig. *Jo würde bestimmt einen Weg finden, um ihn aus dieser Zelle herauszubekommen ...*

In dem Besprechungsraum im Erdgeschoss des Polizeipräsidiums waren etwa zwanzig Kollegen versammelt. Kaimann saß hinter einem grauen Tisch an der Frontseite. Jo hatte den Eindruck, dass er sie wieder durchdringend ansah und ein Lächeln seine dünnen Lippen umspielte. Die Gläser seiner randlosen Brille spiegelten das Neonlicht, das wegen der hohen Büsche vor den Fenstern brannte. Erneut fragte sie sich, ob die Entführung tatsächlich stattgefunden hatte und Kaimann von ihren und Lutz' Zeitreisen wusste oder ob sie dies nur halluziniert hatte.

Jo setzte sich auf einen Stuhl in einer der hinteren Reihen, während ihr Vater zu dem Tisch an der Frontseite ging. Er und Kaimann begrüßten sich mit einem kühlen Kopfnicken. Einem anderen Mann, der dort ebenfalls saß und kurzes lockiges graues Haar und ein zerfurchtes Gesicht hatte, schüttelte ihr Vater die Hand. Dieser Mann war, vermutete Jo, Polizeipräsident Coehn. Heiner Kaminski, der die Arme vor der Brust verschränkt hatte, machte, wie Jo fand, einen verdächtig zufriedenen Eindruck.

Als die Zeiger der Uhr an der Frontseite auf zehn standen, sprang Kaimann auf wie eine Feder, die unter Spannung gestanden hatte. »Polizeipräsident Coehn war so freundlich, mir die Leitung der Besprechung zu übertragen.« Er wies auf den grauhaarigen Mann. »Nach dem derzeitigen Stand der Ermittlungen ist davon auszugehen, dass der Brand im Kaufhaus Meerheimer gelegt wurde. Bernward Hilgers, der Geschäftsführer, hat das Feuer bemerkt und versucht, es zu löschen. Vom Rauch ist er bewusstlos geworden.« Er wiederholte, was Jo bereits wusste.

»Ist der Todeszeitpunkt bereits bekannt?«, fragte der Polizeipräsident nach.

Kaimann blätterte in seinen Unterlagen. »Nach unseren derzeitigen Informationen wurde der Brand gegen elf Uhr abends gelegt. Deshalb ist davon auszugehen, dass Bernward Hilgers bald darauf zu Tode kam.« Er trat an eine Tafel, die neben dem Tisch stand – Flipcharts oder Overhead-Projektoren gab es anscheinend noch nicht, oder sie waren noch nicht ins Polizeipräsidium Ebersheim vorgedrungen, wie Jo feststellte. Mit weißer Kreide zeichnete Kaimann den Grundriss eines Stockwerks auf den dunkelgrünen Untergrund. »Hier, in der Abteilung Herrenmoden, wurde der Brand gelegt.« Seine lange, schmale Hand malte ein weißes Kreuz auf die Tafel. »Herrn Hilgers Büro befindet sich hier, ebenfalls im dritten Stockwerk.« Ein weiteres Kreuz erschien auf der Tafel, jenseits des skizzenhaften Treppenhauses. »Es ist davon auszugehen, dass sich Herr Hilgers auf dem Nachhauseweg befand, als er im Treppenhaus Rauchgeruch wahrnahm und die Feuertür zu den Verkaufsräumen öffnete, um nach dem Rechten zu sehen – was ihm dann leider zum Verhängnis wurde.«

»Hat denn kein Brandmelder angeschlagen?«, fragte der Polizeipräsident. »Also ich an Hilgers Stelle hätte in diesem Fall das Gebäude schleunigst durch den Hintereingang verlassen, statt nach der Feuerquelle zu suchen.«

»In diesem Fall sind die Untersuchungen auch noch nicht abgeschlossen, aber wahrscheinlich wurde der Brandmelder zerstört, bevor das Feuer gelegt wurde«, erklärte Jos Vater. »Wobei ich nun die Frage habe«, er wandte sich Kaimann zu, »was Bernward Hilgers eigentlich so spät abends noch in dem Kaufhaus zu erledigen hatte? Konnte Ihnen seine Ehefrau dazu etwas sagen?«

»Obwohl Frau Hilgers natürlich unter Schock stand, als sie vom Tode ihres Gatten erfuhr, war sie doch so tapfer und hilfsbereit, mit uns zu sprechen.« Kaimann seufzte, während Jo wieder ein bohrendes Schuldgefühl empfand, weil es ihr und Lutz nicht gelungen war, den Geschäftsführer zu beschützen. »Laut ihrer Aussage brach er gegen neun Uhr zu Hause auf, weil er noch einige Dinge aufarbeiten wollte.«

»Ein fleißiger Mann. Tat er das öfter?«, hakte Jos Vater nach.

»Nun, laut Frau Hilgers gelegentlich. Außerhalb der Geschäftszeiten, ohne Anrufe von Geschäftspartnern und Kunden und ohne Mitarbeiter, die ihn beanspruchten, konnte er konzentrierter arbeiten. Was ich für völlig nachvollziehbar halte. Aber um nun zum eigentlichen Kern unserer Besprechung zu kommen.« Kaimann blickte in die Runde. »Meiner Meinung nach deuten alle Anzeichen daraufhin, dass wir es bei dem Brand im Kaufhaus Meerheimer mit einem terroristischen Akt zu tun haben. Allen Anwesenden sind sicher die beiden Brände noch sehr präsent, die die RAF im April 1968 in Frankfurt im Kaufhof und im Kaufhaus Schneider legte.«

Jo stöhnte innerlich. Kein Wunder, dass die Mordermittlung eine völlig falsche Richtung genommen hatte. »Nach 1968 wurden von der RAF aber keine Kaufhausbrände mehr gelegt«, rief sie in den Raum. »Außerdem befinden sich die führenden RAF-Mitglieder seit zwei Jahren in Haft.«

Die Köpfe aller Anwesenden wandten sich ihr zu.

»Und Sie sind?«, fragte Kaimann scharf.

Das wissen Sie doch genau, schoss es Jo durch den Kopf.

»Josepha Weber, Kriminalkommissarin zur Anstellung«, antwortete ihr Vater an ihrer Stelle.

»Nun, mir ist leider nicht ganz klar, was die junge Kollegin mit dieser Bemerkung eigentlich bezweckt«, erwiderte Kaimann herablassend.

Natürlich ... Meine Bemerkung war wirklich nicht sehr intelligent, dachte Jo zerknirscht. *Schließlich hat es sich 1974 noch nicht erwiesen, dass es niemals wieder Anschläge auf Kaufhäuser geben würde.*

»Vielleicht wollte Fräulein Weber eigentlich zum Ausdruck bringen, dass sich die Anschläge in Frankfurt doch wesentlich von unserem hier in Ebersheim unterscheiden«, kam ihr wieder ihr Vater zu Hilfe. »Denn damals wurden Bomben mit Zeitzündern verwendet. Worauf im Moment bei dem Anschlag im Kaufhaus Meerheimer nichts hindeutet. Zudem befinden sich die damaligen Anführer in Haft.«

»Kollege Claasen«, Kaimann lächelte süffisant, »wir beide wissen doch nur zu gut, dass mittlerweile neue terroristische Elemente in die Fußstapfen der ersten RAF-Generation getreten sind. Außerdem gibt es Hinweise auf linksextremistische Gruppierungen in Ebersheim. So fand anlässlich des Spiels Deutschland gegen Chile eine gegen die chilenische Regierung gerichtete Demonstration im Stadtzentrum statt.«

»Ich bin über die Demonstration im Bilde.« Jos Vater richtete sich ärgerlich auf. »Aber ich würde eine Demonstration gegen das Pinochet-Regime nun wirklich nicht als linksextremistisch bezeichnen.«

»Nun, Ihnen übergeordnete Stellen sehen das anders.« Kaimanns Lächeln vertiefte sich, während Hauptkommissar Kaminski, der bisher noch nichts gesagt hatte, zustimmend nickte. »Ich habe bereits in die Wege geleitet, dass die Anführer der Demonstration zum Verhör aufs Präsidium gebracht werden, denn laut Frau Hilgers verfügte ihr Gatte über geschäftliche Verbindungen nach Chile. Zudem gibt es konkrete Hinweise darauf, dass Herr Hilgers in Gefahr war. Gemäß der Aussage seiner Sekretärin Frau Geiß wurde Herr Hilgers am Abend des zwölften Juni gegen halb sieben von einer jungen Frau auf dem Parkplatz des Kaufhauses abgepasst und bedroht.«

O Gott, damit meint er ja mich ... Jo sank tiefer auf ihrem Stuhl.

»Laut Frau Geiß wollte sich Herr Hilgers nicht dazu äußern, was zwischen ihm und der jungen Unbekannten vorgefallen war, aber er war sichtlich aufgewühlt. Zudem erhielt er, wieder laut Frau Geiß, eine anonyme Warnung, sich in der Nacht vom sechsundzwanzigsten auf den siebenundzwanzigsten Juni nicht im Kaufhaus aufzuhalten.« Kaimann präsentierte in einer Plastikhülle den Brief, den Jo auf ihrer Schreibmaschine geschrieben hatte, und ließ wieder einmal sein enervierendes, trockenes Hüsteln hören. Sie sank auf ihrem Stuhl noch tiefer.

Ihr Vater schüttelte den Kopf. »Also, wenn Herr Hilgers sich wirklich durch diese junge Frau bedroht fühlte – warum ging er dann gestern Nacht zum Arbeiten in das Kaufhaus? Das passt doch nicht zusammen. Vielleicht – jetzt nur mal als Mutmaßung – hat es sich bei der mysteriösen jungen Dame ja auch um eine frühere Geliebte von ihm gehandelt, mit der er sein Verhältnis beendet hatte ...«

Danke, Vater, für diesen Hinweis ..., dachte Jo und setzte sich wieder ein bisschen aufrechter hin.

»Zurzeit gibt es keinerlei Grund zu vermuten, dass Herrn Hilgers Lebenswandel nicht tadellos war«, erwiderte Kaimann scharf.

Ha, von wegen ..., dachte Jo.

Kaimann hob die Hand, um einem weiteren Einwand von Claasen zuvorzukommen. »Und schließlich wurde drei Tage, nachdem Herr Hilgers die, wie Sie sagten, Begegnung mit der ›mysteriösen jungen Dame‹ hatte, spät am Abend ein Einbruchversuch auf dem Gelände des Kaufhauses gemeldet. Die Beamten, die zum Tatort kamen, fanden einen Fernsehapparat vor dem Hintereingang. Ich bin davon überzeugt, dass dieser Fernsehapparat zu einer Art Bombe hätte umfunktioniert werden sollen, wenn die vermeintlichen Einbrecher nicht gestört worden wären. Denn warum hätten sie sonst den Fernseher dort abstellen sollen?«

Jo sank auf ihrem Stuhl wieder tiefer. *Ach, warum hatte Lutz, der doch sonst oft alle fünfe gerade sein lassen konnte, ausgerechnet in diesem Fall korrekt handeln müssen ...?*

»Wie kamen denn die Brandstifter in das Gebäude?«, ergriff wieder Polizeipräsident Coehn das Wort.

»An der Tür des Hintereingangs befinden sich Einbruchspuren«, berichtete Kaimann. Er sprach es nicht aus, aber in dem Satz schwang *dort, wo auch der Fernsehapparat abgestellt wurde* mit.

»Hat der Wachmann des Gebäudes irgendetwas beobachtet?«, fragte Jos Vater.

»Er wurde in seinem Büro im Erdgeschoss niedergeschlagen und kam erst wieder zu sich, als die Feuerwehr eintraf.« Kaimann schüttelte den Kopf.

»Hat sich Herr Meerheimer zu dem Tod seines Ziehsohnes geäußert?«, wollte der Polizeipräsident wissen.

»Bedauerlicherweise erlitt er einen Schlaganfall, als er von Herrn Hilgers Tod erfuhr, und liegt auf der Intensivstation des Katharinen-Krankenhauses. Zurzeit ist er noch nicht ansprechbar«, berichtete Jos Vater.

Polizeipräsident Coehn schwieg einige Momente, ehe er sagte: »Ich stimme Ihnen zu, Kaimann, dass zurzeit ein terroristischer Hintergrund des Brandes nicht auszuschließen ist, aber ich bin auch der Meinung, dass andere Spuren ebenfalls verfolgt werden sollten. Deshalb schlage ich vor, dass Sie, Kaimann, mit einer Arbeitsgruppe der Fährte Terrorismus nachgehen. Und dass Kriminalrat Claasen eine Arbeitsgruppe leitet, die andere Tathintergründe überprüft. Wobei ich natürlich voraussetze, dass diese beiden Arbeitsgruppen gut kooperieren werden.«

Kaimann blickte Jos Vater an. »Ich bin der Ansicht, dass Kriminalrat Claasen für die Leitung einer derartigen Arbeitsgruppe ungeeignet ist«, gab er unverhohlen höhnisch von sich. »Und ich werde Ihnen unter vier Augen auch sofort meine Gründe dafür darlegen.«

Claasen, Polizeipräsident Coehn und Kaimann verließen den Raum. Kaum, dass sich die Tür hinter ihnen geschlossen hatte, begannen die Anwesenden aufgeregt miteinander zu sprechen. Jo achtete nicht weiter darauf, sondern hastete den Männern hinterher. Als sie die Eingangshalle erreicht hatte, sah sie drei uniformierte Polizisten, die zwischen sich einige junge Leute führten – Lutz' Mitbewohner und auch ihre Mutter, wie Jo nun erkannte.

Im selben Moment nahm Melanie Jos Vater wahr. Sie rannte auf ihn zu und brüllte ihn an: »Sie mieses Schwein, geben Sie zu, dass Sie sich nur an mich herangemacht haben, um mich auszuhorchen.« Sie spuckte in Richtung von Jos Vater, verfehlte ihn jedoch. Gleich darauf packte sie ein Polizist am Arm und zog sie von Alexander Claasen weg.

»Schweine, ihr seid doch allesamt Schweine«, schrie Jos Mutter und trat nach dem Beamten. *Das fehlte gerade noch, dass Melanie ein Verfahren wegen Widerstandes gegen die Staatsgewalt bekam ...* Jo spurtete los. »Beruhigen Sie sich, oder wollen Sie sich jede Menge Ärger einhandeln?«, schrie sie ihre Mutter an. Melanie warf Jo einen wütenden Blick zu, wehrte sich dann aber nicht länger gegen den Beamten und ließ sich weiterziehen.

Jo atmete tief durch. *Ausgerechnet ihre sonst so kühle und beherrschte Mutter war völlig ausgerastet ...*

»Was hatte das denn zu bedeuten?«, hörte sie Polizeipräsident Coehn sagen.

»Das werden Sie gleich erfahren«, antwortete Kaimann. Jo fuhr herum. Nur um sich ihrerseits bei dem Wunsch zu ertappen, Kaimann, der immer noch ausgesprochen hämisch wirkte, gegen das Schienbein zu treten. Ihr Vater schien den kurzen Wortwechsel gar nicht registriert zu haben, sondern blickte Melanie hinterher. Er war ganz bleich geworden.

Die drei Männer stiegen in den Aufzug. Nachdem sich die Tür hinter ihnen geschlossen hatte, erschien auf der Anzeige eine Vier. Jo stürmte die Treppen hoch, bis zum vierten Stock. Sie hatte keinen Plan, war den Männern einfach instinktiv gefolgt. Aber als sie ein paar Meter in den Flur hineingelaufen war, hörte sie Kaimanns Stimme. Nun sah sie, dass eine der Türen offen stand. Sie rannte darauf zu und lugte durch den breiten Spalt in den dahinterliegenden Raum.

Ihr Vater, Polizeipräsident Coehn und Kaimann hatten sich im Halbkreis um einen großen Schreibtisch versammelt, dessen Oberfläche zur Abwechslung einmal nicht aus grauem

Kunststoff, sondern aus hellem Holz bestand. Kaimann kramte in seiner Lederaktentasche und holte dann einige Schwarzweißfotos hervor, die er auf dem Schreibtisch ausbreitete. Jo hörte, wie ihr Vater scharf die Luft einsog.

Der Polizeipräsident betrachtete die Fotos mit gerunzelter Stirn. »Würden Sie mir gefälligst erklären, was dieses Theater zu bedeuten hat?«, fragte er schließlich barsch, an Kaimann gewandt.

»Nun, meiner Ansicht nach sprechen die Fotos für sich«, antwortete Kaimann gelassen. »Kriminalrat Claasen hat sich mit einer potentiell Verdächtigen in einem Mordfall eingelassen. Melanie Weber besitzt für den Tatzeitpunkt, an dem Stefan Lehnert ermordet wurde, kein wirklich plausibles Alibi ...«

»Nach allem, was ich über den Fall Stefan Lehnert weiß, scheint es mir reichlich weit hergeholt, Melanie Weber als potentielle Verdächtige zu bezeichnen«, merkte Coehn an.

»Zurzeit ist die Rolle von Stefan Lehnerts Mitbewohnern – und damit auch die Fräulein Webers – in dem LSD-Ring noch nicht hinreichend geklärt«, fuhr Kaimann unbeirrt fort. »Zudem ist sie der Mitgliedschaft in einer terroristischen Vereinigung verdächtig.«

»Wann wurden diese Fotos denn aufgenommen?«, wollte der Polizeipräsident wissen.

Der Vorhang vor dem gekippten Fenster bauschte sich im Wind.

»Vorgestern Abend.« Zum ersten Mal ergriff Jos Vater das Wort. »Ich bin Melanie Weber zufällig bei einem Konzert der englischen Band Humble Pie in der Musikgaststätte ›Schwarzer Adler‹ begegnet. Wir haben ein paar Bier zusammen getrunken. Aber zu mehr als das ...«, er wies auf eins der Fotos, »ist es zwischen uns nicht gekommen. Das schwöre ich.« Er fuhr sich über das Gesicht und schüttelte den Kopf wie ein Boxer, der einen schweren Hieb abbekommen hatte und versuchte, wieder klar zu denken. »Wir haben über die Musik gesprochen, die wir mögen. Über das, was uns im Leben wichtig ist, solche Dinge eben ...«

»Das scheint ja ein tiefschürfendes Gespräch gewesen zu sein.« Kaimann neigte spöttisch seinen schmalen Kopf. »Und Sie sind sich wirklich ganz sicher, dass Sie Fräulein Weber gegenüber keine Ermittlungsergebnisse ausgeplaudert haben? Schließlich hatten Sie, wie Sie gerade sagten, ›ein paar Bier getrunken‹.«

»Hauptkommissar Kaimann, ich muss doch sehr bitten«, mischte sich wieder der Polizeipräsident ein. »Außerdem will ich wissen, von wem und zu welchem Zweck diese Fotos aufgenommen wurden.«

»Beide Fragen werde ich Ihnen nicht beantworten. Ich kann nur so viel sagen, dass gegen Herrn Kriminalrat Claasen der Verdacht bestand, seine, nun ja, Stellung auszunutzen.«

»Was wollen Sie denn damit andeuten?«, fuhr Jos Vater auf.

Kaimann ignorierte ihn und sah den Polizeipräsidenten an. »Ich werde gegen Herrn Claasen ein Disziplinarverfahren einleiten.«

»Dem ich widersprechen werde!«, gab Polizeipräsident Coehn erbost zurück.

»Tun Sie, was Sie für richtig halten.« Kaimann zuckte mit den Schultern.

Erneut bauschte sich die Gardine im Wind. Eins der Fotos segelte vom Schreibtisch und blieb etwa einen Meter entfernt von der Schwelle auf dem Linoleumfußboden liegen. Unwillkürlich beugte sich Jo vor. Das Foto zeigte ihren Vater und ihre Mutter, die sich hinter dem »Schwarzen Adler« küssten.

Gerade noch rechtzeitig bemerkte Jo, dass sich Kaimann der Tür näherte. Sie wich zurück und eilte in den nächstbesten Raum – eine Männertoilette, wie sie gleich darauf an den Urinalen an der Wand feststellte.

Im nächsten Moment öffnete sich die Tür einer Kabine, und Maurer kam heraus. Er glotzte sie perplex an, ehe er grinste und sagte: »Na, ist Ihnen vor lauter Emanzipation nun ein Pimmel gewachsen, Fräulein Weber?«

»'tschuldigung, ich hab mich in der Tür geirrt«, murmelte Jo, ehe sie eilig den Rückzug antrat. Als sie auf den Flur herauskam, ging Kaimann glücklicherweise in die entgegengesetzte Richtung davon und sah sie nicht.

Die Zimmertür war nun geschlossen, nur gedämpft konnte Jo die Stimmen ihres Vater und des Polizeipräsidenten hören. »Verdammt ...« Sie stöhnte laut auf. Da hatte sie ihren Vater und ihre Mutter zusammenbringen wollen und nur erreicht, dass ihr Vater ein Disziplinarverfahren am Hals hatte und ihre Mutter ihn hasste. Alles, aber auch alles, was sie im Jahr 1974 anpackte, ging daneben. Niedergeschlagen lief sie zum Treppenhaus.

Wenn ich Lutz wäre, dachte Jo düster, würde ich mich jetzt in einer Kneipe verkriechen und sinnlos betrinken. Obwohl ... Sie fühlte sich ohnehin gerade wie auf Drogen, und zwar auf einem Horrortrip ...

»Jo, ich habe dich gesucht.« Sie fuhr zusammen. Vor ihr auf einem Treppenabsatz stand Paul. Auch er machte einen ziemlich bedrückten Eindruck. »Ach, Jo, ich ... hatte ja keine Ahnung ...«, stammelte er.

»Von was hattest du keine Ahnung?« Sie versuchte, ihre wirren Gedanken beiseitezuschieben und sich auf den jungen Kollegen zu konzentrieren.

»Dass Hauptkommissar Kaminski dich und Herrn Kriminalrat Claasen bespitzeln ließ, da er dachte, ihr hättet ein Verhältnis. Ich hab es erst heute Vormittag erfahren, ehrlich, sonst hätte ich dich gewarnt.«

Dann war der Möchtegernmafioso, der sie verfolgt hatte, also ein Kollege gewesen ... Kaminski war ja noch ein mieseres Arschloch, als sie vermutet hatte ...

»Jo, ich kann ja verstehen, dass das schwierig für dich ist. Aber du solltest jetzt doch besser ins Büro kommen. Hauptkommissar Kaimann und Hauptkommissar Kaminski verteilen die Aufgaben in der Mordermittlung Hilgers.« Paul sah sie besorgt an. »Jo, du bist ja ganz weiß im Gesicht. Geht's dir nicht gut?«

»Mir geht's beschissen. Aber ich komme schon klar. Danke, dass du mich aufgeklärt hast. Und nein, ich komme nicht ins Büro.« Jo ließ Paul stehen. Auf wackeligen Beinen stakste sie die Treppe hinunter.

Seit einer guten halben Stunde starrte Jo nun schon in ihre Kaffeetasse. Die braune Instantbrühe schmeckte widerlich, deshalb hatte sie das Getränk kaum angerührt. Das Polizeipräsidium zu verlassen, hatte ihr die Energie gefehlt. Deshalb war sie in die Kantine gegangen. Sie hatte sich in einen Winkel, hinter einige Yuccapalmen, verzogen. Teils, weil sie möglichst nicht gesehen werden wollte, teils weil das Grün der Pflanzen die Braun- und Orangetöne des Mobiliars und der Wandverkleidung etwas milderte – Farben, bei deren Anblick es ihr allmählich schlecht wurde.

Ich muss es schaffen, Lutz aus dem Gefängnis zu bekommen, überlegte Jo trübsinnig. *Danach werde ich den Dienst quittieren.* Mit Kaminski und Kaimann zusammenzuarbeiten, hatte sie nicht die geringste Lust. Zudem würde diese Arbeit sie bestimmt in ihren eigenen Ermittlungen eher behindern als weiterbringen.

»Josepha, ich habe Sie fast nicht entdeckt. Darf ich mich zu Ihnen setzen? Paul hat mir gesagt, dass er Sie in Richtung Kantine hat gehen sehen.« Ihr Vater war an den Tisch getreten. Er wirkte immer noch mitgenommen.

»Natürlich, ach, es tut mir so leid.« ... *dass ich dir ein Disziplinarverfahren eingebrockt und du dir die Abneigung Melanies zugezogen hast*, ergänzte sie in Gedanken.

»Ihnen muss nichts leidtun. Sie haben mittlerweile wahrscheinlich schon gehört, dass man uns verdächtigt, ein Verhältnis zu haben.«

Jo nickte stumm.

»Ich kann mich nur entschuldigen, falls ich jemals den Eindruck erweckt haben sollte, Ihnen zu nahe zu treten. Es ist einfach so ...«, ihr Vater hob hilflos die Hände, »..., dass Sie für mich wie eine Tochter sind. Obwohl ich natürlich viel zu jung bin, um Ihr Vater zu sein.«

»Ich habe nie etwas anderes vermutet ...« Jos Stimme klang in ihren eigenen Ohren ziemlich zittrig, denn sie hatte plötzlich einen dicken Kloß im Hals. »Ich habe auch gehört, dass Kaimann ein Disziplinarverfahren gegen Sie anstrengen will ...« *Dass sie an der Tür gelauscht hatte, tat ja nichts zur Sache ...*

»Ich kann Kaimann nicht leiden und halte ihn für einen opportunistischen Ehrgeizling. Aber er hat nicht unrecht. Ich hätte mich mit Fräulein Weber nicht einlassen dürfen.«

Es war überhaupt nicht gut, dass ihr Vater dieser Ansicht war ... Jo sann noch darüber nach, wie sie ihm dies ausreden könnte, als er sagte: »Polizeipräsident Coehn fand, es sei besser, mich erst einmal aus der Schusslinie zu nehmen. Deshalb werde ich, in Absprache mit dem Innenministerium, für einen erkrankten Kollegen einspringen und für zwei Wochen seinen Lehrgang an der Polizeiakademie in Wiesbaden übernehmen.«

Dass sie ihren Vater nun nicht mehr im Präsidium sehen

würde, bestärkte Jo in ihrem Entschluss. »Ich habe mich entschieden, den Dienst zu quittieren«, erklärte sie. »Mit Kaminski und Kaimann kann und will ich nicht zusammenarbeiten.«

»Josepha, so schnell dürfen Sie nicht aufgeben.« Ihr Vater schüttelte den Kopf. »Sie werden immer auf Vorgesetzte und Kollegen treffen, die Sie nicht mögen und mit denen Sie nicht zurechtkommen. Ich bin überzeugt, dass aus Ihnen einmal eine sehr gute Polizistin werden wird. Deshalb möchte ich, dass Sie Ihre Ausbildung beenden.«

»Danke, dass Sie das sagen. Das bedeutet mir sehr viel.« Jo spürte schon wieder einen Kloß im Hals. *Himmel, wenn das so weiterging, würde sie gleich vor Rührung in Tränen ausbrechen* ... »Aber ich kann die beiden wirklich nicht als Vorgesetzte akzeptieren.«

»Polizeipräsident Coehn ist, wie er heute Morgen bereits erklärte, nicht damit einverstanden, dass im Mordfall Hilgers nur in Richtung eines terroristischen Tathintergrundes ermittelt wird. Es wird eine zweite Arbeitsgruppe geben. Hauptkommissar Framer vom zweiten Kommissariat wird sie leiten. Er ist ein manchmal etwas spröder, aber fähiger Kollege. Ich habe Sie dem Polizeipräsidenten für diese Arbeitsgruppe empfohlen.«

Jo überlegte rasch. »In dieser Arbeitsgruppe mitzuarbeiten, kann ich akzeptieren«, erwiderte sie schließlich. *Aber viel lieber hätte ich mit dir zusammengearbeitet und Zeit mit dir verbracht*, ging es ihr melancholisch durch den Sinn. »Ich werde Sie vermissen«, sagte sie impulsiv.

»Ich bin überzeugt, dass Sie auch ohne mich sehr gut zurechtkommen werden.« Ihr Vater lächelte ein wenig. »Und wenn Sie einmal Hilfe benötigen sollten oder sich einfach aussprechen wollen, können Sie mich gerne anrufen. Abends und am Wochenende werde ich zu Hause sein.« Er zog eine lederne Brieftasche aus seinem Jackett, nahm eine Visitenkarte heraus und reichte sie Jo. Sehr behutsam verstaute sie die kleine Karte in ihrer Handtasche.

»Der Polizeipräsident möchte Sie gerne kurz kennenlernen. Bitte gehen Sie gleich zu ihm.« Ihr Vater stand auf, und Jo erhob sich ebenfalls. *Es konnte einfach nicht sein, dass diese Szene vorhin in der Eingangshalle des Polizeipräsidiums das Ende zwischen ihrem Vater und ihrer Mutter bedeutete ...*

»Darf ich Sie noch etwas Persönliches fragen?« Jo blickte ihren Vater an.

»Ja, das dürfen Sie.« Er nickte.

»Liegt Ihnen wirklich etwas an Melanie Weber?«

Ein Küchenangestellter schob einen Metallwagen voller Töpfe hinter die Theke. Es roch nach Bohnen, Maggi und Soße.

Ihr Vater zögerte einen Moment, ehe er antwortete. »Ja, das tut es, und gerade deshalb hätte ich mich nicht mit ihr einlassen dürfen.«

Eine Aussage, die Jo – in Bezug auf ihre Zeugung und Geburt – nicht wirklich ermutigend fand. Immer noch niedergeschlagen, machte sie sich auf den Weg zum Büro des Polizeipräsidenten.

»Schön, Sie kennenzulernen, Fräulein Weber.« Polizeipräsident Coehn begrüßte Jo mit einem kräftigen Händedruck über seinen Schreibtisch hinweg und bedeutete ihr mit einer Handbewegung, auf dem Lederstuhl ihm gegenüber Platz zu nehmen. Das Büro war nüchtern eingerichtet. Aber neben dem Wählscheibentelefon stand eine blühende Begonie zwischen einigen gerahmten Fotografien. »Ich freue mich sehr, dass wir endlich einmal eine Kommissarin zur Anstellung unter all uns Männern haben. Nur leider sind Sie während einer schwierigen Zeit zu uns gekommen. Und damit meine ich nicht nur die Fälle, die wir gerade zu bearbeiten haben.«

»Ich möchte klarstellen, dass zwischen Kriminalrat Claasen und mir nichts war«, erklärte Jo hitzig.

»So etwas habe ich auch nicht angenommen.« Der Polizeipräsident schüttelte den Kopf. »Ich weiß, dass Kriminalrat Claasen Neider hat. Er hat Sie mir sehr empfohlen. Ich bin zuversichtlich, dass Sie im Team von Hauptkommissar Framer gute Arbeit leisten werden.«

»Ich hoffe, dass ich Sie nicht enttäusche ...« Ja, sie hoffte wirklich sehr, dass sie Bernward Hilgers Mörder finden würde. Sei es in Zusammenarbeit mit dem Hauptkommissar oder auf sich allein gestellt beziehungsweise mit Lutz zusammen.

»Da ist etwas, worum ich Sie bitten möchte«, begann Jo vorsichtig. »Lutz Jäger, den Hauptkommissar Kaminski wegen Drogenhandels hat festnehmen lassen, hat mich über Vorgänge innerhalb seiner Kommune informiert. Mir ist es gelungen, ein Vertrauensverhältnis zu ihm aufzubauen. Ich würde ihn gerne im Gefängnis aufsuchen. Vielleicht teilt er mir etwas mit, was er Hauptkommissar Kaminski und auch Kriminalrat Claasen nicht sagen wollte.«

»Ich kümmere mich darum, dass Sie eine entsprechende Erlaubnis bekommen.« Der Polizeipräsident griff nach dem Telefon und wählte eine Nummer.

Das war ja erfreulich glatt gegangen ... Während Coehn seiner Sekretärin eine Anweisung gab, ließ Jo den Blick über den Schreibtisch schweifen. Einer der Fotorahmen stand so, dass sie die Fotografie darin sehen konnte. Die etwas bräunlich verfärbte Aufnahme eines ausgesprochen attraktiven Mannes, der eine gewisse Ähnlichkeit mit Brad Pitt besaß. Jo blinzelte und beugte sich vor. Nein, sie hatte sich nicht getäuscht ... Der Mann sah nicht nur Brad Pitt ähnlich, er besaß auch eine frappierende Ähnlichkeit mit Frederick Lombard, dem Psychiater, der sie und Lutz im Jahr 1898 bei ihren Ermittlungen unterstützt hatte.

»Das ist mein Großvater«, hörte Jo den Polizeipräsidenten sagen, der ihren Blick bemerkt hatte. »Er ist kurz nach der Machtergreifung der Nationalsozialisten mit seiner Familie nach Palästina ausgewandert, zu einer Zeit, als die meisten Juden noch glaubten, dass der braune Spuk schnell vorbeigehen würde. Darauf angesprochen, weshalb er die bösen Vorzeichen so schnell richtig deutete, behauptete er immer, eine junge Frau habe ihn Ende des 19. Jahrhunderts vor den Nazis gewarnt. Wir – meine Familie und ich – haben nie verstanden, warum er zu dieser Ausrede griff.«

Also hatte Frederick Lombard tatsächlich auf sie gehört und überlebt ... Eine Welle der Dankbarkeit durchflutete Jo.

Sie hatte sich gerade von ihrem Stuhl erhoben, als jemand energisch an die Tür klopfte. Ehe der Polizeipräsident reagieren konnte, wurde die Tür schon aufgestoßen, und Kaimann kam ins Büro gestürzt. Er ignorierte Jo, wandte sich Coehn zu und sagte: »Etwa zwanzig Meter entfernt von der Stelle, wo das LSD versteckt war, wurde die Leiche eines Mannes gefunden – im Waldboden vergraben. Was nun die Drogenermittlung zu einer Mordermittlung ausweitet.«

9. KAPITEL

Jo fiel es schwer, sich auf die Besprechung mit Hauptkommissar Framer zu konzentrieren. Die Adjektive »trocken« und »spröde« beschrieben ihn sehr zutreffend. Mit seinem mausgrauen, akkurat gescheitelten Haar und der Brille mit dünnem Goldrand hätte man ihn, wie sie fand, ohne weiteres für einen Finanzbeamten halten können. Diesen Eindruck unterstrichen seine graue Stoffhose und sein hellblaues Hemd, die so gar nicht den grellen Siebziger-Jahre-Standards entsprachen.

Wenn Kaimann über meine und Lutz' Zeitreisen Bescheid weiß, kann er Lutz nicht ernsthaft für einen Mörder halten, grübelte Jo vor sich hin. Was sie wiederum zu der Frage führte, ob ihre Entführung nicht doch die Ausgeburt einer Drogenphantasie gewesen war. Oder aber – und diese Vorstellung war nicht sehr schön – die Entführung war keine Folge des Haschrauchens, und Kaimann verfolgte irgendeinen perfiden Plan, indem er Lutz versuchte, einen Mord unterzuschieben.

Der anonyme Brief an Hilgers, den Kaimann heute Morgen erwähnt hat, fiel es Jo plötzlich siedend heiß ein. Wegen des Eklats um ihren Vater hatte sie ihn völlig vergessen. In ihrer Schreibtischschublade lagen ja noch die Wollhandschuhe, die sie zum Schreiben des Briefes auf der Schreibmaschine angehabt hatte. *Vielleicht werde ich ja allmählich wirklich para-*

noid, überlegte sie, *aber ich sollte die Handschuhe schleunigst verschwinden lassen. Nicht dass Kaimann sie entdeckt und die Schreibmaschinentypen mit denen auf dem anonymen Brief vergleicht.*

»Fräulein Weber ...« Jo zuckte zusammen. Hauptkommissar Framer blickte sie an, und auch die Blicke der anderen acht Männer in dem kleinen Besprechungsraum waren auf sie gerichtet. »Sie wirken sehr in Gedanken versunken. Ich hoffe doch, dass sich Ihre Überlegungen um unsere Ermittlung drehen. Haben Sie zu unserem geplanten Vorgehen noch etwas beizutragen?« Einige der Kollegen grinsten.

»Ähm ja ...« Jo riss sich zusammen. Sie hatte schließlich jede Menge Vorschusslorbeeren erhalten, die sie rechtfertigen musste. Außerdem war es auch ihr vorrangiges Ziel, dass Bernward Hilgers Mörder gefasst wurde. »Es sollte unsere Priorität sein, Herrn Hilgers Ehefrau noch einmal intensiv zu befragen. Hauptkommissar Kaimann hat seine Fragen möglicherweise etwas einseitig gestellt. Und, nun ja ...« *Mensch Jo, konzentrier dich gefälligst ...* »Da sich Frau Hilgers in einem psychischen Ausnahmezustand befindet, halte ich es für sinnvoll, dass ich sie allein befrage. Sozusagen von Frau zu Frau ... Ich bin überzeugt, dass es mir so leichter gelingen wird, ein Vertrauensverhältnis zu ihr aufzubauen ...«, schloss sie. *Und vor allem wollte sie ungestört ermitteln, ohne sich vor irgendwelchen Kollegen in Acht nehmen zu müssen ...*

»Würden Sie es sich denn zutrauen, allein mit Frau Hilgers zu sprechen?«, fragte Hauptkommissar Framer nach kurzem Überlegen.

»Ja, o ja ...«

»Gut, dann fahren Sie im Anschluss an unsere Besprechung zu Frau Hilgers. Ich erwarte aber eine genaue Wiedergabe des Gesprächs.«

Jo stellte fest, dass ihre Kollegen alle recht erleichtert

wirkten. Natürlich, mit einer trauernden, unter Schock stehenden Witwe unterhielt sich kein Mann gerne. *In diesem Fall war ja mal die Gender-Karte sehr nützlich gewesen ...*

Nachdem noch weitere Aufgaben verteilt worden waren, beendete Hauptkommissar Framer die Besprechung.

Jo schnappte sich Jacke und Handtasche und eilte zu dem Großraumbüro. Die Kollegen der Arbeitsgruppe »Anschlag« waren mit Telefonaten beschäftigt. Paul hob, als er Jo bemerkte, nach einem raschen Blick in Richtung der Glaskabine grüßend die Hand. Kaimann und Kaminski wandten, zu Jos Erleichterung, dem Großraumbüro den Rücken zu. An einem Schreibtisch in der Nähe der Glaskabine saß ein etwa dreißig Jahre alter blonder Beamter mit einer Frau um die fünfzig, die ein teuer aussehendes graues Kostüm trug – Bernward Hilgers Sekretärin Frau Geiß, wie Jo nun erkannte.

Jos ehemaliger Schreibtisch hinten in der Ecke war glücklicherweise unbesetzt. Sie zog die Schublade auf, schnappte sich die Wollhandschuhe und ließ sie in ihrer Handtasche verschwinden. *Uff, das war ja noch mal gutgegangen ...*

Frau Geiß schüttelte nun den Kopf. Jo richtete es so ein, dass sie auf dem Weg zur Tür an ihr und dem blonden Beamten vorbeiging.

»Den Mund noch etwas breiter«, hörte sie Hilgers' Sekretärin sagen. Jo spähte über ihren Rücken.

»Ist es so besser?« Der blonde Beamte führte einige Striche an einer Zeichnung aus. Das Phantombild einer jungen Frau mit großer Sonnenbrille auf der Nase, die ihr Haar unter einem Kopftuch verborgen hatte – wie Jo mit einem flauen Gefühl im Magen feststellte. Leider sah ihr das Phantombild ziemlich ähnlich.

Wirklich ein schicker Kasten, genauso wie Lutz ihn beschrieben hat, dachte Jo, als sie die Auffahrt des Hilgersschen Anwesens entlangfuhr. Das Wetter war umgeschlagen. Nieselregen fiel auf die Windschutzscheibe des Käfers, der wie immer ohrenbetäubend vor sich hin lärmte.

Jo parkte das Auto vor der Treppe, die in mehreren Kehren durch eine Art Steingarten zu dem Bungalow hinaufführte. Auf ihr Klingeln hin öffnete ihr eine grauhaarige rundliche Frau in den Fünfzigern, die eine weiße Schürze über ihrem schwarzen Kleid trug. *Frau Mageth*, schlussfolgerte Jo.

»Frau Hilgers geht es gar nicht gut.« Frau Mageth seufzte. »Wenn Sie bitte kurz warten würden. Ich frage nach, ob sie sich imstande sieht, mit Ihnen zu sprechen.«

Jo versicherte ihr, dass sie Frau Hilgers nicht lange in Anspruch nehmen würde. Nachdem die ältere Frau hinter einer Schiebetür verschwunden war, blickte Jo sich um. Von der braun gefliesten Diele führte eine mit Glas eingefasste, frei schwingende Treppe auf eine Galerie. Neben der Garderobe hing ein abstraktes Gemälde in roten, braunen und grauen Tönen, das Jo gefiel.

»Frau Hilgers ist bereit, sich kurz mit Ihnen zu unterhalten.« Die Haushälterin war in der geöffneten Schiebetür erschienen und trat nun beiseite, um Jo einzulassen. Jo registrierte einen Backsteinkamin, eine große, mit rostbraunem Cord bezogene Sitzgruppe und eine Fensterfront, die auf den Garten hinausging und durch die man den Swimmingpool und das Flusstal sehen konnte. In einer futuristischen, ebenfalls mit rostbraunem Cord ausgekleideten Plastikkugel – die wohl ein Sessel sein sollte – richtete sich eine schwarzgekleidete Frau auf und reichte Jo mit einer müden Geste die Hand. Die Blässe ihres auffallend schönen Gesichts kontrastierte zu ihrem leuchtend roten Haar.

»Nehmen Sie doch bitte Platz.« Sie deutete auf einen Sessel. Ihre Stimme klang dünn und brüchig. »Ich fürchte, ich kann Ihnen nicht weiterhelfen, denn eigentlich habe ich Herrn Kaimann heute Morgen schon alles gesagt, was ich weiß.« Ihre ein wenig schleppende Sprechweise ließ Jo vermuten, dass Frau Hilgers ein Beruhigungsmittel eingenommen hatte.

»Vielen Dank, dass Sie sich Zeit für mich nehmen«, versicherte Jo.

»Ach, ich würde alles tun, damit der schreckliche Brand aufgeklärt wird.« Frau Hilgers drehte den Kopf und blickte mit leeren Augen auf die Veranda vor der Glasfront, wo eine Hollywoodschaukel, wie von unsichtbarer Hand in Bewegung gesetzt, sachte vor- und zurückschwang. Für einen Moment kehrte die Frau Jo ihr Profil zu, und nun erkannte Jo sie. Frau Hilgers war Sylvia, die Frau, die sie mit Lutz' Mitbewohnern in der Musikkneipe gesehen hatte. Was die Fragen, die Jo vorbereitet hatte, völlig durcheinanderwarf. War es besser, Frau Hilgers darauf anzusprechen, oder sollte sie dies vorerst unerwähnt lassen? Jos Instinkt riet ihr, Ersteres zu tun.

»Sie waren zusammen mit Marianne Zierner und Tobias Schmittner in der Konzertkneipe ›Schwarzer Adler‹«, sagte sie.

»Woher wissen Sie ...« Leonore Hilgers brach ab und biss sich auf die Lippen.

»Waren Sie öfter mit den beiden dort? Ich vermute, ja.«

»Ich dachte, Sie wollten mich zum Tod meines Mannes befragen«, fuhr Leonore Hilgers Jo an. Sie wirkte nun wacher.

»Wusste Ihr Mann denn von Ihren Ausflügen mit den Hippies?«, ließ Jo nicht locker. »Ich kann mir nicht recht vorstellen, dass dies einem – nach allem, was ich weiß – konservativen Mann wie ihm gefallen hätte.«

Leonore Hilgers richtete sich kämpferisch auf, doch die

Lider über ihren großen grauen Augen flackerten nervös. »Ich muss darüber nicht mit Ihnen sprechen«, wehrte sie trotzig ab.

»Sie haben recht. Das müssen Sie nicht«, erwiderte Jo sanft. »Aber wenn Sie sich weigern, mit mir über Ihre Verbindung zu den jungen Leuten zu reden, würde das schon, nun ja, seltsam, um nicht zu sagen verdächtig wirken.«

»Wollen damit etwa andeuten, dass Sie mich verdächtigen, etwas mit dem Brand zu tun zu haben?« Leonore Hilgers presste die Hand auf den Mund.

»Nein, das möchte ich nicht andeuten. Ich möchte einfach nur gerne mehr über Sie und Ihren Ehemann erfahren.« Jo deutete auf die kubistischen Drucke, die über der Couch hingen. Soweit sie dies beurteilen konnte, handelte es sich dabei um Originalabzüge, nicht um fotomechanisch hergestellte Reproduktionen. »Ich schätze, dass es nicht ganz einfach ist, als eine Frau, die sich für Kunst und Literatur interessiert, in einer Provinzstadt wie Ebersheim zu leben. Noch dazu an der Seite eines Mannes, der zu den Honoratioren der Stadt gehört und der gerne Sport treibt und auf die Jagd geht ...«

»Ich spiele durchaus auch Tennis«, entgegnete Leonore Hilgers. Doch sie musste selbst bemerkt haben, dass sie sich nicht sehr überzeugend anhörte, denn sie biss sich wieder auf die Lippen und fügte nach einer kurzen Pause leise hinzu: »Manchmal musste ich einfach ausbrechen. Nein, Sie haben recht, mein Mann wusste nichts davon, dass ich öfter den ›Schwarzen Adler‹ aufsuchte, und wenn, dann hätte er es nicht gebilligt. Meistens war ich dort, wenn er Geschäftstermine hatte oder an einer Veranstaltung von seinem *Lions Club* teilnahm. Seine Freunde und vor allem deren Gattinnen hätten sich den Mund darüber zerrissen, wenn es bekannt geworden wäre.«

»Haben Sie Marianne Zierner und Tobias Schmittner denn in der Kneipe kennengelernt?«

»Ja, vor einem halben Jahr. Ich war zu einem Konzert von *Focus* dort, bestimmt kennen Sie die niederländische Band. Nach einem Tag, an dem ich mich fast zu Tode gelangweilt habe. Morgens Tennis, mittags ein Essen mit meinem Mann und seinen Geschäftsfreunden, nachmittags ein Einkaufsbummel mit der Ehefrau eines weiteren Geschäftsfreundes ...« Leonore Hilgers verzog das Gesicht. »Während des Konzerts war ich ein bisschen angetrunken und habe versehentlich mein Bier über Toby ausgeschüttet. So kamen er, Marian und ich ins Gespräch. Ihr Idealismus und ihr Glauben an eine gerechte Welt gefielen mir einfach ...«

»Weshalb ließen Sie sich von den jungen Leuten ausgerechnet Sylvia nennen?«

»Ein Musikstück von *Focus*, das ich sehr mag, heißt so.«

»Kannten Sie auch Stefan Lehnert?«

»Den jungen Mann, der ermordet im Wald gefunden wurde?«

»Allerdings, den meine ich.« Jo nickte.

»Ja, ich kannte ihn.« Leonore Hilgers zupfte an ihrem Rock herum.

Zum ersten Mal gibt es, dachte Jo, eine konkrete Verbindung zwischen den beiden Fällen.

»Warum haben Sie sich nicht an die Polizei gewandt? Oder haben Sie sein Foto nicht in der Zeitung gesehen?«, hakte Jo nach.

»Nun, ich wusste ja durch Marian und Toby, dass sich Stefans Identität geklärt hatte. Außerdem ist diese Stadt wie ein großes Dorf. Hätte ich mich wegen Stefan mit der Polizei in Verbindung gesetzt, dann hätte ganz bestimmt auch mein Mann davon erfahren.«

»Hatten Sie ein Verhältnis mit Stefan Lehnert?«

»Was fällt Ihnen ein – natürlich nicht.« Wieder flackerte Kampfgeist in Leonore Hilgers auf. »Ich muss mir diese Unterstellungen nicht gefallen lassen. Mein Mann und ich hatten im letzten Jahr gewisse Schwierigkeiten. Aber ich habe ihn nicht betrogen.«

»Haben Sie Ihren Mann geliebt?«

»Gewiss.« Die Antwort kam, fand Jo, etwas zu schnell. Auch Leonore Hilgers musste dies bemerkt haben, denn sie verschränkte, wie zum Schutz, ihre langen, schlanken Arme vor der Brust und knetete ihre Ellbogen.

Jo beschloss, sie vorerst nicht zu fragen, ob sie in Marian verliebt war, denn Leonore Hilgers würde sie bestimmt wieder anlügen.

»Können Sie sich vorstellen, dass Ihr Mann von einer terroristischen Vereinigung getötet wurde?« Jo war sich darüber im Klaren, dass Leonore Hilgers sicher vermutete, dass Toby, Marian und die anderen Kommunenmitglieder unter Verdacht standen.

»Ebersheim und die Kaufhauskette Meerheimer sind doch viel zu unbedeutend, um Ziel eines Anschlags zu werden.« Leonore Hilgers warf den Kopf in den Nacken. Ihre Stimme war voller Verachtung. »Das habe ich Ihrem Kollegen Hauptkommissar Kaimann auch schon gesagt.«

Interessant, dass Kaimann dies am Morgen völlig unerwähnt gelassen hatte ... Nun, Leonore Hilgers Spott wirkte, fand Jo, glaubhaft. »Es gibt da eine Verbindung Ihres Gatten zu Chile ...«, erwähnte sie dennoch.

»Ja, diese Delegation von Geschäftsleuten, an der mein Gatte teilgenommen hat.« Leonore Hilgers zuckte mit den Schultern. »Mein Mann neigt ...«, sie hielt kurz inne und schluckte, als ihr bewusst wurde, dass sie von ihm in der Gegenwartsform gesprochen hatte, »... neigte dazu, das Pinochet-Regime zu verharmlosen, und er hätte bestimmt ein faschistisches einem kommunistischen Regime vorgezogen. Aber dass der Kaufhausbrand wegen seiner Reise nach Chile gelegt wurde, kann ich mir beim besten Willen nicht vorstellen.«

»Nur mal aus Interesse, wo waren Sie gestern Abend?«

Leonore Hilgers starrte Jo verblüfft und empört an, ehe sie antwortete: »Ich war hier. Nachdem mein Mann gegen neun Uhr das Haus verließ, habe ich gelesen.«

»Was haben Sie denn gelesen?«

Leonore Hilgers' kurzes Auflachen hatte einen hysterischen Unterton. »Auch wenn sich das jetzt völlig absurd anhört, ›Zündschnüre‹ von Degenhardt. Und nein, niemand kann bezeugen, dass ich hier war. Frau Mageth ist nur tagsüber im Haus. In der Regel kehrt sie, nachdem sie das Abendessen serviert hat, in ihre eigenes Zuhause zurück.«

»Kam es denn öfter vor, dass Ihr Mann spätabends noch im Büro arbeitete?«

»Das habe ich Ihrem Kollegen doch bereits gesagt ...«

»Ich weiß, aber ich würde die Antwort gerne noch einmal aus Ihrem Mund hören.«

Leonore Hilgers seufzte. »Ja, mein Mann arbeitete häufig direkt nach Dienstschluss im Büro oder, wenn es besonders viel Arbeit gab, kam er zum Essen nach Hause und fuhr dann noch einmal zum Kaufhaus.«

»Hatte er denn hier, in diesem großen Haus, kein Arbeitszimmer?«

»Doch, natürlich. Aber die Kaufhauskette war Bernwards Leben. Er liebte seine Arbeit und hielt sich gerne in der Zentrale auf.«

Das war das erste Mal, dass Leonore Hilgers den Vornamen ihres Gatten gebraucht hat, dachte Jo. Sie wollte Leonore Hilgers zu den Schulden befragen, und auch, ob sie vom Verhältnis ihres Gatten gewusst hatte.

Doch plötzlich presste Leonore Hilgers die Hand auf ihren Bauch und sprang auf. »Entschuldigen Sie ...«, stieß sie hervor und rannte zur Schiebetür, die sie so heftig aufstieß, dass diese laut gegen den Rahmen krachte.

»Frau Hilgers ...« Jo erschrak und sprang ebenfalls auf.

Leonore Hilgers rannte durch die Diele und von dort in einen Flur, wo sie eine weitere Tür aufriss. Jo folgte ihr in ein großes, orangefarben gekacheltes Badezimmer mit Wanne und separater Dusche. Leonore Hilgers sank vor der Kloschüssel auf die Knie und übergab sich würgend.

Jo entdeckte einen Stapel Gästehandtücher auf einem kleinen Metallregal, das neben dem Spiegelschrank über dem Waschbecken hing. Sie drehte den Wasserhahn auf, hielt ein Handtuch unter den lauwarmen Strahl und reichte es Leonore Hilgers.

»Danke ...« Leonore Hilgers große graue Augen standen voller Tränen.

»Frau Hilgers ... Ach, ich habe doch schon befürchtet, dass das alles zu viel für Sie ist.« Frau Mageth war ebenfalls ins Badezimmer gekommen. Sie schob Jo zur Seite, half ihrer Chefin auf die Beine und legte ihr dann in einer beschützenden Geste den Arm um die Schultern. »Ich bringe Sie in Ihr Schlafzimmer. Und Sie ...«, sie blickte Jo vorwurfsvoll an, »gehen jetzt besser.«

Lutz, überlegte Jo, *während sie das Haus verließ und durch den Steingarten die Treppe hinunter zu ihrem Käfer ging, sollte noch einmal mit Frau Mageth sprechen. Aber dazu musste Lutz natürlich erst einmal aus dem Gefängnis heraus ...*

Allmählich hatte er das wirklich satt ... Wieder einmal wurde Lutz von zwei uniformierten Polizisten, die Hände mit einer Handfessel fixiert, durch das Polizeipräsidium eskortiert. In was für einen beschissenen Schlamassel war er da nur geraten ...

Vorhin hatte ihm der Haftrichter eröffnet, dass ganz in der Nähe des LSD-Verstecks eine Leiche gefunden worden war und Lutz deshalb vorerst in Untersuchungshaft bleiben würde. Dass der Haftrichter ein aalglatter Karrieretyp gewesen war und, wie Lutz fand, eine ziemlich große Ähnlichkeit mit Jos Exfreund, dem Staatsanwalt Dr. Friedhelm Seidel, hatte, hatte die Situation nicht besser gemacht.

Am anderen Ende des Flurs entdeckte Lutz nun Rolle, der ebenfalls von zwei uniformierten Beamten eskortiert wurde. Sein Mitbewohner sah ziemlich fertig aus. Ausnahmsweise war Lutz einmal bereit, Mitleid mit ihm zu empfinden.

»He, hier rein.« Die beiden Polizisten bugsierten Lutz in ein Zimmer, in dem schon sechs weitere Männer standen. An einer Längswand befand sich ein großes verspiegeltes Fenster. *Eine Gegenüberstellung – auch das noch ...* Einer der Polizisten nahm Lutz die Fessel ab und drückte ihm einen Pappkarton mit einer Sieben darauf in die Hand. Lutz hatte schon viele Gegenüberstellungen erlebt, aber noch keine, bei der er das Objekt gewesen war.

Hinter dem verspiegelten Fenster waren jetzt gedämpfte Geräusche zu hören. Lutz vermutete, dass sich Kalle, Ulli oder Max in dem angrenzenden Raum befanden. Kalle und Ulli war er ja nie begegnet. Er hoffte inständig, dass Max ihn ohne den Cowboyhut nicht erkennen würde. Oder, falls doch, dass ihn eine Art LSD-Produzenten-Ehre davon abhalten würde, Lutz zu verraten.

Nach einigen Minuten wurde die Tür aufgerissen, und Kaminski erschien auf der Schwelle. »Schaffen Sie den Kerl wieder in seine Zelle«, blaffte er und zeigte auf Lutz.

»Ich verwahre mich energisch dagegen, als Verbrecher behandelt zu werden«, beschwerte sich Lutz kühl. *Mist, hatte ihn Max nun erkannt oder nicht ...?*

Kaminski trat ganz nahe an ihn heran. »Du hast Glück, Freundchen«, zischte er, »dass ich zurzeit anderweitig beschäftigt bin und mich dir noch nicht widmen kann.«

»Habt ihr denn schon irgendwelche Erkenntnisse im Todesfall Hilgers?«, fragte einer der Polizisten Kaminski, als sie Lutz auf den Gang geführt hatten.

Hilgers ist tot, durchfuhr es Lutz, und da habe ich noch gedacht, meine Situation könnte nicht beschissener werden ...

Zurück im Präsidium, erstattete Jo Hauptkommissar Framer einen stark zensierten Bericht. So ließ sie es unerwähnt, dass Leonore Hilgers Toby und Marian kannte. Denn dies hätte Kaimann bestimmt nur darin bestärkt, sein Augenmerk auf Lutz' Kommune zu richten.

»Und wie kommen Sie darauf, dass Herr und Frau Hilgers Eheprobleme hatten?«, fragte der Hauptkommissar nun. Die einzige persönliche Note in seinem kargen Büro war ein Kalender der Sparkasse.

»Ach, das ist mehr ein Gefühl«, beließ Jo es im Vagen. »Die Art, wie sie über ihn sprach und Andeutungen machte ... Ich halte es auch für nicht ausgeschlossen, dass Herr Hilgers ein Verhältnis hatte.« Es konnte nicht schaden, wenn die Kollegen dieser Spur nachgingen. »Gibt es denn schon neue Erkenntnisse, was den Toten betrifft, der in der Nähe des LSD-Verstecks gefunden wurde?«

»Bislang nur, dass er seit ungefähr zwei Wochen tot ist und dieser Jäger vehement bestreitet, irgendetwas mit dem Mord zu tun zu haben, ansonsten aber jede Aussage verweigert.«

Klar, Lutz hatte ja mal wieder kein Alibi ... »Sind Hauptkommissar Kaimann und Hauptkommissar Kaminski denn bei Ihren Verhören mit den Mitbewohnern von Stefan Lehnert schon irgendwie weitergekommen?«

»Melanie Weber wurde mittlerweile auf freien Fuß gesetzt. Sie nahm gestern Abend an einer Geburtstagsfeier ihrer Mutter teil und kehrte erst gegen zwei Uhr wieder in die Villa zurück – zu einem Zeitpunkt also, als Bernward Hilgers bereits tot war und die Feuerwehr sich bemühte, den Brand zu löschen. Melanie Webers Mutter hat das Alibi bestätigt. Hauptkommissar Kaimann hält sie für glaubwürdig. Schließlich sind sie und ihr Gatte sehr respektable Bürger.«

Wenn er sich da nur nicht täuscht, dachte Jo. Meine Großmutter hegt keinerlei Sympathien für linksradikale Gruppierungen. Aber ich traue es ihr zu, dass sie auch die Drahtzieher des Anschlags auf das World Trade Center decken würde, wenn es darum ginge, die Familienehre zu beschützen. Ich muss meiner Mutter unbedingt selbst auf den Zahn fühlen.

Hauptkommissar Framer gähnte. »Ansonsten ist Hauptkommissar Kaimann eifrig damit beschäftigt, Ebersheimer Extremisten verhören zu lassen. Allerdings fürchte ich, dass schon eine SPD-Mitgliedschaft genügt, um in seinen Augen als Extremist zu gelten.«

Hörte sie da tatsächlich einen Anflug von trockenem Humor in seinen Worten ...? Jo grinste.

Hauptkommissar Framer lehnte sich auf seinem Stuhl zurück und gähnte wieder. »Frau Meerheimer hält sich auf der Intensivstation bei ihrem Mann auf. Aber morgen Vormittag müsste sie kurz zu Hause zu sprechen sein. Ich schlage vor, dass Sie das übernehmen.«

»Sehr gerne.« Jo nickte. »Gibt es denn, außer der Gattin, noch Verwandte von Herrn Hilgers, die wir befragen könnten?«

»Nur einen jüngeren Bruder, der mit seiner Familie in Südafrika lebt. Er arbeitet dort als Ingenieur für eine deutsche Firma und wird erst in ein paar Tagen zur Beerdigung nach Deutschland kommen.«

Das musste der Vater von Hilgers Neffen, dem späteren Staatssekretär, sein, der die Ermittlungen im 21. Jahrhundert ins Rollen gebracht hatte ...

»Von mir aus können Sie für heute Schluss machen, Fräulein Weber«, sagte Framer nun.

Wobei Jo für ihr eigenes Ermittlungsprogramm noch einiges zu erledigen hatte ... Und sie musste Lutz endlich im Gefängnis besuchen ...

Klappernd schloss sich die Gittertür hinter Jo. Sie fühlte sich unbehaglich, wie immer, wenn sie sich in einem Gefängnis aufhielt. Neonlicht erhellte den tristen Flur. In dem Raum, zu dem der untersetzte Wärter Jo nun geleitete, setzte sie sich an den zerschrammten, am Boden festgeschraubten Tisch und wartete darauf, dass Lutz zu ihr gebracht wurde.

Als die Tür aufging, waren Lutz' Hände mit einer Art dicken Plastikschnur vor dem Körper gefesselt. Er wirkte – was sehr untypisch für ihn war – ausgesprochen schlechtgelaunt. Jo besann sich darauf, dass sie Lutz ja ganz offiziell, als ermittelnde Beamtin, gegenübertreten musste, und erhob sich.

»Kriminalkommissarin zur Anstellung, Weber«, stellte sie sich Lutz vor, ehe sie sich an den Wärter wandte. »Ich muss Herrn Jäger zu ein paar vertraulichen Dingen befragen. Wenn Sie also bitte den Raum verlassen und draußen warten würden.«

»Aber ich kann Sie – eine junge Frau – doch nicht mit dem Kerl allein lassen«, protestierte der Wärter.

»Passen Sie auf, was Sie sagen«, spottete Lutz. »Das war eben hart an der Grenze zur Frauendiskriminierung.«

»Halten Sie den Mund!«, schnauzte der Wärter ihn an.

»Ich muss mit Herrn Jäger wirklich unter vier Augen sprechen«, beharrte Jo, »und ich habe dazu die Erlaubnis des Direktors.« Das stimmte zwar nicht, sie hatte dem Direktor nur das Schreiben des Polizeipräsidenten vorgelegt, aber sie ging davon aus, dass der Wärter nicht bei seinem Vorgesetzten nachfragen würde.

»Ich werde dem Kerl aber nicht die Handfesseln abnehmen«, gab der Wärter zurück.

Jo seufzte. »Wenn Sie das beruhigt ...«

Nachdem der Wärter gegangen war, ließ sich Lutz auf den ebenfalls am Boden festgeschraubten Stuhl auf der anderen Tischseite fallen. »Sag bloß nicht, dass du mich immer schon mal in Fesseln sehen wolltest. Ich habe gerade überhaupt keinen Sinn für Humor.«

»Ich wollte dich nie in Fesseln sehen. Mir steht der Sinn schließlich nicht nach Sadomaso«, zischte Jo, nur um sich gleich darauf auf die Lippen zu beißen. Jetzt war wirklich nicht der geeignete Zeitpunkt für irgendwelche – wie auch immer gearteten – sexuellen Anspielungen. Sie räusperte sich. »Allerdings möchte ich gerne von dir wissen, warum du dich ausgerechnet in der Nähe eines LSD-Verstecks und einer Hanfpflanzung im Wald aufgehalten hast?«

Lutz sah sie ärgerlich an. »Nur zu deiner Information: Ich hatte keine Ahnung von dem LSD-Versteck. Und in den Umkreis der Hanfpflanzung hat mich höchstens mein Unterbewusstes während meines *Trimm-Dich-Laufs* geführt. Na ja, ich habe doch schon immer geahnt, dass jede Art von Sport außer Fußball letztlich schädlich ist. Es ist echt eine verdammte Scheiße, dass dort auch noch eine Leiche gefunden wurde. Ich wurde ja schon einiger Vergehen beschuldigt. Aber noch nie eines Mordes.«

Jo beugte sich vor. »Ich werde mit meiner Mutter sprechen. Sie soll dir Hans Kayser als Anwalt besorgen. Wenn du ihm gegenüber behauptest, dass du während der letzten

Wochen an einer Komplettamnesie gelitten hast, wird er dir das zwar nicht glauben, trotzdem aber alles unternehmen, damit du aus der U-Haft kommst. Glaub mir, er ist wirklich gut.«

»Sehr beruhigend zu wissen ...« Lutz' Miene erhellte sich kurz.

»Bernward Hilgers ist tot«, sagte Jo leise.

»Ja, ich weiß. Was ist passiert, dass du das nicht verhindern konntest?«

Lutz hatte ganz selbstverständlich vorausgesetzt, dass sie alles in ihrer Macht Stehende tun würde, um Hilgers zu beschützen ... Sein Vertrauen berührte Jo. Gleichzeitig fühlte sie sich wieder schuldbewusst. »Kaimann hat mich entführt, um mich zu unseren Zeitreisen zu befragen.«

»Wie bitte?« Lutz starrte sie perplex an.

»Oder ich habe an einer Drogenpsychose gelitten und mir die Entführung nur eingebildet. Wobei ich mir das nicht verzeihen könnte ...« Jo erzählte, was geschehen war.

»Fühl dich doch nicht immer für alles verantwortlich.« Lutz schüttelte den Kopf. »Außerdem war es wahrscheinlich sowieso vermessen von uns zu glauben, dass wir den Lauf der Welt ändern könnten.«

»Frederick Lombard konnte ich warnen. Er ist Anfang der dreißiger Jahre rechtzeitig mit seiner Familie nach Palästina ausgewandert«, widersprach Jo. »Polizeipräsident Coehn ist Lombards Enkel. Von ihm habe ich das erfahren.«

»Gut zu wissen, dass Lombard den Nazis entkommen ist. Aber seine Flucht lag – vom Jahr 1898 aus gesehen – ja in der Zukunft. Wir können in der Vergangenheit Morde aufklären, aber wohl keinen Mord, der schon stattgefunden hat, ungeschehen machen. Denn das hieße, den Lauf der Welt einschneidend zu verändern.«

»Da bin ich mir nicht so sicher ...«, begann Jo.

»Wir werden dieses metaphysische Problem jetzt nicht lösen können. Erzähl mir lieber, was bisher über Bernward Hilgers Tod bekannt ist.«

»Okay ...«, gab Jo nach. Sie schilderte Lutz, wie Hilgers nach dem derzeitigen Ermittlungsstand zu Tode gekommen war.

»Irgendwie passt das alles nicht so richtig zusammen«, schloss sie. »Sowohl, was das Szenario, das Kaimann entwirft, betrifft, als auch, was wir beide aus unserer Gegenwart über den Mord wissen.«

»Ich frage mich ja, ob das Feuer nicht sehr heftig hätte brennen müssen, damit Hilgers den Brandgeruch durch die Stahltür hätte wahrnehmen können«, gab Lutz zu bedenken.

»Genau ...« Jo nickte. »Und falls Hilgers die Brandschutztür geöffnet hat und ihm starker Rauch entgegenschlug – warum ergriff er nicht schleunigst die Flucht, anstatt zu versuchen, das Feuer zu löschen? Gut, wir beide wissen ja, dass Hilgers erschossen wurde und nicht am Rauch erstickte. Aber auch in diesem Fall muss er die brennende Etage betreten haben, wo er auf seinen Mörder traf – sonst hätte er ja kein Kohlenmonoxyd in der Lunge haben können. Sicher ...«, überlegte Jo mit gerunzelter Stirn weiter, »... eine Möglichkeit wäre, dass Hilgers den Brandstifter beim Feuerlegen ertappte und der ihn daraufhin erschoss. Aber mein Gefühl sagt mir, dass es sich so wahrscheinlich nicht abgespielt hat. Außerdem halte ich es für eher unwahrscheinlich, dass ein Brandstifter eine Handfeuerwaffe bei sich hat.«

»Na ja, bei einem Täter, der einer terroristischen Vereinigung angehört, könnte das durchaus der Fall sein.« Lutz wiegte zweifelnd den Kopf. »Was leider – so wenig mir das auch gefällt – Kaimanns These von einem Anschlag erhärten würde.«

»Aber warum ein Anschlag auf dieses Provinzkaufhaus? Ein Anschlag in einer Großstadt wie Frankfurt, Hamburg oder München wäre doch viel spektakulärer. Nach allem, was ich bisher über Hilgers' Verbindung zu Chile weiß, stellt die auch keinen hinreichenden Grund für ein Attentat dar. Gut, ich werde nachprüfen, ob nicht doch eine größere Nähe zwischen ihm und dem Pinochet-Regime bestand«, fügte Jo hinzu. »Aber der meiner Meinung nach wichtigste Punkt, der gegen einen Anschlag spricht, ist, dass es durch Bernward Hilgers Ehefrau Leonore eine Verbindung zu Stefan Lehnert gibt. Denn Leonore Hilgers ist Sylvia. Die mysteriöse Unbekannte, die ich – du warst ja mit dem Spiel Deutschland, also die BRD gegen die DDR, beschäftigt – mit Toby und Marian im ›Schwarzen Adler‹ gesehen habe.«

»Sieh an, sieh an ... Das Klasseweib ist Sylvia.« Lutz pfiff nachdenklich durch die Zähne. »Wie kam sie denn ausgerechnet auf dieses Pseudonym?«

Jo erklärte es ihm.

»Ist ja echt mal eine Abwechslung unter all den Rolles und Lous und Gittis. Aber ich kann mir auch beim besten Willen nicht vorstellen, dass eine terroristische Vereinigung Stefan Lehnert ermordet hat. Glaubst du denn, Leonore Hilgers könnte ihren Mann umgebracht haben?«

»Dazu ist sie meiner Meinung nach zu labil.« Jo schüttelte den Kopf. »Also ich halte sie für eine Frau, die während einer Eifersuchtsszene hysterisch nach einer Waffe greifen und diese – sofern sie geladen ist – abfeuern würde. Aber dass sie ins Kaufhaus fahren, den Wachmann niederschlagen, einen Brand legen und ihren Mann dann umbringen würde? Nein. Das hätte viel zu viel an kaltblütiger Planung bedurft.«

»Womit wir also nicht nur, was den Mord an Stefan Lehnert betrifft, sondern auch im Mordfall Hilgers im Dunkeln tappen und außerdem auch noch eine dritte Leiche aufgetaucht ist. Sieh zu, dass deine Mutter möglichst bald diesen Wunderanwalt für mich engagiert.« Lutz streckte seinen Rücken und dehnte die gefesselten Arme. »Das Gefängnisessen ist eine Katastrophe. Außerdem findet morgen das Spiel Deutschland gegen Schweden statt, das ich unbedingt in einer Kneipe sehen will.«

»Ich werde alles in meiner Macht Stehende tun«, versicherte Jo. Sie beugte sich vor und küsste Lutz auf die stoppelige Wange. »Mach's gut«, sagte sie leise.

»Ich komme schon klar.« Lutz zwinkerte ihr zu. »Und bevor wir jetzt tränenvoll voneinander Abschied nehmen, wie Rose und dieser Dings, ich komm jetzt nicht auf seinen Namen, in ›Titanic‹, sag lieber dem Wärter, dass ich wieder zurück in meine Zelle gebracht werden kann.«

»Dass du im Gefängnis ertrinkst, befürchte ich nicht. Außerdem wusste ich gar nicht, dass du dir außer Western- und Gangsterfilme auch romantische Liebesfilme ansiehst.«

Lutz winkte ab. »Ich kenne nur das Ende von ›Titanic‹, der Film lief irgendwann mal vor einem Fußballspiel.«

Als ihn kurz darauf der Wärter abführte, blickte Jo Lutz – trotz seiner Beteuerung, dass sie sich keine Sorgen machen müsse – beklommen hinterher. *Ach, sie vermisste ihn ...*

Im ersten Stock der Villa brannte hinter einem Fenster Licht. Inzwischen war es zehn Uhr und fast dunkel. Jo bewegte sich vorsichtig auf den hohen Keilabsätzen durch den verwilderten Garten. Da sie unerkannt mit ihrer Mutter sprechen wollte, hatte sie sich wieder in Barbarella verwandelt.

Nachdem sie die Klingel an der Wand unter dem Vordach ertastet und betätigt hatte, hallte ein schriller Ton durch das Haus, doch wie bei ihrem ersten Besuch erfolgte keinerlei Reaktion. Jo fluchte leise vor sich hin. Anscheinend hielten ihre Mutter und deren Mitbewohner Türklingeln für lästige Ausgeburten des Kapitalismus und ignorierten sie deshalb.

Jo ging um das Haus, wobei sie froh war, dass der Mond eine gewisse Helligkeit verbreitete, denn so lief sie keine Gefahr, über eines der Kunstwerke ihrer Mutter zu stolpern. Sie erahnte die Küchentür mehr, als dass sie sie sah. Sie war nicht abgeschlossen.

In der Küche roch es nach vergorenem Abfall. Einige Fliegen schwirrten herum. Jo tastete sich durch den dunklen Raum und dann durch die Halle und die Holztreppe hinauf. Die Stufen knarrten unter ihren Füßen. Als sie den ersten Stock erreicht hatte, hörte sie sanfte Rockmusik, und unter einer Tür schimmerte Licht hindurch. Jo entschied, dass höfliches Anklopfen bestimmt auch völlig bourgeois und deshalb unnötig war, und drückte die Klinke herunter.

Ihre Mutter saß, eine bunte Wolldecke um die Schultern geschlungen, auf einer Matratze und rauchte. Sie wirkte erschöpft, und das blonde Haar fiel ihr strähnig auf die Schultern. Die Musik – Santana, wie Jo jetzt erkannte – kam aus einem Kassettenrekorder, der einen ziemlich neuen Eindruck machte. *Hoffentlich war er nicht geklaut ...*

Ihre Mutter stieß einen Rauchkringel aus und betrachtete Jo aus leicht zusammengekniffenen Augen. »Kennen wir uns?«, fragte sie dann.

»Ja, ich bin Lous Freundin, Joe. Wir sind uns vor ein paar Tagen im ›Schwarzen Adler‹ begegnet.« Jo kauerte sich auf den rissigen Dielenboden.

»Klar, jetzt erinnere ich mich.« Ihre Mutter nickte, während sie auf eine Packung Gauloises wies. »Nimm dir auch eine.«

»Danke, ich rauche nicht. Ich bin wegen Lou hier. Die Polizei hat ihn gestern festgenommen, da er verdächtigt wird, einem LSD-Ring anzugehören.«

»Oh, Shit … Ich habe mich schon gewundert, dass er heute Morgen nicht hier war, als uns die Bullen abgeholt haben. Warum hat er uns denn nicht sofort verständigt?«

»Wie hätte er das denn machen sollen? Das Telefon in der Villa funktioniert doch nicht«, konnte sich Jo nicht verkneifen zu sagen. »Ich habe auch nur auf Umwegen von Lous Verhaftung erfahren, da ich Journalistin bin und über ganz gute inoffizielle Quellen verfüge«, setzte sie hinzu. *Hatte Watergate eigentlich schon stattgefunden? Egal …*

»Mein Anwalt wird Lou bestimmt vertreten, wenn ich ihn darum bitte.«

Schön, dass ihre Mutter auch als Hippie sehr lebenspraktisch war und gleich auf den Punkt kam … »Sind denn deine anderen Mitbewohner auch schon freigekommen?«, gab Jo sich ahnungslos.

»Nee, Scheißbullen. Dabei waren Marian und Toby bei einem Freund, dem sie beim Renovieren geholfen haben, und haben ein astreines Alibi. Rolle und Gitti waren bei irgendeiner Politveranstaltung und haben auch ein Alibi. Na ja, Rolle hat gute Kontakte. Ich hoffe, dass die Anwälte, die er besorgen konnte, die anderen morgen aus dem Knast holen.«

»Schon krass, dass die Bullen gleich euch verdächtigt haben.«

»Scheißstaat …« Ihre Mutter zündete sich eine neue Zigarette an und nahm einen tiefen Zug. »Gewalt gegen Sachen finde ich im politischen Kampf völlig legitim. Aber bei Menschen ziehe ich echt die Grenze.«

Sehr beruhigend, dass sie diese Auffassung vertrat ... Jo überlegte noch, wie sie das Gespräch unauffällig auf das Alibi ihrer Mutter lenken könnte, als diese den Kopf schüttelte. »Mann, ich hätte ja nie gedacht, dass ich mal heilfroh sein würde, am Geburtstag meiner Mutter teilgenommen zu haben.«

»Dein Alibi?«

»Glücklicherweise, ja.« Melanie drückte den Zigarettenstummel in einer angeschlagenen, handgetöpferten Tasse aus. Irgendein Insekt flog draußen brummend gegen die Fensterscheibe. »Ich bin eigentlich nur zu dem Geburtstag gegangen, weil ich dachte, dass ich die Gesellschaft ein bisschen aufmischen könnte. Nicht ganz so abgefahren wie dieser Typ in ›Hair‹, der singend auf dem Tisch in dieser piekfeinen Villa tanzt, aber so ein wenig in die Richtung, wenn du weißt, was ich meine ...«

»Klar.« Jo erinnerte sich nur vage an das Musical. Es war über zwanzig Jahre her, dass sie den Film gesehen hatte, und sie hatte ihn völlig melodramatisch gefunden. Wahrscheinlich musste man ihn sich in den Siebzigern angeschaut haben, um sich dafür begeistern zu können. »Hätte sich bestimmt gut gemacht, auf dem Tisch zu tanzen, unter all den Gemälden von Bismarck und Wilhelm I.«, fügte sie unbedacht hinzu.

»Du kennst die Villa meiner Eltern?«

»Nein, ähm, ich habe mir nur vorgestellt, dass dort bestimmt viele derartige Gemälde rumhängen«, entgegnete Jo hastig, die Melanie ja nicht gestehen konnte, dass sie im Jahr 1898 einige Wochen in der Villa gelebt hatte.

»Du hast dir den alten Plunder genau richtig vorgestellt.« Melanie lächelte ein bisschen. »Im Nachhinein finde ich meine Idee ja ziemlich idiotisch und kindisch. Aber meine Mutter macht mich häufig einfach wahnsinnig ...«

Jo nickte mitfühlend. »Kann ich gut nachvollziehen ...«

»Na ja, wider Erwarten wurde der Abend dann richtig interessant. Einige Gäste waren tatsächlich kapitalismuskritisch drauf und hatten Sympathien für die RAF – so in etwa wie Böll. Meine Eltern teilten natürlich nicht deren Meinung, aber sie konnten ja die Leute weder niederbrüllen noch hinauswerfen. Es gab wirklich gute Diskussionen. Über die Politik der USA und Kissinger und Chile und Israel und die Palästinenser ... Nur einmal hätte es fast einen Eklat zwischen mir und meinem Vater gegeben, als ich beim Dessert Kissinger als einen Kriegsverbrecher bezeichnet habe ...«

So weit hörte sich das Alibi für Jo wirklich glaubhaft an. *Es war doch eine gewisse Erleichterung, dass sie ihre Mutter von der Liste der potentiellen Mörder Bernward Hilgers' streichen konnte ...*

»Mit einem jungen Kollegen meines Vaters habe ich mich so gut verstanden, dass wir nach dem Ende der Feier – es war bestimmt schon nach Mitternacht – noch durch ein paar Kneipen gezogen sind.«

Bilde ich mir das nur ein, dachte Jo, oder lächelt meine Mutter ein bisschen sehr versonnen vor sich hin?

»Du triffst dich wieder mit ihm?«, fragte sie direkt.

»Ja, wir haben uns verabredet ...«

Hm, das war nicht gut ... Ein potentieller Nebenbuhler ihres Vaters war das Letzte, was Jo im Moment gebrauchen konnte.

»Wie steht es zwischen dir und Lou? Habt ihr was miteinander?«

»Wir hatten mal. Aber jetzt sind wir nur noch Freunde.«

Ihre Mutter musterte Jo prüfend. »Du bist immer noch scharf auf ihn«, stellte sie dann fest.

»Ähm, ja, in gewisser Weise ...« *Sie würde jetzt ganz bestimmt* nicht ihr Liebesleben mit ihrer Mutter erörtern ... »Ich habe übrigens von meiner Quelle gehört, dass ein Kriminalrat namens Claasen vom Dienst suspendiert wurde, da er etwas mit einer Zeugin laufen hatte. Hättest du das für möglich gehalten?«, lenkte Jo das Gespräch auf ein weiteres ihrer Anliegen.

Ihre Mutter starrte vor sich hin. Ihr Gesicht wurde plötzlich weicher und zugleich erwachsener. »Scheißbullen«, murmelte sie dann, und Jo konnte nicht deuten, ob ihre Mutter damit ihren Vater, seine Kollegen oder alle zusammen meinte.

Unvermittelt wandte sich Melanie wieder Jo zu. »Du musst dir übrigens wegen mir keine Sorgen machen«, sagte sie. »Zwischen Lou und mir war nichts. Wir haben nur zusammen im Bett gelegen.«

Jo schloss die Tür des Großraumbüros sorgfältig hinter sich, ehe sie die kleine Taschenlampe, die sie im Handschuhfach des Käfers gefunden hatte, anknipste. Sie hatte die Neuigkeit, dass Lutz mit ihrer Mutter im Bett gewesen war, immer noch nicht verdaut. Dass es anscheinend nicht zum Letzten zwischen den beiden gekommen war, machte die Sache für sie nicht viel besser.

Puh, sie hatte den Eindruck, dass es jetzt in dem dunklen Großraumbüro – der schmale Strahl der Taschenlampe zählte nicht wirklich – noch penetranter nach Zigarettenrauch stank als bei Tageslicht oder Neonbeleuchtung. Was wahrscheinlich mit ihrer eingeschränkten Wahrnehmung zusammenhing.

Leider erinnerte sie der Zigarettenrauch noch mehr an Lutz. *Ach, verdammt ... Da hatte sie sich solche Sorgen um ihn gemacht ... Von mir aus kann ihn ein nächtliches Killerkommando in seiner Zelle aufsuchen*, dachte Jo wütend.

Die Tür zu Hauptkommissar Kaminskis Büro war nicht verschlossen. Jo drückte sie wieder zu, ehe sie den Strahl der Taschenlampe über den Schreibtisch wandern ließ. Darauf lag, neben einigen mit Schreibmaschine beschriebenen Seiten, ein Aktenordner, auf dem »Mordfall Hilgers« stand.

Ganz vorn in dem Aktenordner befand sich ein Foto von Hilgers Leichnam. Jo musste schlucken. Brandleichen machten ihr immer zu schaffen. Der Körper war gänzlich verkohlt, das Fleisch im Gesicht an manchen Stellen bis herunter auf den Knochen verbrannt. Die Arme waren, in der für Feuertote typischen »Fechterstellung« über der Brust angehoben, denn die Hitze des Feuers sorgte häufig dafür, dass sich die Muskeln zusammenzogen.

Jo musste erneut schlucken und schlug die Seite um, überblätterte weitere Fotos des Leichnams, bis sie endlich auf eine maschinengeschriebene Seite mit dem Obduktionsbericht stieß. Sie wünschte sich, sie hätte einen Fotoapparat dabei, mit dem sie den Bericht einfach schnell hätte abfotografieren können. Doch stattdessen musste sie die Ergebnisse der Obduktion, wie den voraussichtlichen Todeszeitpunkt und den Kohlenmonoxid-Gehalt in der Lunge, schnell abschreiben.

Jo wollte den Aktenordner wieder zuschlagen, stutzte jedoch. Irgendetwas war merkwürdig an dem Obduktionsbericht. Sie kam nicht dazu, länger darüber nachzugrübeln, denn in diesem Moment hörte sie, dass die Tür des Großraumbüros geöffnet wurde.

Mist ... Rasch schaltete sie die Taschenlampe aus, während in dem angrenzenden Raum die Deckenbeleuchtung aufflammte.

Mist ... Mist ... Mist ... Jo tauchte ab. Auf dem Boden kauernd, griff sie über sich und tastete nach dem Ordner, um ihn zuzuklappen und wieder an seinen ursprünglichen Platz zu schieben. Denn Schritte näherten sich der Glaskabine. Jo duckte sich unter den Schreibtisch. *Nur gut, dass Kaminski, seinem Ego entsprechend, einen Arbeitsplatz von gewaltigen Ausmaßen gewählt hatte ...*

Die Tür der Glaskabine ging auf, und nun wurde auch hier das Licht eingeschaltet. Jo sah schmale schwarze Halbschuhe unter grauen Hosenbeinen auf den Schreibtisch zukommen. *Das waren nicht Kaminskis Treter ...* Gleich darauf hüstelte jemand trocken.

O verdammt, das war ja Kaimann ... Dem Rascheln nach zu urteilen, nahm er einige Papiere in die Hand. Gleich darauf hörte Jo, wie er unwillig oder gereizt vor sich hin brummte. Dann zerriss er die Papiere, knüllte sie zusammen und warf sie in einen Papierkorb, der eine Armlänge von Jo entfernt stand, und verließ erst die Glaskabine, dann das Großraumbüro.

Ufff ... Das war ja gerade noch mal gutgegangen ... Steif und ein bisschen zittrig kam Jo wieder auf die Beine. Während sie noch einmal die Taschenlampe anknipste und den Obduktionsbericht las, lauschte sie angespannt, ob Kaimann zurückkehren würde.

Nach einigen Minuten starrte Jo frustriert auf die maschinengeschriebenen Seiten. Sie hatte einfach keine Ahnung mehr, was sie vorhin so irritiert hatte.

Sie wollte schon gehen, als ihr einfiel, dass Kaimann irgendwie über den Inhalt der Seiten, die er weggeworfen hatte, verärgert gewesen war. Vielleicht enthielten sie ja eine Information, die für sie wichtig war. Kurz entschlossen bückte Jo sich, holte die zerrissenen, zusammengeknüllten Seiten aus dem Papierkorb und stopfte sie in ihre Handtasche.

Neben Jo auf dem Schreibtisch stand ein brauner Keramikteller mit zwei dampfenden Toast Hawaii. Da sie es wieder einmal versäumt hatte, Lebensmittel einzukaufen – Ladenschlusszeiten um sechs oder um halb sieben waren wirklich eine Zumutung –, hatte sie ihre Zimmerwirtin gefragt, ob sie etwas Essbares von ihr leihen könne. Denn trotz ihres Ärgers über Lutz hatte sie einen Bärenhunger. Jo hatte an Brot und Käse gedacht. Aber Katrin Wenger hatte es sich nicht nehmen lassen, ihr den überbackenen Toast zu machen.

Mit der Linken zog Jo einen kleinen rosafarbenen Papiersonnenschirm aus der Kirsche auf dem Schmelzkäse, während sie mit der Rechten die Papierschnipsel auf der Schreibtischplatte ausbreitete. *Allmählich komme ich mir vor wie in einem Spionagefilm,* dachte sie. Sie hatte eben in den Toast gebissen und kaute an dem gekochten Schinken und der Dosenananas, als sie auf den Schnipseln ein *utz* und *äger* erkannte.

War es möglich, dass die Schnipsel etwas mit Lutz zu tun hatten? Jo legte den angebissenen Toast wieder auf den Teller. Sie schob die Papierteilchen hin und her, verglich die gezackten Ränder und legte die kleinen Fetzen versuchsweise aneinander.

Der Text hatte drei Lücken – Papierteilchen, die im Papierkorb von Kaminskis Büro geblieben waren. Trotzdem war die Aussage des kurzen Textes unmissverständlich. Vom 10. Mai bis 10. Juni war Lutz Jäger, geboren am 1. Juli 1949 in Hamburg, wegen wiederholten Erregen öffentlichen Ärgernisses in der Justizvollzugsanstalt Hamburg-Harburg inhaftiert gewesen. In genau diesem Zeitraum war der Mann, dessen Leichnam in der Nähe des LSD-Verstecks entdeckt worden war, ermordet worden.

Ein besseres Alibi hätte Lutz wirklich nicht haben können ... Hans Kayser würde sich über diese Information sehr freuen ...

Geistesabwesend biss Jo wieder in den Toast. Aus der Küche erklangen gedämpftes Geschirrklappern und Katrin Wengers Stimme, die *Mein Freund der Baum ist tot* aus dem Radio mitsang. Da Kaimann die Nachricht zerrissen hatte, wollte er offensichtlich verhindern, dass Lutz als Mordverdächtiger ausschied. Was wieder nur Sinn machte, wenn er über die Zeitreisen informiert war und deshalb wusste, dass Lutz keine Ahnung hatte, was sein Alter Ego 1974 getrieben hatte. *Keine angenehme Vorstellung ...*

Nachdem Jo sich in dem kleinen Bad gewaschen hatte – immerhin dachte sie inzwischen daran, rechtzeitig den Boiler anzuschalten, damit sich das Wasser aufheizen konnte –, ging sie ins Bett. Nach dem langen und anstrengenden Tag war sie so erschöpft, dass ihr gleich die Augen zufielen.

Sie träumte davon, dass sie in der Kantine des Polizeipräsidiums unter einem Papiersonnenschirm stand und den Obduktionsbericht von Bernward Hilgers in den Händen hielt. Die maschinengeschriebenen Zeilen blinkten gelb wie ein Warnlicht vor ihren Augen. Plötzlich erschien Kaimann und riss ihr den Bericht aus den Händen. Er holte ein Feuerzeug aus seinem Jackett und zündete erst den Bericht und dann mit einem höhnischen Lächeln auch den Papiersonnenschirm an. Während Jo wie angewurzelt dastand und die Hitze der Flammen ihr Haut und Haar versengte, erschienen ihre Mutter und Lutz. Beide waren nackt und präsentierten ihr einen Wagenrad großen Toast Hawaii auf einem Tablett. Statt einer Kirsche thronte ein Fußball auf dem Schmelzkäse, in dem eine Deutschlandfahne steckte.

10. KAPITEL

Lutz hoffte, dass ihn der Anwalt zu sprechen wünschte, als ihn der Wärter in der Zelle abholte. Doch es war Jo, die ihn in dem Besprechungsraum erwartete. Ihre Lippen waren zusammengepresst. *Ein eindeutig schlechtes Zeichen ...* Er kannte sie gut genug, um ihr anzusehen, dass sie wütend war.

Kaum, dass der Wärter die Tür hinter sich geschlossen hatte, fuhr sie Lutz an: »Wie konntest du mit meiner Mutter ins Bett gehen?«

O Scheiße, Jo hatte doch davon erfahren ... »Um das mal klarzustellen ... Ich bin nicht mit ihr ins Bett *gegangen*. Sie ist zu mir ins Bett *gekommen*, weil ihr kalt war. Außer dass wir sozusagen miteinander gekuschelt haben, was ich noch nicht mal mitgekriegt habe, da ich völlig breit von Drogen war, ist nichts zwischen uns passiert.«

»Ist ja toll, dass du meine Mutter nicht auch noch gevögelt hast. Ich darf mir gar nicht vorstellen, dass du gewissermaßen mich gezeugt haben könntest ...«

»Jetzt mach aber mal halblang!« Lutz wurde allmählich auch wütend.

»Meine Mutter ... Jacqueline Steinert ... Gibt es eigentlich irgendwelche Frauen, mit denen du nicht ins Bett gehst?«

Wenn Lutz nicht diese bescheuerte Handfessel getragen hätte, dann hätte er Jo an der Schulter gepackt und sie geschüttelt. »Gib es doch endlich zu, dass du immer noch wegen Jacqueline auf mich sauer bist«, fuhr er sie an. »Ich habe es satt, mich dafür rechtfertigen zu müssen, dass ich mit ihr geschlafen habe, ehe wir beide was miteinander hatten – und nachdem du nichts mehr von mir wissen wolltest.«

»Ach, und wie viele Frauen gab es seither?«

»Keine.«

Jo starrte ihn an. »Das glaub ich dir nicht«, sagte sie schließlich leise.

»Ich hab das letzte Dreivierteljahr asketisch wie ein Mönch gelebt. Na ja, zumindest in sexueller Hinsicht.« Lutz zuckte mit den Schultern. »Außer dir hat mich keine Frau wirklich interessiert.« *Dies war höchstwahrscheinlich nicht der richtige Zeitpunkt, um ihre Beziehung – oder besser gesagt, Nicht-Beziehung – anzusprechen. Andererseits gab es wahrscheinlich ohnehin keinen passenden Zeitpunkt.*

Lutz räusperte sich. »Jo, zwischen mir und Jacqueline Steinert ist definitiv nichts mehr ...«

»Sie bekommt ein Kind von dir.«

»Ja, und ich werde für meinen Sohn da sein. Aber Jacqueline hat sich vor ein paar Monaten heftig in einen anderen Mann verliebt – ein Rechtsanwalt. Thorsten Schneider heißt er. Sie leben schon zusammen. Für Jacqueline ist es in Ordnung, dass ich den Jungen regelmäßig sehen werde. Ansonsten bin ich für sie Vergangenheit. Jo, ich liebe dich. Und ich möchte mit dir leben. Lass es uns doch miteinander versuchen.« *So nun, war es heraus ...*

Jo schüttelte den Kopf. *Nun ja, es hätte ihn auch gewundert, wenn sie enthusiastisch auf sein Geständnis reagiert hätte ...*

»Ich kann nicht ...«

»Ach ja, und warum nicht?«

»Die Beziehungen meiner Mutter waren allesamt ein Desaster. Meine eigenen auch. Ich liebe dich. Aber eine Beziehung zwischen uns wird niemals gutgehen. Dazu sind wir viel zu verschieden.«

»Vielleicht könntest du uns ja einfach mal eine Chance geben.«

»Ich weiß, ich bin feige. Aber ich traue mich nicht. Dazu bedeutest du mir zu viel.«

»Jo ...« Lutz trat auf sie zu. Er wünschte sich, er hätte sie in die Arme nehmen können, aber mit seinen gefesselten Händen ging das ja leider nicht.

»Lass uns einfach professionell zusammenarbeiten, damit wir ins 21. Jahrhundert zurückkehren können.« Sie schüttelte den Kopf.

»Ist das wirklich dein letztes Wort?«

»Im Moment, ja.«

»Im Moment? Das heißt, wir können später, also in der *Gegenwart*, noch mal drüber reden?«

Jo öffnete den Mund und murmelte etwas, was sich wie »vielleicht« anhörte. Aber Lutz war sich nicht sicher, ob er sie richtig verstanden hatte, denn im nächsten Augenblick klopfte sie heftig an die Tür und rief nach dem Wärter.

Na, wenn das mal keine Flucht war ... Er seufzte.

Die Gründerzeitvilla von Achim Meerheimer und seiner zweiten Ehefrau Ilse stand – wie der Bungalow der Hilgers' – in einer noblen Wohnlage oberhalb der Weinberge, allerdings näher zum Stadtzentrum. Ein mit einem Blumenrelief verzierter Erker dominierte die lindgrüne Fassade mit den großen weißen Sprossenfenstern. Der Garten war parkähnlich. Alte Bäume und blühende Rhododendronbüsche wuchsen entlang der Auffahrt.

Als Jo aus ihrem Käfer stieg, kam er ihr vor dem eleganten Bauwerk besonders knallig vor – als hätte jemand einen überdimensionalen Eidotter ausgekippt. Sie hatte beschlossen, Lutz und sein Geständnis, dass er sie liebte, vorerst aus ihren Gedanken zu verbannen. Sonst konnte sie sich nicht auf dem Mordfall konzentrieren.

Eine zweiflügelige, geschwungene Treppe führte zu dem Portal hinauf. Eine junge, hübsche Frau in Dienstmädchen-Uniform öffnete Jo. *In diesem Haushalt hatte man offensichtlich weder ein Problem mit althergebrachten Hierarchien, noch damit, sie ganz offen zu zeigen ...*

Jo stellte sich der Angestellten vor und zeigte ihr ihren Ausweis – woraufhin diese sie bat, ihr zu folgen. Frau Meerheimer erwartete sie bereits in der Bibliothek.

Bei Jos Eintritt erhob sich Ilse Meerheimer aus einem grünen Samtlehnstuhl, der in dem Erker stand. Sie war Mitte fünfzig. Ihr raffiniert einfach geschnittenes, knöchellanges graues Kleid und die schlichte Goldkette verströmten eine dezente Eleganz, die nichtsdestotrotz viel kostspieliger wirkte als jeder Protz. Schulterlanges blondes Haar umrahmte ihr attraktives, perfekt geschminktes Gesicht. Dass ihr Ehemann auf der Intensivstation eines Krankenhauses lag und sein Ziehsohn umgebracht worden war, war ihr – abgesehen von der leichten Rötung ihrer Augen, die wahrscheinlich von einer schlaflosen Nacht herrührte – nicht anzumerken. Ilse Meerheimer war eine Frau, die, vermutete Jo, unter allen Umständen Fassung bewahren würde.

»Eine halbe Stunde kann ich für Sie erübrigen, ehe ich wieder zu meinem Gatten ins Krankenhaus fahre«, erklärte sie mit leiser Stimme, als sie Jo die Hand reichte. »Was möchten Sie wissen?«

»Wir ermitteln in alle Richtungen, also auch in Herrn Hilgers' privatem Umfeld«, antwortete Jo. »Ich habe gestern mit seiner Frau Leonore gesprochen. Die Ehe scheint mir – ehrlich gesagt – nicht sehr glücklich gewesen zu sein.«

»Sie werden Leonore doch nicht im Ernst für eine Brandstifterin halten?« Ilse Meerheimer hob ihre sorgfältig gezupften Augenbrauen.

»Wie gesagt, wir ermitteln in alle Richtungen. Wie und wo haben sich der Ziehsohn Ihres Gatten und Leonore Hilgers denn kennengelernt?«

»Vor drei Jahren, bei einer Ausstellung über moderne Kunst mit Gemälden, die von den Nationalsozialisten als ›entartet‹ diffamiert wurden.«

»Liebermann, Nolde, Beckmann, so in etwa?«

»Ja, genau.«

»Leonore Hilgers ist viel jünger als ihr Gatte, genau genommen fast fünfundzwanzig Jahre ...« Jo hatte Leonore Hilgers persönliche Daten beim Einwohnermeldeamt abgefragt.

»Ja, und? Ich bin auch zwanzig Jahre jünger als mein Gatte ...«

»Aber Sie waren nicht Anfang zwanzig, als Sie Ihren Gatten geheiratet haben«, ließ Jo nicht locker. »Und Herr Meerheimer war nicht Anfang fünfzig wie sein Ziehsohn.«

»Bernward war zu dem Zeitpunkt, als er Leonore kennenlernte, seit über fünf Jahren Witwer. Leonore ist eine sehr schöne junge Frau, gebildet und aus recht gutem Hause. Bernward war stolz darauf, sie an seiner Seite zu haben, und Leonore blickte zu ihm auf.«

Jo hatte Ilse Meerheimers Ausflüchte satt. »Hören Sie auf, mir das Bild einer perfekten Ehe vorgaukeln zu wollen«, sagte sie scharf. »Ich weiß, dass Bernward Hilgers eine Affäre hatte.«

Ilse Meerheimer zuckte zusammen. Für einen Augenblick bekam die perfekte Fassade Risse, und ihr war anzusehen, wie erschöpft sie war. »Nun, Bernward war nun einmal ein Mann«, gab sie zurück. Jo verkniff sich die Frage, ob sie auf eine Affäre ihres Gatten auch so reagieren würde. Wahrscheinlich schon.

»Hat Leonore Hilgers es auch so leichtgenommen, dass ihr Mann sie betrog?«

»Ich weiß nicht, ob sie es wusste.« Ilse Meerheimer wechselte die Sitzposition, wobei sie ihre Beine wieder damenhaft eng nebeneinander stellte. »Ich habe Bernward übrigens von einer Heirat mit ihr abgeraten.«

»Ach ja, tatsächlich? Und weshalb denn, wo Leonore doch eine so gute Partie war?«

Ilse Meerheimer entging die Spitze. »Bernward hatte eine herausgehobene Position in dieser Stadt inne. Er wäre der Nachfolger meines Gatten geworden. Die Ehefrau eines solchen Mannes muss repräsentieren und auch einmal gute Miene zum bösen Spiel machen können ...«

Das hört sich ja fast wie eine Position im englischen Königshaus an, dachte Jo sarkastisch, aber sie zweifelte nicht daran, dass Ilse Meerheimer ihre Worte völlig ernst meinte.

»... dazu war Leonore zu sensibel und zu labil ...«

»Was zog Leonore Ihrer Meinung nach denn am Ziehsohn Ihres Gatten an?«

»Bernward war gutaussehend, hatte Geld, und er war ein starker Mann.«

»Aber Sie stimmen mir zu, dass die Ehe der beiden nicht glücklich war?«

»Nun, sie hatten sich arrangiert ... Ihr jungen Leute bewertet das Glück über ...«

»Können Sie sich vorstellen, dass Leonore auch eine Affäre hatte?«

»Ich glaube nicht, dass Sie dies riskiert hätte. Bernward hätte sich sofort von ihr scheiden lassen, wenn er es herausgefunden hätte. Leonore ist keine Frau, die auf eigenen Füßen stehen kann.«

»Das ist eine ziemliche Doppelmoral ...«

»Männer sind nun mal Männer, und Frauen sind Frauen ...«, entgegnete Ilse Meerheimer gleichmütig.

»Bernward Hilgers hatte Schulden. Und Ihr Mann wusste davon.«

»Ja, Achim war sehr verärgert darüber. Aber er hat das geregelt.« Ilse Meerheimer stockte, während sie Jo anstarrte und dann aufsprang. »Wollen Sie etwa darauf hinaus, dass mein Gatte etwas mit Bernwards Tod zu tun hat? Wie können Sie es wagen ... Dieses Gespräch ist für mich beendet, und ich werde mich über Sie beschweren.« Ihre Stimme war schrill geworden.

Jo trat ihr in den Weg. »Ich habe keineswegs angenommen, dass Ihr Mann für den Brand und Herrn Hilgers Tod verantwortlich ist«, erwiderte sie ruhig. »Mich hat lediglich interessiert, wie Ihr Gatte darauf reagiert hat.«

Ilse Meerheimer starrte Jo weiter aufgebracht an, ehe sie sich wieder zurück in den Lehnstuhl sinken ließ. Sie wirkte plötzlich kraftlos. Das gleichmäßige Ticken einer Standuhr, die zwischen den hohen Bücherschränken stand, erfüllte den Raum. »Sie müssen entschuldigen. Der Schlaganfall meines Gatten hat mich sehr mitgenommen«, sagte sie schließlich leise.

»Das glaube ich Ihnen.« Jo meinte es ehrlich. »Wissen Sie, ob Herr Hilgers Schulden nur bei der Bank oder auch bei Privatleuten hatte?« Ein Schuldeneintreiber hätte ihn bedrohen können ...

»Soviel ich weiß, hatte Bernward nur Schulden bei der Bank, aber ich kann es nicht mit Bestimmtheit sagen.«

»Haben Sie eine Vermutung, wer für den Brand und Herrn Hilgers Tod verantwortlich sein könnte?«

»Um Himmels willen, ich habe keine Ahnung. Aber ich halte es nicht für ausgeschlossen, dass politische Wirrköpfe den Brand gelegt haben.« Ilse Meerheimer brach ab. Ihr Gesicht nahm einen verwirrten Ausdruck an.

»Ist Ihnen noch irgendetwas eingefallen?«

»Ja, gestern, als die Polizei hier erschien, um meinen Gatten und mich über das Feuer und Bernwards Tod zu informieren, sagten die Beamten, Bernward habe wahrscheinlich versucht, die Flammen zu löschen und dabei das Bewusstsein verloren.«

»Ja, das vermuten wir zurzeit.« Jo nickte.

»Ich habe mich darüber gewundert. Denn seit Bernward als Soldat fast in einem brennenden Panzer ums Leben gekommen wäre, konnte er kein offenes Feuer mehr ertragen. Er reagierte panisch darauf.«

»In seinem Haus gibt es einen offenen Kamin ...«

»Der wurde nie benutzt.« Ilse Meerheimer schüttelte den Kopf. »Ich hätte nie damit gerechnet, dass Bernward versuchen würde, einen Brand zu löschen. Stattdessen wäre ich fest davon überzeugt gewesen, dass er sofort aus dem Gebäude fliehen würde. Ich wollte dies noch mit meinem Gatten besprechen. Aber dann erlitt Achim den Schlaganfall ...«

Das ist nun wirklich ein interessanter neuer Aspekt, dachte Jo. Ihr Instinkt sagte ihr, dass sie eben etwas sehr Wichtiges erfahren hatte. Auch wenn sie die Information noch nicht richtig deuten konnte.

»Die Polizisten meinten, Bernward wäre schnell durch den Rauch bewusstlos geworden. Trotzdem war er ja noch am Leben, als er verbrannte ...« Ilse Meerheimer schauderte und begann zu weinen.

Regen tropfte auf die Windschutzscheibe der Ente. Ein Wetter, das, wie Jo fand, zu der tristen Umgebung des Gefängnisses passte – und auch zu ihrer Stimmung. Denn nach der Auseinandersetzung am Morgen war sie doch ziemlich nervös, Lutz zu treffen. Sie hatte gegenüber dem mit Stacheldraht bewehrten Gefängnistor geparkt, um ihn abzuholen. Denn er sollte gegen achtzehn Uhr entlassen werden, wie Jo durch einen Anruf bei Hans Kayser herausgefunden hatte. Sie hatte sich wieder in Barbarella verwandelt und sich zudem Tobys Ente ausgeliehen. Denn sie traute es Kaimann durchaus zu, dass er jemanden nahe dem Gefängnis postiert hatte, um Lutz zu überwachen. Und durch das Nummernschild des Käfers wäre sie ja ziemlich schnell zu identifizieren gewesen.

Nun schwang das Gefängnistor auf. Lutz trat an der Seite von Hans Kayser auf die Straße – und in die Freiheit. Hans Kayser, der einen eleganten dunklen Anzug trug und einen aufgespannten schwarzen Regenschirm hochhielt, schüttelte seinem Mandanten schnell die Hand, ehe er auf seinen silberfarbenen Mercedes zuging.

Jo stieg aus der Ente. »Lutz, hier bin ich!«, rief sie und winkte, während sie ihrerseits einen großgeblümten Regenschirm aufspannte und auf ihren Keilabsätzen über die von Pfützen übersäte Straße auf Lutz zulief. Trotz ihrer Nervosität schwirrten wieder einmal Schmetterlinge in ihrem Bauch herum.

»Danke, dass du mich abholst. Auch wenn natürlich ein Chicagoer Policecar passender gewesen wäre als die Ente, und einen Blues Song hättest du auch noch abspielen können«, überspielte Lutz die schwierige Situation.

»Redest du von den Blues Brothers? Aber wurde da nicht der aus dem Gefängnis Entlassene am Tor von Licht umstrahlt?« Jo griff seinen scherzhaften Ton auf und entspannte sich.

»Das gab's bei mir auch, du hast es nur nicht wahrgenommen.«

Jo drückte Lutz den Autoschlüssel in die Hand. »Fahr du bitte, die Revolverschaltung macht mich wahnsinnig. Und ich möchte jetzt nichts über das wunderbare Fahrgefühl in Autos aus den Siebzigern hören.«

»Es ist aber nun mal ein tolles Feeling ...« Lutz nahm hinter dem Steuer Platz, während Jo sich neben ihn setzte.

»Wie ist es dir so ergangen?«

»Ich sag's mal so: Bei der Bundeswehr war's besser ...«

»Das tut mir leid ...«

»Halb so wild. Ich war ja schnell wieder draußen.« Lutz winkte ab. »Danke, dass du dich um den Anwalt gekümmert hast.«

»Na ja, die Hauptarbeit hat meine Mutter geleistet.«

»Ihr seid ein gutes Team.«

Waren sie das ...?

In der Regel betrachtete Jo ihre Mutter eher als ihre Gegnerin.

Lutz startete den Motor, und die Ente glitt wie Wackelpudding über den Bordstein auf die Straße. »Wir haben eine Stunde Zeit bis zum Spielbeginn, ein Päckchen Zigaretten, und der Tank ist voll, na ja, wenigstens halbvoll ... Wo fahren wir hin?«

»Ich dachte, wir suchen uns ein Restaurant, wo wir etwas essen, uns über den Fall unterhalten und du Fußball schauen kannst.«

»Guter Plan.« Lutz trat so fest aufs Gaspedal, als wollte er die Ente zum Abheben bringen.

»Hast du eine Ahnung, was Persico ist?« Jo legte die Speisekarte vor das Maggifläschchen und den Salz- und den Pfefferstreuer auf den Tisch.

»Keine Ahnung. Hört sich, finde ich, wie ein Waschmittel an.« Lutz schielte zum Fernseher, wo gerade ein Jo unbekannter Fußballspieler interviewt wurde. Es war gar nicht so einfach gewesen, ein passendes Restaurant zu finden. Das erste, das sie aufgesucht hatten, besaß keinen Fernseher, und das zweite war bis auf den letzten Platz besetzt, da dort eine Geburtstagsfeier stattfand. In dem gutbürgerlichen, eichegetäfelten »Goldenen Krug«, den sie dann betreten hatten, hatte der schnurrbärtige Kellner die beiden Hippies nicht gerade herzlich willkommen geheißen. Er hatte sie zu einem Tisch geführt, der in einer Nische am Gang zur Küche stand. Jo hatte gegen diese Platzierung protestieren wollen. Doch Lutz, der entdeckte, dass man von hier aus einen guten Blick auf den Fernsehapparat hatte und der allmählich befürchtete, den Spielbeginn zu verpassen, hatte sie auf die Bank gezogen.

Auf dem Bildschirm wurde Werbung eingeblendet. Lutz wandte Jo wieder seine Aufmerksamkeit zu und wies auf die Karte. »Cola mit Whisky ... Wie kann man einem Whisky nur so was antun?«

Mortlach, dachte Jo, kurz bevor Lutz und ich im Jahr 1898 miteinander geschlafen haben, haben wir einen Mortlach Whisky getrunken. Sie glaubte wieder zu spüren, wie der Alkohol in ihrer Kehle brannte und gleich darauf Lutz' Hände über ihren Körper strichen. Nervös schob sie das Maggifläschchen auf dem Tisch hin und her. Doch Lutz schien von keinen derartigen Erinnerungen heimgesucht zu werden, denn seine Aufmerksamkeit war wieder auf den Fernseher gerichtet, wo nun ein Moderator über die Spielaufstellung spekulierte.

»Schön sollte auf jeden Fall Grabowski bringen«, sagte Lutz. »Hoeneß kann meinetwegen wie beim Spiel gegen Jugoslawien die meiste Zeit auf der Bank sitzen.«

»Ähm, ja ...« Jo hatte nicht wirklich eine Ahnung, wovon er eigentlich redete. »Es gibt zwei Neuigkeiten, die dich interessieren dürften. Dein Mitbewohner Rolle hat gestanden, einige Plastiktüten mit LSD-Pillen im Wald ausgegraben zu haben.«

»Wie bitte?« Nun besaß Jo Lutz' ungeteilte Aufmerksamkeit.

»Er beobachtete, wie Stefan sie versteckte, beteuert aber steif und fest, ihn nicht umgebracht zu haben und auch nicht für den Mord an dem Unbekannten verantwortlich zu sein.«

»Das dürfte Rolles Gereiztheit erklären.« Lutz fuhr sich über das Kinn. »Na ja, das bedeutet, dass ich Rolle in der Villa nicht mehr begegnen werde. Was keine schlechte Nachricht ist. Wie steht's mit meinen anderen Mitbewohnern?«

»Die haben alle – wie auch Rolle – ein Alibi für den Zeitpunkt, an dem Bernward Hilgers zu Tode kam. Rolle behauptet übrigens, er habe das LSD gestohlen, um mit dem Verkaufserlös den politischen Kampf zu finanzieren.«

»Ehrlich gesagt nehme ich ihm das sogar ab.«

Der Kellner kam, um ihre Bestellung aufzunehmen.

»Was, bitte, ist Persico?«, fragte Jo.

»Na ja, ein Kirschlikör, was denn sonst? Möchten Sie einen?« Der Kellner blickte über Jo hinweg an die getäfelte Wand, als würde er sich von dem Kupferstich einer Burgruine Geduld erbitten.

»Nein danke, ich nehme Pastasciutta.« Jo hatte der Karte entnommen, dass es sich dabei um eine Hackfleischsoße mit Paprika und Tomaten handelte. Sie bestellte dazu einen Rotwein, und Lutz entschied sich für Nieren mit Pfifferlingen und ein Bier.

»Du hättest den Persico versuchen sollen. Wäre bestimmt lecker gewesen ...«

»Nieren mit Pfifferlingen ... Du hast es gerade nötig ...«

»Immer noch besser als das Hühnerfrikassee. Und was ist deine zweite Neuigkeit?«

»Bernward Hilgers hat mehrere Zehntausend Mark vom Geschäftskonto unterschlagen.«

»Oh ...« Lutz pfiff durch die Zähne. »Ich könnte mir schon vorstellen, dass Achim Meerheimer außer sich geriet, falls er dahintergekommen ist. So von einem Menschen, der einem nahesteht, betrogen zu werden, ist ziemlich hart.«

»Wenn es das Brand-Szenario nicht gäbe, würde ich Achim Meerheimer auch verdächtigen. Aber dass er sein eigenes Kaufhaus anzündet, um einen Mord zu vertuschen, das kann ich mir nicht vorstellen.« Jo schüttelte den Kopf. »Außerdem ist er, glaube ich, eher der Typ, der Hilgers umbringen und sich dann entweder selbst töten oder sich stellen würde. So als Ehrenmann der alten Schule.«

»Hm, damit hast du wahrscheinlich recht. Was ist mit dem Rechtsanwalt, mit dessen Frau Bernward Hilgers ein Verhältnis hatte?«

»Nahm an einer Konferenz in München teil und scheidet deshalb als Mordverdächtiger aus. Etwas an Bernward Hilgers' Obduktionsbericht ist seltsam. Es macht mich fast verrückt, dass ich einfach nicht draufkomme, was es war.«

»Na ja, wir wissen ja sozusagen retrospektiv, dass der Bericht falsch ist.«

»Das ist es nicht, was ich irritierend fand ... Außerdem hatte Bernward Hilgers panische Angst vor Feuer.« Jo erzählte Lutz, was sie von Ilse Meerheimer erfahren hatte.

Der Kellner brachte die Getränke. Jo trank einen Schluck Rotwein. Er schmeckte ziemlich süß. *Wahrscheinlich mit Zucker versetzt ...* Sie verzog den Mund.

»Gibt es denn schon nähere Erkenntnisse über den unbekannten Toten im Wald? Da ich ja verdächtigt wurde, den Mann umgebracht zu haben, fühle ich mich sozusagen besonders verpflichtet, den Mörder zu finden.« Lutz grinste schief.

»Laut dem Gerichtsmediziner Doktor Bergmann war der Mann zwischen vierzig und fünfzig Jahre alt. Soweit den Befunden von Bergmann zu trauen ist, wurde das Opfer erschlagen. Wahrscheinlich mit einem Ast oder einem Stein.«

»Was auf ein Verbrechen im Affekt hindeuten würde ...«

»Ja ... Lass uns mal überlegen ... Stefan und der Unbekannte wurden im Wald getötet. Wobei wir bei Stefan, da er erschossen wurde und das Kaliber der Waffe nicht einer gängigen Jagdmunition entsprach, wohl von einem geplanten Verbrechen ausgehen müssen. Der Leichnam unseres Unbekannten wurde dort vergraben, wo der Waldarbeiter Peters einen heftigen Streit hörte. Ich bin überzeugt, dass der Schlüssel zu den drei Verbrechen in irgendetwas zu finden ist, was im Wald geschah«, erklärte Jo. »Wie gesagt, die beiden Tötungsdelikte fanden im Wald statt, und Hilgers war Jäger ...«

»Das LSD war im Wald versteckt. Wir haben ja schon mal darüber spekuliert, dass Hilgers das Versteck gefunden hat und beschloss, seine Schulden mit dem Verkauf der LSD-Pillen zu tilgen. Aber ich glaube immer noch nicht, dass dies zutrifft ...«

»Nee, ich auch nicht. Da ist noch etwas, was du wissen musst. Kaimann wollte die Nachricht, dass du – also dein Alter Ego – in dem Zeitraum, in dem der unbekannte Mann ermordet wurde, im Gefängnis warst, verschwinden lassen. Hätte ich mich gestern Nacht nicht in Kaminskis Büro geschlichen, dann hätte niemand davon erfahren. Kaimanns Verhalten macht doch nur Sinn, wenn er tatsächlich über unsere Zeitreisen Bescheid weiß. Denn dein Alter Ego wäre sich ja darüber im Klaren gewesen, dass er ein perfektes Alibi für den Mordzeitraum besaß und hätte das auch sofort zur Sprache gebracht. Du aber hattest davon ja keine Ahnung.«

Lutz' Blick wanderte wieder zum Fernseher, wo sich aber noch nichts Neues tat, dann zurück zu Jo. »Ich schätze, Kaimann wollte mich mit dem Mord an dem Unbekannten unter Druck setzen, um mich in Bezug auf den LSD-Ring zu einer Falschaussage zu erpressen. Ich traue es ihm durchaus zu, dass er mir einen falschen Mordzeitraum genannt hätte. Dann hätte mir auch der Gefängnisaufenthalt kein Alibi gegeben. Kaminskis Unterstützung konnte er sich sicher sein. Der von Framer aber eher nicht. Dieser Kaimann ist ein fieses Arschloch, aber kein Zeitreisender.«

Hm, hatte Lutz recht, und sie wurde allmählich paranoid? Jo war von seinen Argumenten nicht ganz überzeugt.

Der Kellner kam und stellte einen Teller Spaghetti mit Hackfleischsoße vor Jo und die Nieren mit Pfifferlingen und Reis vor Lutz. Danach legte er die Rechnung auf den Tisch.

»Vergessen Sie's.« Lutz schüttelte den Kopf. »Wir werden erst bezahlen, nachdem wir gegessen haben.« Er verstummte, denn auf dem Bildschirm marschierten nun die deutsche und die schwedische Nationalmannschaft im strömenden Regen in das Fußballstadion ein. In einem nächsten Bild schwenkte die Kamera in Großaufnahme über die deutsche Mannschaft.

»Mist«, stöhnte Lutz, »der Schön hat den Grabowski nicht gebracht.«

Jo wandte sich an den Kellner. »Zumindest was ihn betrifft«, sie deutete auf Lutz, »müssen Sie sich keine Sorgen machen, dass er während der nächsten anderthalb Stunden verschwindet.«

Gutgelaunt schritt Lutz durch den dunklen Garten der Villa. Nach einem wirklich dramatischen Spielverlauf hatte die deutsche Nationalmannschaft das Spiel für sich entschieden. Schweden war in der sechsundzwanzigsten Minute durch Edström in Führung gegangen. Overath hatte in der einundfünfzigsten Minute ausgeglichen. Eine Minute später hatte Bonhof das zwei zu eins erzielt – und Sandberg wiederum hatte in der dreiundfünfzigsten Minute das Tor zum Ausgleich für Schweden geschossen. Was Lutz wirklich Nerven gekostet hatte. In der fünfundsechzigsten Minute hatte Schön endlich Grabowski für Herzog gebracht, und prompt hatte dieser in der achtundsiebzigsten Minute die Führung zum drei zu zwei erzielt. Ein gewisser Uli Hoeneß hatte dann in der neunundachtzigsten Minute durch einen verwandelten Elfmeter den Sack zugemacht.

Wirklich bestens ..., dachte Lutz. Wir sind weiter. Noch ein Sieg, und wir sind im Endspiel ...

In der Küche roch es angebrannt. Melanie stand am Herd und rührte in einem Topf. Sie wirbelte zu Lutz herum, rannte auf ihn zu und umarmte ihn. »Lou, super, dass du wieder hier bist.«

»Danke dir! Ohne diesen Kayser wäre ich garantiert nicht aus der U-Haft freigekommen.« *Es fühlte sich an, als hielte er Jo im Arm ...* Unwillkürlich zog Lutz Melanie eng an sich.

»He, das war ja eine echt heiße Umarmung.« Melanie löste sich von ihm und lächelte ihn unsicher an. »Ich hatte eigentlich vermutet, dass du auf Joe stehst.«

»Tue ich auch. Ihr habt übrigens eine sehr ähnliche Figur. Also dein Busen ist größer, aber sonst ...« Lutz räusperte sich verlegen.

»Seid ihr beiden denn jetzt zusammen, oder seid ihr es nicht?«

»Nee, sind wir nicht ...« Hastig wandte sich Lutz dem

Kochtopf zu, in dem Reis, der mit roten, gelben und grünen Punkten gesprenkelt war, köchelte. »Was ist das denn?«

»So eine Art vegetarisches Risi-Bisi.«

Lutz kannte Risi-Bisi ohnehin nur vegetarisch, nämlich mit Erbsen und Parmesan. Er kostete vorsichtig und konnte sich gerade noch verkneifen, das Gesicht zu verziehen. Um Melanies Kochkünste war es ebenso schlecht bestellt wie um Jos. Vielleicht war ja mit reichlich Würzen noch etwas zu retten. Während Lutz Paprikapulver, Pfeffer und getrocknete Kräuter in den Reis rührte, kam Toby in die Küche. Wie nach den Verhören zu Stefan Lehnert wirkte er ziemlich mitgenommen, hatte dunkle Ringe unter den Augen.

»Hey, Kumpel, gut dich zu sehen.« Auch er umarmte Lutz.

»Hab das mit Rolle schon erfahren. Mann, das ist ja echt ein Ding …« Lutz schüttelte halb anklagend, halb bedauernd den Kopf. »Wie steht's denn mit Gitti?«

»Ist zu einer Freundin gezogen. Das hier erinnert sie alles zu sehr an Rolle.« Toby holte drei Teller und Gläser aus dem Küchenschrank.

»Wie geht's Marian?«

»Die ist ziemlich fertig. Hat letzte Nacht in der Zelle kein Auge zugetan, und das mit Stevie nimmt sie immer noch ziemlich mit. Hat eine Schlaftablette geschluckt, um endlich mal wieder zur Ruhe zu kommen.« Toby setzte sich mit hängenden Schultern auf die Küchenbank.

Lutz sah ein, dass er an dem Risi-Bisi leider nichts mehr verbessern konnte. Er stellte den Topf auf den Tisch und gesellte sich zu Toby. »War ja im Rückblick echt ein Segen, dass mich die Bullen wegen des LSDs verhaftet hatten. Ihr drei hattet aber anscheinend auch wirklich Glück mit euren Alibis«, tastete er sich vor.

»Marian und ich haben einem Kumpel von mir beim Renovieren geholfen. Pete hat 'nen alten Bauernhof in der

Nähe von Mainz bezogen. Hab vorhin mit ihm von der Telefonzelle aus gesprochen. Kaimann, dieses Bullenschwein, hat wohl alles Mögliche versucht, um Pete was anzuhängen und zu beweisen, dass unser Alibi nicht stimmt. Aber ohne Erfolg.« Toby stocherte in dem Risi-Bisi herum.

Auch Melanie setzte sich jetzt zu ihnen und bediente sich von dem Reisgericht.

»Die Bullen verhören wohl jeden in Ebersheim und Umgebung, der mal was mit linken Gruppen zu tun hatte«, bemerkte Lutz beiläufig. »Hatte diese Frau, mit der du und Marian zusammen in der Kneipe wart, wie hieß sie noch – Sylvia? – auch schon Ärger mit ihnen?«

Toby blinzelte nervös, ehe er antwortete: »Ihr dürft das auf keinen Fall weitererzählen. Aber Sylvia ist Bernward Hilgers' Ehefrau.«

»Echt?« Melanie starrte Toby aus weit aufgerissenen Augen an. Auch Lutz heuchelte Erstaunen.

»Ja ...« Tobys Stimme klang unglücklich, als ob er es bereits bedauerte, das Geheimnis verraten zu haben. »Wenn es rauskommt, dass Leonore mit mir, Marian und Stevie rumgehangen hat, machen ihr die Bullen bestimmt die Hölle heiß.«

»Wir verraten nichts«, beteuerte Lutz und beugte sich vor. »Aber mal ehrlich und ganz unter uns, glaubst du denn, dass sie was mit dem Brand zu tun hat? Nicht dass ich es ihr verdenken könnte, diese Konsumhütte von Kaufhaus abzufackeln ...«

Toby schüttelte den Kopf. »Leonore hat ganz sicher nichts mit dem Feuer zu tun«, erklärte er. »Sie würde so was niemals machen.«

Hat da gerade ein gewisser Zweifel in Tobys Stimme mitgeschwungen, oder habe ich mir das nur eingebildet?, überlegte Lutz.

Am nächsten Vormittag beobachtete Lutz, wie Frau Mageth erst eine Packung Mehl, dann eine Packung Nudeln in ihren Einkaufswagen legte. Wieder war er ihr mit der Ente zu dem Edeka-Markt gefolgt. Ein grauhaariger Mann mittleren Alters, der einen Verkäuferkittel trug, steuerte nun mit finsterer Miene auf Lutz zu. *Okay, anscheinend hatten seine Mitbewohner auch in diesem Edeka das eine oder andere mitgehen lassen ...*

Hastig trat Lutz zu der Haushälterin. »Frau Mageth, wie schön, dass ich Sie hier treffe«, sagte er empathisch. »Ich habe gehört, was Ihrem Chef zugestoßen ist. Eine wirklich furchtbare Sache. Es tut mir sehr leid ...«

»Ja, es ist schrecklich.« Frau Mageth holte ein Taschentuch aus der Jackentasche ihres dunklen Sommermantels und wischte sich über die Augen. Der Verkäufer drehte wieder ab.

»Wissen Sie was?« Lutz legte ihr die Hand auf den Arm. »Wenn Sie mit Ihren Einkäufen fertig sind, lade ich Sie auf einen Kaffee ein.« Er deutete auf das Bäckerei-Café, das durch das Schaufenster auf der anderen Straßenseite zu sehen war. »Ein Kaffee und ein Stückchen Kuchen tun Ihnen bestimmt gut.«

Das Café neben dem Bäckerladen war winzig und mit seiner dezenten, pastelligen Tapete und den hellen Resopaltischen angenehm in den fünfziger Jahren stehengeblieben. Frau Mageth spießte ein Stück Kirschplunder auf ihre Kuchengabel, während ihr wieder die Tränen in die Augen traten.

»Ich kann noch gar nicht richtig fassen, dass Herr Hilgers nicht mehr am Leben ist«, seufzte sie. »Frau Hilgers ist am Boden zerstört. Ohne Beruhigungsmittel würde sie, glaube ich, verrückt werden. Die meiste Zeit liegt sie in ihrem abgedunkelten Schlafzimmer. Sie hat ihren Mann sehr geliebt.«

Nun, da hatte Lutz so seine Zweifel. »Ich habe Gerüchte gehört, dass Herr Hilgers panische Angst vor Feuer gehabt haben soll«, sagte er.

»Jetzt, wo Sie es erwähnen, ja, das stimmt.« Frau Mageth nickte. »Er machte keine große Sache daraus. Es war ihm wohl auch unangenehm. Aber der Kamin wurde zum Beispiel nie benutzt.«

Also trifft Ilse Meerheimers Aussage in diesem Punkt zu ... Ja, wirklich seltsam, dass Bernward Hilgers nicht schleunigst aus dem Kaufhaus geflohen ist, als er den Brandgeruch wahrnahm ... Nachdenklich zog Lutz an seiner Zigarette. Sehr angenehm, dass man in den Siebzigern in Cafés rauchen durfte ...

»Tja, ich kann mir vorstellen, dass dies alles Frau Hilgers sehr belastet.« Lutz verlieh seiner Stimme ein mitleidiges Tremolo. »Sich vorzustellen, man ist zu Hause ... sieht fern oder liest ein Buch, alles ganz normal und alltäglich ... Und der Ehepartner kommt wenige Kilometer entfernt auf so schreckliche Weise zu Tode ...«

Frau Mageth aß wieder ein Stückchen Kirschplunder. »Ich hatte ja zuerst geglaubt, Frau Hilgers hätte an dem Abend Besuch gehabt«, sagte sie dann.

»Tatsächlich?« Lutz zuckte zusammen, und etwas von der kalten Zigarettenasche fiel auf das Tischtuch.

»Ich hatte das Buch, das ich gerade lese, in der Küche liegen lassen. Wenn einmal nichts zu tun ist, greife ich gern zu einem Roman – *Die Antwort kennt nur der Wind* von Simmel. Und ich wollte vor dem Zubettgehen weiterlesen. Deshalb bin ich noch mal schnell zum Bungalow gefahren. Die Vorhänge vor dem Wohnzimmerfenster waren zugezogen. Sie sind recht dünn. Ich dachte, ich hätte die Silhouetten von zwei Personen wahrgenommen. Aber ich habe nicht genau hingesehen. Und da Frau Hilgers sagte, sie wäre an dem Abend allein gewesen, habe ich mich bestimmt getäuscht.« Frau Mageth nippte an ihrem Kaffee.

Wobei sich die Frage stellt, warum Leonore Hilgers, falls wirklich jemand bei ihr war, diese Person nicht als ihr Alibi angegeben hat?, ging es Lutz durch den Kopf. *Aber vielleicht hat sich Frau Mageth ja doch geirrt.*

»Hallo, Jo. Ich mache Schluss für heute. Wie kommt ihr so voran?« Paul lächelte sie an.

»Keinerlei Durchbruch in Sicht.« Jo seufzte. »Ich tippe gerade noch zwei Vernehmungsprotokolle ab. Dann gehe ich auch nach Hause. Und wie steht's bei euch?«

»Bislang haben wir noch nichts herausgefunden, was die These eines Anschlags wirklich erhärtet hätte.« *Was Jo nun nicht wirklich wunderte ...*

»Kaimann ist sehr auf den anonymen Brief fixiert«, fuhr Paul fort. »Bei jedem Verdächtigen lässt er überprüfen, ob derjenige eine Schreibmaschine besitzt. Bei der Frau, die Hilgers bedroht haben soll, sind wir, trotz des Phantombildes, auch noch nicht weitergekommen.«

Gott sei Dank ... Jo unterdrückte einen Seufzer der Erleichterung.

Nachdem Paul sich verabschiedet hatte, wandte sich Jo wieder den Vernehmungsprotokollen zu. Sie hatte sich am Nachmittag mit zwei Frauen getroffen. Die eine war die Gattin eines Ebersheimers Chirurgen, die andere die eines Zahnarztes, beide Mitglied im *Lions Club*. Die Frauen hatten sehr herablassend über Leonore Hilgers gesprochen. Labil, empfindlich, egozentrisch ... Da die sorgfältig gestylten Damen Jo herzlich unsympathisch gewesen waren, hatte sie Verständnis für Leonore Hilgers Ausbruchsversuche empfunden.

Jo klappte den Bügel an ihrer Schreibmaschine auf und zog die beschriebene Seite samt der Durchschläge heraus. *Es ist wirklich ein Jammer*, dachte sie, *dass Kaimann und Kaminski alle Sekretärinnen in Beschlag genommen haben. Wieder einmal mühe ich mich als Letzte mit den verdammten Protokollen ab.*

Sie starrte auf die maschinengeschriebene Seite und hatte plötzlich eine Erleuchtung. *Kaimann lässt Schrifttypen vergleichen*, ging es ihr durch den Kopf. *Bernward Hilgers Obduktionsbericht wurde mit zwei Schreibmaschinen geschrieben, denn die Schrifttypen waren unterschiedlich. Das ist mir damals aufgefallen. Ich muss mir den Obduktionsbericht unbedingt noch einmal ansehen.*

Jo zuckte zusammen, als das Telefon auf ihrem Schreibtisch klingelte. »Weber ...«, meldete sie sich zerstreut.

»Gut, dass ich noch jemanden von euch antreffe«, sagte der Kollege von der Zentrale, »Ich hab einen Kollegen aus Wiesbaden in der Leitung. Er ruft wegen des erschlagenen Unbekannten an.«

»Stellen Sie den Kollegen durch«, bat Jo, die nun wieder ganz präsent war.

Durch die Glasscheibe der Küchentür sah Jo Lutz und Toby am Tisch sitzen und Karten spielen. Sie war froh, dass ihre Mutter nicht dabei war. Denn wenn sich ihre Mutter nicht in einer dämmrigen Konzertkneipe aufhielt oder gerade von Verhören völlig mitgenommen war, würde sie wahrscheinlich doch früher oder später bemerken, dass Barbarella und die Polizistin Josepha Weber ein und dieselbe Person waren.

Jo klopfte energisch – wie es ihrer Rolle als Polizistin entsprach – an die Scheibe. Die Köpfe der beiden Männer fuhren zu ihr herum.

»Kommen Sie rein, wenn's unbedingt sein muss«, rief Lutz gereizt.

Nachdem Jo der Aufforderung gefolgt war, sagte sie streng: »Herr Jäger, ich muss Sie bitten, mit mir aufs Präsidium zu kommen. Wir haben noch ein paar Fragen an Sie.«

»Was ist denn jetzt schon wieder?« Lutz verdrehte die Augen.

»Es geht nur darum, ein paar Sachverhalte abzuklären.«

Lutz stand auf und klopfte Toby auf die Schulter. »Verständige bitte meinen Anwalt, Kumpel, wenn ich morgen früh noch nicht zurück sein sollte.«

»Mach ich.« Toby bedachte Jo mit einem wütenden Blick.

»Was ist denn los?«, fragte Lutz Jo, während sie über den holprigen Gartenweg in Richtung Tor liefen. »Ich hatte grade eine Gewinnsträhne.«

»Ich habe mit einer jungen Frau gesprochen, die ihren Vater auf einer Wiesbadener Polizeidienststelle als vermisst gemeldet hat. Der dortige Kollege hatte die Personenbeschreibung aus dem Fahndungsbuch noch im Kopf und hat uns angerufen. Wir fahren jetzt zu der jungen Frau, Margot Elsner ist ihr Name, und reden mit ihr.«

»Nicht dass ich nicht sehr gerne an einem lauschigen Sommerabend mit dir unterwegs wäre, aber du hast anscheinend vergessen, dass ich im Jahr 1974 kein Polizist bin.«

»Es reicht bestimmt völlig, wenn ich Frau Elsner meinen Ausweis zeige und dich als Kollegen vorstelle.«

»Und wie erklärst du Framer, dass du mit einem Nicht-Polizisten eine Zeugin befragt hast?«

»Seit wann bist du der Bedenkenträger von uns beiden?«, gab Jo unwirsch zurück. »Ich muss Framer gar nichts erklären, da ich ihn nämlich gar nicht über das Gespräch informieren werde. Wir sind uns ja einig, dass die drei Morde zusammenhängen. Deshalb möchte ich nicht, dass Kaimann irgendetwas von der Unterhaltung mit Frau Elsner erfährt.«

»Du behinderst Ermittlungen.« Lutz grinste.

Jo nickte düster. »Darüber bin ich mir im Klaren.«

Nachdem sie in den Käfer gestiegen und losgefahren waren, berichtete sie Lutz von ihrer Entdeckung, dass der Obduktionsbericht von Bernward Hilgers auf zwei unterschiedlichen Schreibmaschinen geschrieben worden war.

»Da sieht man mal wieder, dass, aus der Sicht des 21. Jahrhunderts, veraltete Technik doch ihre Vorteile hat. Bei einem Computerausdruck wäre dir das nicht aufgefallen.« Lutz streckte die Beine aus und zuckte mit den Schultern. »Ansonsten finde ich das nicht weiter bemerkenswert. Wahrscheinlich hat eine Sekretärin Pause gemacht und ihre Kollegin den Bericht weitergeschrieben.«

»Du bist heute wirklich sehr defätistisch drauf.« Jo bedachte Lutz mit einem gereizten Seitenblick. »Wenn wir aus Wiesbaden zurück sind, werde ich mir den Bericht noch mal ansehen.«

»Warum hat Margot Elsner ihren Vater eigentlich erst jetzt als vermisst gemeldet?«

»Sie ist erst gestern aus Indien zurückgekommen. Sie wohnt in Frankfurt. Als sie ihren Vater telefonisch nicht erreichen konnte, ist sie zu seinem Haus gefahren, das sie verlassen vorfand, mit Stapeln alter Zeitungen vor der Haustür und den Garten voller Unkraut. Da wurde ihr klar, dass ihrem Vater etwas zugestoßen sein musste.« Während Jo eine Autobahnauffahrt entlangfuhr, schaltete sie in den vierten Gang. Der Käfer röhrte wie ein Rennwagen. »Im 21. Jahrhundert hätte Margot Elsner, dank eines Handys, bestimmt schon viel früher festgestellt, dass etwas mit ihrem Vater nicht stimmte.«

»Na und?« Lutz zuckte wieder mit den Schultern. »Ihrem Vater hätte das nicht mehr geholfen, und ihr hätte es nur den Urlaub verdorben.«

Jo und Lutz erreichten in der Dämmerung Georg Elsners Grundstück, das am Stadtrand von Wiesbaden auf einem Hügel lag. Die Bebauung war hier noch sehr spärlich. Zwischen den Häusern erstreckten sich ausgedehnte Wiesen. Der Abend war klar, und sie konnten bis nach Mainz am anderen Rheinufer sehen. Ein Maschendrahtzaun und eine Hecke umgaben das Grundstück. Der Garten war, wie Margot Elsner erwähnt hatte, mit Unkraut überwuchert. Was bei zwei bis drei Wochen ohne Pflege und regnerischem Wetter kein Wunder war. Trotzdem war zu erkennen, dass es ein schöner Garten war. Beerensträucher wuchsen neben Gemüse- und Blumenbeeten. Vor dem Haus standen Rosenstöcke, und hinter dem niedrigen, flachen Dach ragten die Kronen von Obstbäumen auf.

Als Jo und Lutz auf das weißgetünchte Haus zugingen, öffnete sich die Tür, und eine Frau Mitte zwanzig kam ihnen entgegen. Sie war braungebrannt und trug ein leuchtend buntes, weites Kleid im Ethno-Look. Ihr langes Haar hatte sie mit einem roten Band aus dem Gesicht gebunden. Aber ihre angespannte Miene strafte die Fröhlichkeit der Farben Lügen.

»Frau Elsner?« Jo zeigte der jungen Frau ihren Ausweis. »Mein Name ist Weber, und das ist mein Kollege Jäger.«

Die junge Frau schaute nur flüchtig auf den Ausweis. »Ich bin Ihnen sehr dankbar, dass Sie so spät am Abend noch hierhergekommen sind«, sagte sie. Sie bat Jo und Lutz in ein kleines Wohnzimmer, das schlicht, aber behaglich eingerichtet war. Ein Lesesessel stand vor einem Bücherregal. Außerdem gab es noch ein Zweisitzer-Sofa, das einen etwas abgewetzten grünen Leinenbezug hatte, und einen Schreibtisch vor dem Fenster.

Jo und Lutz nahmen auf dem Sofa Platz, während Margot Elsner den Lesesessel für sich heranrückte.

»Besaß Ihr Vater irgendwelche Verletzungen oder Operationsnarben oder andere auffälligen körperlichen Merkmale?«, fragte Jo, nachdem auch Margot Elsner sich gesetzt hatte.

»Er hat sich einmal den rechten Unterarm gebrochen, als er beim Kirschenpflücken von der Leiter gestürzt ist, und der Blinddarm wurde ihm entfernt.« Margot Elsner blickte ängstlich von Jo zu Lutz. »Außerdem war sein rechtes Bein durch eine Kriegsverletzung etwas kürzer, so dass er hinkte.«

»Dies trifft leider auch auf den Leichnam zu, der im Wald gefunden wurde«, sagte Jo leise, die die körperlichen Merkmale aus dem Fahndungsbuch kannte. »Ich benötige noch die Adresse des Zahnarztes Ihres Vaters. Aber ich fürchte, bei dem unbekannten Toten handelt es sich um Ihren Vater.«

»Oh, mein Gott.« Margot Elsner vergrub das Gesicht in den Händen und wiegte sich einige Momente lang hin und her wie ein Kind, das versucht, sich selbst Trost zu spenden. Dann sah sie wieder Jo und Lutz an. »Wie kam mein Vater ums Leben?«, fragte sie mit klarer Stimme.

»Er wurde ermordet«, antwortete Jo.

»Aber wer sollte so etwas tun?« Margot Elsner schüttelte ungläubig den Kopf.

»Das wollten wir eigentlich Sie fragen«, erwiderte Lutz. Seine Stimme klang mitfühlend.

»Ich habe keine Ahnung. Mein Vater hatte keine Feinde.«

»Hatte Ihr Vater jemals etwas mit Drogen zu tun?«

»Mein Vater, Drogen? Machen Sie Witze?« Margot Elsner lachte trocken auf. »Er hat sich schon aufgeregt, wenn ich mal einen Joint geraucht habe. Und er war nicht sehr glücklich über meine Indienreise. Er hat befürchtet, dass ich dort ständig auf dem Trip sein würde.«

»Und, waren Sie?« Lutz lächelte sie an.

»Na ja, ich habe auch Yoga gemacht.« Sie senkte den Kopf.
»Wann und wo sind Sie denn losgeflogen?«
»Vor ungefähr fünf Wochen, von Frankfurt.«
»Warum hat denn niemand bemerkt, dass Ihr Vater verschwunden ist?«, wollte Jo nun wissen. »Wir gehen davon aus, dass er vor zwei bis drei Wochen ermordet wurde. Lebt denn Ihre Mutter nicht mehr?«

»Mein Vater und meine Mutter haben sich vor etwa zehn Jahren getrennt. Meine Mutter wohnt seitdem in Süditalien. Sie haben nur noch selten Kontakt.« Margot Elsner strich über ihren aus Stoffstreifen gefertigten Armreif. »Mein Vater hat vor ein paar Jahren Geld von einer verstorbenen Großtante geerbt. Keine astronomische Summe. Aber das Haus gehörte ihm, und er brauchte nicht viel zum Leben. Gelegentlich, wenn er Lust hatte, arbeitete er in seinem erlernten Beruf als Schreiner. Die Einkünfte daraus und das Erbe reichten ihm zum Leben. Wahrscheinlich hatte er gerade keinen Auftrag auszuführen …«

»Gibt es denn außer Ihnen keine Verwandten, und hatte Ihr Vater keine Freunde?«, erkundigte sich Jo.

»Seine einzige Schwester lebt in den USA und sein einziger richtig enger Freund in Kempten. Er heißt Alfons Brandner. Die beiden kannten sich noch aus dem Krieg. Sie dienten in derselben Kompanie. Gelegentlich ging mein Vater zu einem DKP-Treffen. Aber soviel ich weiß, hat er niemals einen der Genossen nach Hause eingeladen. Ich habe ihn immer als einen sehr zurückgezogenen Menschen erlebt, der gerne alleine war. Daran ist, glaube ich, auch die Ehe meiner Eltern zerbrochen.«

Was hinreichend erklärt, warum bisher niemand Georg Elsners Verschwinden bemerkt hat, überlegte Jo. »Gibt es noch irgendetwas, von dem Sie glauben, dass es uns bei der Suche nach dem Mörder Ihres Vaters helfen könnte?«, fragte sie.

»Wahrscheinlich ist das, was ich jetzt sage, lächerlich.« Margot Elsner verzog den Mund. »Aber ich hatte irgendwie das Gefühl, dass in das Haus eingebrochen worden sein könnte ...«

Jo und Lutz wechselten einen überraschten Blick.

»Wie kommen Sie denn darauf?«, hakte Lutz nach.

»Es war nichts durchwühlt oder auf den Boden geworfen.« Sie beugte sich vor. »Aber mein Vater war sehr akkurat, um nicht zu sagen pedantisch. Die Buchrücken im Regal mussten immer exakt auf einer Linie stehen. Jetzt sind sie ein bisschen verrückt. Auch in den Küchenschränken und in seinem Kleiderschrank hatte alles seine spezielle Ordnung. Ein Hemd war halb vom Bügel gerutscht. Und die Spülmittelflasche stand dort, wo sonst der Schwamm liegt. Solche Kleinigkeiten ...«

»Wurde denn etwas gestohlen?«, unterbrach Jo sie.

»Nein, es fehlt nichts. Mein Vater bewahrt immer eine gewisse Geldsumme dort in dem Schreibtisch auf.« Margot Elsner wies auf das Möbel aus rötlichem Kirschbaumholz. »Er hat den Schreibtisch selbst gebaut und ihn mit einem Geheimfach versehen. Ich habe dreihundert Mark in dem Geheimfach gefunden, eine teure Armbanduhr, die mein Vater nur zu besonderen Anlässen trug, und das ...«

Sie stand auf und ging zu dem Schreibtisch, wo sie etwas in die Hand nahm, was darauf gelegen hatte. Ein Zeitungsausschnitt, wie Jo nun feststellte, als Margot Elsner zu ihr und Lutz zurückkam. Sie legte den Ausschnitt auf den Sofatisch – ein Artikel und ein großes Schwarzweißfoto.

Der Artikel befasste sich mit einer bundesweiten Sammelaktion vom *Lions Club*. Das Foto zeigte fünf Männer – einer davon war Bernward Hilgers. Jo hörte, wie Lutz neben ihr die Luft einsog. Sie wies auf Hilgers, während sie Margot Elsner aufmerksam ansah. »Kennen Sie diesen Mann?«

Die junge Frau schüttelte den Kopf. »Nein, überhaupt nicht – und auch keinen der anderen Männer. Und ich habe auch nicht die geringste Ahnung, warum dieser Artikel für meinen Vater so wichtig war, dass er ihn in seinem Geheimfach aufbewahrte. Der Einzige, der vielleicht etwas darüber wissen kann, ist Alfons Brandner.«

Mit diesem Mann sollten wir dringend sprechen, beschloss Jo. Sie wusste, dass Lutz ihren Gedanken teilte.

»Du legst wahrscheinlich keinen Wert darauf, dass ich dich begleite, um in Kaminskis Akten herumzukramen?«, fragte Lutz, als Jo den Käfer anderthalb Stunden später vor dem Polizeipräsidium geparkt hatte.

»Nee, es wird schon schlimm genug werden, falls Kaminski oder Kaimann mich erwischen sollten. Wenn du bei mir wärst, würden wir beide sofort hinter Gittern landen.« Jo schlüpfte aus dem Käfer. Lutz sah ihr nach, wie sie auf den beleuchteten Eingang zulief.

Es hatte sich wirklich gut angefühlt, ihre Mutter im Arm zu halten ... Auch wenn es natürlich noch viel besser gewesen wäre, Jo statt Melanie zu umarmen ... Lutz seufzte melancholisch und schaltete das Radio ein. *Live and let die* von Paul McCartney und den Wings erklang. Stefan Lehnert hatte Bernward Hilgers Frau Leonore gekannt, und Georg Elsner hatte, woher auch immer, Hilgers gekannt. Wodurch sich nun endlich eine Verbindung zwischen den drei Mordfällen zeigte. Einen wichtigen Schritt waren er und Jo immerhin weitergekommen.

Nach weiteren fünf Songs, während *Meet me on the corner* von Lindisfarne, kam Jo zurück.

»Und?«, fragte Lutz, während sie den Motor startete.

»Die Angaben über den Kohlenmonoxidgehalt in Hilgers Lungen waren mit einer anderen Schreibmaschine geschrieben als der Rest des Obduktionsberichts. Es sah so aus, als wären sie nachträglich in den Bericht eingefügt worden.«

»Hm, und was fangen wir mit dieser Info an? Wir können ja schlecht den Gerichtsmediziner direkt fragen. Bestimmt würde er uns irgendeine Lüge auftischen.«

»Darüber habe ich schon nachgedacht.« Um Jos Mund lag ein Lutz sehr vertrauter, entschlossener Zug. »Er hat einen Assistenten, der, seiner ungesunden Gesichtsfarbe nach zu schließen, mehr trinkt, als gut für ihn ist. Du musst ihn abpassen, ein paar Bier mit ihm trinken und ihn zum Reden bringen.«

»Ach ja? Nicht dass ich etwas gegen ein paar Bier einzuwenden hätte. Aber ich habe den Mann noch nicht mal gesehen. Geschweige denn, dass ich eine Ahnung hätte, in welcher Kneipe er sich seine Leber ruiniert.«

»Du bist schließlich Polizist und wirst das herausfinden. Mein Gott, du neigst 1974 wirklich dazu, die Dinge unnötig zu komplizieren. Take it easy ...«

»Apropos kompliziert ... Hast du dir eigentlich schon mal Gedanken gemacht, wie du es Margot Elsner beibringen willst, dass sie ihren Vater nicht bestatten kann, nachdem seine Identität durch den Zahnabgleich geklärt ist? Denn Framer weiß ja nicht, dass wir wissen, wer der Tote ist, und wird den Leichnam deshalb nicht freigeben.«

»O shit ...«, murmelte Jo, »daran habe ich überhaupt nicht gedacht.«

»Dann lass dir mal was einfallen, wie du das hinkriegst. Ab und zu sind Bedenken doch ganz ratsam«, bemerkte Lutz trocken, während im Radio *Traveller in time* von Uriah Heep gespielt wurde.

11. KAPITEL

Ein großer glatzköpfiger Mann um die sechzig trat aus der Glastür der Gerichtsmedizin. Unter seiner Lodenjacke spannte sich ein beträchtlicher Bauch. Er strebte auf einen weißen Ford Granada Taurus zu. Laut Jos Beschreibung war dies Doktor Bergmann, der Gerichtsmediziner. *Kein, Wunder, dass er und Kaminski sich gut verstehen,* dachte Lutz. *Auch so ein Gutsherren-Kommiss-Typ ...*
Während der Ford Granada Taurus über den Parkplatz fuhr, öffnete sich die Glastür wieder. Der Mann, der nun die Granitstufen herunterkam, war schätzungsweise zehn Jahre jünger als Doktor Bergmann, mindestens ebenso dick und noch größer. Sein Haar war fettig und sein Gesicht teigig. Na, das konnte kein anderer als Bergmanns Assistent Alois Gröner sein. Er ging schwerfällig zu einem Fahrrad, das an eine der Linden neben dem Gebäude gekettet war.
Lutz huschte durch die Einfahrt und schwang sich auf das rostige Rad, das er im Schuppen der Villa gefunden hatte. Als Gröner auf die Straße bog, nahm er die Verfolgung auf.

Lutz holte sich ein Bier an der Theke des »Schwarzen Adler«. Jo saß schon an einem der Holztische. Sie trug wieder ihre Barbarella-Verkleidung, mit der sie, wie Lutz fand, sehr sexy aussah. Niedergeschlagen starrte sie in ihre Apfelsaftschorle.

»He, was ist denn los?«, fragte er, während er sich zu ihr setzte. »Es wird gerade *Rock on* von T-Rex gespielt. Das ist eine super Musik und absolut kein Grund, Trübsal zu blasen.«

»Ich hab heute das Ergebnis des zahnärztlichen Abgleichs bekommen. Der Tote ist eindeutig Georg Elsner.«

»O Mist, ich verstehe ...«

»Ja, und du hattest recht. Ich kann seiner Tochter noch nicht sagen, dass ihr Vater tot ist.« Jo straffte die Schultern. »Und, bist du in Bezug auf Alois Gröner, Dr. Bergmanns Assistenten, weitergekommen?«

»Ich habe eine gute und eine schlechte Nachricht.« Lutz trank einen Schluck Bier. »Die gute ist, dass ich weiß, welche Kneipe er nach Arbeitsschluss frequentiert. Die schlechte, dass er eindeutig Alkoholiker ist und ich – auch wenn ich mich durchaus für trinkfest halte – Mühe haben dürfte, ihn unter den Tisch zu trinken und gesprächig zu machen.«

»Hm ...« Nachdenklich schob Jo ihr Glas mit der Apfelsaftschorle auf der Tischplatte hin und her. »LSD hilft doch, Hemmungen abzubauen. Und deiner Meinung nach ist es weder direkt gesundheitsschädigend, noch besitzt es ein großes Suchtpotential, oder?«

»Im Allgemeinen – und ich bin mir im Klaren darüber, dass ich mich jetzt nicht konform mit der deutschen Suchtmittelgesetzgebung verhalte – besitzt LSD meiner Meinung nach tatsächlich kein großes Suchtpotential. Weshalb fragst du? Hast du vor, dich auf einen Trip zu begeben?«

»Nein, aber ich überlege gerade«, Jo wurde ein bisschen rot, »ob du nicht vielleicht Gröner zu einem Trip verhelfen könntest, um ihn so zum Reden zu bringen.«

»Meine Liebe«, Lutz präsentierte Jo seine leeren Handflächen, »*ich* besitze kein LSD.«

»Im Präsidium wird das im Wald gefundene LSD aufbewahrt. Irgendwie müsste ich es schaffen, eine Pille an mich zu bringen.«

»Ich fasse es nicht ...« Lutz lehnte sich auf der Bank zurück. »Das sind jede Menge schwerwiegender Gesetzesverstöße. Ich erkenne dich nicht wieder ...«

»Ich mich auch nicht.« Jos Miene wurde wieder düster. »Ach, ich möchte einfach, dass Margot Elsner ihren Vater begraben kann. Vielleicht bin ich auch wegen dieser bekifften Zeit oder Kaimann so skrupellos. Mir wird schon schlecht, wenn ich ihn nur von ferne im Präsidium sehe. Auch falls er nichts über unsere Zeitreisen weiß, ist er mir einfach total unsympathisch. Alfons Brandner, Georg Elsners Freund, kann ich auch nicht erreichen. Ich habe eine Nachbarin von ihm ausfindig gemacht. Angeblich ist er in Urlaub und müsste jeden Tag zurückkommen. Aber ich werde die Angst nicht los, dass Elsners Mörder vielleicht auch ihn umgebracht hat.«

Jo war eindeutig sehr schlecht drauf ... So kannte er sie wirklich gar nicht ... Lutz legte seine Hand auf ihre. »He, jetzt steigere dich mal in nichts rein«, beruhigte er sie. »Ich versuche Alfons Gröner morgen Abend zum Reden zu bringen. Meinetwegen auch mit LSD. Und übermorgen fahre ich nach Kempten und höre mich dort ein bisschen um. Vielleicht ist Alfons Brandner bis dahin ja wieder zu Hause.«

»Ich fürchte, ich kann mir keinen Tag freinehmen ...« Jo seufzte. »Denn ich möchte auf keinen Fall Kaimanns Aufmerksamkeit erregen.«

»Mir macht es nichts aus, alleine nach Kempten zu fahren.«

»Wirklich nicht?«

»Nein, dann kann ich wenigstens beim Fahren rauchen und das Radio bis zum Anschlag aufdrehen.«

»Von mir aus gerne.« Endlich lächelte Jo. Aber gleich darauf begann sie wieder, ihr Glas auf diese entnervende Weise auf dem Tisch hin und her zu schieben. »Ich weiß ja, dass es mich im 21. Jahrhundert gibt«, sagte sie. »Trotzdem habe ich Angst, dass ich nicht geboren werde, wenn meine Eltern nicht zusammenkommen. Und danach sieht es nicht gerade aus ... Mir fällt auch überhaupt nichts ein, wie ich eine Begegnung zwischen den beiden herbeiführen könnte ...«

»Jo«, Lutz seufzte, »vertrau mir. Du wirst geboren werden. Wir beide können, wenn wir in der Zeit reisen, Verbrechen aufklären und verhindern, dass Unschuldige bestraft werden. Aber wir können nicht den Lauf der Welt verändern.«

»Vielleicht möchte ich auch einfach meine Eltern glücklich miteinander sehen ...« Jo schniefte und senkte den Kopf. »Alle Beziehungen, die meine Mutter nach meinem Vater hatte, sind früher oder später zerbrochen ...«

Wenn Lutz nicht davon überzeugt gewesen wäre, dass Jo nichts anders als Apfelschorle intus hatte, hätte er angenommen, dass sie sich einen handfesten Weltschmerz angetrunken hätte. Er war sich unschlüssig, ob er sie tröstend in den Arm nehmen sollte, als Jo sich plötzlich aufrichtete und über Lutz' Schulter schielte. »Marian und Toby sind gerade in die Kneipe gekommen. Wahrscheinlich ist es besser, wenn ich nicht von ihnen gesehen werde.«

»Der Meinung bin ich auch.«

»Du informierst mich, sobald du etwas herausgefunden hast.« Jo stand auf und strebte eilig dem Ausgang zu.

Lutz schlenderte zu Marian, die die Ellbogen auf einen Stehtisch gestützt hatte. Sie wirkte wieder – oder immer noch – mitgenommen. Toby war zur Theke gegangen.

»Schön, dich hier zu treffen.« Lutz lächelte sie an.

Marian erwiderte sein Lächeln nicht. »Toby hat mir gesagt, dass er dir von Sylvia erzählt hat.«

»Und, hast du was dagegen?«

»Nicht, wenn du es nicht den Bullen weiterträgst.« Ein aggressiver Unterton schwang in ihrer Stimme mit.

»Hab ich nicht vor.«

»Gut.«

»Hast du was mit Leonore Hilgers?« Lutz hatte es satt, noch länger um den heißen Brei herumzureden.

»Was interessiert dich das?«, fuhr sie ihn an.

»Na ja, lesbische Liebe ist ja recht ungewöhnlich ...« *Zumindest offen gelebte in den siebziger Jahren ...* »Nicht dass ich ein Problem damit hätte ...«

»Leonore ist, glaube ich, in mich verliebt. Aber ich nicht in sie.« Der aggressive Unterton war verschwunden. Es war eher eine resignierte Feststellung.

»Manchmal ist die Liebe 'ne echt beschissene Sache, was?« Dies kam aus Lutz' tiefstem Herzen.

Marian starrte nur stumm vor sich hin.

»Liebe ... Liebe ...« Alois Gröner rutschte von seinem Barhocker und taumelte gegen Lutz' Brust. »Liebe ...« Er strahlte Lutz an.

»Ja, ja ... schon gut.« Lutz klopfte dem Gerichtsmedizinassistenten beruhigend auf den Rücken. »Wir beide gehen jetzt mal nach draußen an die frische Luft, bis es Ihnen wieder besser geht.« Er fasste Gröner um die Schultern und bugsierte ihn durch die Kneipe.

»Ist der Gröner auf einmal vom anderen Ufer?«, wunderte sich einer der Männer an der Theke.

»Scheint so. Ich hätte aber nicht vermutet, dass er auf Hippies steht.« Feixend verfolgten die Kneipenbesucher den Abgang der beiden.

Bisher ist Jos Rechnung mit dem LSD voll aufgegangen, stellte Lutz fest, während er Alois Gröner durch die Hintertür schob. Anfangs hatte er kaum auf Lutz' Gesprächsversuche reagiert, hatte höchstens einmal ein Ja oder Nein geknurrt. Bis ihm Lutz dann die zerbröselte LSD-Pille in einem unbeobachteten Moment ins Bier geschüttet hatte. Ungefähr zehn Minuten später hatte sich der unfreundliche, wortkarge Kerl in ein von Liebe überbordendes Wesen verwandelt.

»Das All, die Sterne ...« Alois Gröner reckte die Arme zum Nachthimmel empor, als wollte er die Energie der Planeten in sich aufnehmen. Lutz drückte ihn auf eine Reihe Bierkästen nieder, die vor einer Wand gestapelt waren.

»Dort oben hängt ein großer Fußball.« Gröner lächelte Lutz an und deutete auf den fast vollen Mond. »Wir müssen nur noch gegen die Polacken gewinnen, dann stehen wir im Endspiel.«

So gern sich Lutz auch sonst über Fußball unterhielt, jetzt war nicht der richtige Moment dafür. Auch nicht, um auf politisch unkorrekte Äußerungen hinzuweisen.

Urplötzlich schlug Gröners Stimmung um. »Es gibt so viel Tod in der Welt«, schluchzte er. *Das war schon eher das Gebiet, über das sich Lutz mit ihm unterhalten wollte ...*

»Ich arbeite mit Toten. Das macht dir doch nichts aus, oder?« Gröner sah Lutz besorgt an. »Viele Leute gruseln sich davor.«

»Nee, überhaupt nicht. Bist du Bestatter oder so was?«

»Normalerweise habe ich mit Ermordeten zu tun.« Gröner senkte die Stimme zu einem Flüstern. »Ich arbeite in der Gerichtsmedizin.« Das Wort kam ihm sehr langsam über die Lippen, als hätte er Schwierigkeiten, die einzelnen Laute zu formen.

»Hört sich spannend an ...«

»Manchmal verfolgen mich die Toten. Da ... da ist eine Leiche ...« Gröners Gesichtszüge verzerrten sich, während er auf die Schatten neben einem Fahrradschuppen deutete.

Das sollte jetzt kein Horrortrip werden ... »Da ist niemand«, erklärte Lutz besänftigend. »Komm, stell dir vor, du fliegst zum Himmel auf, gleitest durch das All ...«

»Ist da wirklich niemand?«

»Nein.«

»Ich fliege, ich fliege ...«, murmelte Gröner, ehe er sich ausführlich über die Schönheit des Alls verbreitete. Es kostete Lutz ungefähr eine Viertelstunde, ihn wieder behutsam auf seine Arbeit zu sprechen zu bringen. »Vor ein paar Tagen kam doch dieser Geschäftsführer bei einem Kaufhausbrand ums Leben«, sagte er schließlich. »Hast du die Leiche untersucht?«

»Nee, mein Chef, ich bin nur der Assistent.« Auch dieses Wort bereitete Gröner Mühe. Sein wuchtiger Schädel lehnte an der Backsteinmauer. Sein Mund stand leicht offen. Aber irgendwie wirkte er wieder klarer. Lutz hoffte, dass sein Trip sich noch nicht dem Ende näherte. »Dein Chef hat die ganze Untersuchung durchgeführt?«, vergewisserte sich Lutz.

»Ja, bis auf die Lunge.«

»Was meinst du damit?«

»Er hat sie nicht untersucht.« Erneut verklärte ein Lächeln die groben Gesichtszüge des Assistenten. »Wir sind alle eins«, seufzte er glücklich, während er sich gegen Lutz' Brust sinken ließ. »Du und ich. Alle Menschen. Das Universum ...«

So viel Körperkontakt hätte er jetzt nicht unbedingt mit Gröner haben müssen, aber nun gut, wenn es dem Gespräch diente ... »Wenn dein Chef Hilgers' Lunge nicht untersucht hat, wer hat es dann getan?«

»Niemand.« Gröner strahlte Lutz an.

»Aber ... das kann doch ... nicht sein?«, stammelte Lutz.

»Ist mir völlig egal, was sein kann oder nicht.« Der Wirt stand plötzlich mit einem Bierkasten vor ihnen und musterte sie indigniert. »Macht mal Platz, ihr warmen Brüder.«

»Niemand, niemand ...«, sang Gröner vor sich hin, während Lutz ihn auf die Füße zerrte.

Nachdem Lutz Alois Gröner nach Hause geschafft hatte, war er erst gar nicht mehr ins Bett gegangen, sondern hatte sich in Jos Käfer auf den Weg in den Süden gemacht. Die Sonne war über dem Mittelgebirge aufgegangen. Es war fünf Uhr morgens. Der Motor des VW donnerte und verbreitete seinen charakteristischen Ölgeruch ins Wageninnere. Aus dem Radio dröhnte *Devil's Answer* von Atomic Rooster, in Lutz' Adern pulsierten Coffein und Nikotin, und die Autobahn lag ziemlich leer vor ihm. In Momenten wie diesen machte das Leben einfach Spaß. Auch wenn Lutz immer noch fassungslos über das war, was ihm Alois Gröner während seines Trips offenbart hatte.

Doktor Bergmann hatte Bernward Hilgers' Blut und sein Lungengewebe nicht auf Kohlenmonoxid untersucht. Und zwar ganz einfach, weil für ihn die Todesursache ohnehin offensichtlich war. Warum also hätte er Zeit und Mühen darauf verschwenden sollen? Laut Alois Gröner hatte er seine Notizen zum Zustand der Brandleiche und des gebrochenen Schädels einer Sekretärin übergeben, damit diese sie abtippte.

Erst als ihm der Obduktionsbericht vorlag, hatte Bergmann realisiert, dass ja die Angaben zum Kohlenmonoxidgehalt in der Lunge und im Blut darin fehlten und sich dies in den Augen anderer nicht gut machen würde. Nach Gutsherrenart schätzte er den Kohlenmonoxidgehalt Pi mal

Daumen. Da die Sekretärin gerade in der Pause war, ließ er diesen von einer Kollegin nachtragen. Womit die unterschiedlichen Schreibmaschinentypen erklärt waren.

Wieder einmal leistete Lutz Jo in Gedanken Abbitte. *Wenn ihr dies nicht aufgefallen wäre*, dachte er, *würden wir immer noch selbstverständlich davon ausgehen, dass Hilgers am Brandort erschossen wurde. Aber vielleicht war das ja gar nicht der Fall. Möglicherweise hat sich Frau Mageth ja doch nicht getäuscht, und Leonore Hilgers war in der Tatnacht nicht allein zu Hause, und Hilgers wurde in seinem Bungalow erschossen – von wem auch immer.*

Lutz drückte das Gaspedal bis zum Anschlag durch, was den Käfer auf satte hundertzwanzig Stundenkilometer beschleunigte. *Hoffentlich traf er Alfons Brandner in Kempten an … Und hoffentlich konnte der ihm seine Fragen beantworten …*

»Jo, du wirkst ziemlich fertig. Geht's dir nicht gut?«

Jo schreckte auf. Im Gang vor ihrem Büro hatte Paul sie angesprochen.

»Mir macht nur das Wetter ein bisschen zu schaffen«, antwortete sie ausweichend. In Wahrheit machte ihr die Notiz zu schaffen, die sie am Morgen in Katrins Wengers Briefkasten gefunden hatte. Aber das konnte sie Paul natürlich nicht sagen. Im ersten Moment hatte sie geglaubt, Lutz habe sich einen schlechten Scherz mit ihr erlaubt. Bergmann war ihr von der ersten Begegnung an herzlich unsympathisch gewesen. Aber dass er Bernward Hilgers Blut und Lungengewebe nicht auf Kohlenmonoxid überprüfen und falsche Angaben in den Obduktionsbericht schreiben würde, hätte sie nun doch nicht für möglich gehalten.

Nun erst registrierte Jo, dass Paul auch nicht gerade glücklich wirkte. »Du machst einen ziemlich niedergeschlagenen Eindruck«, stellte sie fest. »Gibt's Probleme bei euren Ermittlungen?«

»Im Fall Hilgers hängen wir nach wie vor fest. Aber deshalb hat Kaminski mich nicht zusammengefaltet ...«

»Was war denn los?«

»Erinnerst du dich noch an den Raubmord, wegen dem wir an deinem ersten Tag von Haustür zu Haustür gegangen sind und die Anwohner befragt haben?«

»Klar, auch wenn es mir vorkommt, als wäre seitdem ewig viel Zeit vergangen und nicht nur drei Wochen.« Jo nickte.

»Ich habe heute Morgen einen Anruf von einem Mann namens Heinze bekommen. Dieser Heinze ist davon überzeugt, in der Mordnacht einen amerikanischen Wagen mit großer Geschwindigkeit durch die Straße fahren gesehen zu haben. Ich habe Kaminski davon erzählt, und er meinte, kein Raubmörder wäre so idiotisch, einen derart auffälligen Wagen zu benutzen.«

»Und weshalb hat sich dieser Heinze nicht früher gemeldet?«, erkundigte sich Jo, da sie spürte, dass Paul der Raubmord immer noch beschäftigte. Sie selbst konnte dafür, da die Morde an Stefan Lehnert, Bernward Hilgers und Georg Elsner immer noch ungeklärt waren, nur ein mäßiges Interesse aufbringen.

»Er ist am Morgen nach dem Raubmord zu einer Geschäftsreise in die USA aufgebrochen und erst gestern wieder zurückgekehrt.« Paul fuhr sich durch seine wie immer ohnehin schon strubbeligen Haare und zerzauste sie noch mehr.

»Auch wenn Kaminski das anders sieht, könnte es nicht schaden, wenn du überprüfst, wer in Ebersheim einen amerikanischen Wagen fährt«, schlug Jo vor.

»Das hab ich ja. Aber das war leider eine falsche Spur. Es gibt nur ein amerikanisches Auto, das in Ebersheim gemeldet ist, und das gehört Bernward Hilgers. Das heißt, jetzt natürlich seiner Frau«, verbesserte sich Paul.

Natürlich, Lutz hatte ihr ja von den beiden teuren Schlitten in der Garage des Bungalows erzählt ... Dem amerikanischen Wagen und dem Mercedes Cabrio ...

»Paul«, sagte Jo langsam, »korrigiere mich bitte, wenn ich mich täusche. Aber der Raubmord wurde doch in derselben Nacht begangen, in der auch Stefan Lehnert umgebracht wurde, stimmt's?«

»Ja, glaubst du denn, dass ein Zusammenhang zwischen den beiden Fällen besteht?« Paul blickte sie verwundert an.

»Kein direkter.« Jo hastete zu ihrem Büro. An der Tür drehte sie sich noch einmal um. »Danke, Paul, für die Information!«, rief sie. Sie holte einen Stadtplan von Ebersheim aus ihrer Schreibtischschublade, breitete ihn aus und beugte sich darüber. Nein, sie hatte sich nicht getäuscht ... Die Straße, in der der Raubmord stattgefunden hatte, führte zu dem Waldstück, in dem Stefan Lehnerts Leichnam entdeckt worden war.

»Haben Sie Schwierigkeiten, sich in Ebersheim zu orientieren?«, hörte Jo Kaimann fragen. Alarmiert fuhr sie hoch. Seine randlose Brille reflektierte wieder einmal das Licht, so dass sie die Augen dahinter nicht sehen konnte.

»In der Tat, ich fange jetzt erst richtig an, mich in der Stadt zurechtzufinden«, erwiderte Jo spröde.

Gegen neun Uhr hielt Lutz vor einem Haus mit weit heruntergezogenem Ziegeldach am Stadtrand von Kempten. Die Alpen waren hinter einem Schleier aus Wolken und Dunst verborgen. *Hat doch auch ohne Navi bestens geklappt*, dachte er zufrieden, während er nun auf das Tor in dem Staketenzaun zuging. Mit Hilfe von Straßenkarten hatte er den Vorort von Kempten gefunden und sich dann in einer Bäckerei, wo er einen Kaffee getrunken und ein belegtes Brötchen gegessen hatte, den restlichen Weg beschreiben lassen.

Im Garten entdeckte Lutz jetzt einen stämmigen Mann um die sechzig, der trotz des kühlen Wetters ein Feinripp-Unterhemd und eine kurze Hose trug und mit einer Harke ein Gemüsebeet bearbeitete.

»Herr Brandner?«, rief er ihm über den Holzzaun zu. »Mein Name ist Lutz Jäger ...«

Der Mann richtete sich auf. Sein rundes Gesicht unter dem ergrauten lockigen Haar erinnerte Lutz ein bisschen an eine in die Jahre gekommene Barockputte. Seine kleinen braunen Augen waren gerötet, als habe er in der vergangenen Nacht kaum geschlafen.

»Dann sind Sie der Hauptkommissar«, sagte er. »Margot hat mich gestern Abend angerufen. Kommen Sie rein.«

Womit sich die Frage beantwortet hatte, dass der Mann Brandner war ... Und sich für Lutz das Problem gelöst hatte, dass er keinen Polizeiausweis besaß ...

»Ich ziehe mir nur schnell was anderes an und wasche mir die Hände.« Brandner marschierte vor Lutz einen gekiesten Weg entlang zu einer Hintertür.

Anscheinend hatten er und Georg Elsner die Liebe zum Gärtnern gemeinsam, folgerte Lutz, während er Brandner folgte. Ein üppiger Bauerngarten umgab das alte, zweistöckige Haus. In einem Beet neben der Hintertür wuchsen dunkelrote Stockrosen und große Glockenblumen.

In der Küche, in die Brandner Lutz führte, stand ein Kachelofen mit gemauertem Sockel. Lutz nahm auf einer Holzbank an einem weiß gescheuerten Tisch Platz, während Brandner aus dem Raum verschwand.

Als er kurz darauf wiederkam, trug er ein kariertes Hemd und eine ausgebeulten Cordhose. Brandner holte eine Flasche und zwei Gläser aus einem Schrank. »Auch einen Schnaps?«, fragte er Lutz.

Na, das war doch mal was anderes als der übliche Kaffee ... »Nein danke, ich muss noch Auto fahren«, erwiderte Lutz tugendhaft.

»Sie nehmen's aber genau.« Brandner grunzte, während er sich ein Glas eingoss und den Schnaps in einem Zug hinunterstürzte. Dann musterte er Lutz aus leicht zusammengekniffenen Augen. »Für einen Polizisten sehen Sie ziemlich ungewöhnlich aus. Beschäftigt die Kripo neuerdings auch Hippies?«

»Ich habe lange undercover ermittelt«, erklärte Lutz hastig. »Es tut mir sehr leid, dass Ihr alter Freund ermordet wurde ...«

»Was glauben Sie, wie leid es mir erst tut. Finden Sie den Scheißkerl, der es getan hat ...«

Lutz holte den Zeitungsausschnitt, der Bernward Hilgers inmitten der anderen Lions-Club-Vorsitzenden zeigte, aus seiner Stoffumhängetasche und legte ihn auf den Tisch. »Georg Elsner hatte diesen Artikel in dem Geheimfach seines Schreibtischs versteckt. Er muss also sehr wichtig für ihn gewesen sein.« Er deutete auf Hilgers. »Kennen Sie diesen Mann?«

Brandner schob sich die Hornbrille, die an einer Schnur auf seiner Brust baumelte, auf die Nase und betrachtete das Schwarzweißfoto. »Sie meinen den Mann mit der Narbe im Gesicht?«, vergewisserte er sich.

»Ja, genau.« Lutz nickte.

Brandner musterte Hilgers auf dem Foto unverwandt. »Ich kenne diesen Mann nicht«, sagte er schließlich. »Aber wenn das Foto für Georg so wichtig war, weiß ich, glaube ich, wer dieser Kerl ist. Oder zumindest, für wen Georg ihn hielt ...«

»Und für wen könnte Ihr Freund ihn gehalten haben?«

»Für einen der Männer, die seinen Vater gegen Kriegsende ermordet haben.«

»Das«, bat Lutz, »müssen Sie mir näher erklären.«

»Sehr viel gibt es da nicht zu erklären.« Brandner blickte zu einem der Fenster, vor dem sich eine Stockrose im Wind bewegte. »Georg erlitt im März 1945 bei den Kämpfen im Osten eine schwere Wunde am Bein. Vorher hatten wir zusammen in Frankreich gedient. Nachdem die Front dort in der zweiten Jahreshälfte 1944 zusammenbrach, wurde unsere Kompanie als Kanonenfutter in den Osten verlegt. Die Beinwunde erwies sich in gewisser Weise als Glück für Georg, denn er wurde in ein Lazarett nach Thüringen verbracht und von einem Arzt, der wohl auch nicht mehr an den Endsieg glaubte, für einige Wochen dienstuntauglich geschrieben. Georg kehrte auf den Bauernhof seiner Eltern im Münsterland zurück. Sein Vater, ein SPDler, war immer ein Gegner der Nazis gewesen und hatte dafür auch einige Zeit im Gefängnis gesessen. Im April 45, mit den Alliierten auf dem Vormarsch, äußerte er seine Meinung ganz offen. Eines Abends, Georg half seinem Vater, die Kühe zu versorgen, tauchten vier Männer in Wehrmachtsuniform im Stall auf, die seinen Vater aufforderten, mit ihnen zu kommen. Georg und seinem Vater schwante Übles. Sie versuchten, sich gegen die Männer zur Wehr zu setzen. Doch Georg wurde niedergeschlagen. Als er wieder zu sich kam, waren die Männer und sein Vater verschwunden. Am nächsten Tag fand man seinen Vater, an einen Baum gefesselt, erschossen auf einem nahen Feld. Um seinen Hals hing ein Pappschild mit der Aufschrift ›Volksverräter‹.«

»Der Mord wurde, vermute ich, niemals aufgeklärt?«

»Das vermuten Sie ganz richtig.« Alfons Brandner schenkte sich einen weiteren Schnaps ein, trank ihn jedoch nicht, sondern starrte in den klaren, nach Apfel riechenden Alkohol. »Georg hat mir nur zweimal von dem Überfall erzählt. Bei beiden Gelegenheiten hatten wir schon einiges gebechert. Aber ich habe nie vergessen, wie er sagte, dass der Mann, der ihn niederschlug, aussah, als wäre er einem Werbeplakat für die SS entstiegen. Ein blonder, ›nordischer‹ Typ, gutaussehend, bis auf eine Narbe auf der rechten Wange ...«

»Wenn Georg Elsner glaubte, den Mann, der seinen Vater ermordete, wiedererkannt zu haben, warum wandte er sich dann nicht an die Polizei? Es handelte sich ja nicht um eine standesrechtliche Erschießung, der ein Gerichtsverfahren voranging, sondern, selbst nach den Maßstäben der siebziger Jahre, um einen Mord.«

»Kommen Sie«, Brandner winkte ab und stürzte den Schnaps nun doch hinunter, »Sie wissen doch, wie viele hohe Posten bei der Polizei und in der Regierung von ehemaligen Nazis besetzt sind. Außerdem galt Georg als DKP-Mitglied ohnehin als verdächtig. Während dieser Kerl«, er nickte verächtlich in Richtung des Fotos, »garantiert zu den Stützen der Gesellschaft zählte.«

»Elsner war Ihr Freund, Sie kannten ihn gut. Was hätte er denn unternommen?«

»Zuerst einmal hätte er versucht herauszufinden, ob es sich bei diesem Mann wirklich um den Kerl handelte, der seinen Vater ermordete – oder half ihn zu ermorden. Was für mich so ziemlich auf das Gleiche hinausläuft.«

»Und wenn er herausgefunden hätte, dass es sich um ein und denselben Mann handelte?«

»Diese Frage kann ich Ihnen nicht mit Sicherheit beantworten.« Brandner seufzte. »Vielleicht hätte Georg sich doch durchgerungen und den Mann angezeigt. Vielleicht hätte er sich aber auch entschlossen, die Sache in die eigenen Hände zu nehmen und den Kerl getötet. Wie ich Ihnen bereits sagte – sein Vertrauen in die Justiz dieses Landes war nicht sehr groß. Meiner Meinung nach war seine Skepsis völlig berechtigt.« Unter seinen dichten Brauen hervor musterte er Lutz zweifelnd und herausfordernd. »Ich sehe Ihnen doch an, dass Sie glauben, dass dieser Kerl Georg umgebracht hat. Wenn Sie nichts unternehmen, um ihn zur Rechenschaft zu ziehen, werde ich es tun. Das garantiere ich Ihnen.«

»Ja, nach dem, was Sie mir berichtet haben, halte ich es für sehr wahrscheinlich, dass dieser Mann Ihren Freund getötet hat.« Lutz beugte sich vor. »Zur Rechenschaft gezogen werden kann er aber leider nicht mehr. Denn er wurde umgebracht.«

Hoffentlich treibt sich nicht wieder Kaminski im Wald herum, dachte Lutz, als er gegen vier Uhr nachmittags einem Waldweg in Richtung der Cannabispflanzung und des LSD-Verstecks folgte. Zuverlässig hatte ihn der Käfer wieder zurück nach Ebersheim gebracht. Nach dem Gespräch mit Alfons Brandner war Lutz nicht im Geringsten danach zumute, einem Altnazi – und er war überzeugt, dass Kaminski einer war – zu begegnen. Nicht dass er sonst viel Wert darauf gelegt hätte. Aber so sehr er auch das Jahr 1974 in vielem schätzte, hatte er die braunen Altvorderen, die damals ziemlich oft noch fest im Sattel saßen, allmählich wirklich satt.

In dem Wiesengrund, wo er Marian vor einer Woche über den Weg gelaufen war, nachdem er die Cannabispflanzung besichtigt hatte, blickte Lutz sich suchend um. Zwischen zwei Baumwipfeln entdeckte er einen Hochsitz. Das musste der Ort sein, wo Marian und Stefan sich öfter getroffen hatten.

Oben auf dem Hochsitz hielt sich Lutz Stefans Fernglas vor die Augen. Er benötigte einige Momente, um sich in dem nun optisch näher gerückten Waldstück zurechtzufinden. Ein Reh wagte sich zwischen den Bäumen hervor. Etwa einen halben Kilometer entfernt, jenseits einer Tannenschonung, befanden sich die Drogenverstecke. Die Nadelbäume waren kaum mehr als einen Meter hoch. Der Hang oberhalb war von dem Hochsitz aus gut einsehbar, denn dort erstreckte sich eine schmale Wiese. Das Unterholz des angrenzenden Waldstücks war nicht sehr dicht und ebenfalls gut einsehbar. In diesem Waldstück war Georg Elsner begraben und höchstwahrscheinlich auch umgebracht worden.

Falls der Mord auf der Wiese oder am Waldrand unter den Bäumen stattgefunden hat, überlegte Lutz, hätte ihn jemand, der auf dem Hochsitz saß und durch ein Fernglas oder einen Fotoapparat mit Teleobjektiv blickte, beobachten können.

Lutz wollte den Hochsitz schon wieder verlassen. Doch die Erinnerung daran, wie durcheinander Marian gewirkt hatte, als er ihr in dem Wiesengrund begegnet war, und wie verstört in der darauffolgenden Nacht, ließ ihn innehalten. Was, wenn Stefan etwas für sie auf dem Hochsitz versteckt hatte? Zuerst entdeckte er nichts, was seine Vermutung bestätigt hätte. Als er jedoch die Leiter ein paar Tritte hintergestiegen war und die Unterseite des Sitzes abtastete, stießen seine Finger gegen einen Reißnagel, der im Holz steckte. Dicht daneben konnte er ein Stück Klebestreifen fühlen.

»Vermutlich saß Stefan Lehnert auf dem Hochsitz und beobachtete oder fotografierte Tiere, als Bernward Hilgers Georg Elsner umbrachte. Möglicherweise hielt er sich auch in der Nähe der Cannabispflanzung auf und wurde von nahem Zeuge, wie Hilgers Elsner ermordete. Wobei ich allerdings annehme, dass Stefan in diesem Fall versucht hätte, einzugreifen und die Tat zu verhindern. Wie auch immer ...

Elsner muss so unvorsichtig gewesen sein, Hilgers in den Wald zu folgen«, erläuterte Lutz Jo. Sie hatten sich in Kaisers Biergarten getroffen. Wegen des schlechten Wetters war ein Zelt aufgestellt worden. Regentropfen prasselten auf die Plane. Lutz hatte den Fernseher gut im Blick, der von einer extra Plane geschützt wurde. Eine halbe Stunde war noch Zeit bis zur Übertragung des Spiels Deutschland gegen Polen.

»Elsner hat Hilgers erkannt und ihn mit dem Mord an seinem Vater konfrontiert, vielleicht hat er ihn auch bedroht«, fuhr Lutz fort. »Das war der Streit, den Peters, der Waldarbeiter, mitbekommen hat. Hilgers geriet in Panik, griff sich einen Ast oder einen großen Stein und erschlug Elsner. Anders als die standesrechtlichen Erschießungen gegen Kriegsende, die erst seit der Jahrtausendwende als strafbar gelten, wäre der Mord an Georg Elsners Vater auch 1974 schon als Mord gewertet worden. Und Achim Meerheimer, der selbst ein Opfer der Nazidiktatur war, hätte es sicher nicht toleriert, dass sein Ziehsohn an einer solchen Tat beteiligt war. Ganz zu schweigen davon, dass Hilgers wegen seiner Schulden ohnehin schon Probleme mit Meerheimer hatte.« Lutz wandte den Kopf. In der Nähe der Essens- und Getränkeausgabe saß ein halbes Dutzend krakeelender junger Männer, die bunte Bänder quer über der Brust und Burschenschaftsmützen trugen. »Wenn wir schon von Nazis reden«, sagte er und verzog das Gesicht.

»Ich gebe zu, die sind in der Tat nervig, aber nicht alle Burschenschaftler stehen politisch total rechts.« Jo nippte an ihrer Apfelsaftschorle. »Deine Theorie hat einiges für sich, und Hilgers' amerikanischer Wagen wurde in der Nacht, als Stefan Lehnert ermordet wurde, in einer Straße, die zum Tatort führte, gesehen. Aber Hilgers besitzt keine Waffe vom Kaliber der Mordwaffe. Und ich an seiner Stelle hätte eine Leiche nicht ausgerechnet auf dem Gebiet meiner Jagdpacht abgelegt.«

»Dass keine Waffe vom Kaliber der Mordwaffe auf Hilgers angemeldet ist, heißt noch lange nicht, dass er keine besitzt.« Lutz winkte ab. »Ich an Hilgers Stelle hätte Stefans Leichnam gerade deshalb auf meinem Pachtgebiet versteckt, weil ich mich dort gut auskenne. Ich habe recherchiert, dass es ein, zwei Wochen lang vor dem Mord nicht geregnet hatte und der Boden entsprechend hart und schwer zu bearbeiten war. Wahrscheinlich wollte Hilgers ein paar Regentage abwarten – von denen er, nebenbei bemerkt, mittlerweile mehr als genug gehabt hätte –, um Stefans Leiche unter dem Reisighaufen hervorzuholen und irgendwo zu vergraben. Es war sein Pech, dass der Hund am Fronleichnamstag den verwesenden Körper gewittert hat. Nein, was ich an Hilgers' Stelle nicht getan hätte, wäre, eine Leiche ausgerechnet in einem derart auffallenden Auto zu transportieren.«

»In den Kofferraum des Porsche Coupé hätte die Leiche nicht gepasst.« Jo schüttelte den Kopf. »Außerdem habe ich mich heute bei Mercedes-Werkstätten in Ebersheim und Umgebung umgehört. An dem Tag, an dem Stefan Lehnert umgebracht wurde, verursachte Leonore Hilgers einen Blechschaden an ihrem Wagen und brachte den Mercedes deshalb in eine Werkstatt in der Kennedy-Allee, wo er auch in der Nacht gestanden hat. Hilgers konnte also nur den Cadillac zum Leichentransport benutzen.«

Im Hintergrund sagte einer der Burschenschaftler etwas, woraufhin die anderen in ein grölendes Gelächter ausbrachen. »Hoffentlich halten diese Idioten während des Spiels die Klappe.« Lutz bedachte die jungen Kerle mit einem gereizten Blick, ehe er seine Aufmerksamkeit wieder auf Jo richtete.

»Okay, dann hat sich das mit dem Caddy geklärt. Laut Marian und Toby war Stefan kurz vor seinem Tod sehr optimistisch und davon überzeugt, genug Geld zusammenzubringen, um sich mit Marian nach Südfrankreich absetzen zu können. Ich schätze, er hat Hilgers durch Leonore beziehungsweise Sylvia irgendwie vom Sehen gekannt. Mit seiner Heimvergangenheit und als Fahnenflüchtiger hatte er kein Vertrauen in die Polizei – was ich leider verstehen kann. Hilgers anzuzeigen, kam also für ihn nicht in Betracht. Stefan hatte zwar durch das LSD schon einiges verdient, aber ein richtig gutes Polster war das nicht. Deshalb vermute ich mal, dass er auf die blödsinnige Idee verfallen ist, Hilgers zu erpressen. Wahrscheinlich irgendwie romantisch verbrämt: *Der Tod des Ermordeten hat einen Sinn, indem er mir und Marian zu einem besseren Leben verhilft.* So in der Richtung ... Nur war Hilgers absolut nicht gewillt, da mitzuspielen. Statt Stefan die Kohle zu übergeben, erschoss er ihn und durchsuchte am Tag danach die Villa, um mögliches Belastungsmaterial zu finden. Meine frühere Mitbewohnerin Gitti hat Hilgers an Stefans Fenster gesehen und ihn für dessen Seelenschatten gehalten.«

Lutz hielt inne und seufzte. »Ich weiß nicht, ob ich froh sein werde, bald keinen derartigen Stuss mehr zu hören, oder ob ich das vermissen werde. Aber auf jeden Fall sind mir Hippies lieber als Burschenschaftler.« Ein Trupp Leute kam in das Zelt und stellte sich am Tresen an, um sich Getränke und Essen zu kaufen.

Jo, die kurz von ihnen abgelenkt gewesen war, wandte sich Lutz wieder zu. »Ich halte es ja ebenfalls für mehr als wahrscheinlich, dass Hilgers Georg Elsner und Stefan Lehnert umgebracht hat. Aber wer hat dann Hilgers ermordet? Gut, Frau Mageth hat möglicherweise eine richtige Beobachtung gemacht, und Leonore Hilgers war in der Nacht des Kaufhausbrandes nicht alleine zu Hause. Vielleicht war ihr Ehemann bei ihr, und er wurde tatsächlich in seinem Zuhause erschossen. Aber dass Leonore Hilgers seine Leiche ins Kaufhaus geschafft und den Brand inszeniert hat, kann ich mir immer noch nicht vorstellen. Marian und Toby würde ich das schon eher zutrauen. Vor allem, da sie nun auch ein Mordmotiv hätten. Aber die beiden haben ein Alibi.«

»Das ich noch mal überprüfen werde.«

Ein Mann vom Biergarten-Personal ging nun zu dem Fernseher und schaltete ihn ein. Auf dem Bildschirm war ein völlig verregnetes Stadion zu sehen. »Wurde auch langsam Zeit, den Fernseher anzustellen«, knurrte Lutz, während er die Ellbogen auf den Biertisch stützte und sich erwartungsvoll vorbeugte. »Es sind höchstens noch zehn Minuten bis zum Anpfiff.«

»Da ist noch eine wichtige Sache.« Jo wusste nicht, ob sie über Lutz lachen oder ungehalten sein sollte. »Falls unsere Theorie stimmt und Marian und Toby haben Hilgers erschossen, um Stefan zu rächen – wie haben sie denn davon erfahren, dass Hilgers Stefan umgebracht hat? Hilgers wird es Leonore wohl kaum gebeichtet haben.«

»An dem Tag, als mir Marian so völlig durcheinander im Wald begegnet ist, habe ich am Vormittag einen Brief für sie entgegengenommen, der in Köln abgestempelt war. Vielleicht hat Stefan Kalle oder Ulli einen Brief geschickt: *Falls mir etwas zustößt, sendet diese Nachricht an Marian.* Die beiden waren ja in London, um ihr Drogengeschäft weiter anzukurbeln, und kamen erst zwei Tage, ehe Marian den Brief erhielt, wieder zurück. Zeitlich würde das also passen.«

»Und Stefan hat Marian in diesem Brief – falls es ihn überhaupt gab – von Hilgers Mord an Georg Elsner berichtet?« Jos Stimme klang skeptisch.

»Ich nehme an, er hat ihr mitgeteilt, dass er etwas am Hochsitz für sie versteckt hat. Ich habe dort einen Reißnagel und ein Stück Klebeband entdeckt. Wahrscheinlich hat er Fotos von dem Mord oder wie Hilgers die Leiche vergraben hat, unter dem Sitz befestigt. Ich kann nur mutmaßen, warum er Marian nicht gleich die Fotos geschickt hat. Vielleicht hat Stefan ganz einfach gefürchtet, dass sie in die falschen Hände fallen könnten. Rolle traue ich es zum Beispiel durchaus zu, dass er die Post seiner Mitbewohner auf ihren politisch korrekten Inhalt hin kontrolliert hat.« Lutz warf einen nervösen Blick zum Fernseher, wo nun ein Reporter mit langen Koteletten auf dem Bildschirm zu sehen war. »Oh, Ernst Huberty kommentiert«, bemerkte er.

»Der Name sagt mir nichts.«

»Er war eine Sportschau-Legende. Lass uns schnell unsere Arbeit für morgen aufteilen. Ich überprüfe Marian und Tobys Alibi. Du könntest versuchen, im Gefängnis mit Kalle oder Ulli zu sprechen, ob es tatsächlich einen Brief von Stefan an Marian gegeben hat.«

»Ich werde nicht ohne weiteres die Erlaubnis erhalten, sie im Gefängnis aufzusuchen.«

»Du hast das hinbekommen, als ich im Knast war. Bei den beiden schaffst du das auch.« Lutz zündete sich eine Zigarette an. »Würdest du mir bitte noch ein Bier holen? Du kannst dir auch gerne noch eine Apfelsaftschorle mitbringen.« Er gab Jo ein paar Markstücke, ohne den Blick vom Fernseher zu wenden. »Wir brauchen mindestens ein Unentschieden gegen Polen, um ins Endspiel zu kommen.«

»Nur ein Unentschieden? Ich dachte, wir müssten gewinnen.«

»Wir haben die bessere Tordifferenz. Aber die Polen haben bisher eine sehr gute WM gespielt. Ein Unentschieden wird gar nicht so leicht zu machen sein.«

»Aber weshalb ist das denn jetzt kein K.o.-Spiel?« Jo verstand überhaupt nichts mehr.

»Weil an der WM 74 nur sechzehn statt zweiunddreißig Mannschaften teilgenommen haben, die in der Endrunde in zwei Gruppen spielten. Das solltest sogar du registriert haben. Und die Sieger der jeweiligen Gruppen kommen ins Endspiel.« Lutz wedelte hektisch mit der Hand in der Luft herum. »Keine Fragen mehr! Jetzt wird die Mannschaftsaufstellung verlesen.«

»Maier, Vogts, Schwarzenbeck, Beckenbauer«, vermeldete der Reporter. Jo wollte aufstehen und zur Theke gehen, blieb aber sitzen, denn an der Essensausgabe erblickte sie ihren Vater.

»Lutz ...«

»Nein ...«

»Mein Vater ist hier! Er darf mich nicht mit dir sehen.«

Lutz reagierte nicht. »Breitner, Hoeneß, Bonhof, Overath, Grabowski, Müller, Hölzenbein«, tönte es aus dem Fernseher.

»Lutz, du kannst dir das Spiel in meinem Autoradio anhören«, flehte Jo und drückte ihm ihren Autoschlüssel in die Hand. »Bitte ...«

Fluchend stand Lutz auf und ging zum Zeltausgang. Keinen Moment zu früh, denn nun hatte ihr Vater Jo entdeckt und kam zu ihr. »Fräulein Weber, das ist ja eine Überraschung.« Er schien sich aufrichtig zu freuen, sie zu sehen, was Jos Herz wieder zum Flattern brachte und sie gleichzeitig mit Wehmut erfüllte.

»Ich hätte auch nicht damit gerechnet, Ihnen hier zu begegnen.« *Was der Wahrheit entsprach ... Sonst hätte sie sich hier nicht mit Lutz getroffen ...* »Setzen Sie sich doch zu mir, wenn Sie nicht anderweitig verabredet sind. Ich hätte nicht gedacht, dass Sie sich für Fußball interessieren«, sagte Jo zusammenhanglos. Denn nun sah sie, dass ihre Mutter Hand in Hand mit einem attraktiven jungen Mann ins Zelt kam. *Verdammt, das musste der Arzt sein, den Melanie auf der Geburtstagsfeier ihrer Mutter kennengelernt hatte ... Da hatte sie tagelang darüber gebrütet, wie sie eine Begegnung zwischen ihrem Vater und ihrer Mutter herbeiführen könnte ... Und jetzt musste sich Melanie ausgerechnet das Biergartenzelt für ihr Rendezvous aussuchen ...* Mit ihren langen offenen Haaren, der Häkelmütze und der dazu passenden engen Weste über dem gebatikten T-Shirt sah ihre Mutter, das musste Jo zugeben, sehr hübsch aus.

Glücklicherweise setzte sich ihr Vater mit dem Rücken zum Eingang und zur Theke auf die Bierbank.

»Ein großer Fußballfan bin ich nicht.« Er lachte. »Aber wenn es um den Einzug ins Endspiel geht ... Kommen Sie denn mit Hauptkommissar Framer gut klar?«

»Ja, und die Ermittlungen machen in gewisser Weise auch Fortschritte.« Jo beobachtete, wie ein dicker Burschenschaftler, der einen Bierkrug in den Händen hielt, ihre Mutter absichtlich anrempelte und etwas zu ihr sagte, was jedoch im Kommentar Ernst Hubertys unterging. Ihr Begleiter ging drohend auf den Burschenschaftler zu, der jedoch darauf nur gewartet zu haben schien und ihm unter dem Gelächter seiner Kameraden den Inhalt seines Bierkrugs ins Gesicht schüttete. Während sich der Arzt noch das Bier aus den Augen wischte, griff der Burschenschaftler Melanie an die Brust, die ihm daraufhin eine Ohrfeige verpasste. *Recht so*, dachte Jo.

»Du Schlampe!«, brüllte der Kerl und übertönte damit Huberty, der gerade dabei war, einen Angriff von Beckenbauer zu vermelden. Er packte Melanie an den Haaren und zerrte sie zu sich. Melanie schrie auf.

Jos Vater fuhr herum. Er erkannte Melanie, sprang über einige Bierbänke und nahm den Burschenschaftler in den

Schwitzkasten. »Du Mistkerl!«, brüllte er. Jo rannte zu ihren Eltern. Der dicke Burschenschaftler japste erstickt auf und ließ von Melanie ab.

»Kümmere dich gefälligst um deinen eigenen Kram.«

»Lass ihn sofort los!« Die anderen Kerle waren nun auch aufgesprungen und drangen auf Jos Vater ein. Alexander Claasen stieß den Dicken, der Melanie angegriffen hatte, von sich. Dieser taumelte gegen einen seiner Kameraden.

»Das Schwein hat mich fast erdrosselt«, stöhnte er, während er anklagend auf Jos Vater zeigte.

»Na, dann wollen wir dem mal eine Abreibung verpassen«, tönte es von den Burschenschaftlern. Im Hintergrund hörte Jo Leute schreien und aufgeregt durcheinanderreden.

»Polizei!«, rief Jo, was jedoch in dem Lärm unterging. Zwei Kerle stürzten sich auf ihren Vater. Er rammte einem seinen Ellbogen in den Magen und setzte den anderen mit einem Kinnhaken außer Gefecht. Zu spät bemerkte Jo den Bierhumpen, der auf den Hinterkopf ihres Vaters niederfuhr. Ehe sie noch einen Warnruf ausstoßen oder irgendwie eingreifen konnte, krachte das Glas mit einem hässlichen, dumpfen Laut auf seinen Schädel, und ihr Vater brach bewusstlos zusammen. Eine Blutlache breitete sich um seinen Kopf aus. Die Burschenschaftler ergriffen die Flucht.

»O Gott, Alexander.« Schluchzend kniete sich Melanie neben ihn. Sie zog ihre Weste aus und presste sie gegen die Kopfwunde. Wie paralysiert verfolgte Jo, dass sich die Wolle mehr und mehr rot färbte. Sirenengeheul mischte sich in das Prasseln des Regens.

Ist das wirklich Lutz, der jetzt tropfnass auf mich zukommt und einen Burschenschaftler im Klammergriff vor sich herschiebt?, fragte sich Jo benommen.

»Fräulein Weber ...« Jo schreckte auf. Sie war auf dem harten Krankenhausstuhl eingeschlafen. Eine füllige Krankenschwester, deren Oberlippe ein beachtlicher Damenbart zierte, stand vor ihr. Die Wanduhr zeigte halb sieben.

»Herr Claasen ist eben zu sich gekommen. Er hat durch die Platzwunde einen beträchtlichen Blutverlust erlitten und leidet außerdem unter einem starken Schädel-Hirn-Trauma«, erklärte die Krankenschwester. »Aber der Schädelknochen ist nicht gebrochen.«

»Ich muss wegen des Tathergangs mit Herrn Claasen sprechen.« Was die reine Lüge war, aber Jo wollte ihren Vater unbedingt sehen.

»Nun, wenn Sie sich kurzfassen.« Die Krankenschwester nickte ihr hoheitsvoll zu.

Ein dicker Verband zierte den Kopf von Jos Vater. Sein Gesicht war grau, und seine Augen von den Folgen des Schlags oder des Narkosemittels verschwollen, aber der Blick, mit dem er Jo bedachte, war klar.

»Josepha, haben Sie etwa die ganze Nacht im Krankenhaus gewartet, bis ich zu mir gekommen bin?«, murmelte er.

»Ich musste einfach wissen, ob es Ihnen wieder besser geht.« Jo zog einen Stuhl an das Bett. Sie fühlte sich ganz schwach vor Erleichterung.

»Was genau ist eigentlich passiert? Ich erinnere mich nur noch, dass Melanie Weber im Biergartenzelt von einem Burschenschaftler bedroht wurde.«

»Einer seiner sogenannten Kameraden hat Sie von hinten mit einem Bierhumpen niedergeschlagen.«

»Ziemlich stümperhaft von mir, nicht darauf zu achten, was in meinem Rücken geschieht.« Er grinste schwach.

»Na ja, Sie hatten alle Hände voll mit den anderen zu tun.«

»Konnten die Kerle festgenommen werden?«

Jo nickte. »Einer wurde auf dem Parkplatz aufgegriffen. Ich bin mir ziemlich sicher, dass er die Namen der anderen verraten wird.« Lutz, der den Lärm im Zelt gehört hatte, hatte sich tatsächlich von der Radioübertragung losgerissen, um nach dem Rechten zu sehen. Dabei waren ihm die Flüchtenden über den Weg gelaufen. Einen hatte er mit einem gezielten Fußtritt zu Fall gebracht und ins Zelt geschleppt, wo der Burschenschaftler dann von den Streifenpolizisten festgenommen worden war.

»Und Melanie Weber ...?«

»Ihr geht es gut. Sie war völlig außer sich und hat versucht, das Blut Ihrer Kopfwunde zu stillen.«

»Und das für einen Büttel des Kapitalismus ...«, flüsterte er.

»Ich glaube, ihr liegt sehr viel an Ihnen.«

Ihr Vater erwiderte nichts. Aber seine Augen begannen zu leuchten.

Jo ergriff seine Hand. »Ich besuche Sie in den nächsten Tagen wieder.«

Ihr Vater erwiderte ihren Händedruck und lächelte sie an. »Ich freue mich darauf, Sie zu sehen.« Was Jo wieder einmal die Kehle zuschnürte.

»Du darfst am 9. Oktober 1977 nicht zum Dienst gehen«, sagte sie impulsiv. An diesem Tag war ihr Vater ums Leben gekommen. »Versprich mir das.«

»Josepha, was sagen Sie da?« Er blickte sie verwirrt an.

Jo beugte sich zu ihm herunter und küsste ihn auf die Wange. Dann floh sie aus dem Krankenhauszimmer.

Sie rang immer noch um Fassung, als ihre Mutter auf sie zukam. Melanie hatte eine Strickjacke um sich gewickelt, als würde sie frieren. Ihr Gesicht war bleich, und sie sah übernächtigt aus. Sie legte Jo bittend die Hand auf den Arm. »Dieser Drache von Krankenschwester will mich nicht zu

Alexander Claasen lassen. Ich muss ihn unbedingt sprechen. Wissen Sie, wo ich ihn finde?«

»Das ist sein Zimmer.« Jo deutete auf die Tür neben sich. Zu ihrer Erleichterung bemerkte ihre Mutter nicht, wie aufgewühlt sie war.

»Danke Ihnen.« Melanie strahlte sie an und schlüpfte in den Raum. »Alexander ...«, hörte Jo sie mit ganz weicher Stimme sagen. »Ich habe mir solche Sorgen um dich gemacht ...« Ihre Stimme brach. Nun war aus dem Zimmer nichts mehr zu hören.

Was ein sehr gutes Zeichen war ... Jo lehnte sich gegen die Wand und lächelte vor sich hin. Als ein Wagen voller Frühstücksgeschirr klappernd aus einem Aufzug geschoben wurde, fiel ihr ein, dass Achim Meerheimer auch in diesem Krankenhaus behandelt wurde.

Jo erfuhr, dass Achim Meerheimer von der Intensivstation in ein Krankenzimmer im oberen Stockwerk verlegt worden war. Sein Bett stand am Fenster, von wo aus man auf den Hospitalgarten blicken konnte. Er hatte sein Frühstück bereits beendet, denn das benutzte Geschirr stand auf dem Nachtschränkchen. Er trug einen seidenen Schlafanzug und wirkte unter der Decke, die bis zu seiner Brust hochgezogen war, schwach und gealtert. Ganz anders als der stattliche Mann, dem Jo vor Bernward Hilgers Büro begegnet war.

Sie zeigte ihm ihren Ausweis und stellte sich vor.

»Hat man inzwischen herausgefunden, wer für das Feuer in meinem Kaufhaus verantwortlich war?«, fragte er matt.

»Nein, wir ermitteln in verschiedene Richtungen«, wich Jo ihm aus. Ob seine Frau ihm mitgeteilt hatte, dass Hilgers beträchtliche Gelder aus der Kaufhauskette hinterzogen hatte? Wahrscheinlich nicht, vermutete sie.

»Wissen Sie, ob Ihr Ziehsohn neben seinen angemeldeten Jagdwaffen auch noch eine nicht registrierte Waffe besaß?«, kam Jo auf den Grund ihres Besuchs zu sprechen.

»Warum interessieren Sie sich denn dafür, statt die Leute zu suchen, die Bernward auf dem Gewissen haben?« Ärger glomm in Achim Meerheimers Augen auf, und für Momente war sein altes Ich zu erkennen.

»Wir vermuten, dass eine nicht angemeldete Waffe Ihres Ziehsohnes etwas mit seinem Tod zu tun hat. Es tut mir leid. Aber ich kann Ihnen derzeit nichts Genaueres sagen«, gab Jo zurück.

Achim Meerheimers Hände strichen über die Bettdecke. »Bernward besaß eine Wehrmachtspistole«, sagte er schließlich, »die er nach der Kapitulation nicht an die Alliierten übergeben hat. Er hat im Krieg seine Jugend verloren, wurde schwer verwundet. Aber er hat auch viel Tapferkeit und Mut erlebt. Deshalb wollte er die Waffe wohl behalten.«

Vielleicht aber auch, ging es Jo durch den Sinn, *weil mit dieser Pistole Georg Elsners Vater getötet wurde und Bernward Hilgers vermeiden wollte, dass die Alliierten bei einer Morduntersuchung die Herkunft der Waffe bis zu ihm zurückverfolgen könnten.*

12. KAPITEL

Bei jedem Schlagloch wurde Lutz auf dem Fahrersitz des Käfers einige Zentimeter in die Höhe geschleudert. Zu dem Bauernhof von Marians und Tobys Freund, der ihnen das Alibi für die Nacht des Kaufhausbrandes gegeben hatte, führte nur ein Feldweg. *Wahrscheinlich fühlt es sich ähnlich an, die Rallye Paris-Dakar zu fahren*, überlegte Lutz, während er krachend vor einer besonders großen Vertiefung in den ersten Gang herunterschaltete und dann wieder Gas gab.

Am vorigen Abend hatte er Jo ins Krankenhaus gefahren und mit ihr gewartet, bis klar war, dass für ihren Vater keine Lebensgefahr bestand. Vom Eins-zu-null-Sieg der deutschen Mannschaft hatte er dann erst in den Nachrichten erfahren. Abgesehen von den Anfangsminuten war Polen in der ersten Halbzeit auf dem vom Regen durchnässten Spielfeld klar die bessere und torgefährlichere Mannschaft gewesen. Sepp Maier hatte super gehalten, und Franz Beckenbauer war ein »wahrer Turm« in der Abwehr, wie Lutz inzwischen in einem Radiokommentar gehört hatte. In der zweiten Halbzeit hatte sich die deutsche Mannschaft gesteigert. Hölzenbein hatte Szymanowski zugesetzt und war schließlich von Żmuda im Strafraum gefoult worden. Uli Hoeneß hatte den Elfmeter ausgeführt – und versemmelt. Der polnische Torwart Tomaszewski hatte den Ball gehalten. In der fünfundsiebzigsten Minute hatte Gerd Müller dann die deutsche Mannschaft mit dem eins zu null ins Endspiel geschossen, das gegen die Niederlande gespielt werden würde. Denn Holland hatte zwei zu null gegen Brasilien gewonnen.

Nichts, aber auch gar nichts wird mich davon abhalten, das Spiel zu sehen, dachte Lutz grimmig. Hinter einer Kurve wurden nun, zwischen Bäumen, die moosigen Ziegel eines Daches sichtbar. Als Lutz den Käfer vor einem windschiefen Zaun abstellte, bog ein langhaariger bärtiger Mann im Arbeitsoverall um die Hausecke, der eine Schubkarre voller Mist vor sich herschob. Das musste Pete sein. *Attraktiver Typ*, dachte Lutz anerkennend, *groß, blond, blauäugig. Hätte sich echt gut in einer Marlboro-Werbung gemacht ...*

»Ich bin Lou, ein Freund von Marian und Toby«, stellte sich Lutz vor, nachdem er sich zu Pete gesellt hatte. »Ich interessiere mich für biologischen Gartenbau. Die beiden haben mir gesagt, dass du es echt draufhast ...«

»Komm mit, ich wollte ohnehin in den Garten gehen. Dort kann ich dir alles zeigen.« Petes blaue Augen begannen zu leuchten. Während Lutz ihm zu einer Reihe von Beeten folgte, auf denen üppiger Salat wuchs und Bohnen an Stangen emporrankten, zündete er sich eine Zigarette an. Pete häufte Mist auf eine Gabel, hielt nun jedoch inne. »Tut mir leid«, sagte er, »aber wenn du bitte deine Zigarette ausmachen könntest? Zigarettenrauch ist nicht gut für die Pflanzen. Er beschädigt ihre Aura.« *So viel zu Freiheit und Abenteuer ...* Seufzend trat Lutz die Zigarette aus.

In der nächsten Stunde erfuhr er alles über die Besonderheiten von diversen organischen Düngern, die ihn nicht im Geringsten interessierten, und in welcher Mondphase Tomaten- und Gurkenpflänzchen am besten zu setzen waren. Lutz verfluchte sich schon dafür, dass er ausgerechnet Gartenbau als Grund seines Besuchs angegeben hatte, als sich Pete endlich von einem Radieschenbeet aufrichtete und sagte: »Ich hab eine vegetarische Moussaka im Ofen stehen. Wenn du magst, können wir uns beim Essen weiterunterhalten.«

Das hörte sich, fand Lutz, schon besser an ... Und vielleicht kam er dann endlich auch einmal dazu, Fragen zu stellen ...

Die Küchenwände waren, so frisch wie die Farbe wirkte, erst kürzlich gestrichen worden. Pete nahm den Auflauf aus einem Holzofen und stellte ihn auf einen alten Tisch zu zwei handgetöpferten Tellern und zwei Trinkgläsern. Auch eine Flasche Rotwein holte er aus einem Regal und schenkte Lutz und sich ein. *Immerhin war er kein Antialkoholiker ...*

Pete gab den Auflauf auf die Teller. »Kohlensaurer Kalk ist übrigens auch ein super Düngerzusatz«, sagte er.

Noch mehr Details über Düngemittel ertrug er nun wirklich nicht ... »Sag mal, es war bestimmt viel Arbeit, das Haus zu renovieren«, wechselte Lutz energisch das Thema.

»Ja, ich hab das ganze Frühjahr dran gearbeitet. In den nächsten Wochen werde ich das Dach erneuern. Die Wände habe ich mit Lehm bestrichen und dann gekalkt. Lehm ist eine erstklassige Dämmung und Kalk viel besser als chemische Farben.«

»Die sorgen bestimmt auch für eine schlechte Aura.«

Pete entging Lutz' Ironie völlig. »Genau.« Er nickte eifrig. »Für den Lehm benötigt man eine ganz bestimmte Rezeptur ...«

Lutz stürzte einen großen Schluck Rotwein hinunter. Sich nun auch noch einen langen Vortrag über Lehmrezepturen anzuhören, war mehr, als er verkraften konnte. Er beschloss, aufs Ganze zu gehen. »Du, Marian und Toby, ihr habt die Bullen ja ganz schön mit dem falschen Alibi gelinkt«, sagte er mit einem Augenzwinkern. »Von wegen in der Nacht des Kaufhausbrandes bei dir gewesen und beim Renovieren geholfen ...«

Pete starrte Lutz an. »Die beiden haben dich eingeweiht?«, fragte er schließlich.

»Ja, das haben sie. Wir sind schließlich gute Kumpels.«

Pete hob sein Weinglas und stieß mit Lutz an. »Tja, man soll die Bullen hinters Licht führen, wo man nur kann.«

»Der Meinung bin ich auch«, erwiderte Lutz trocken. *Mann, es hat sich doch gelohnt, dass ich mir Petes Gequatsche über Dünger angetan habe,* dachte er.

Wieder einmal saß Jo in einer Besucherzelle im Gefängnis. Außer, dass die am Boden festgeschraubten Stühle hier grüne und keine braunen Plastiksitze hatten, glich sie genau dem Raum, in dem sie mit Lutz gesprochen hatte. Sie hatte sich an Polizeipräsident Coehn gewandt und behauptet, sie müsse dringend mit Karl-Heinz Briegel oder Ulrich Wagenbach sprechen, da es möglicherweise eine Querverbindung zum Fall Hilgers gebe. *Was ja durchaus der Wahrheit entsprach ...* Glücklicherweise war der Polizeipräsident gerade in Eile gewesen und hatte ihr die Erlaubnis ohne detaillierte Nachfragen erteilt.

Der Wärter, der nun einen schlaksigen rothaarigen jungen Mann in die Zelle führte, war der, der damals Lutz begleitet hatte. »Karl-Heinz Briegel«, schnarrte er.

»Ich würde gerne alleine mit Herrn Briegel sprechen«, sagte Jo. »Ja, ich habe eine Erlaubnis des Direktors« – *was wieder nicht stimmte* – »und, ja, von mir aus können Sie dem jungen Mann die Handfesseln anlassen.«

Zu ihrer Erleichterung verzichtete der Wärter auf jegliche Diskussion und verschwand kommentarlos aus der Zelle.

»Ham Sie mal 'ne Kippe für mich?«, nuschelte Kalle.

»Nein, tut mir leid.« *Mist, daran hätte sie denken können ...*

»Hat Stefan Lehnert Sie oder Ulrich Wagenbach gebeten, einen Brief an Marianne Zierner zu schicken, falls ihm etwas zustoßen sollte?«, kam Jo ohne Umschweife auf den Punkt.

»Was kriege ich an Haftvergünstigungen, wenn ich mit Ihnen kooperiere?« Kalle lehnte sich provokant auf dem Stuhl zurück und reckte sein blasses Kinn.

»Keine ...«

»Dann vergessen Sie's ... Stevie hätte auch gewollt, dass ich mich nicht von Ihnen über den Tisch ziehen lasse.«

»Vielleicht könnten wir uns auf ein gewisses Zigarettenkontingent einigen?«, schlug Jo vor.

Lutz saß, mit einer Flasche Bier in der Hand und in den *Kicker* vertieft – *man musste sich ja auf das Endspiel vorbereiten und Politkader Rolle war ja Gott sei Dank Geschichte ...* –, am Küchentisch der Villa, als Melanie hereinkam. Sie war nackt bis auf ein weites, offenes Hemd, das wohl dem kühlen Wetter geschuldet war, nichtsdestotrotz aber ihren wohlgeformten Körper kaum verhüllte. Lutz schluckte und versuchte, nicht an Jo zu denken.

Melanie setzte sich ihm gegenüber und streckte ihre langen, schlanken Beine in seine Richtung. »Diese Joe mit dem wallenden Blondschopf, das ist in Wahrheit die Polizistin Josepha Weber, oder?«, fragte sie und steigerte Lutz' Verlegenheit damit noch mehr.

»Ähm, ja, wann hast du es denn rausgefunden?«

»Irgendwie bekannt kam sie mir ja schon lange vor. Aber richtig erkannt habe ich sie erst heute im Krankenhaus, als ich Alexander besucht habe.«

Melanie spricht von »Alexander« ... Sie sieht glücklich aus, fand Lutz. »Tja, im Zuge der Ermittlungen haben wir uns ineinander verliebt. Mit ihrem Beruf konnte sie sich schlecht öffentlich mit mir sehen lassen und ich ja auch nicht mit ihr. Ihr hättet mich ja dann garantiert für einen Spitzel gehalten«, fügte er mit einem etwas schlechten Gewissen hinzu.

»Kann ich verstehen. Mit Alexander geht es mir ja genauso.«

So wie Melanies Gesicht von innen heraus leuchtet, wenn sie seinen Namen sagt, dürfte Jo ziemlich bald gezeugt werden, schlussfolgerte Lutz. Er sah Toby durch den Garten auf die Küche zukommen. »Es wäre mir lieb, wenn du das mit mir und Jo für dich behalten könntest«, bat er rasch.

»Klar!« Melanie nickte. »Ich werde Toby und Marian auch nichts von mir und Alexander erzählen.«

»Hey, Kumpel, wir sind echt im Endspiel, gegen die Niederlande.« Toby grinste Lutz breit an, als er die Küche betreten hatte. Die beiden klatschten sich ab. Toby holte sich auch ein Bier und lehnte sich dann gegen den Küchenschrank.

»Hoffentlich gewinnen die Holländer«, bemerkte Melanie. »Die sind weniger reaktionär drauf als die Deutschen.«

Lutz und Toby wechselten einen Blick und stöhnten. »Das Einzige, was für die Niederländer spricht, ist, dass Cruyff Kettenraucher ist«, warf Lutz ein.

»Gehst du etwa mit Marian und Sylvia am Sonntag zu der Anti-WM-Fete?«, fragte Toby Melanie.

»Nee, ich hab da was anderes vor.« Sie schüttelte den Kopf.

»Eine Anti-WM-Fete, was ist das denn für eine bescheuerte Idee?« Lutz seufzte.

»Tja, die sind halt so drauf.« Toby schüttelte den Kopf. »Was hältst du denn davon, Lou, dass wir uns das Spiel zusammen in der Dorfkneipe ansehen? Wir haben ja schon ewig kein Spiel mehr miteinander geschaut.«

»Irgendwie kam mir oft was dazwischen. Klar, sehr

gerne.« Dass Toby höchstwahrscheinlich etwas mit dem Mord an Bernward Hilgers zu tun hatte, war Lutz in diesem Zusammenhang völlig egal. *Fußball war nun einmal Fußball ... Und Beruf war Beruf ...*

»Hast du wieder mit dem Rauchen angefangen und dich mit einem Vorrat eingedeckt, oder willst du versuchen, die Zigaretten ins 21. Jahrhundert zu schmuggeln, um sie dort gewinnbringend zu verkaufen?« Lutz wies auf die beiden Plastiktüten, die Jo in den Händen hielt und die voller Zigarettenstangen waren.

Jo ließ sich auf die Bank im »Goldenen Krug« sinken. Sie trug wieder ihr Barbarella-Outfit. »Nee, ich hab einen Deal mit Kalle gemacht. Ich hab ihm fünfzehn Zigarettenstangen versprochen. Daraufhin hat er mir verraten, dass Stefan tatsächlich einen Brief an Marian bei ihm und Ulli hinterlegt hatte. Danach habe ich ein paar Nachforschungen über Marian angestellt. Bis vor zwei Jahren war sie in einem Sportschützenverein aktiv und hat sogar ein paar Preise gewonnen. Ich gehe davon aus, dass sie Bernward Hilgers erschossen hat.«

Der Kellner mit dem großen schwarzen Schnurrbart erschien am Tisch, um ihre Bestellung entgegenzunehmen. Da Jo und Lutz bei ihrem letzten Besuch anstandslos ihre Rechnung bezahlt hatten, war er nun entgegenkommender.

Nachdem der Kellner wieder gegangen war, erzählte Jo Lutz von ihrem Gespräch mit Achim Meerheimer. Als sie ihren Bericht beendet hatte, sagte sie eifrig: »Wir müssen unbedingt Hilgers' Wehrmachtswaffe an uns bringen und die Kugel, die in Stefans Brust gefunden wurde, mit dem Pistolenlauf abgleichen lassen. Damit können wir endlich beweisen, dass Hilgers Stefan umgebracht hat.«

Lutz beugte sich vor und blickte Jo fest an. »Zum einen wissen wir nicht, wo Hilgers die Waffe aufbewahrt hat ...«

»Bestimmt irgendwo in dem Bungalow.« Jo winkte ab.

»Und zum anderen darf ich dich daran erinnern, dass wir keinen Durchsuchungsbefehl haben? Eine quasi geklaute Waffe gilt nicht als Beweisstück. Ganz zu schweigen davon, dass Hauptkommissar Framer ziemlich überrascht sein dürfte, wenn du ihm auf einmal Hilgers als Mörder präsentierst. Von unseren Ermittlungen weiß er ja nichts.«

»Darüber mache ich mir Gedanken, wenn das ballistische Gutachten vorliegt. Irgendwie kriegen wir das alles schon hin.« Jo ließ sich nicht beirren. »Du siehst die Dinge wirklich unnötig kompliziert.«

»Ich sehe sie nicht kompliziert, ich sehe sie realistisch.«

»Wie ging noch mal dieser Spruch von Che? ›Seien wir realistisch, versuchen wir das Unmögliche.‹«

»Jetzt komm du mir nicht auch noch wie Rolle.«

Jo ignorierte Lutz' Bemerkung. »Schade, dass Leonore Hilgers garantiert kein Fußballfan ist. Na ja, 1974 war Public Viewing ja ohnehin noch nicht angesagt. Sonst hätten wir während des Endspiels den Bungalow durchsuchen können.«

»Leonore besucht mit Marian eine Anti-WM-Fete. Idiotischer geht's ja wohl nicht.« Lutz stockte, als er das Aufblitzen in Jos Augen sah. »Nein, nein und nochmals nein, ich werde auf überhaupt keinen Fall das Endspiel verpassen.«

»Lutz ...«

»Nein!«

»Wir müssen endlich ins 21. Jahrhundert zurückkehren. Eine derart gute Gelegenheit, in den Bungalow einzubrechen, bekommen wir so schnell nicht wieder.«

»Nein.«

»Wenn du mir nicht hilfst, verrate ich dir, wie das Spiel ausging.«

»So gemein bist du nicht.«

»Nein, wahrscheinlich nicht.« Jo senkte zerknirscht den Blick.

»Gut, ich komme mit«, knurrte Lutz. »Aber ich werde ein Transistorradio mitnehmen und mir die Übertragung anhören.«

Die Tür des Krankenhauszimmers stand ein Stück weit offen. Jo blieb auf der Schwelle stehen. Ihr Vater schlief. Ihre Mutter saß neben dem Bett und hielt seine Hand. Sie wirkte so glücklich und gelöst, wie Jo sie nie erlebt hatte.

Leise zog sich Jo zurück. Herrje ... Sie holte ein Päckchen Papiertaschentücher aus ihrer Jackentasche. *Jetzt heulte sie ja schon wieder ...* Trotzdem fühlte sie sich leicht und beschwingt. *Ich habe meinen Vater kennengelernt,* dachte sie, während sie sich energisch schnäuzte, *das werde ich niemals vergessen. Dafür hat es sich wirklich gelohnt, Knallorange und schlammiges Braun und lärmende Käfer und Schuhe mit Keilabsätzen und mechanische Schreibmaschinen zu ertragen.*

Lutz justierte die Antenne des kleinen Transistorradios, das er auf dem Kies neben der Hintertür des Hilgersschen Bungalows abgestellt hatte. Atmosphärisches Rauschen drang aus dem kleinen Lautsprecher. Dann ertönte die Stimme eines Kommentators, der auf das Endspiel einstimmte. Jo spürte die Dienstwaffe im Holster an ihrem Gürtel. Vorsichtshalber hatte sie sie mitgenommen.

»Ich hab ganz vergessen, dir zu erzählen, dass deine Mutter dich erkannt hat«, sagte Lutz nun zu Jo, während er einen Dietrich in das Türschloss steckte und ihn vorsichtig darin hin und her drehte. »Also, sie hat dich natürlich nicht als ihre Tochter erkannt, aber sie ist dahintergekommen, dass du und Barbarella ein und dieselbe Person seid. Ich hab ihr gegenüber behauptet, dass wir uns während deiner Ermittlungen ineinander verliebt hätten und du dich deshalb verkleidet hättest. Was sie mir auch sofort geglaubt hat.«

Jo erinnerte sich noch sehr gut daran, dass ihre Mutter festgestellt hatte, dass sie »heiß« auf Lutz war, und wurde rot. »Ähm, könntest du das Radio bitte etwas leiser stellen?«, fragte sie, um vom Thema abzulenken. »Schließlich sollen uns die Nachbarn nicht hören.«

»Die Nachbarn sind sehr weit weg. Und ich werde ganz sicher nicht mit dem Radio ans Ohr gepresst durch das Haus wandern«, erwiderte Lutz bestimmt, während er mit der Linken den Ton noch lauter drehte. »Jetzt wird gleich die Mannschaftsaufstellung verlesen.«

Tatsächlich schallten kurz darauf die Namen »Maier, Vogts, Schwarzenbeck, Beckenbauer, Breitner, Hoeneß, Bonhof, Overath, Grabowski, Müller, Hölzenbein« durch den stillen Garten. Während der Kommentator auch die Namen der niederländischen Mannschaft verlas, sprang die Tür auf. Der Anpfiff ertönte. Die Hintertür führte in die Küche mit den dunkelblauen Möbeln und den orangefarbenen Kacheln, in der Lutz vor einiger Zeit mit Frau Mageth Kaffee getrunken hatte. Lutz zog die Tür hinter sich und Jo ins Schloss.

Sie hatten eben den Raum durchquert und einen mit braunen Fliesen ausgelegten Flur betreten, als der Kommentator verkündete, dass Cruyff von Hoeneß gefoult worden sei und es Elfmeter für die Niederlande gebe.

»Scheiße«, murmelte Lutz und gleich darauf wieder »Scheiße«, als der Elfmeter von Neeskens verwandelt worden war. »Gerade mal zwei Minuten gespielt. Das darf doch nicht wahr sein«, stöhnte er.

Jo enthielt sich jeglichen Kommentars und ging die Treppe zur Diele hinauf. Das Zimmer rechter Hand war, wie sie sich erinnerte, das Wohnzimmer. Dort gab es keinen Waffenschrank. Sie öffnete die Tür des angrenzenden Raums und stand auf der Schwelle zu einem Arbeitszimmer. Ein schalenförmiger schwarzer Lederstuhl stand vor einem ausladenden Schreibtisch mit – wie konnte es anders sein – orangefarbener Lampe darauf. In einer Ecke, halb verborgen von Bücherregalen mit Aktenordnern und in Leder gebundenen Büchern entdeckte sie einen schweren Stahlschrank. Die sich nähernde Stimme des Kommentators verriet Jo, dass Lutz ins Zimmer kam.

Er wirkte mitgenommen. »Berti Vogts hat in der dritten Minute eine gelbe Karte für ein Foul an Cruyff bekommen. Mann, ist das ein schlechter Start.«

»Das tut mir sehr leid. Aber könntest du dich trotzdem bitte dem Stahlschrank widmen?« Jo deutete auf das massive Möbelstück.

»Ja, ist ja schon gut ...« Lutz stellte das Radio auf das Bücherregal daneben und machte sich mit einem kleinen Dietrich am Schloss des Schranks zu schaffen. Die Worte des Kommentators, die Fangesänge im Hintergrund und das Klicken der Dietriche – Lutz versuchte es nun schon mit dem dritten –, zerrten an Jos Nerven.

»Foul an Müller durch van Hanegem. Müller geht zu Boden«, tönte es durch den Raum. Lutz hielt inne. »Das gibt jetzt doch wohl hoffentlich eine gelbe Karte für die Niederländer«, sagte er – um gleich darauf erleichtert aufzuseufzen, als der Schiedsrichter wirklich auf Gelb entschied.

Jo blickte auf ihre Armbanduhr. *Gut zwanzig Minuten sind wir jetzt schon im Haus*, dachte sie. *Wer weiß, vielleicht hat Hilgers die Wehrmachtspistole ja gar nicht im Waffenschrank, sondern an einem anderen Ort aufbewahrt.* Sie wünschte sich, Lutz ablösen zu können, dessen Konzentration auf das Spiel und nicht auf das Schloss gerichtet war, aber sie war im Schlösserknacken viel weniger bewandert als er.

»Hölzenbein läuft in den Strafraum. Jansen bringt ihn zu Fall«, vermeldete nun der Kommentator.

Lutz erstarrte.

»Elfmeter für Deutschland.«

»Ja!«, schrie Lutz.

»Breitner nimmt sich den Ball ... Breitner verwandelt zum eins zu eins.«

»Jaaa! Tor! Ausgleich!«, schrie Lutz.

»Vielleicht könntest du dich jetzt ja wieder etwas intensiver dem Schloss widmen«, konnte Jo sich nicht verkneifen, bissig zu bemerken. Sie wusste nicht, ob Lutz sie überhaupt gehört hatte. Aber er schien mit neuer Energie ans Werk zu gehen, denn nach weiteren fünf Minuten ließ sich der Stahlschrank öffnen. Jo trat neben Lutz. Drei Jagdgewehre lehnten in Ständern. Jo, die sich inzwischen Handschuhe übergestreift hatte, öffnete die darunterliegenden Schubladen. In einer fand sie, neben Packungen mit Munition, eine Pistole vom Typ Mauser.

»Das müsste die Mordwaffe sein.« Vorsichtig hob Jo die Waffe hoch.

»Gut, dann können wir jetzt ja gehen.« Lutz würdigte die Waffe kaum eines Blickes und nahm das Transistorradio vom Regal. »Hoeneß läuft an Haas vorbei und passt in die Strafraummitte zu Müller«, dröhnte es aus dem Lautsprecher. Im nächsten Moment registrierte Jo, die die Waffe in einen Plastikbeutel gesteckt hatte und nun in ihrer Umhängetasche verstaute, dass Lutz wie angewurzelt stehen blieb.

»Ist irgendein Tor für die Niederlande gefallen, das ich nicht mitbekommen habe?« Ärgerlich drehte sie sich zu ihm um.

»Ähm, nein ...« Lutz nickte in Richtung Tür. Jo wandte den Kopf – und blickte in einen Pistolenlauf. Er gehörte zu einer Waffe, die Marian mit gestreckten Unterarmen auf sie und Lutz richtete. Hinter ihr standen Toby und Leonore.

»Leg dein Holster mit der Dienstwaffe ab, und dann runter damit auf den Boden!«, kommandierte Marian, während der Lauf nun direkt auf Jo schwenkte. Marians Gesicht war kalt und entschlossen. Jo war sich im Klaren darüber, dass Marian nicht spaßte, und tat, wie ihr befohlen.

»So, und jetzt schiebst du Holster und Waffe mit dem Fuß in unsere Richtung.«

Vorsichtig beförderte Jo beides über den Teppich.

»Nimm die Pistole heraus!« Marian sah Leonore an. »Und du, Toby, stell dieses verdammte Radio ab.«

Leonore Hilgers, deren Gesicht kreidebleich war, tat, wie ihr befohlen.

»Kumpel«, mischte sich Lutz ein, »so von Fan zu Fan, wir befinden uns alle leider in einer äußerst unerfreulichen Situation. Könntest du das Radio nicht bitte einfach leiser stellen? So, dass es Marian nicht stört, wir aber trotzdem noch was hören?«

»Ach, halt's Maul!«, gab Toby zurück. Er vermied es, Lutz anzusehen. »Du hast uns alle verarscht, Scheißbulle.«

Eine lastende Stille breitete sich in dem Raum aus, nachdem das Radio schwieg.

»Wie habt ihr rausgekriegt, dass ich ein Polizist bin und wir in den Bungalow einbrechen würden?«, fragte Lutz schließlich ruhig. Zu Jos Erleichterung verhielt er sich jetzt, da er nicht mehr vom Endspiel abgelenkt war, professionell.

»Sylvia und ich waren bei Petes Anti-WM-Fete«, antwortete Marian.

»Ich hätte mir eigentlich denken können, dass der so einen Scheiß veranstaltet«, murmelte Lutz.

Marian ignorierte seine Bemerkung. »Als Pete mir erzählt hat, du wärst ein paar Tage vorher bei ihm gewesen und hättest dich brennend für biologischen Gartenbau interessiert, habe ich mich gewundert. Denn in der Villa hast du dich ja nie um den Garten gekümmert. Und als Pete dann auch noch sagte, dass du behauptet hättest, Toby und ich hätten dich in unser falsches Alibi eingeweiht, fiel mir dein auffälliges Interesse für Sylvia wieder ein, und ich habe zwei und zwei zusammengezählt.«

»Tut mir leid, dass du wegen mir das Spiel verpasst«, sagte Lutz zu Toby. »Ich schätze, die Mädels haben dich aus der Dorfkneipe geholt?«

»Halt's Maul!«, fuhr ihn nun auch Marian an.

Was Jo ihr nicht so ganz verübeln konnte ... Sie blickte Marian, Toby und Leonore nacheinander an. »Habt ihr Bernward Hilgers mit dessen Wehrmachtspistole getötet?«

Leonore stöhnte auf.

»Ich habe ihn erschossen. Es war ein Unfall«, erklärte Marian unbewegt. Ihre Pupillen wirkten riesengroß, und Jo fragte sich, ob sie wohl unter Drogen stand.

»Und dann habt ihr seinen Leichnam ins Kaufhaus transportiert, den Wachmann niedergeschlagen und den Brand gelegt?«, fragte Jo.

Marian hörte ihr nicht zu. Sie wandte sich an Toby. »Fessel den beiden die Arme!«, befahl sie. Toby holte ein Kabel unter seiner Jeansjacke hervor.

»Marian, wir können doch nicht ...«, schrie Leonore auf.

»Sei still!«, zischte Marian.

»Was soll das jetzt werden?«, erkundigte sich Lutz gelassen. »Ein Doppelmord? Ich bin mir sicher, dass ihr drei euch alle Bernward Hilgers moralisch weit überlegen fühlt.

Aber in Wahrheit seid ihr kein bisschen besser als er. Wo hast du eigentlich die Waffe her?«

»Aus einem Waffenversteck, das Rolle im Wald angelegt hatte.«

»Wollte er die Rote Armee bei einem Einmarsch unterstützen?«

Marian zielte auf Lutz' Brust. »Wenn du nicht sofort ruhig bist, drücke ich hier an Ort und Stelle ab.« Ihre Stimme klang völlig emotionslos.

»Okay, okay ...« Lutz hob die Hände. »Ich verspreche, dass ich nichts mehr sage.« Jo bemerkte das ganz leichte Blitzen in seinen Augen und spannte sich an.

Als Toby nach Lutz' Armen griff, um ihn zu fesseln, packte Lutz ihn und schleuderte ihn gegen Marian. Als Toby gegen sie stürzte, löste sich aus der Pistole eine Kugel, die irgendwo im Zimmer einschlug. Jo sprang vor und trat Marian die Waffe aus der Hand. Aus den Augenwinkeln nahm sie wahr, dass die Waffe unter den Schreibtisch schlitterte. Leonore war zurückgewichen. Sie hatte Jos Pistole fallen lassen, die jedoch außerhalb von Jos und Lutz' Reichweite lag. *Nichts wie weg hier*, durchfuhr es Jo.

Sie und Lutz spurteten aus dem Raum und aus der offen stehenden Haustür.

»Dem Himmel sei Dank, dass das keine Profis sind«, keuchte Lutz, während sie die Treppe hinunterrannten und dann die Auffahrt entlanghetzten. Am Tor drehte Lutz sich um. »Übrigens kommen Marian und Toby gerade hinter uns her.«

»Sehr beruhigend, das zu wissen.«

»Eher nicht, denn Marian hält deine Waffe in der Hand. Und jetzt steigen sie in Tobys Ente.«

»Shit ...«

»Ja, finde ich auch. Ich fürchte, das wird ein Wettrennen

Käfer gegen Ente.« Lutz riss die Fahrertür des VW auf, der gegenüber dem Tor stand, Jo ließ sich neben ihn fallen. Lutz drehte den Zündschlüssel im Schloss, gab Gas und raste los, haarscharf an der Ente vorbei, die gerade aus dem Tor geschossen kam. Jo hörte ein dumpfes Geräusch. »Schießt Marian etwa auf uns?«

»Wenn du einen Blick in den Rückspiegel riskierst, wirst du sehen – ja, das tut sie.«

Tatsächlich stand Marian aufrecht in der Ente, deren Dach zurückgerollt war, und zielte auf den Käfer.

»Ich glaub es nicht.« Jo duckte sich.

»Ist doch mal eine originelle Verfolgungsjagd.« Auch Lutz hielt den Kopf gesenkt.

Sie rasten den Berg hinunter in Richtung Stadt. Erst als die Bebauung dichter wurde, riskierte Jo wieder einen Blick in den Rückspiegel. Die Ente war nicht mehr zu sehen. Sie wollte aufatmen, doch nun ertönte eine Sirene. Ein Streifenwagen brauste aus einer Seitenstraße heran und mit Blaulicht hinter ihnen her.

»O Gott, die Bullen«, stöhnte Lutz.

»Du meinst wohl, die Kollegen«, gab Jo zurück. »Fahr an den Straßenrand. Sonst alarmieren die nur noch weitere Streifenwagen.«

Lutz hielt an. Der Streifenwagen stoppte dicht vor ihnen. Ein uniformierter Polizist stieg aus und kam zur Fahrertür. »Sind Sie sich eigentlich darüber im Klaren, dass Sie mit hundert Stundenkilometern durch eine Ortschaft gerast sind?«, herrschte er Lutz an. »Zeigen Sie mir mal Ihren Führerschein.«

Ihm zu erklären, dass wir vor einer Ente flohen, aus der eine Frau auf uns feuerte, wird wohl sinnlos sein, dachte Jo resigniert.

Lutz kramte in seiner Gesäßtasche und reichte dann dem Beamten einen reichlich zerfledderten grauen Führerschein.

Dessen Kollege war nun auch herangekommen und beugte sich zu Lutz herunter. »Sie kenne ich doch«, sagte er, »Sie saßen kürzlich in Untersuchungshaft.«

»Es wurde keine Anklage gegen mich erhoben, und ich wurde freigelassen«, erwiderte Lutz scharf.

»Wer weiß, was Sie für Drogen intus haben. Sie kommen mit.«

»Hören Sie«, mischte sich Jo ein, »ich weiß, dass wir viel zu schnell gefahren sind. Aber ich bin eine Kollegin von Ihnen ...«

»Ja, ich kenne Sie auch«, entgegnete der Beamte unbeeindruckt, »und ich muss schon sagen, dass ich es sehr verdächtig finde, wie Sie mit diesem Hippie am Steuer durch die Gegend gebrettert sind. Sie kommen ebenfalls mit. Ich schätze, Hauptkommissar Kaimann möchte sich gerne mit Ihnen unterhalten, Fräulein Kriminalkommissarin zur Anstellung.«

Vielleicht wäre Weiterrasen doch die bessere Alternative gewesen ...

»Na, wird's bald? Raus aus dem Wagen!«, blaffte der Beamte Jo und Lutz an.

»Alles klar, nur keine Aufregung, Leute.« Lutz öffnete die Autotür und wuchtete sich aus dem Sitz. »Könnten Sie mir vielleicht noch schnell sagen, ehe Sie uns in Ihren Streifenwagen verfrachten, wie der Spielstand ist?«

»Zwei zu eins.«

»Wer hat denn das Tor für uns geschossen?«

»Müller, durch Fallrückzieher in der vierundvierzigsten Minute. Jetzt aber dalli.«

»Freiwillig Dienst zu schieben, statt sich das Spiel anzusehen – allmählich glaube ich auch, dass mit diesem Kaimann etwas nicht stimmt«, zischte Lutz Jo auf dem Weg zum Streifenwagen zu.

»Schön, dass du das endlich einsiehst, auch wenn du es an etwas Falschem festmachst«, entgegnete Jo gereizt.

Kaimann, den die Kollegen per Funk verständigt hatten, kam ihnen im dritten Stockwerk des Präsidiums auf dem Flur entgegen. Aus einem Büro war die Übertragung des Endspiels zu hören. »Fräulein Weber, zusammen mit Herrn Jäger bei einer eklatanten Geschwindigkeitsübertretung ertappt.« Kaimann lächelte sein dünnes Lächeln, das Jo an einen hungrigen Piranha erinnerte. »Nun, Sie werden mir einiges zu erklären haben. Wir werden bestimmt eine sehr interessante Unterhaltung miteinander führen.« Unwillkürlich legte Jo die Hand schützend auf ihre Umhängetasche, in der die Mordwaffe steckte.

Kaimann wandte sich den beiden Streifenpolizisten zu. »Führen Sie Herrn Jäger in einen Verhörraum, und verständigen Sie einen Arzt, der einen Bluttest bei ihm vornehmen soll.«

Sein Blick wanderte zu Jos Hand und der Tasche. »Tragen Sie etwa etwas bei sich, was ich sehen sollte, Fräulein Weber?«, fragte er.

Weiß er, dass Lutz und ich die ganze Zeit unsere eigenen Ermittlungen betrieben haben?, ging es Jo durch den Kopf, *oder habe ich mich gerade auffällig verhalten?* Egal, sie würde Kaimann niemals die Mordwaffe überlassen.

Ein schriller Pfiff hallte durch den Flur. Die beiden Streifenpolizisten drehten die Köpfe. »Deutschland ist zum zweiten Mal Weltmeister«, jubelte der Radioreporter. Am Ende des Flurs, zehn Meter entfernt, befand sich der Aufzug, mit dem die Streifenpolizisten Jo und Lutz eben nach oben gebracht hatten. Die Tür hatte sich noch nicht geschlossen. Jo versetzte Kaimann einen heftigen Stoß gegen die Brust, der ihn gegen die Wand taumeln ließ – *ach, tat das gut!* –, packte Lutz am Arm und zog ihn zum Aufzug. Ehe die beiden uniformierten Kollegen reagieren konnten, hatte sich die Aufzugtür hinter Jo und Lutz geschlossen.

Jo drückte auf »E«. Fäuste trommelten gegen das Metall. Doch der Aufzug setzte sich in Bewegung. Für einen Augenblick wehte seltsam verzerrt *We had joy, we had fun* durch die Kabine. Im nächsten Moment ertönte ein kreischendes Geräusch wie von einem reißenden Metallseil, und der Aufzug raste abwärts.

»Tja, ich weiß nicht, ob das so eine gute Fluchtidee war.« Lutz legte die Arme um Jo. Sie klammerte sich an ihn. »Lutz, wenn wir heil hier herauskommen, riskiere ich es, mit dir zu leben«, schrie sie gegen das kreischende Geräusch an.

»Wirklich?«

»Ja.«

Sie küssten sich. Dann breitete sich Schwärze um sie aus. Jo spürte, wie sie fielen und fielen und fielen …

Mit einem sanften Ruck kam der Aufzug zum Stehen. Jo öffnete die Augen. Ihr Kopf lehnte an Lutz' Brust. Sein Pferdeschwanz und das ausgewaschene T-Shirt waren verschwunden. Er trug eine Lederjacke und war nicht mehr Mitte zwanzig, sondern Ende dreißig.

»Wir leben«, murmelte Jo.

»So ist es. Gilt dein Versprechen immer noch? Obwohl ich ziemlich gealtert bin.« Er wies mit einem Kopfnicken zur Metallwand, in der sie sich spiegelten.

»Ja, es gilt.« Jo lächelte Lutz an.

»Schön, aber ich würde dich gerne an einem anderen Ort weiterküssen.« Er erwiderte ihr Lächeln. »So ganz geheuer ist mir dieser Aufzug nämlich nicht.«

»Ja, nichts wie raus hier.« Jo schauderte.

Mit einem Pling glitt die Tür auf. Hand in Hand traten sie

in das Foyer des Polizeipräsidiums. Die Wachkabine am Eingang war erleuchtet. Hinter den Glastüren, die nach draußen führten, herrschte Dunkelheit. Die grellbunten Kacheln an der Wand neben der Treppe und die braune Deckenverkleidung waren verschwunden. Stattdessen präsentierte sich das Foyer in nüchternen Beige- und Grautönen.

»Wir sind wieder im 21. Jahrhundert angekommen«, flüsterte Jo.

»Ja ...« Lutz lauschte. »Was hat es denn damit auf sich?« Nun hörte auch Jo aus der Richtung des Eingangs die typischen Geräusche einer Fußballübertragung. Fangesänge, eine hektische Kommentatorenstimme, Tröten.

»Bin gleich wieder bei dir ...« Lutz eilte zu der Wachkabine und sprach mit dem Kollegen, der dort Dienst tat und der sich offensichtlich ein Fußballspiel anhörte oder ansah.

Ich werde mit Lutz leben, dachte Jo. Sie fühlte sich ein bisschen wie unter Drogen – leicht und beschwingt und bereit, das ganze Universum zu umarmen. *Nun ja, fürs Erste würde es reichen, die Nacht mit Lutz zu verbringen ...* Wieder breitete sich ein Lächeln auf ihrem Gesicht aus.

Verwundert stellte sie fest, dass Lutz, der nun zu ihr zurückkam, irgendwie verstört wirkte.

»Was ist denn los?«, fragte sie besorgt.

»Ich fürchte, wir sind in einem Paralleluniversum gelandet.« Lutz fuhr sich mit der Hand über das Gesicht. »Deutschland führt im WM-Halbfinale 2014 sieben zu eins gegen Brasilien.«

EPILOG

»Du wirkst glücklich.« Melanie reichte Jo eine Tasse Espresso. Sie trug ein hellgrünes ärmelloses Etuikleid aus Leinen, das ihre gebräunten Arme und ihre im Fitnessstudio gestählte Figur hervorragend zur Geltung brachte. Dank einiger kosmetischer Operationen sah sie zehn Jahre jünger aus als die zweiundsechzig Jahre, die sie tatsächlich alt war.

»Ich bin verliebt«, antwortete Jo knapp. Sie saßen in dem weiträumigen, mit Designermöbeln und Antiquitäten eingerichteten Wohnzimmer ihrer Mutter. Vor den hohen Fenstern ging ein leichter Sommerregen nieder.

»Ich vermute, deine Wahl ist nicht auf Herrn Doktor Seidel gefallen?«

»Nein, auf einen Kollegen. Wir sind seit kurzem zusammen.« *Genau genommen seit sechs Tagen ...*

»Du hast mir nie viel von dir und meinem Vater erzählt.« Jo stellte die Espressotasse auf dem gläsernen Sofatisch ab. Deswegen hatte sie sich auch zu dem Besuch bei ihrer Mutter entschlossen. »Du hast einmal erwähnt, dass ihr euch wahrscheinlich getrennt hättet, wenn er nicht bei der Verfolgungsjagd ums Leben gekommen wäre. Warum eigentlich?«

»Weshalb fragst du ausgerechnet jetzt nach deinem Vater?«

»Ich musste in der letzten Zeit einfach viel an ihn denken.«

»Dein Vater und ich – das war eine komplizierte Geschichte.«

»Dann erzähl sie mir.«

»Als wir uns kennengelernt haben, hatte ich gerade eine Hippie-Phase. Mein Gott, ich darf mir gar nicht mehr vorstellen, wie ich damals herumgelaufen bin und welche abstrusen politischen Ideen ich hatte.« Jos Mutter schüttelte den Kopf. Einige Strähnen ihres blondgefärbten, von einem sehr teuren Friseur geschnittenen Haars fielen ihr ins Gesicht. »Ich habe in einer Kommune gelebt. Einer unserer Mitbewohner war ermordet worden, und dein Vater hat die Ermittlungen geleitet. Er sah sehr gut aus. Und ja, er hatte einfach das gewisse Etwas – männlich, klug und bestimmt. Wir haben uns heftig ineinander verliebt, und ich wurde sehr schnell mit dir schwanger. Aber ich bin nun mal nicht so der Muttertyp.«

»Willst du damit etwa sagen, dass ich am Scheitern eurer Beziehung schuld bin?«, fragte Jo mit einer gewissen Schärfe in der Stimme.

»Du drehst mir wieder einmal das Wort im Munde herum.« Ihre Mutter seufzte. »Natürlich will ich das nicht sagen. Ich werde nie vergessen, wie die Krankenschwester dich zu mir brachte, als ich nach der Geburt aus der Narkose aufwachte. Damals bekamen die Frauen in der Endphase der Wehen ja eine Narkose. Aber Säuglinge und Kleinkinder können, wenn man sie ständig um sich hat, auch ziemlich nervtötend sein. Du kannst das nicht beurteilen. Du hast ja keine Kinder. Jedenfalls ist mir klargeworden, dass ich noch etwas anderes vom Leben wollte, statt als Hippie in den Tag hineinzuleben oder Hausfrau und Mutter zu sein. Dein Vater und ich waren zwar nicht verheiratet, aber wir lebten ja zusammen ... Ich war unzufrieden. Ich wollte studieren, Karriere machen ... Und dein Vater war beruflich sehr stark eingespannt. So kam eins zum anderen.« Sie zuckte mit den Schultern.

»Hat mein Vater denn keine Schwierigkeiten bekommen, weil er sich mit dir während einer laufenden Ermittlung eingelassen hat?«, schützte Jo vor, nicht die Wahrheit zu kennen.

»Irgendein Kerl vom BKA wollte ein Disziplinarverfahren gegen ihn einleiten. Aber mein Vater konnte das abbiegen. Er und meine Mutter waren heilfroh, dass ich mich endlich mit einem seriösen Mann eingelassen hatte, der zudem gute Aussichten hatte, irgendwann Polizeipräsident zu werden. Deshalb zog mein Vater im Hintergrund dezent ein paar Strippen. Er und der damalige Innenminister waren ja befreundet. Deshalb wurde Alexander auch zum stellvertretenden Polizeipräsidenten befördert, obwohl er für dieses Amt eigentlich noch zu jung war. Alexander wusste von all dem nichts. Er hätte das auch keinesfalls gutgeheißen. Er war in solchen Dingen sehr strikt und idealistisch.« Jos Mutter senkte den Kopf. Für einen Moment wurde ihr Gesicht ganz weich und jung und glich der Melanie, die Jo im Krankenhaus gesehen hatte.

»Eine Zeitlang war ich wirklich sehr glücklich mit deinem Vater«, gab sie leise zu. »Eigentlich so glücklich wie niemals mehr in meinem Leben. Aber ...« Sie straffte sich, der versonnene Ausdruck verschwand aus ihrem Gesicht, und sie legte den Löffel mit einem Klirren auf dem Untertasse der Espressotasse ab. »Damals war ich auch einfach noch sehr jung und naiv.«

Melanie stand auf, um die beiden Tassen in die Küche zu bringen. Sie stutzte jedoch und ging zu einem der offen stehenden Fenster und blickte in den verregneten Vorgarten hinunter.

»Eben ist ein Mann in den Garten gekommen«, sagte sie.

»Lutz Jäger, mein Kollege, also der Mann, mit dem ich zusammen bin, holt mich ab. Wir haben noch etwas Dienstliches zu erledigen.«

»Er könnte mehr aus sich machen. Eine weniger nachlässige Kleidung und ein besserer Haarschnitt wären schon einmal ein Anfang«, merkte Melanie an, ehe sie sich wieder zu Jo umdrehte und nachdenklich die Stirn runzelte. »Seltsam, irgendwie erinnert er mich an einen Typen, der 1974 für kurze Zeit in meiner Kommune gelebt hat. Aber bestimmt komme ich nur darauf, weil wir über deinen Vater und meine Hippie-Phase gesprochen haben.«

»So, wie ich eben deine Mutter am Fenster gesehen habe, würde ich sagen, sie hat sich ziemlich gut gehalten«, bemerkte Lutz kurz darauf zu Jo, während sie durch den Vorgarten zur Straße gingen. »Wie alt ist sie jetzt? Anfang sechzig?«

»Zweiundsechzig. Glaub mir, sie hat ihrem Aussehen nachgeholfen.« Jo hakte sich bei ihm ein.

Lutz' alter Peugeot stand ein Stückchen entfernt am Straßenrand. Nachdem sie losgefahren waren, legte er eine CD von Thin Lizzy in den Player. An diesem Sonntag würde abends das WM-Endspiel Deutschland gegen Argentinien stattfinden. Doch das Wetter war ähnlich regnerisch wie während der WM vierzig Jahre zuvor.

Während sie der Musik zuhörte, hing Jo ihren Gedanken nach. Ja, eine knappe Woche waren sie und Lutz jetzt zusammen. Es war schön, aufregend und beängstigend, ihr Leben mit ihm zu teilen. Sie liebten sich, sie stritten sich, sie lachten zusammen. Obwohl sie so lange nicht an diese Beziehung geglaubt hatte, war sie jetzt doch zuversichtlich, dass sie es miteinander aushalten würden. Und das trotz

Lutz' Sohnes, der in den nächsten Tagen auf die Welt kommen würde.

Sie und Lutz waren auf dem Weg zu Marian – respektive Doktor Marianne Zierner, die jetzt als Geschäftsführerin eines großen Wirtschaftsprüfungsunternehmens in Frankfurt lebte. Marian war die einzige Überlebende des Trios, wie Jo und Lutz während der vergangenen Tage herausgefunden hatten. Von Bernward Hilgers' Erbe war, nach Abzug der Schulden, nicht mehr viel übriggeblieben. Leonore hatte deshalb mit mäßigem Erfolg als Mannequin für Modekataloge gearbeitet, bis sie Ende der achtziger Jahre an einer Lungenembolie gestorben war. Toby war Lehrer geworden. Er hatte geheiratet, war Vater zweier Töchter geworden und hatte immer wieder an Depressionen gelitten. Im vergangenen Jahr war er auf der Autobahn im Taunus gegen einen Brückenpfeiler gerast. Im Unfallbericht stand, dass er am Steuer eingeschlafen sei. Doch ein Selbstmord war nicht auszuschließen.

Achim Meerheimer war wenige Wochen nach Bernward Hilgers' Tod gestorben. Wobei Jo vermutete, dass er es nicht verkraftet hatte, erfahren zu müssen, dass ihn sein Ziehsohn finanziell betrogen hatte. Seine Witwe hatte die Kaufhauskette verkauft. In den vergangenen Jahrzehnten hatte die Kette mehrmals den Besitzer gewechselt, war mehr und mehr zu Ramschläden verkommen, ehe dann im letzten Jahr das Ebersheimer Stammhaus endgültig geschlossen worden war.

Der Mord an Georg Elsner war nie aufgeklärt worden. In einer Akte waren Jo und Lutz auf einen Vermerk gestoßen, dass ein gewisser Alfons Brandner, Architekt aus Kempten, Bernward Hilgers des Femordes an Elsners Vater beschuldigt hatte. Doch dieser Spur war nie nachgegangen worden.

Mittlerweile näherten sie sich der Mainebene und der vom Regen verwischten Skyline von Frankfurt. Die Berge des Taunus' wirkten, obwohl es Juli war, grau und herbstlich.

»Ich habe mich in den letzten Tagen immer mal wieder gefragt, ob die Morde an Georg Elsner, Stefan Lehnert und Bernward Hilgers 1974 nicht hätten aufgeklärt werden können, wenn wir nicht unsere Parallelermittlungen betrieben hätten«, gestand Jo.

»Ich sehe das genau anders.« Lutz schüttelte den Kopf. »Wenn wir damals nicht auf eigene Faust gehandelt hätten, wären die Mörder nie gefunden worden. Wobei Hilgers ja sowohl Mörder als auch Opfer war. Die Kollegen hätten mit den Informationen, die sie besaßen, durchaus eine Verbindung zwischen Hilgers, Stefan Lehnert und Georg Elsner herstellen können, haben es aber nicht getan. Und wäre im Umfeld meiner Kommune gründlicher ermittelt worden und hätte Kaimann sich nicht vorschnell auf eine politisch motivierte Brandstiftung festgelegt, dann hätten auch Marian, Toby und Leonore als Hilgers' Mörder entlarvt werden können. Nee, manchmal beschleicht mich der Verdacht, ob nicht Kaimann, der – wie wir mittlerweile wissen – ein alter Nazi war, von Hilgers' Beteiligung an dem Fememord wusste und ihn schützen wollte.«

»Was wir aber nie werden beweisen können.«

»Auch uns sind Grenzen gesetzt.« Lutz grinste schief. »Ich habe übrigens auch noch ein bisschen über Rolle und Gitti recherchiert.«

»Und, was ist aus ihnen geworden?«

»Nachdem Rolle seine Haft wegen des LSD-Besitzes abgesessen hatte, reiste er zwei Jahre lang durch Indien. Dort erlebte er wohl eine Art Erleuchtung und verlegte sich von der Politik auf die Meditation. Vor ein paar Jahren ist er nach

Delhi zurückgekehrt und leitet dort eine Schule für Straßenkinder. Im Internet gibt es ein Foto, auf dem er tatsächlich mit ein paar Jungs Fußball spielt. Im Gegensatz zu früher hat er einen recht entspannten Eindruck auf mich gemacht. Ja, manchmal verändern sich Menschen auch zum Positiven.«

Jo lachte. »Und Gitti?«

»Bekleidet irgendeinen Posten bei den Grünen, ist verheiratet und Mutter von vier Kindern.«

Sie hatten die Frankfurter Innenstadt durchquert und fuhren am Mainufer unter tropfenden Bäumen entlang. »Das müsste der Kasten sein, in dem Marian lebt.« Lutz wies auf ein elegantes Hochhaus in der Nähe einer Kirche. »Wenn wir sie antreffen, behaupten wir – wie wir es besprochen haben –, Tobys Witwe habe kürzlich unter seinen Sachen ein Bekennerschreiben gefunden und an die Polizei weitergeleitet.«

»Ja, mir ist dabei zwar nicht ganz wohl. Aber ich wüsste auch nicht, wie wir sie sonst zum Reden bringen sollten.« Jo nickte. Sie hatten es vorgezogen, ihren Besuch nicht anzukündigen, sondern es lieber riskiert, Marian nicht anzutreffen. Sie sollte sich keine Gedanken darüber machen können, warum die Kripo sie sprechen wollte.

Sie hatten Glück. Marian war zu Hause. Der Security-Mann im Foyer des Hochhauses rief bei ihr an und informierte sie, dass zwei Polizeibeamte sie zu sprechen wünschten.

Marian bewohnte das Penthouse. Sie trug eine weite schwarze Seidenhose und dazu eine ebenfalls weit geschnittene Bluse aus einem weißen musselinartigen Stoff. Der schwere, grob gearbeitete goldene Armreif, der um ihr rechtes Handgelenk lag, kontrastierte zu den feinen Materialien der Kleidung. Trotz des kühlen Wetters war sie barfuß, was ihr – wie Lutz fand – eine ganz eigene Erotik verlieh. Irgendwie wild und archaisch. Ja, sie hatte nach wie vor etwas von einer Amazone. Ihr ebenmäßiges Gesicht war knochiger als früher, aber immer noch attraktiv. Sie war sehr dünn und wirkte blass unter der Bräune. Vielleicht hatte sie ja schlecht geschlafen oder war überarbeitet.

Sie führte Jo und Lutz in ein Wohnzimmer, das an drei Seiten verglast war und Blicke auf den Main und den Taunus eröffnete. Die Möblierung war sparsam, als sollte nichts von der Aussicht ablenken. Das einzige schmückende Beiwerk bestand aus einigen afrikanischen Vasen in Braun- und Rottönen, die mit den Bezügen der beiden filigranen Sofas harmonierten.

»Ist denn etwas im Unternehmen vorgefallen?«, fragte Marian. »Oder warum sind Sie sonst an einem Sonntag zu mir gekommen?« Sie wirkte interessiert und wach, aber nicht aufgeregt.

»Wir möchten mit Ihnen über den Mord an Bernward Hilgers sprechen«, erklärte Lutz ruhig. »Tobias Schmittner hat vor seinem Tod ein Bekennerschreiben verfasst, das uns zugeleitet wurde.«

Marian starrte ihn und Jo an, ehe sie sich auf eins der Sofas sinken ließ. Sie hielt den Kopf gesenkt und den Oberkörper vornübergebeugt. Ihre gefalteten Hände baumelten zwischen ihren gespreizten Beinen. »Es sieht Toby ähnlich, so etwas zu schreiben«, flüsterte sie.

»Dann geben Sie also zu, in den Mord an Bernward Hilgers involviert gewesen zu sein?«, hakte Jo nach.

Marian schwieg. Dann, als sie sich nach einigen Momenten abrupt aufrichtete, war sie unter der Bräune noch blasser geworden, aber ihre Stimme klang gefasst. »Dieses Bekennerschreiben eines depressiven Mannes dürfte kaum für eine Anklageerhebung gegen mich ausreichen.«

»Ja, da haben Sie recht«, erwiderte Lutz. »Trotzdem kann ich mich nicht des Eindrucks erwehren, dass Sie gerne mit uns über den Mord reden würden.«

Marian schwieg erneut und blickte zu den Taunushängen, über die Wolken trieben. Schließlich straffte sie die Schultern. »Ja, ich habe Bernward Hilgers erschossen«, gab sie schließlich leise zu.

»Weil er Stefan Lehnert und Georg Elsner getötet hatte?«, fragte Lutz nach. Jo überließ ihm das Reden, da sie den Eindruck hatte, dass er einen besseren Zugang zu Marian fand als sie.

Marian nickte. »Stefan hatte zufällig beobachtet, dass Hilgers diesen anderen Mann – ich wusste bis jetzt seinen Namen nicht – getötet hat. Er hatte seine Kamera dabei und fotografierte, wie Hilgers sein Opfer vergrub. Stefan hatte kein Vertrauen in die Polizei, wir alle in dieser Kommune hatten das nicht. Er wollte Hilgers erpressen, hatte aber nicht mit dessen Kaltblütigkeit gerechnet. Stefan war in vielem so naiv ...«

»Aber er ließ Ihnen einen Brief und die Fotos zukommen ...«

Marian nickte wieder. »Wir wollten Hilgers bestrafen, aber wir wollten ihn nicht umbringen.« Sie sprach nun abgehackt. »Tobys Eltern besaßen ein abgelegenes Ferienhaus im Westerwald, das sie selten aufsuchten. Wir wollten Hilgers entführen und dort einsperren. Er sollte erfahren, wie das ist, einem anderen Menschen völlig ausgeliefert zu sein. Hilgers' Ehefrau war in mich verliebt. Sie ließ Toby und mich in den Bungalow und übergab mir die Schlüssel zum Waffenschrank. Ich nahm die Pistole an mich. Aber dann, als Hilgers nach Hause kam, ging alles schief. Er ging auf mich und Toby los, und ich drückte ab ...«

»Sie trafen ihn in den Kopf?«

»Ja, er war sofort tot.«

»Und dann verfielen Sie auf die Idee, den Mord durch einen fingierten Anschlag auf das Kaufhaus zu verschleiern?«

»Toby und ich erinnerten uns an die beiden Anschläge auf die Frankfurter Kaufhäuser im Jahr 1968. In den Wagen von Hilgers und Leonore gab es Reservekanister mit Benzin.« Marian hob die Schultern. »Wir luden den Leichnam in Leonores Mercedes und fuhren zum Kaufhaus. Dort schlugen wir den Wachmann nieder und fingierten Einbruchspuren an der Hintertür. Wir standen völlig neben uns und haben doch ganz zielstrebig gehandelt. Ich kann eigentlich immer noch nicht verstehen, wie wir das alles hinbekommen haben und dass unser Plan aufgegangen ist.«

»Allerdings entging Ihnen, dass Sie sich als Mitglieder einer Kommune, die ja 1974 per se quasi als Brutstätte des Terrorismus galt, des Anschlags verdächtig machten ...«

»Wir waren alle drei völlig panisch ... Wir kamen erst wieder richtig zu uns, als wir den Brand gelegt hatten und wieder zurück zu dem Bungalow fuhren. Wir gingen davon aus, dass Leonore nicht in Verdacht geraten würde. Aber Toby und ich begriffen, in was für einem Schlamassel wir uns befanden. Deshalb sind wir noch in derselben Nacht zu einem Freund gefahren und haben uns ein Alibi ausgedacht. Und tatsächlich hat auch dieses Alibi standgehalten. Bis jetzt Sie nach vierzig Jahren plötzlich bei mir aufgetaucht sind.« Marian lachte freudlos.

»Aber ganz hat Sie die Tat nie losgelassen«, sagte Lutz sanft.

»Im Laufe der Jahre wurde sie immer irrealer.« Marian rieb die Hände gegeneinander, als würde sie frieren. »Manchmal habe ich wochenlang nicht mehr daran gedacht. Aber dann hatte ich wieder einen Albtraum, in dem wir Hilgers Leichnam die Treppe im Kaufhaus hinaufschleppten oder das Benzin verschütteten und anzündeten, und alles war wieder gegenwärtig. Ich hatte kaum noch Kontakt zu Toby und Leonore. Und wenn wir uns einmal trafen oder miteinander telefonierten, sprachen wir nie über den Mord. Aber ich bin überzeugt, auch sie haben sich immer schuldig gefühlt.«

»Werden Sie ein offizielles Geständnis ablegen?«

Marian blickte zu dem Fenster, an dem der Regen herunterrann. Schließlich nickte sie. »Ja, das werde ich. Ich möchte mit dieser Tat abschließen.«

»Das ist sehr mutig.«

»Vielleicht auch einfach egoistisch.« Sie hob resigniert die Schultern. »Ich habe Krebs. Die Heilungschancen stehen nicht schlecht. Aber ich glaube, es ist besser, meine Energie darauf zu verwenden, die Krankheit zu bekämpfen, statt weiterhin zu versuchen, den Mord an Bernward Hilgers zu verdrängen.« Wieder schwieg sie, dann runzelte sie die Stirn und sah von Lutz zu Jo.

»Möchten Sie uns noch etwas sagen?«, fragte Lutz.

»Ich habe diese Erinnerung, das heißt, es muss eine Drogenphantasie sein, in der Toby, Leonore und ich zwei Polizisten ertappt haben, die in den Bungalow eingedrungen sind und die Mordwaffe an sich gebracht haben. Die beiden fliehen in einem orangefarbenen Käfer, und Toby und ich verfolgen sie in einer Ente. Ich schieße sogar auf sie. Irgendwie haben die beiden Polizisten Ähnlichkeit mit Ihnen ...«

Lutz schüttelte den Kopf. »Ach, das bilden Sie sich jetzt nur ein.«

»Glaubst du, dass Marian sich wirklich stellen und ein Geständnis ablegen wird?«, fragte Jo, als sie und Lutz die Treppe zum Notausgang hinunterliefen. Danach, einen Aufzug zu benutzen, war ihnen immer noch nicht zumute.

»Ja, das glaube ich. Ich halte sie im Grunde ihres Herzens für einen anständigen Menschen. Während Hilgers, wenn er noch länger gelebt hätte, wahrscheinlich nicht von Gewissensbissen geplagt worden wäre. Unter dem Fememord scheint er ja auch nicht gelitten zu haben.« Lutz grinste ein bisschen. »Den Herrn Staatssekretär, der in gewissem Sinne unsere Ermittlungen erst in Gang gesetzt hat, dürfte es gar nicht freuen, wenn sich sein Onkel als ein dreifacher Mörder entpuppen wird.«

Sein Handy klingelte. Er holte es aus seiner Hosentasche und nahm das Gespräch entgegen. »Jäger ... Was? Oh, wirklich ...« Er wirkte plötzlich aufgeregt. »Sagt mir unbedingt Bescheid, wenn es so weit ist.«

»Was ist denn los?«, fragte Jo.

»Jacqueline hat gerade angerufen. Die Wehen haben bei ihr eingesetzt, und sie ist mit ihrem Freund auf dem Weg ins Krankenhaus. Du hast doch nichts dagegen, wenn ich direkt vor der Geburt auch dorthin fahre?« Er blickte Jo unsicher an.

»Nein, habe ich nicht.« Jo lächelte ihn an.

Jo ging vor dem Kreißsaal auf und ab. Während der zweiten Halbzeit hatte Lutz der Anruf erreicht, dass Jacqueline kurz vor der Niederkunft stand. Obwohl gerade Thomas Müller auf das argentinische Tor zustürmte, war Lutz sofort von dem Kneipenstuhl aufgesprungen und hatte sich von Jo ins Krankenhaus bringen lassen. Wieder schrie Jacqueline markerschütternd. *Nein danke, selbst schwanger zu werden und ein Kind zu bekommen, darauf kann ich wirklich verzichten,* dachte Jo. Ob es mit ihr und Lutz wirklich gutgehen würde, wenn er Vater war? Sie kämpfte gegen die plötzlich in ihr aufsteigende Panik an.

Jo atmete tief durch. »Ist das Spiel eigentlich inzwischen

zu Ende?«, fragte sie einen Arzt, der nun in den Gang bog und auf sein Smartphone starrte.

»Nein, es gab doch Verlängerung«, erwiderte er, ohne den Blick von dem Smartphone zu heben. Jacquelines Schreie verstummten, und das dünne Weinen eines Neugeborenen drang an Jos Ohr.

Gleich darauf öffnete sich die Tür des Kreißsaales, und Lutz trat zu Jo. Er strahlte sie an. In der Ferne erklang ein Schrei aus Hunderten von Kehlen.

»Etwa ein Tor für uns?«, wandte sich Lutz hektisch an den Arzt.

»Ja, eins zu null durch Götze.«

»Mein Gott ... Und wie lange ist noch zu spielen?«

»Sieben Minuten.«

»Hier, schau mal ...« Lutz zeigte Jo ein Handyfoto des Neugeborenen. Das Baby hatte die Augen geschlossen, und dunkler Haarflaum klebte an seinem Köpfchen. »Dein Sohn ist wirklich niedlich. Aber ich sage jetzt nicht, dass er dir ähnlich sieht. Ich finde, Säuglinge sehen nie jemandem ähnlich.« Ihre Panik war verschwunden. Jo konnte sich mit Lutz freuen.

»Ähm, mit dem Ultraschallbild ist wohl etwas schiefgegangen. Es ist kein Junge, sondern ein Mädchen. Aber mit einem Mädchen lässt sich ja auch Fußball spielen. Noch sieben Minuten«, Lutz blickte auf seine Armbanduhr, während er dem Foto seiner Tochter zuflüsterte, »nein, sechs Minuten, dann sind wir vielleicht Weltmeister.«

Als Jo eine halbe Stunde später mit Lutz das Krankenhaus verließ, fuhr ein wild hupender Autokorso die Straße entlang. Menschen schrien durcheinander, jubelten und lachten. Jo blinzelte und deutete auf eins der Autos. »Sag mal, sehe ich richtig?«

»Astrein«, Lutz nickte, »dort fährt ein orangefarbener Käfer, aus dessen geöffnetem Schiebedach eine Deutschlandfahne weht.«

NACHWORT

Die Stadt Ebersheim ist fiktiv. Die Landschaft, in der Ebersheim liegt, ist vom Rheingau inspiriert.

Diejenigen Leserinnen und Leser, die die genaue Abfolge der Tage im Roman mit den Daten der WM-Spiele abgeglichen haben, werden festgestellt haben, dass ich einige Male von den tatsächlichen Daten und Uhrzeiten abgewichen bin. So fand auch das Spiel Deutschland gegen Australien nicht um 19.30, sondern um 16 Uhr statt. Dazu habe ich mich aus dramaturgischen Gründen entschlossen. Die jeweiligen Mannschaftsaufstellungen und Spielverläufe im Roman entsprechen jedoch den WM-Spielen.

Bei der Recherche für den »Fronleichnamsmord« fand ich hilfreich:

»Chronik 1972«, Gütersloh 2011; »Chronik 1973«, Dortmund 1992; »Chronik 1974«, Dortmund 1991; Butz Peters, »Tödlicher Irrtum Die Geschichte der RAF«, Frankfurt 2008; Cordt Schnibben, »Mein Vater der Mörder«, Der Spiegel Nr. 16/2014; Folke Havekost, Volker Stahl, »Fußballweltmeisterschaft 1974 Deutschland«, Kassel 2004; Kay Schiller, »WM 74: Als der Fußball modern wurde«, Berlin 2014; Richard David Precht, »Lenin kam nur bis Lüdenscheid:

Meine kleine deutsche Revolution«, Berlin 2011; Andreas Altmann, »Das Scheißleben meines Vaters, das Scheißleben meiner Mutter und meine eigene Scheißjugend«, München 2012; Leaf Fielding, Hippie Business, Berlin 2012; Tanja Holz, »Zick Zack Zyliss Souvenirs aus unserer Kindheit«, Wien 2014; Elvira Lauscher »Unser Kochbuch der 70er Jahre«, Gudensberg-Gleichen 2010.

Das Tagore-Gedicht auf Seite 115 ist nach aphorismen.de zitiert.

DANKE AN

meinen Partner Hartmut Löschcke für Anregungen und konstruktive Kritik, unsere Gespräche über die linke Bonner Studentenszene in den 70er Jahren, seine Tipps zur Musik der Seventies und das Wort »astrein«

meine Freundin und Kollegin Mila Lippke für unsere Gespräche über den Roman und ihre inspirierenden Hinweise

meine Freundin und Kollegin Ilka Stitz für das Gespräch über ihre Jugend in den 70ern; von ihr habe ich erstmals von »Persico« und »Whisky Cola« erfahren

meine Freundinnen und Kolleginnen Brigitte Glaser und Ulrike Rudolph für unser Gespräch über den »Fronleichnamsmord« während unserer »Kreativtage« in Unkel im August 2013

Wolfgang Guting für seine Informationen zur Musikszene der 70er; von ihm stammt der Hinweis auf die englische Band »Humble Pie«

Udo Behrendes für das anregende und informative Gespräch über die Polizeiarbeit in den 70er Jahren; ihm verdanke ich das Zitat vom »Büttel des Kapitalismus«; etwaige Fehler in der Darstellung der Polizeiarbeit sind allein mir zuzuschreiben

und Mani Stenner (verstorben im Juli 2014) für unser Gespräch über Kriegsdienstverweigerung in den 70ern.

Inge Löhnig

Deiner Seele Grab

Kriminalroman.
Taschenbuch.
Auch als E-Book erhältlich.
www.list-taschenbuch.de

Denn es ist böse.

Ein Mörder, der sich selbst als Samariter bezeichnet, sucht in München nach Opfern. Sein Ziel: alte Menschen. Was treibt diesen verblendeten Erlöser an? Glaubt er, Gutes zu tun?
Auf der Suche nach ihm gerät Kommissar Konstantin Dühnfort auf die Spur der geheimnisvollen Elena, die nur eines will: Rache. Sind sie und der Samariter ein Team? Plötzlich ist sie verschwunden. In seiner Not provoziert Dühnfort den Mörder gezielt …

List

Liza Marklund

Weißer Tod

Kriminalroman.
Aus dem Schwedischen von
Anne Bubenzer und Dagmar Lendt.
Taschenbuch.
Auch als E-Book erhältlich.
www.list-taschenbuch.de

»Eine packende Geschichte, die eine ganz neue Facette an Annika Bengtzon zeigt.« NDR 1

In einer Schneewehe liegt eine blasse schöne Frau. Sie ist die vierte junge Mutter, die innerhalb weniger Wochen in einem Stockholmer Vorort erstochen wurde. Mitten in Annika Bengtzons journalistischen Recherchen zu den grausamen Verbrechen wird ihr Mann Thomas in Nairobi von Terroristen als Geisel genommen. Er hatte dort an einer internationalen Konferenz teilgenommen. Als Annika mit allen Mitteln versucht, ihren Mann zu retten, entdeckt sie plötzlich eine Verbindung zu den Morden in Stockholm.

»Lesestoff, der süchtig macht.«
Hörzu

Nele Neuhaus

Böser Wolf

Kriminalroman.
Taschenbuch.
Auch als E-Book erhältlich.
www.ullstein-buchverlage.de

»Frau Neuhaus aus dem Taunus lehrt uns das Gruseln mit Einblicken in trügerische Idyllen.«
Brigitte

An einem heißen Tag im Juni wird die Leiche einer 16-Jährigen aus dem Main bei Eddersheim geborgen. Sie wurde misshandelt und ermordet, und niemand vermisst sie. Auch nach Wochen hat das K 11 keinen Hinweis auf ihre Identität. Die Spuren führen unter anderem zu einer Fernsehmoderatorin, die bei ihren Recherchen den falschen Leuten zu nahe gekommen ist. Pia Kirchhoff und Oliver von Bodenstein graben tiefer und stoßen inmitten gepflegter Bürgerlichkeit auf einen Abgrund an Bösartigkeit und Brutalität. Und dann wird der Fall persönlich.

Wollen Sie mehr von den Ullstein Buchverlagen lesen?

Erhalten Sie jetzt regelmäßig
den Ullstein-Newsletter
mit spannenden Leseempfehlungen,
aktuellen Infos zu Autoren und
exklusiven Gewinnspielen.

www.ullstein-buchverlage.de/newsletter